L.A. WEATHERLY
ANGEL

Manteau

Voor mijn echtgenoot, in liefde.

Oorspronkelijke titel: *Angel*
© 2010 by Usborne Publishing Ltd
© 2011 Nederlandse vertaling Uitgeverij Manteau / WPG Uitgevers België nv,
Mechelsesteenweg 203, B-2018 Antwerpen en Marce Noordenbos

www.manteau.be
info@manteau.be

Vertegenwoordiging in Nederland
WPG Uitgevers België
Herengracht 370/372
NL-1016 CH Amsterdam

Vertaling: Marce Noordenbos
Omslagontwerp: Usborne Publishing Ltd
Foto omslag: Pawel Piatek / Trevillion Images
Opmaak binnenwerk: Philos

Eerste druk juni 2011
Tweede druk oktober 2011

ISBN 978 90 223 2635 0
D/2011/0034/499
NUR 285

Proloog

'Is dat jouw auto?' vroeg het meisje achter de kassa van de 7-Eleven. 'Die glimmende zwarte?'

Alex zette een Big Gulp-koffiebeker voor haar neer en knikte. 'Gaaf', zei het meisje ademloos terwijl ze naar de auto staarde. Het was een Porsche Carrera en in het zonlicht glom hij als vloeibaar onyx. 'Dat soort auto's zie je hier niet vaak.'

Vertel mij wat, dacht Alex, die zich probeerde te herinneren waar 'hier' was. Cattle Chute, Oklahoma, of een vergelijkbare uithoek. *Het honk van de rootin'-tootin' cowboys!* had er op het met kogels doorzeefde bord voor het stadje gestaan.

'Pomp nummer drie', liet hij haar weten.

Het meisje keek hem met grote bruine ogen aan en glimlachend telde ze de koffie en de benzine bij elkaar op.

'Ben je nieuw hier?' vroeg ze.

Vicky, stond er op haar naambordje. Ze was bijna even groot als hij – wat niet erg groot was; hij was nog geen één meter tachtig – en haar bruine haar was zo glad gestyled dat je moest uitkijken om je er niet aan te snijden.

Weekendbaantje, dacht hij, terwijl hij zijn portemonnee trok. Jaar of zestien. Zit waarschijnlijk op die mammoetschool even buiten het stadje waar ik voorbij reed.

De gedachte irriteerde en amuseerde hem tegelijkertijd. Hij kende highschools alleen van televisie: jongens in varsity jacks, meisjes die als cheerleader over het sportveld huppelden, stelletjes die elkaar aflebberden op het eindejaarsbal. Het was een andere wereld, een wereld die zo stompzinnig naïef was dat hij er bang van werd. Highschoolstudenten waren oud genoeg om te vechten, alleen deed niemand het.

Omdat vrijwel niemand wist dat er een oorlog woedde.

'Nee, alleen op doorreis', antwoordde hij. Hij overhandigde haar een paar briefjes van twintig.

'O', zei Vicky teleurgesteld. 'Ik dacht dat je misschien bij ons op school zou komen... maar misschien ben je daar te oud voor? Hoe oud ben je - eenentwintig of zo?'

'Of zo', zei hij met een lachje. In werkelijkheid was hij zeventien, maar in zekere zin had ze gelijk. Als je alleen keek naar wat er echt toe deed, dan was hij oud.

Ze nam de tijd om hem zijn wisselgeld te geven. 'Hoe lang blijf je hier? Want, eh - als je wilt weten wat hier te doen is, of iemand zoekt om je wegwijs te maken -'

Het piepje van de telefoon in zijn broekzak kondigde aan dat hij een sms had ontvangen. Alex' hart sloeg over. Hij draaide zich van het meisje weg, haalde zijn mobieltje tevoorschijn en klapte het open.

Vijand gespot. Aspen CO. 1124 Tyler St.

Yes! Zoals altijd wanneer ze er een hadden ontdekt voelde Alex een golf van opwinding. Eindelijk; hij wachtte al meer dan een week en was bijna gek geworden. Hij stopte zijn telefoon terug in zijn zak en glimlachte naar Vicky. Waarom niet? Hij zou haar toch nooit meer zien.

'Misschien een ander keertje', zei hij terwijl hij zijn koffie pakte. 'Maar bedankt.'

'Graag gedaan.' Ze probeerde terug te glimlachen. 'Nou... goeie reis dan maar.'

Alex duwde de deur open en de te koude lucht van de airconditioning maakte abrupt plaats voor de verpletterende septemberhitte. Hij opende het portier van de Porsche en kroop de lage auto in. De zwartleren stoel sloot zich als een duistere omhelzing om hem heen. De stoel zat uiterst comfortabel; gelukkig maar, want Alex woonde zo ongeveer in de auto. Hij voerde het adres in de gps in. Verwachte aankomsttijd 2.47 uur. Bijna negen uur. Hij zou aan een stuk doorrijden, besloot hij terwijl hij een slok koffie nam. Hij hoefde niet te slapen – hemel, hij had niet anders gedáán sinds hij zijn laatste prooi te grazen had genomen.

Hij reed de parkeerplaats af en draaide Highway 34 op, die het stadje in het noorden verliet. Als je het al een stadje kon noemen: een stuk of dertig haaks op elkaar staande straten met houten huizen en een paar langgerekte, helverlichte shoppingmalls waar de *rootin'-tootin'* jeugd waarschijnlijk op zaterdagavond met een Bud Light in de hand flaneerde en elkaar van alles naar het hoofd slingerde. Bij de stadsgrens stopte de bebouwing abrupt en waren er alleen nog stoffige graansilo's en jaknikkers te zien. Alex zette de cruisecontrol op zeventig mijl en deed de radio aan. Toen hij de Eagles over Hotel California hoorde kwelen, trok hij een gezicht en haalde zijn iPod tevoorschijn. Niet veel later zoefde de Porsche op de klanken van indierock over het asfalt.

Even vroeg hij af wat Vicky zou hebben gedacht als ze wist dat er een semiautomatisch geweer in zijn kofferbak lag.

Aspen lag diep verscholen in de Rocky Mountains, als een handvol diamanten in de halfgeopende handpalm van een reus. Terwijl Alex de stad naderde zwaaiden de koplampen over het zwarte asfalt van de kronkelende bergweg.

Verschrikte konijnen bleven met opengesperde ogen langs de kant van de weg staan en één keer verraste hij een hert, dat met grote sprongen door het kreupelhout het bos in vluchtte. 2:51 las hij op het autoklokje toen hij Aspen binnenreed. Niet slecht. De gps leidde hem naar Tyler Street, een rustige driebaansweg niet ver van het centrum. Een van de straatlantaarns flikkerde, maar de andere hulden een rij huizen met grote erkers en maagdelijke gazons in een zacht schijnsel. Nergens brandde licht. Iedereen sliep.

Alex parkeerde een paar huizen voor nummer 1124. Met zijn ellebogen op het stuur en een frons op zijn voorhoofd nam hij het huis in zich op. Als je wist waar je naar moest kijken, kon je soms een glimp van ze opvangen, maar hier was niets te zien. Het was een doodgewoon huis, behalve dat het grasveld er iets rommeliger uitzag dan bij de rest. Hier en daar stak het onkruid opstandig tussen de grassprieten omhoog.

Tss, dacht Alex, dat haalt de buurt omlaag.

Voordat hij was afgedaald naar Aspen had hij zijn geweer op de stoel naast zich gelegd. Hij plaatste het magazijn, tilde het geweer op en tuurde door de infraroodlens naar het huis. De in een spookachtig rood waas gehulde voordeur verscheen in beeld. Hij kon zelfs de naam lezen op de smeedijzeren brievenbus bij de veranda: *T. Goodman*.

Goodman. Alex grinnikte onwillekeurig. Om niet op te vallen namen de schepsels vaak een menselijke achternaam aan; deze had blijkbaar gevoel voor humor. Hij schroefde de geluiddemper op het geweer; ook die was hightech, net zo strak en glanzend als het geweer zelf. Nu hoefde hij alleen nog te wachten. Zonder zijn ogen van het huis los te maken leunde hij naar achter. Toen ze nog in teams werkten hadden de EK's altijd de pest gehad aan wachten, maar voor Alex was het deel van de jacht. Deel van de opwinding. Je zintuigen moesten voortdurend op scherp staan; je mocht geen moment verslappen.

Bijna een uur later ging de voordeur open. In een fractie van een seconde had hij zijn geweer in de aanslag en gespannen tuurde hij door de lens. De grote man die op de veranda was verschenen bleef staan om de deur op slot te doen, jogde het trapje af en sloeg rechts af de straat in. Zijn voetstappen echoden in de ochtendstilte.

Alex, die niet verbaasd was dat T. Goodman zijn menselijke gedaante had aangenomen – hun ware gedaante toonden ze meestal slechts wanneer ze zich voedden – liet zijn geweer zakken. Hij wachtte totdat de man om de hoek was verdwenen, in de richting van het centrum. Toen stapte hij uit en opende de kofferbak. Hij trok zijn zwarte trenchcoat aan, sloot de kofferbak zacht en ging op pad, met zijn geweer veilig weggeborgen onder de plooien van de lange jas.

Toen Alex de hoek om ging zag hij dat zijn prooi een huizenblok verderop de straat overstak. Hij vertraagde zijn pas en verlegde zijn focus naar de contouren van de man. Om de donkere gestalte heen werd een aura zichtbaar: bleekzilver met aan de randen een zwak glinsterend blauwig licht.

Alex liep snel door. Het schepsel had zich in geen dagen gevoed – wat betekende dat hij nu op jacht moest zijn.

De man zette koers naar een bar in het centrum. *Spurs* stond er in neonletters boven de deur, naast een geel met roze neon cowgirl in hotpants en een klein leren vestje die aan en uit knipperend met haar hoed zwaaide. Er klonken flarden dreunende muziek en rauw joelende mannenstemmen. Hoofdschuddend herkende Alex de naam en hij kon een lichte bewondering niet onderdrukken. Spurs was het soort kroeg waar de vrouwelijke bediening sexy kleren droeg en op de bar danste. De mannen die op dit uur de bar verlieten zouden dronken en lallend de straat op gaan en weinig aandacht hebben voor hun omgeving – ideaal als je op jacht was. Hij moest bekennen dat hij zelf precies zo'n plek zou hebben uitgekozen.

Naast de deur stond een tweetal verveeld kijkende uitsmijters. Ongemerkt verborg T. Goodman zich in de schaduw vlak bij de ingang. Een halve straat verderop nam Alex zijn positie in achter een geparkeerde Subaru, terwijl hij in gedachten berekende of hij hier veilig zou zijn voor de naschok. Het was safe, besloot hij; hij had wel eens dichterbij gezeten. Maar de uitsmijters zouden een flinke opdonder krijgen.

Op dat moment zwaaide de zware metalen deur van Spurs open en een man in een slordig zittend zakenkostuum stommelde naar buiten. 'Uitstekende avond, kerel', zei hij, terwijl hij een van de uitsmijters op zijn schouder sloeg. 'Die vrouwtjes zijn goe-oed.' Hij schudde verward zijn hoofd alsof hij tevergeefs probeerde te beschrijven hoe goed ze wel niet waren.

'Ja, het zijn hete donders', zei de uitsmijter geamuseerd.

'Hopelijk kruip je niet achter het stuur, Eddie', zei de andere uitsmijter. 'Zullen we een taxi voor je bellen?'

Eddie antwoordde niet. Neuriënd en slingerend liep hij de straat in. Een van zijn onvaste voeten raakte een leeg bierblikje en het geluid echode door de nacht. De uitsmijters wierpen elkaar een blik toe en haalden hun schouders op. Niet hun probleem.

Toen T. Goodman zich uit de duisternis losmaakte en als een grote geruisloze schaduw achter de man aan ging, kwam Alex overeind. Hij haalde zijn geweer tevoorschijn en zette de achtervolging in. Het kon nu elk moment gebeuren. Ze hadden geen beschutte plek nodig, alleen een relatief open terrein. Terwijl hij Goodman scherp in de gaten hield, haalde Alex diep adem om zichzelf te gronden en verlegde toen snel de focus van zijn energie via zijn chakra's naar een punt vlak boven zijn kruin.

Hij voelde een huivering door hem heen gaan toen de geest van het schepsel contact maakte met zijn prooi. Hij had gelijk gehad – het was zover. Wankelend en met een verwarde blik bleef Eddie staan. Langzaam draaide hij zich om.

Goodmans menselijke gedaante loste rimpelend op. Er verscheen een verblindend, schitterend licht dat als een vuurbaken de hele straat verlichtte – de kroeg, de andere gebouwen, Eddies kleine, angstige gezicht. En in het centrum van het licht bevond zich een stralend wezen, meer dan twee meter groot, met reusachtige gespreide vleugels die zo wit waren dat ze bijna blauw leken.

'Dat... dat kan niet...' stamelde Eddie toen de engel naar hem toe kwam.

Een halve straat verderop hoorde Alex de uitsmijters lachen met een vrouw die om een vuurtje vroeg. Als een van hen deze kant uit keek, zouden ze alleen Eddie zien die dronken en zwaaiend op zijn benen op de in duisternis gehulde stoep stond.

Leunend op het dak van de auto tuurde Alex door de lens.

Zijn handen lagen koel en zeker op het geweer. Het gezicht van de engel kwam in beeld, vele malen vergroot. Net als alle engelen was Goodman in zijn menselijke gedaante aantrekkelijk geweest, maar Alex wist dat als hij beter naar het gezicht had gekeken het er vreemd zou hebben uitgezien – te intens, ogen die net iets te donker waren. Maar nu, in zijn engelengedaante, had Goodman een bijna bovenmenselijke schoonheid: trots, krachtig. De aureool die hem omgaf straalde als een heilig vuur.

'Vrees niet', sprak de engel met een stem die klonk als het gelui van honderd klokken. 'Ik ben gekomen om je iets te geven.'

Eddie viel met uitpuilende ogen op zijn knieën neer. 'Ik – ik –'

De aureool. Alex richtte zijn geweer en mikte op het intense, oogverblindend witte midden.

'Het doet geen pijn', vervolgde de engel terwijl hij naderbij kwam. Toen hij glimlachte werd de straling tien keer zo sterk en brandde de nacht weg. De trillende Eddie kreunde en dook weg voor de onverdraaglijke schoonheid ervan.

'Integendeel, je zult je dit herinneren als het belangrijkste moment van je leven –'

Alex haalde de trekker over. Toen het pulserende energieveld van de engel door de kracht van de kogel werd opengereten, spatte het schepsel geluidloos in miljoenen lichtdeeltjes uiteen. Alex dook achter de auto weg en terwijl de doodskreet van de engel in zijn oren echode, raasde de schokgolf over hem heen. Nog steeds in zijn verheven staat zag hij dat de naschok de energieën in de directe omgeving door elkaar schudde: de spookachtige contouren van een boom, een paar verdwaalde plukken gras – dansend en zwaaiend alsof ze werden geteisterd door een orkaan.

Langzaam werd alles weer normaal en daalde de stilte neer. Alex bracht de focus van zijn energie weer terug naar zijn hartchakra en de spookachtige contouren verdwenen. Hij schoof zijn geweer onder de auto en liep naar Eddie, die nog steeds trillend op zijn knieën op de stoep zat. Van T. Goodman was geen spoor meer te bekennen.

'Hé, gaat het?' vroeg Alex vriendelijk, terwijl hij naast de man neerhurkte. De uitsmijters hadden hun gesprek gestaakt en keken in zijn richting. Alex hief nonchalant een hand naar hen. Niks aan de hand, hij heeft 'm gewoon een beetje om, meer niet.

Eddie tilde zijn betraande gezicht naar hem op. 'Ik – er was – je gelooft me vast niet, maar –'

'Ja, ik weet het', zei Alex. 'Vooruit, we zetten je weer op je benen.' Hij legde een arm rond Eddies middel en hielp hem overeind. Goeie genade, die man mocht wel eens op dieet. 'Mijn hoofd...' kreunde Eddie, terwijl hij slap tegen Alex' schouder aan hing. Engelfall-out, dacht Alex. Eddie had zich op slechts een meter afstand bevonden en hoewel de schokgolf recht op Alex af was gekoerst, zou de man er nog dagen last van hebben. Maar het was hoe dan ook beter dan engelbrand.

Alles was beter dan dat.

'Het was zo mooi', prevelde Eddie. 'Zo mooi...'

Alex sloeg zijn ogen ten hemel. 'Ja hoor, heel mooi', mompelde hij. Met Eddie schuifelend naast zich liep hij terug naar de kroeg. Ook nu voelde hij de mengeling van medelijden en minachting die hij altijd voor burgers voelde. Hij had dan wel zijn leven gewijd aan het redden van deze mensen, maar ze waren zo dom dat hij er weinig vreugde aan beleefde.

'Hallo, onze vriend hier heeft denk ik een taxi nodig', zei hij toen ze bij de uitsmijters waren aangekomen. 'Hij lag een eindje verderop uitgeteld op de stoep.'

Een van de uitsmijters grinnikte. 'Komt voor elkaar', zei hij, terwijl hij de zakenman van Alex overnam. 'Onze Eddie is hier vaste klant, is het niet, ouwetje?'

Eddies hoofd schommelde heen en weer terwijl hij de man in beeld probeerde te krijgen. 'Tom... ik heb een engel gezien', lispelde hij.

De uitsmijters barstten in lachen uit. 'Ja ja. Je bedoelt Amber, zeker?' zei de ander. 'Als ze in haar hotpants op de bar danst.' Hij knipoogde naar Alex. 'Wil je naar binnen? Je hoeft niets te betalen; rondje van de zaak.'

Alex was in tal van dit soort gelegenheden geweest toen hij in zijn jonge jaren op sleeptouw was genomen door de andere EK's. Om eerlijk te zijn vond hij het er doodsaai. Hij kon best een drankje gebruiken, maar om in een Spurs te zitten terwijl de adrenaline van de jacht nog door zijn aderen pompte voelde iets te onwerkelijk – zelfs voor hem.

Hij schudde zijn hoofd en deed een stap naar achter. 'Nee, ander keertje misschien. Ik moet ervandoor. Maar bedankt.'

'Wanneer je maar wilt', zei de eerste uitsmijter. Eddie was nu helemaal van de wereld en hing als een zak aardappelen tegen hem aan. Ongeduldig verlegde hij het gewicht van de man. 'Hé Mike, ga je die taxi nog bellen of hoe zit het? Onze schone slaapster is al mijlenver weg.'

'Zeg maar dat hij het sterke spul beter kan laten staan', zei Alex grijnzend. 'Volgende keer ziet hij nog een roze olifant.'

1

'Dit is zo gênant', mompelde Nina. Ze stond met gekruiste armen tegen het bestuurdersportier geleund en schudde afkeurend haar hoofd.

'Wil je dat ik hem maak of niet?' vroeg ik. Mijn stem klonk gedempt omdat mijn hoofd zich ergens diep in de motor van de Corvette bevond. Samen met het grootste deel van mijn bovenlichaam. Ik probeerde haar carburateur te vervangen, maar de motor was zo smerig dat de moeren praktisch dichtgekit zaten.

'Wil je me die moersleutel aangeven? Die met dat gele handvat.'

Nina mompelde in zichzelf terwijl ze zich bukte om door mijn gereedschap te rommelen. 'Niet te geloven dat je zelfs een gereedschapskist hebt. Niet te geloven dat je die naar school meeneemt.' Ze duwde de sleutel in mijn hand.

'Oké – zal ik stoppen? Je zegt het maar.' Ik had op dat moment haar luchtfilter al verwijderd en de brandstofleiding en de vacuümslang losgemaakt. We bevonden ons op de parkeerplaats van de school, omdat ik dacht dat dat handiger was dan bij mij in de garage, die tot de nok volstond met dozen, fietsen en oude troep waarvan mijn tante telkens zei dat ze die ging wegdoen, maar het steeds niet deed. Ik had alleen geen rekening gehouden met de schaamtefactor. Het was niet de eerste keer.

'Willow! Heb het lef', siste Nina terwijl ze aan haar bruine pony trok. 'Doe niet zo aangebrand. Ja, ik wil dat je hem maakt; ik wist alleen niet dat je het híér ging doen. Meer niet.'

Ze wierp een steelse blik over haar schouder naar het sportveld; blijkbaar hield ze Scott Mason en zijn meute opschepperigere rugbyhelden in de gaten. De lessen waren allang afgelopen, maar de rugbytraining was nog in volle gang. Ondertussen was de leerlingenparkeerplaats een lege grijze oceaan geworden met slechts hier en daar een verdwaalde auto.

'Wees blij dat ik het niet tijdens de lunchpauze heb gedaan', merkte ik op. 'Ik heb wel enig gevoel voor decorum, hoor. O, schiet op, jij –' Ik klemde mijn kaken op elkaar en zette al mijn kracht op de moersleutel. Eindelijk gaf de moer mee.

'Ha! Hebbes.' Ik draaide hem los, haalde de oude carburateur eruit en hield hem naast de nieuwe. Precies goed. Wat een klein wonder was, gezien het feit dat Nina's Corvette zo ongeveer in het museum thuishoorde.

Nina trok haar neus op. 'Decorum, jij? Laat me niet lachen. Moet je kijken wat je aanhebt.'

'Kleren?'

'Willow, zoals jij eruitziet... ik heb er niet eens een woord voor.'

'Echt niet? Cool.' Grinnikend veegde ik mijn handen schoon aan een oude lap. 'Dat betekent dat ik uniek ben, ja?' Ik droeg een glimmende, groene, brokaatzijden blouse uit de jaren vijftig en mijn versleten lievelingsspijkerbroek. Mijn zwartfluwelen jasje had ik veilig over de geopende motorkap gehangen. De meeste spullen kocht ik bij Tammy's Attic, mijn meest favoriete winkel ooit.

Nina sloot haar ogen en kreunde. 'Uniek. Ja, zo zou je het kunnen zeggen. Eerlijk, Willow, Pawntucket is zó niet klaar voor jou.'

Dat was een waarheid als een koe en ik nam niet de moeite ertegenin te gaan. Ik pakte een schroevendraaier en schraapte het metaal waar de oude carburateur had gezeten schoon. Het was meer dan smerig, zo veel vuil zat er. Het deed me denken aan een kolenmijn waar het olie had geregend.

Nina opende haar ogen en keek onder de motorkap. 'Wat doe je nu?' vroeg ze wantrouwend.

'Ik verwijder al dat smerige vuil van je.' Ik liet haar de schroevendraaier zien die nu onder de zwarte smurrie zat. 'Wil je helpen?'

'Getver, nee.' Ze zuchtte en leunde weer tegen de zijkant van de auto, terwijl ze een sliert haar om haar vinger wikkelde. 'Je hóéft het toch niet schoon te maken? Je kunt toch gewoon de nieuwe erop zetten?'

Onder het schrapen viel mijn lange blonde haar naar voren en zonder op te kijken stak ik het terug achter mijn oor.

'Goed idee. Dan sluit hij niet luchtdicht af en zuigt hij valse lucht aan als een amechtige stofzuiger en –'

Plotseling ging Nina rechtop staan. 'O my god! Daar komt Beth Hartley!'

Beth Hartley was een van de sterren van Pawntucket Highschool – slank, mooi, hoge cijfers. Ze was iets ouder dan wij, bijna achttien, en zat in het laatste jaar, maar we bewogen ons sowieso niet in dezelfde kringen. Zij zat in elke club en elke commissie die er maar was en woonde zo'n beetje op school. Als zij onverhoopt niet meer naar school kon komen, zouden ze hem vast sluiten. De docenten zouden spontaan in staking gaan.

Ik deed wat oplosmiddel op een schone doek en begon de plek waar de carburateur had gezeten te poetsen. 'Wat had ze vandaag, denk je?' vroeg ik. 'Cheerleadersoverleg? Promcommissie? De wereld redden?'

'Willow, dit is niet grappig', kreunde Nina. 'Ze komt recht op ons af!'

'Nou en? Ze heeft vast wel eens een carburateur gezien.'

Nina staarde me aan. Er viel een stilte en toen drong het tot me door wat ik had gezegd. 'O', zei ik lachend. 'Misschien ook niet, hè?'

Nina zuchtte en keek naar me alsof ze aarzelde tussen me wurgen of met me mee lachen. 'Ik weet dat het jou niet kan schelen, maar bijna de hele school vindt je al een weirdo, hoor. Dit doet je geen goed, neem dat maar –' Ze zweeg abrupt toen Beth bij ons kwam staan.

'Hoi', zei Beth, terwijl ze onzeker van Nina naar mij keek. Ze had lang, honingkleurig haar en ze was zo subtiel en perfect opgemaakt dat je nauwelijks zag dat ze make-up droeg. Wat in mijn ogen altijd tijdverspilling had geleken – urenlang bezig zijn met je zo opmaken dat niemand het zag – maar wie ben ik.

'Hoi', zei ik terug, terwijl ik haar vanonder de motorkap aankeek.

'Hoi Beth', zei Nina zwakjes. 'Goeie toneelgroep gehad?'

'Jaarboekoverleg', corrigeerde Beth haar. 'Ja, prima.' Ze staarde naar de geopende motorkap, en mij eronder. 'Je bent, eh... Nina's auto aan het repareren', zei ze. Het hield het midden tussen een vraag en een constatering.

Ik knikte. 'Haar carburateur.'

'Carburateur. Ah', echode Beth, terwijl ze met haar bruine ogen knipperde.

Er viel een stilte. Ik kon zien dat Beth haar gedachten probeerde te ordenen en toen besloot maar niet op de carburateur in te gaan. Ze schraapte haar keel. 'Eh, Willow... weet jij toevallig wat het huiswerk is voor de les van Atkinson? Ik was er gister niet.'

Mijn wenkbrauwen schoten omhoog. Ik dacht altijd dat Beth niet eens doorhad dat we soms bij elkaar in de klas zaten. Of op dezelfde school. Of op dezelfde planeet. Bij nader inzien: schrap die laatste opmerking maar – waarschijnlijk záten we ook niet op dezelfde planeet. En waarom vroeg ze het mij, trouwens? In onze klas zat een heel stel van haar volmaakte vrienden.

Ik haalde mijn schouders op. 'Ja hoor – in mijn rode map.' Ik gebaarde naar mijn schooltas, die naast de geopende gereedschapskist op de grond stond. 'Wil je zelf even kijken? Mijn handen zijn nogal –' Ik hield ze omhoog om het haar te laten zien en ze trok wit weg.

'Fijn, dank je.' Ze haalde de map uit mijn tas, sloeg hem snel open en krabbelde de opdracht op een blaadje. Toen ze hem had teruggestopt aarzelde ze en wierp een blik op Nina. Ze deed haar mond open en sloot hem weer. Haar nek werd knalrood.

De bewegingen van mijn hand met de poetsdoek vertraagden en ik keek haar verrast aan. Plotseling wist ik precies wat er ging komen: ik had de signalen te vaak gezien om me nog te vergissen. Het drong ook tot Nina door en haar ogen werden groot. 'Ik denk dat ik... even wat ga drinken', zei ze terwijl ze wel héél nonchalant een stap naar achter deed. Ik zag dat ze hetzelfde dacht als ik: Beth Hártley? Echt? De volmaaktheid zelve?

Toen Nina weg was kwam Beth dicht bij me staan en zei op gedempte toon: 'Eh, Willow...' Ze haalde diep adem en ging met haar gemanicuurde vingers door haar haar. 'Ik eh... hoorde dat jij... lezingen doet. Auralezingen', voegde ze er snel aan toe. Haar gezicht was vuurrood.

Ik knikte. 'Ja, dat klopt.'

Beth leek haar adem in te houden. Ze probeerde sceptisch te kijken, maar de uitdrukking op haar gezicht was plotseling zo hoopvol en smekend, dat het was alsof er een jong hondje naar me keek. 'En – ben je goed?' flapte ze eruit.

Ik haalde mijn schouders op en zette de nieuwe carburateur op het spruitstuk. 'Ik denk het. Niet alles wat ik zie komt uit, maar de meeste dingen blijkbaar wel. En om eerlijk te zijn, wat niet uitkomt is meestal een alternatief pad.'

Ze keek me indringend aan en zoog elk woord in zich op. 'Alternatief pad?' herhaalde ze. 'Hoe bedoel je?'

Ik dacht erover na terwijl ik de moeren om beurten een stukje vastdraaide om de druk op de carburateur gelijk te verdelen. 'Wat ik daarmee bedoel... nou ja, je hebt keuzes in je leven. En soms kan ik verschillende keuzes zien en wat het gevolg van elk zou zijn. Maar het gaat niet allemaal gebeuren, want je kiest maar één ding.'

Beth knikte traag. 'Ja, dat is precies waar ik hulp bij nodig heb', zei ze – bijna tegen zichzelf. 'Kiezen.' Ze keek over haar schouder naar de school. 'Oké – kun je mijn aura een keer lezen?' vroeg ze gehaast. 'Gauw?'

Ik knipperde met mijn ogen bij de gedachte aan Beth in mijn huis – het leek een onmogelijke combinatie – maar haalde toen mijn schouders op. 'Tuurlijk, best. Morgen na school? Nee, wacht even – kun je donderdag?' Ik was even vergeten dat de hulp morgenvroeg wegging en dat ik tante Jo had beloofd op tijd thuis te zijn om voor mijn moeder te zorgen. Ik gaf Beth mijn adres.

'Tot dan', zei Beth geestdriftig. Een paar van haar vrienden van het jaarboekoverleg waren de school uit gekomen. Ze draaide zich om en met haar schooltas tegen haar borst gedrukt liep ze naar het groepje. 'Bedankt, Willow', riep ze zacht over haar schouder.

Ik keek haar verbijsterd na. Ik wist dat ik mensen niet in hokjes moest stoppen – als ik íéts had geleerd van mijn helderziendheid, dan was het wel dat je écht niet wist wat mensen dachten, wat er allemaal onder de oppervlakte in de heksenketel van hun alledaagse leven borrelde – maar dan nog... Beth Hartley. Vreemd, dacht ik, terwijl ik de laatste moer vastdraaide.

Nina kwam terug, en de vraagtekens spatten van haar gezicht af. 'Ze wil een reading', zei ik om het onvermijdelijke voor te zijn.

'Ik wíst het!' riep Nina uit. 'Ik zág het gewoon, zo geheimzinnig als ze deed.' Ze schudde verbouwereerd haar hoofd. 'Wauw, niet te geloven dat zelfs Beth Hartley in die onzin gelooft.'

Nina is de minst fantasievolle, meest prozaïsche persoon van de hele wereld en ze is ervan overtuigd dat alles wat naar helderziendheid zweemt bedrog is. Ze denkt niet per se dat ík een bedrieger ben. Alleen maar dat ik mezelf voor de gek houd. Dat ik theatraal doe, zonder het door te hebben dingen verzin, me laat meeslepen – dat soort dingen. Ze vindt dat ik actrice moet worden, omdat ik blijkbaar zo'n goed contact heb met mijn innerlijke kind. Het is eigenlijk verbazingwekkend dat we vriendinnen zijn. Maar ik ken haar al vanaf mijn negende, toen mijn moeder en ik naar Pawntucket verhuisden om bij tante Jo te gaan wonen. We weten gewoon niet meer beter, denk ik.

Nina keek hoofdschuddend toe terwijl ik me over de motor boog. 'Willow, je weet toch wel dat je moet stoppen met dat helderziende gedoe? De halve school denkt dat je een heks bent.'

Mijn wangen begonnen te gloeien. 'Dat is niet mijn schuld', mompelde ik. Ik was bijna klaar, en dat was maar goed ook, want Nina begon me op mijn zenuwen te werken.

'Dat is het wel', hield Nina vol. 'Je hóéft toch geen readings te doen? Nee, dat hoef je niet! De volgende keer zeg je gewoon nee.'

Ik zweeg. In de verte hoorde ik het rugbyteam dat nog op het sportveld aan het trainen was; de schoudervullingen die tegen elkaar opbotsten alsof er titanen aan het vechten waren. 'Dat doe ik niet', zei ik ten slotte toen ik klaar was met de carburateur. Ik veegde mijn handen schoon en begon mijn gereedschap op te ruimen.

'Waarom niet?' riep Nina geïrriteerd uit.

Ik draaide me naar haar om. 'Ik doe readings omdat mensen problemen hebben, Nina! En omdat ik denk... dat ik ze misschien kan helpen.'

'Ach, kom op, Willow, je houdt jezelf écht voor de gek als je denkt –' Nina zweeg toen ik mijn jasje van de motorkap griste en de kap dichtsloeg.

'Hier', zei ik terwijl ik haar de sleutels toewierp. 'Voordat je ermee gaat rijden moet je eerst het gaspedaal een paar keer intrappen.' Ik had mijn spullen gepakt en liep weg voordat ze kon reageren.

'Dan moet je het zelf weten', riep ze me achterna. 'Maar je weet dat ik gelijk heb. Tot morgen. Bedankt dat je mijn auto gemaakt hebt, halvegare.'

Ik zwaaide naar haar zonder me om te draaien. Ik stapte in mijn eigen auto, een blauwe Toyota, legde mijn spullen op de stoel naast me en startte. De motor spinde als een poes – nogal wiedes. Ik haal dan wel vreselijke cijfers, maar met auto's ben ik goed!

Ik stopte een bluesbandje in het cassettedeck – oké, qua geluidsinstallatie leef ik nog in de twintigste eeuw – en reed de parkeerplaats af in de richting van Highway 12. Het gesprek met Beth Hartley bleef in mijn hoofd zeuren. Wat was er zo belangrijk dat ze een reading wilde?

Kiezen. Dat is precies waar ik hulp bij nodig heb.

Ik werd bekropen door een onbehaaglijk gevoel en fronsend vroeg ik me af waarom ik plotseling zo gespannen was. Helderziend zijn is niet zoals iedereen altijd denkt – ik ben geen alwetende, alziende goeroe. Nee, ik kan niet voorspellen welk lotnummer gaat winnen en, ha ha, ja, ik kan net als iedereen verrast worden door de regen.

Wel zie ik af en toe beelden of voel ik dingen, maar dat is nooit erg specifiek, tenzij ik een bepaalde verbinding maak, bijvoorbeeld door iemands hand vast te houden. Plus dat ik de geestelijke ruimte moet hebben om te ontspannen en mijn hoofd leeg te maken. Als ik van slag ben of opgewonden komt er meestal weinig binnen. Het is trouwens toch niet iets waar je voortdurend mee bezig kunt zijn – niet zonder stapelgek te worden. Het grootste deel van de tijd ziet mijn leven er dus net zo uit als bij iedereen en heb ik geen idee hoe de dingen zich zullen ontvouwen.

Maar soms heb ik een sterk voorgevoel... zoals nu, over Beth.

Ik beet op mijn lip en remde af voor een kruising.

Wat haar keuzes ook waren, ik had er plotseling een heel slecht gevoel over.

'Pannenkoeken', zei Alex, terwijl hij naar de menukaart keek.

'Roereieren met spek en gebakken aardappelen. En toast.'

Hij was uitgehongerd. Zoals altijd na een liquidatie; alsof hij een week niet had gegeten.

'Koffie?' vroeg de plompe serveerster. Ze keek hem verveeld aan.

Hij knikte. 'Ja, en sinaasappelsap.'

Terwijl de serveerster wegliep zette Alex de menukaart terug in de houder en hij rekte zich uit. Na het afleveren van Eddy bij de Spurs had hij rondgelopen totdat hij in het centrum een sportschool had gevonden die de hele nacht open was.

Hij had een pasje gekocht en had zich urenlang op de apparaten uitgeleefd alsof ze de vijand waren, totdat het zweet als regen van zijn gezicht en zijn schouders droop.

Langzaam maar zeker had hij de adrenaline die door zijn lichaam gierde voelen wegebben en plaatsmaken voor een welkome, zinderende vermoeidheid.

Toen hij eindelijk was gestopt had hij zijn hoofd op de stang van het buikspierapparaat laten rusten. 'Lekker getraind?' had een van de begeleiders gevraagd. Het was bijna zes uur 's ochtends en de sportschool liep langzaam vol. Alex hoorde om zich heen het gezoem en gekletter van de apparaten, het gekreun van mensen en het geluid van voeten op de loopbanden.

Hij had zijn hoofd opgetild en de man aangekeken. Even wist hij niet waar hij was. Toen knikte hij en glimlachte met

moeite. 'Ja, prima.' Hij droogde zijn gezicht met zijn
handdoek af en stond op. Zijn spieren voelden aan als water.
Vroeger ging hij altijd hardlopen na een ontmoeting met een
engel, maar het was nooit genoeg; het putte hem niet uit. Dit
was goed. Misschien zou hij de komende dagen zelfs wat
kunnen slapen.

'Man, wat viel jij aan op die apparaten', had de begeleider
opgewekt gezegd, terwijl hij een ontsmettingsmiddel op het
zadel van een fiets spoot. Hij ging er met een doek overheen.
'Alsof je bezeten was.'

Alex had plotseling gegrinnikt. 'Nee, dat zijn die anderen',
zei hij. 'Degenen die ik níét op tijd te pakken krijg.' En terwijl
de begeleider hem verbijsterd nakeek had hij de handdoek
om zijn nek gehangen en was naar de douches gelopen.

Nu nam hij een slok van de slappe koffie en keek door het
raam naar de Rocky Mountains. Het pannenkoekenhuis zat
stampvol – ontspannen glimlachende vaders en moeders in
spijkerbroek, en kinderen in kinderzitjes die uitgelaten op
een kleurplaat krasten.

Hij was een paar keer eerder in Aspen geweest, zelfs nog
voor de Invasie. De engelen leken het hier naar hun zin te
hebben. Hij had geen idee waarom. Misschien was het de
gezonde berglucht. Alex liet zijn kin op zijn hand rusten en
staarde naar de met sneeuw bedekte pieken in de verte.
Vreemd genoeg deed Aspen hem aan Albuquerque denken,
ook al was Albuquerque een en al woestijn en scheef
invallend licht – goudkleurige steen in plaats van hoog
oprijzend gebergte. Het had met de lucht te maken; met het
gevoel schoon en herboren te zijn, alleen al door de geur.
Zijn eerste solo-opdracht was in Albuquerque geweest.
Bij de herinnering bleef Alex' koffiekop halverwege zijn mond

hangen. Zonder een slok te nemen zette hij hem weer neer. Hij was twaalf jaar geweest. Op jacht met Cully en Jake. Martin, zijn vader, gedroeg zich toen al een beetje vreemd – hij had voortdurend binnensmonds mompelend door het kamp gelopen, met zijn kaken bewegend alsof er knikkers in zijn mond zaten, en als hij niet tegen de anderen aan het roepen en tieren was, zat hij dag en nacht als een bezetene de wapens schoon te maken. Er was een tijd geweest dat Alex niets liever wilde dan samen met zijn vader op jacht gaan, maar die keer was hij opgelucht geweest dat hij niet meeging. Vervolgens had hij zich geschaamd over zijn opluchting. Zijn vader was een geweldige man, dat wist iedereen. Iedereen die ertoe deed, tenminste.

Desondanks was de stemming uitbundig geweest toen ze die dag het kamp uit waren gescheurd en de jeep een metershoog stofspoor had getrokken. Cully, die uit Alabama kwam, had een oorverdovende oorlogskreet laten horen en Jake had Alex tegen zijn schouder gestompt en gezegd: 'Hé, broertje, wedden dat ik je inmaak?' Plotseling besefte Alex dat zij hetzelfde voelden als hij en het schuldgevoel maakte plaats voor een gelukzalige roes.

'Oké, wedden', zei hij. Hij stortte zich op Jake en nam hem in een halve nelson. Tot zijn voldoening – zijn broer was twee jaar ouder – kostte het Jake een paar seconden om zich te bevrijden, waarna hij zich met een luide schreeuw dwars over de bank op Alex stortte. Ze waren met zijn tweeën vechtend en lachend boven op de berg kampeerspullen in de laadbak gerold.

In die tijd, voordat de CIA het had overgenomen met hun engelspotters en kille, efficiënte sms'jes, kon een jacht weken duren. Behalve de kampeeruitrusting stonden er in de jeep een paar kratten met blikken etenswaar en dozen munitie. Hun wapens lagen voorlopig uit het zicht: betrouwbare jachtgeweren die er niet flitsend uitzagen, maar prima voldeden. Cully had zelfs zijn kruisboog bij zich. Hij beweerde altijd dat je er zuiverder mee schoot, maar volgens Alex was het opschepperij. Het was in ieder geval lastig; ze moesten naderhand altijd op zoek naar de pijl.

'Als jullie dat petroleumstel mollen, mol ik jullie', riep Cully met zijn lijzige zuidelijke tongval over zijn schouder. Hij gaf een ruk aan het stuur en in een wolk van zand en kiezelstenen ging de jeep slippend de bocht door. Alex en Jake werden als lappenpoppen tegen de zijkant geslingerd. In de beschaafde wereld reed Cully als een modelburger, wist Alex, maar hier aan het eind van de wereld was hun enige gezelschap stof, yucca's en hagedissen. Hier kon je doen en laten wat je wilde.

'M'n rug op', zei Jake, terwijl hij Alex grijnzend aankeek. Jake was groter en steviger gebouwd dan Alex, maar hij had hetzelfde donkere haar en dezelfde grijsblauwe ogen. Je zag zo dat ze broers waren.

Ze leken allebei op hun moeder.

Die gedachte gaf de dag een scherp randje. Alex herinnerde zich een vrouw die graag zong, die haar schoenen uitschopte en onder het koken op de muziek van de radio danste. Als kleine jongen trok hij altijd aan haar broekspijp om haar aandacht te krijgen. Soms stopte ze dan met wat ze aan het doen was en bukte zich om zijn handjes te pakken. 'Dans met me, knappe jongen', zei ze dan lachend terwijl ze hem in de rondte draaide.

Hun moeder was de reden dat ze dit deden. Zij was altijd de reden. En Alex wist dat ze ook de reden was dat zijn vader – misschien – gek aan het worden was.

De jeep hotste rammelend over de rotsachtige bodem. Cully nam het stuur in één hand en pakte een sigaar. Hij beet het topje eraf, spuugde het door het raampje naar buiten en stak de sigaar aan. Hij droeg een zwart mouwloos shirt en de spieren van zijn armen en schouders waren hard als staal. Hij nam een trek van zijn sigaar en keek hoofdschuddend in de achteruitkijkspiegel naar Alex en Jake.

'De engelkillers, de hoop van de vrije wereld', mompelde hij. 'God sta ons bij.'

De rit naar Albuquerque duurde ongeveer vier uur en Alex verveelde zich al lang voordat ze er waren. Toen ze de stad binnenreden veerde hij op. Doordat ze als een stel buidelratten in de woestijn leefden, vergat hij soms dat er een echte wereld bestond, maar nu kwam die als een vloedgolf van verleiding over hem heen – fastfood, shoppingmalls, bioscopen. Zijn oog viel op een reclamebord met iemand die Will Smith heette: een stoer uitziende zwarte man met een geweer in zijn handen.

'Hé Cully, gaan we naar de film?' vroeg hij terwijl hij over de voorbank leunde.

'Jij en Jake mogen', antwoordde Cully. Hij keek in de achteruitkijkspiegel en streek grijnzend zijn blonde haar naar achter. 'Ik heb andere plannen, snappez vous?'

Vrouwen. Alex en Jake keken elkaar betekenisvol aan. In het kamp van de EK's waren een paar vrouwen, maar Cully zei altijd dat hij graag iets lievers had dan vrouwen in gevechtskleding of met een geweer in hun hand. Hij viel niet op vrouwen die minstens zo goed schoten als hij.

Het plan was om comfortabel in de stad te overnachten voordat ze aan de lange en zware tocht naar Vancouver zouden beginnen, waar volgens Martin engelactiviteit was gesignaleerd. Maar toen ze het terrein van het motel opreden, verstrakte Cully. 'Als je het mij vraagt', mompelde hij terwijl hij uit de jeep stapte, 'is híér iets aan de gang.'

Dat betekende engelen. Alex keek scherp om zich heen. De middaghitte leek om hen heen te bevriezen, alsof de hele wereld stokte.

'Waar, Cull?' vroeg Jake, die er plotseling ouder en ernstiger uitzag.

'Weet ik nog niet', antwoordde Cully met samengeknepen ogen. 'Maar niet ver, denk ik.' Hij zweeg een hele tijd en tuurde door de winkelstraat. Uiteindelijk schudde hij zijn hoofd. 'Kom, we gaan inchecken en uitpakken. Daarna moesten we maar eens een eindje gaan rijden, heren.'

Cully regelde een kamer en parkeerde de jeep vlak voor de deur. Geroutineerd droegen ze met z'n drieën de bagage naar binnen en stapelden die op de vloer op.

Ze lieten de geweren in de jeep liggen. Toen alles was uitgeladen legde Cully er een dekzeil overheen. 'Oké, we gaan', zei hij terwijl hij achter het stuur klom en de motor startte. 'Jullie weten wat je te doen staat. Alex, jij komt naast me zitten. Jake, jij gaat achterin.'

Alex zag dat Jake wilde protesteren, maar zich bedacht. Cully maakte dan wel veel grappen, maar als je geen blauw oog wilde, kon je maar beter zonder tegenstribbelen doen wat hij zei.

Hij ging naast Cully zitten. Zijn huid tintelde. Onderhand was hij al een keer of tien op jacht geweest, maar hij was nog net zo opgewonden als de eerste keer. En misschien was het kinderachtig van hem, maar de opwinding kwam deels doordat hij wist hoe goed hij was. Jake was dan wel ouder en potiger dan hij, en net zo'n goede schutter, maar hij kon niet zo snel intunen als Alex, en ook niet zo krachtig. Al die vreemde dingen die hun vader hun had geleerd hadden Alex een gevoel van thuiskomen gegeven.

Terwijl Cully langzaam door de drukke straten van Albuquerque reed, sloot Alex zijn ogen en ontspande zich, waarna hij zijn focus moeiteloos door zijn chakra's omhoog bracht. Toen zijn bewustzijn boven zijn kruinchakra uitsteeg opende zich een andere wereld voor hem. Hij voelde het energieveld van alle levende dingen om hem heen – de vrouw in de auto naast hen, de man op de hoek die wachtte tot hij kon oversteken, zijn herdershond die aan zijn riem trok. Alex maakte kort contact met hun energie en liet zijn eigen energie in steeds grotere cirkels uitdijen.

In de verte hoorde hij Jake zeggen: 'Cully, weet je zeker dat je iets voelde?'

'Kop dicht –' begon Cully, maar hij zweeg toen Alex' ogen openschoten en hij rechtop ging zitten.

'Die kant uit!' zei Alex gespannen en hij wees. 'Daar is een... een park of zo, misschien twee blokken naar het zuiden – ik voelde een heleboel bomen. Daar zit hij. Hij maakt zich klaar om zich te voeden.' Hij huiverde onwillekeurig. Engelenergie voelde koud en klam als een moeras en leek groezelige vingerafdrukken op je ziel achter te laten.

'Een park? Uitstekend', zei Cully.

Alex zag in de achteruitkijkspiegel dat Jake hem geïmponeerd en een beetje jaloers aankeek. 'Goed werk, *bro*', zei hij.

Een paar seconden later kwamen ze inderdaad bij een park. Cully parkeerde de auto onder een rij bomen. Hij keek om zich heen, leunde naar voren en haalde een pistool met een geluiddemper uit het handschoenenvakje. Hij controleerde het magazijn, klapte het dicht en overhandigde het pistool aan Alex.

'Neem hem maar te grazen', zei hij.

Alex liet het pistool van schrik bijna vallen. 'Wat?'

'Hij is nog maar twaalf!' riep Jake tegelijkertijd uit.

'Nou en? Jij was dertien toen je voor het eerst solo ging en hij is beter in chakra's dan jij', zei Cully, terwijl hij zich naar hem omdraaide. Met een woedende blik zakte Jake weer op de achterbank neer.

Alex staarde naar het wapen. Hij had wel eens eerder op een engel geschoten, dat was waar, maar nooit in zijn eentje zonder back-up. Er kon van alles misgaan. Het grootste risico was dat de engel hem in de gaten kreeg en aanviel voordat hij had kunnen schieten. Hij was erbij geweest toen dat ooit met een engelkiller was gebeurd – Spencer heette hij. Alex slikte toen hij zich Spencers lege blik herinnerde op het moment dat zijn geest volledig was weggeschroeid door de aanval van de engel.

En soms doodden ze je natuurlijk gewoon.

Cully keek hem aan. 'Als je het niet in je eentje kan, hebben we niks aan je', zei hij ruw. 'En je kunt het; anders had ik je geen geladen pistool in je handen gedouwd.'

Voor Cully's doen was dit een enorm compliment. Alex ging met zijn tong langs zijn droge lippen. 'Oké', zei hij. Terwijl hij het trillen van zijn handen probeerde te verhullen ontgrendelde hij het pistool. Hij droeg geen holster, dus stak hij het wapen op zijn rug tussen zijn broeksband en trok zijn T-shirt eroverheen.

'Alex... doe voorzichtig', zei Jake met een bezorgd gezicht.

'Hij redt het wel', zei Cully. Hij gaf Alex een klap op zijn schouder. 'En als je over een kwartier niet terug bent, bellen we het gekkenhuis om je te komen oppikken.'

EK-humor; je moest ervan houden. Alex glimlachte gespannen. Toen stapte hij uit en liep het park in.

Het kostte hem maar een paar minuten om de engel te vinden. Hij hoefde er zelfs zijn zintuigen niet voor te openen – zodra hij de jonge vrouw dromerig onder een boom naar de wolken zag kijken, wist hij hoe laat het was. Ze droeg een dunne zomerjurk en haar bruine haar hing los op haar schouders. Ze had blijkbaar een boek zitten lezen; het lag vergeten naast haar terwijl ze volledig opging in haar aangename mijmeringen.

Dat was tenminste wat andere mensen zouden zien. Toen Alex zijn focus razendsnel door zijn chakra's omhoog liet gaan veranderde zijn waarneming abrupt en kwam er een schitterend wezen in beeld. Het was meer dan twee meter groot en oogverblindend wit. Hoewel zijn grote vleugels een schaduw wierpen, was het licht dat de engel uitstraalde feller dan het schelste zonlicht. Het hulde het gelukzalige gezicht van de vrouw in een zuiver wit, oogverblindend licht.

Alex' maag kromp ineen. Niet vaak had hij een engel zich zien voeden. Het schepsel had zijn beide handen diep in het energieveld van de vrouw begraven, dat met de seconde doffer werd en zwak kronkelde alsof het protesteerde. Zijn hoofd had hij in gulzige vervoering naar achter geworpen, terwijl de energie van de vrouw als water uit een afvoerpijp zijn eigen energieveld in sijpelde. De engelbrand zou ervoor zorgen dat ze zich de engel als goed en welwillend herinnerde. Net zoals zijn moeder, voordat ze was gedood.

Alex zette de gedachte van zich af en keek om zich heen. In dit deel van het park waren er geen paden en op de paar tieners na die een meter of honderd verderop met een frisbee aan het gooien waren was er niemand in de buurt. Alex verschool zich achter een boom en haalde zijn pistool tevoorschijn. Hij pakte het met beide handen stevig beet en richtte.

Nu het erop aankwam voelde hij zich heel kalm, ondanks de opwinding die door zijn aderen joeg. Zijn eerste solo-kill. Cully had gelijk gehad; hij kon het. Waar had hij zich druk om gemaakt? Zijn hele leven had hij op dit moment gewacht. De engel liet zijn hoofd zakken en zag hem.

De angst sloeg Alex om het hart toen de engel hem in de ogen keek. Het schepsel wist onmiddellijk wat hij was en het slaakte een kreet van razernij. Met een ruk trok hij zijn handen uit het energieveld van de vrouw, die nutteloos en vergeten in elkaar zakte – nog steeds met een vredige glimlach op haar gezicht.

Krijsend kwam de engel op hem af. Alex ving verwarde indrukken op van wild ruisende en fladderende vleugels en van een windvlaag die zijn haar alle kanten uit blies, alsof de hele wereld voorbijraasde. Het pistool in zijn handen begon te trillen. Schiet! schreeuwde hij tegen zichzelf. Maar de ogen waren zo prachtig, zelfs in hun razernij. Hij kon alleen nog in die ogen staren, en weten dat hij ging sterven.

Nee! Met een bovenmenselijke inspanning rukte Alex zich los van de ogen en richtte zijn aandacht op het aura van de engel. Dat is het hart, had zijn vader altijd gezegd. Mik op het midden. Alex' handen trilden zo dat hij nauwelijks kon richten. De engel krijste triomfantelijk en het verschrikkelijke geluid sneed door zijn ziel. Het aura van de engel was zo groot als een schoteltje... als een bord... als een...

Alex schoot. De wereld spatte in lichtscherven uiteen en door het geweld van de naschok werd hij weggeslingerd. Hij kwam een paar meter verderop in het gras neer en bleef verbijsterd en buiten adem liggen.

'Man, ik ken er maar weinig die er zo'n zootje van hebben gemaakt', klonk een lijzige stem. 'Ik wilde het klereding net zelf op de korrel nemen.' Alex voelde een sterke arm rond zijn schouder en hij werd overeind geholpen. Toen hij wankelend weer op zijn benen stond keek hij Cully verward aan. Hij probeerde iets te zeggen, maar zijn stem liet hem in de steek. Zijn hoofd bonkte alsof iemand er een aambeeld op had laten vallen.

'Ik denk dat jij je een weekje knap belabberd gaat voelen', zei Cully op gemoedelijke toon, terwijl hij zijn eigen pistool wegstak. 'Jij doet alles op je dooie gemakkie, hè? Ik dacht even dat je wachtte totdat dat stuk vreten ín je was gekropen.'

Alex lachte beverig. Nu het voorbij was voelde hij zich bijna dronken van opluchting – en toen sloegen zijn emoties om en moest hij zijn vuisten ballen om niet in hysterisch huilen uit te barsten. De engel had hem bijna te pakken gehad. Hij had hem werkelijk bijna te pakken gehad.

Cully kneep in zijn schouder. 'Het is je gelukt', zei hij ernstig. Alle scherts was uit zijn stem verdwenen. 'Het is altijd link als ze je zien. Blijf hier, ik ga even bij dat vrouwtje kijken.' Hij draafde naar haar toe en hield alleen stil om Alex' pistool op te rapen en in zijn broeksband te steken. Alex, die zich slap tegen een boom liet zakken, hoorde flarden van hun gesprek.

'Alles in orde, dame? U ziet een beetje pips.'

'O... o, ja, het gaat goed. U gelooft me vast niet, maar ik heb zojuist zoiets prachtigs en wonderbaarlijks gezien...'

Alex sloot zijn ogen. De engel was nu verdwenen; hij had

hem gedood – maar hij kreeg het toch nog koud bij de woorden van de vrouw. Inderdaad, iets prachtigs en wonderbaarlijks. Zij zou de herinnering de rest van haar leven koesteren, en tegen welke prijs? Waanzin? Het gebeurde vaak genoeg: na een tijdje zou er schizofrenie bij haar worden geconstateerd wanneer ze tegen de stemmen in haar hoofd ging schreeuwen. Of kanker. Dat was altijd een goeie: door de aanraking van de engel die zich met haar had gevoed zouden de cellen in haar lichaam verschrompelen en afsterven. Of ms, zodat ze na verloop van tijd haar ledematen niet meer kon gebruiken en in een rolstoel terechtkwam, en er uiteindelijk aan bezweek. Of parkinson, of aids... Het was niet te zeggen met engelbrand: de enige zekerheid was dat haar lichaam onherroepelijk was verminkt, en welke vorm de schade ook aannam, de kwaliteit van haar leven zou van nu af aan snel bergafwaarts gaan. De ironie wilde dat ze nooit de link zou leggen met de engel. Ze zou waarschijnlijk juist denken dat de engel was gestuurd om haar te helpen in een moeilijke tijd.

Cully kwam terug. 'Ze is naar huis, happy als een hond met zeven staarten – nu nog tenminste. Kom', vervolgde hij terwijl hij een hand op Alex' arm legde, 'naar je broertje, dan kun je opscheppen over je eerste solo-kill. Wie weet doe ik er zelf nog een schepje bovenop.'

'Waarom?' vroeg Alex schor. Zijn keel voelde aan als schuurpapier. 'Ik heb alles verkeerd gedaan! Ik heb te lang gewacht met schieten... ik heb hem in zijn ogen gekeken... ik –' Cully gaf hem een pets tegen zijn achterhoofd en de pijn in zijn hoofd deed zijn ogen tranen.

'Ik wil het niet horen, knul', zei Cully. Hij sloeg een arm rond Alex' nek en samen liepen ze terug naar de jeep. 'Ik zei toch dat het linke soep is als ze je aankijken? Maar je hebt het goed gedaan. Je hebt het goed gedaan.'

Nu, vijf jaar later in Aspen, staarde Alex door het raam naar de Rocky Mountains en zag de dorre, ruige heuvels van New Mexico. Slechts een handvol engelen had hem sindsdien nog gezien; het was gewoon pech geweest dat het hem die eerste keer was overkomen. Maar het maakte niet uit. Hij was zijn zenuwen weer de baas geworden en ondertussen had hij zo veel engelen gedood dat hij de tel was kwijtgeraakt. Op een gegeven moment was hij ook gestopt met tellen. Toen Jake er niet meer was en de vriendschappelijke competitie van broers onder elkaar was gestopt, was de lust hem vergaan. Voordat Alex het kon tegenhouden ging de herinnering als een schok door hem heen. Nee. Niet aan denken.

'Alsjeblieft', zei de serveerster, die met zijn ontbijt was verschenen. Ze zette de borden kletterend voor hem op tafel. Ze toverde een vork, een mes en een lepel uit haar schort en liet die ook luidruchtig neerkomen. 'Nog koffie?'

'Graag', zei Alex. Ze schonk zijn kop vol en draafde weer weg, terwijl Alex vermoeid naar het eten keek en zich afvroeg waarom hij zo veel had besteld. Maar hij moest wat eten. Hij kon elk moment weer een sms'je krijgen en naar een volgend godverlaten oord worden gestuurd. Maar het kon net zo goed een week duren; een aaneenschakeling van zinloze dagen die hij op de een of andere manier moest vullen – wat meestal neerkwam op stompzinnige series kijken in een troosteloze motelkamer.

Zonder nog aandacht te schenken aan de gelukkige gezinnetjes om hem heen pakte Alex zijn vork en begon te eten.

2

'Hoi – kom binnen', zei ik tegen Beth.

Het was donderdagmiddag na school en ze stond met grote ogen op onze veranda om zich heen te kijken. Mijn tante woont in een oud victoriaans huis aan de zuidkant van Pawntucket en ze is zo ontzettend aardig geweest (zoals ze ons steeds onder de neus wrijft) om mijn moeder en mij bij haar te laten intrekken – gelukkig maar, want mijn moeder heeft geen werk en zou niet eens kunnen werken. Het is een prachtig oud huis, of dat was het in ieder geval ooit, lang geleden. Nu kan het wel een lik verf gebruiken. Om maar te zwijgen over de hertjes en de windmolentjes waar tante Jo haar voortuin mee vol heeft gezet.

Beth slikte en scheurde haar blik los van een tuinkabouter met een rode muts. 'Heel, eh... kleurrijk', zei ze zwakjes.

Ik deed een stap naar achter om haar binnen te laten. Binnen zag het huis er een stuk gewoner uit, afgezien van de stapels spullen overal. Tante Jo is een verzamelaarster. Ze bewaart alles, maar kan nooit iets vinden omdat het altijd onder een halve meter troep ligt, zodat ze na verloop van tijd alles in twee- of drie- of zelfs zesvoud bezit.

Beth kwam aarzelend binnen met haar handtas in beide

handen geklemd. Ze zag er zoals altijd onberispelijk uit met haar zwarte broek en turquoise topje. Haar honingkleurige haar zat in een paardenstaart, waardoor haar bruine ogen nog groter leken. Ik wierp een blik op haar schoenen. Prada. Ze deden mijn paarse Converse-sneakers er nog 'kleurrijker' uitzien dan de voortuin.

Toen ik de voordeur dichtdeed hoorde ik de televisie in de woonkamer, waar mijn moeder en haar hulp zaten. Tante Jo was nog niet terug van haar werk.

'Eh... ik doe de readings meestal in de eetkamer', zei ik terwijl ik haar voorging door de gang. 'Deze kant op.' Beth kwam achter me aan, terwijl ze zwijgend naar de aardewerken poesjes keek, de boekenkast vol damesromans en treurige clownspoppen, en de tientallen stoffige posters aan de muur. Tante Jo is niet een gewone verzamelaarster, maar een alleseter. Ze houdt ongeveer in haar eentje de hele prullaria-industrie gaande. Nu ik alles door Beths ogen zag drong het plotseling tot me door dat het er binnen misschien toch niet zo gewoon uitzag.

'Hierheen', zei ik en ik wees haar de eetkamer. Hij had een dubbele schuifdeur zodat je hem van de rest van het huis kon afsluiten. Ik schoof de deuren dicht terwijl Beth behoedzaam plaatsnam aan de eettafel alsof ze verwachtte dat de stoel het elk moment zou begeven.

Ze schraapte haar keel en streek met een hand over het tafellaken. 'Hoe, eh... werkt het? Gebruik je tarotkaarten of zo?'

'Nee. Ik hou gewoon je hand vast.' Ik ging naast haar zitten en wreef met mijn handen over mijn spijkerbroek. Ik stond ervan te kijken hoe zenuwachtig ik was, alsof ik het niet al jaren deed. Ik gaf al readings sinds mijn elfde en ongeveer een jaar geleden was ik zelfs geld gaan vragen, alleen maar om tante Jo de mond te snoeren als ze weer begon over wat een financiële last het was om in haar eentje drie mensen te moeten onderhouden.

Beth haalde diep adem en rechtte haar schouders. 'Oké – hier', zei ze en ze stak haar hand uit. Het was een kleine, sierlijke hand met aan één vinger een gouden ring met een parel.

Roerloos keek ik naar haar hand. Ik kon me er niet toe zetten om hem aan te raken. Wat had ik? In de loop der jaren had ik bij allerlei mensen readings gedaan; ik had tal van vreemde en verontrustende dingen gezien – ronduit illegale dingen, zelfs. Het was niet waarschijnlijk dat ik bij Beth Hartley dat soort dingen zou zien, maar ik wist dat dat niet de reden van mijn aarzeling was. Ik had nog steeds dat vreemde... voorgevoel, die intuïtie, of hoe je het ook wilde noemen. Als ik Beths aura ging lezen zou alles anders worden.

Beth keek me gespannen aan. 'Is er iets?' vroeg ze. Haar hand sloot zich. 'Alsjeblieft, Willow, ik heb echt hulp nodig.' Ik schudde mijn hoofd. 'Sorry', mompelde ik. 'Let maar niet op mij.'

Ik sloot mijn ogen en pakte haar hand. Hij voelde warm, en vreemd kwetsbaar. Ik liet me tegen de rugleuning zakken, vergat alles wat ik van Beth meende te weten en opende mijn geest. Vrijwel meteen kwamen er beelden op, vergezeld van dingen die ik gewoon 'wist' – feiten die in mijn hoofd opborrelden alsof ze me door onzichtbare helpers werden ingefluisterd.

'Vorige week was je in het bos aan het wandelen', zei ik langzaam. 'Achter jullie huis is een stuk bos. Je voelt je daar veilig; je kent het daar op je duimpje en het is een goede plek om alles even te vergeten, om te ontstressen.'

Ik hoorde Beth zacht naar adem happen en haar hand verstrakte in de mijne. Voor mijn geestesoog zag ik de Beth van vorige week, die doelloos tegen herfstbladeren schopte terwijl ze over een zandpad liep. Deze Beth droeg sneakers en een verschoten spijkerbroek. Er stonden rimpels in haar voorhoofd; ze piekerde over haar examen Engels. Ze dacht dat ze het goed had gemaakt, maar stel dat het niet zo was? Stel dat ze deze keer geen tien had gehaald?

Plotseling begreep ik dat Beth alleen maar zo volmaakt was uit angst om het niet te zijn. De echte Beth was helemaal niet zo zelfverzekerd. Ze zat zichzelf voortdurend achter de vodden, was voortdurend bang dat ze het niet ging redden. Ik kon haar spanning voelen, de kille knoop in haar maag.

'Je kunt je nogal druk maken over dingen', zei ik voorzichtig. Een belangrijke kwaliteit van een goed medium, zo had ik geleerd, was dat je mensen niet liet schrikken door te laten merken hoeveel je precies van hen kon zien. 'Je kunt heel gespannen zijn.'

'Dat is zo', fluisterde Beth. Ze klonk alsof ze elk moment in tranen kon uitbarsten. 'Maar Willow, wat ik eigenlijk wil weten is –'

'Niet zeggen', onderbrak ik haar. 'Laat mij het zelf ontdekken.' Ze zweeg. Ik ook, in afwachting van wat de beelden me zouden laten zien.

Wat ik zag deed mijn wereld op zijn grondvesten schudden. De Beth voor mijn geestesoog bleef naast een beek staan; het was een plek waar ze graag kwam. Ze hurkte en ging gedachteloos met een gemanicuurde vinger door het koele, heldere water. Het maakt niet uit voor mijn gemiddelde, probeerde ze zichzelf gerust te stellen. Ik heb gehoord dat sommige opleidingen het juist fijn vinden als je niet alleen maar hoge cijfers haalt, want daarmee laat je zien dat je je breder hebt ontwikkeld of zo –

Haar gepieker werd onderbroken toen plotseling de beek in brand leek te staan. Het was echter geen vuur, maar licht: een oogverblindend schijnsel dat op het wateroppervlak weerkaatste en op de golfjes danste. Beth keek verschrikt op... en zag een engel.

Ik voelde dat ik ook schrok, maar onderdrukte het om de stroom van beelden niet te verstoren. De engel stond op de andere oever; een prachtig, gevleugeld lichtwezen.

Schitterend. Dat was het woord dat steeds bij Beth opkwam. De engel keek haar met grote tederheid aan. 'Vrees niet', zei hij terwijl hij over het water naar haar toe kwam zonder dat zijn gewaad het oppervlak beroerde.

Verdwaasd opende ik mijn ogen. 'Je hebt een... engel gezien', zei ik.

'Ja!' riep Beth uit. Ze leunde naar voren en greep mijn hand beet. 'O, Willow, het is waar, het is echt zo, ik wéét het gewoon! Hij kwam recht op me af en legde zijn handen op mijn hoofd, en ik voelde me zo... vredig. Opeens wist ik dat het er allemaal niet toe doet: mijn cijfers, school, álles wat ik altijd zo belangrijk heb gevonden!'

De woorden buitelden over elkaar. Beth keek me met een intense, vurige blik aan. Ik deed mijn mond open om iets te zeggen, en sloot hem weer.

De reden was: ik wist niet wat ik moest zeggen. Bestonden engelen dan echt? Ik had altijd gedacht van niet, maar ik had me dan ook nooit zo met religie beziggehouden – wat er vast mee te maken had dat de kerken in deze streek van die revivalbijeenkomsten hielden in grote tenten en helderzienden beschouwden als satansgebroed. Peinzend beet ik op mijn lip. Had Beth alleen maar gedacht dat ze een engel had gezien? Was ze bezweken onder alle stress of had ze het zich verbeeld om zichzelf op te beuren?

Ik kon niet zeggen hoe, maar ik wist dat dat het niet was. Hoewel ik de engel alleen indirect had gezien via Beths herinnering, had hij heel echt geleken.

Ik slikte. 'Oké, eh... laten we eens kijken wat er verder opkomt.' Ik sloot mijn ogen weer. Beths hand voelde gespannen aan, haar vingers beefden.

De engel had haar hoofd een hele tijd vastgehouden. Zoals Beth had gezegd was er een gevoel van vrede over haar neergedaald. Maar er was meer gebeurd. Ik fronste terwijl ik er de vinger op probeerde te leggen. Er was iets... weggevloeid. De aanraking van de engel had heerlijk gevoeld, maar had Beth ook zó verzwakt dat toen de engel uiteindelijk was vertrokken ze nauwelijks op eigen kracht thuis had kunnen komen.

Was het fysiek geweest, of alleen emotioneel? Ik kon er niet achter komen; dat deel probeerde ze zich niet te herinneren. Sindsdien was ze elke dag naar de beek gegaan in de hoop dat de engel er weer zou zijn. En vaak was dat het geval geweest. De beelden waren niet altijd even duidelijk: soms zag ik een engel en soms een man met het gezicht van een engel. Onder dat alles voelde ik Beths vreugde, haar verwondering... de wervelende energieën op de momenten dat de engel haar aanraakte. Ik werd bekropen door een gevoel van ongemak. Wat wás dat voor een wezen?

'Je hebt de engel onderhand een paar keer gezien', zei ik zo neutraal mogelijk. 'Ik zie ook een man met het gezicht van de engel.'

'Ja, dat is hem', zei Beth. Er klonk hartstocht door in haar zachte stem, alsof ze in vervoering was. 'Dat kúnnen engelen – ze begeven zich onder ons, om ons te helpen. O, Willow, ik kon het nauwelijks geloven toen hij terugkwam. Hij beloofde me dat hij er altijd voor me zou zijn. Ik... ik ben nog nooit zo gelukkig geweest.'

Dat was ze ook, maar ik voelde dat ze er ook ellendig aan toe was. Voordat ik mijn mond kon opendoen leunde Beth naar voren en greep mijn hand. De woorden rolden weer over haar lippen. 'School, de clubs, al dat gedoe – het betekent allemaal niets meer voor me, niet als dát er is.' Ze gebaarde met een hand naar de lucht. 'Engelen zijn écht, en dat betekent... ik bedoel, waarom maak ik me dan nog druk om de rest?'

Ik keek haar aan. 'Wat wil je daarmee zeggen?'

Er viel een stilte. Beth staarde naar de eettafel en ging met haar vinger over de patronen van het tafelkleed. Uiteindelijk haalde ze diep adem en keek me recht aan. 'Ik wil met school stoppen en me aansluiten bij de Engelenkerk.'

Ik opende mijn mond en sloot hem toen langzaam weer. De Engelenkerk was een paar jaar geleden uit het niets verrezen. Eigenlijk was het meer een sekte. Op televisie had ik hun commercials gezien: massa's euforische mensen die allemaal vertelden dat de engelen zuiver liefde waren en hen bij vrijwel elk denkbaar probleem in hun leven hadden geholpen.

'Ja, en ook met het leeghalen van hun bankrekening', had tante Jo dan steevast minachtend gezegd.

Beth was nog steeds aan het woord. 'Nu ik weet dat er engelen bestaan wil ik me aansluiten bij mensen die weten wat ik weet, die ook engelen hebben gezien, die me begrijpen. Mijn engel zei dat als ik me bij de Kerk aansluit we écht samen kunnen zijn. Maar als ik aan mijn ouders denk...'

Haar stem stierf weg en er blonken tranen in haar ogen. Ze rommelde in haar handtas en haalde er een zakdoekje uit. 'Ik heb geprobeerd het er met ze over te hebben, weet je. Over me aansluiten bij de Kerk, bedoel ik. Het was vreselijk. Ze zeiden dat ik mijn leven zou vergooien en dat als ik zo ondankbaar was voor alles wat ze voor me gedaan hebben, ze de handen van me zouden aftrekken.' Ze snikte gesmoord en depte hoofdschuddend haar ogen. 'Ik weet het niet. Als ik niet bij de engel ben, voelt het allemaal zo... onwerkelijk. Maar tegelijkertijd is hij het belangrijkste in mijn leven. Dat kan ik toch niet zomaar negeren?'

Ze keek me smekend aan. 'Willow, wat moet ik doen?'

Zeggen dat ik sprakeloos was dekt niet helemaal de lading. Ik was nog nooit zo verbluft geweest. 'Ik zal eens kijken of ik iets kan zien', wist ik uiteindelijk uit te brengen.

Ik sloot mijn ogen, zette mijn eigen turbulente gedachten van me af en ging diep vanbinnen op zoek naar Beths toekomstmogelijkheden. Ze ontvouwden zich voor me als een boom die zich vertakte bij elke keuze die ze in haar leven zou kunnen maken. In gedachten knipperde ik met mijn ogen. Bij de meeste mensen was een dergelijk beeld in een gouden gloed gehuld, maar bij Beth was het dof. Het was nog erger: haar boom had maar één vertakking – uit de stam rezen in een wankele V twee kronkelige, stakerige uitlopers op.

Het was alsof ik een stomp in mijn maag kreeg. Hoe was dit mogelijk? Beths toekomst liet maar twee mogelijkheden zien... en geen van beide zag er goed uit. Mijn hart kromp ineen toen ik de eerste tak verkende. Mijn hemel, arme Beth. Ik bad in stilte dat de tweede tak meer hoop zou bieden, maar toen ik mijn aandacht ernaar verlegde voelde ik dat een vreemde kou zich van me meester maakte. De beelden die opkwamen waren warrig en zodra ik me erop probeerde te concentreren losten ze op in een grijze nevel. Maar alleen al de hartverscheurende kilte van deze toekomst deed mijn adem stokken. Waar de grijze nevel ook voor stond, het voelde onherroepelijk, als een in mist gehulde grafzerk.

Mijn ogen schoten open. 'Beth, die engel is niet goed voor je', zei ik met klem. 'Hij schaadt je. Je moet niet meer naar de beek gaan. Hij kan je dan nog steeds opsporen, maar misschien laat hij je met rust en dan kun jij –'

Beth hapte naar adem en trok haar hand uit de mijne. 'Nee!' riep ze uit. 'Je begrijpt er niets van!'

'Luister! Bij het ene pad zie ik dat je mijn advies opvolgt. Je besluit de engel te vergeten en je school af te maken. Je gaat politicologie studeren en...' En je zult de rest van je leven af en aan depressief zijn en blijven piekeren of je de juiste keus hebt gemaakt. Ik kon de woorden niet over mijn lippen krijgen. 'Laat ik zeggen dat het geen slecht leven is', vervolgde ik zwakjes. 'Als politicoloog zul je een belangrijke bijdrage leveren', besloot ik lafhartig.

Beths gezicht was als uit steen gehouwen. Zonder me aan te kijken stopte ze het zakdoekje terug in haar tas. 'En het andere pad?' vroeg ze ten slotte. 'Sluit ik me aan bij de Engelenkerk?'

'Ja, maar... het is niet goed voor je. Je wordt ziek en –'

Ze keek op. 'Ziek?'

'Moe. Uitgeput, je –'

'Maar maakt het me gelukkig? Om daar te zijn?' Ze leunde naar voren en keek me met een intense blik strak aan.

'Ik denk van wel', gaf ik met tegenzin toe. 'De beelden waren nogal verward, maar – ja, je lijkt je engel weer te ontmoeten en later zijn er nog meer engelen. Je wordt opgenomen in de Kerk. Je hebt voor het eerst het gevoel dat je leven betekenis heeft. Maar –'

Beths ogen glinsterden. 'Willow, dat is geweldig!' riep ze ademloos uit. 'Dat is precies wat ik wilde weten! Het is dus goed –'

'Dat is het niet!' beet ik haar toe. Mijn stem klonk als een zweep en Beths wenkbrauwen gingen verbaasd omhoog. 'Geloof me, het is géén goed pad. Het voelde... koud.' Mijn hart ging sneller kloppen toen ik me de ongrijpbare grijze nevel herinnerde. Woorden leken hopeloos tekort te schieten.

Beth keek me bewegingloos aan. Ik hoorde de televisie in de andere kamer en het zachte gemompel van de hulp die iets tegen mijn moeder zei. Na een tijdje schraapte Beth haar keel. 'Hoe bedoel je "koud"? Bedoel je zoals... de dood?'

Gefrustreerd streek ik mijn haar naar achter. 'Ik weet het niet! De keren dat ik de dood heb gezien voelde het anders. Ik weet niet wat het was, maar het was niet goed.'

Beth leek diep in gedachten verzonken en haar ogen stonden bezorgd. Uiteindelijk schudde ze haar hoofd. 'Ik weet niet wat ik ervan moet denken. Wat jij zegt... het gaat regelrecht tegen mijn eigen gevoel in. Ik wéét dat de engel goed voor me is. Ik voel het, hier!' Ze klopte met haar hand tegen haar borst. 'Ik weet niet wat jij zag, maar –'

'Er is een deel in je dat er níét zo zeker van is', onderbrak ik haar wanhopig. 'Anders zou je hier niet zijn.'

Ze keek verrast op.

'Hoe zit het met je vermoeidheid, Beth? Die begon toch na je ontmoeting met de engel? Je bent nog steeds moe! Je spieren doen pijn, je voelt je suf en afgepeigerd en –'

Beth werd rood. Zonder me aan te kijken schoof ze haar stoel naar achter en stond op. Ze slingerde haar tas over haar schouder. 'Bedankt voor de reading, Willow', zei ze afgemeten. 'Wat krijg je van me?'

Ik sprong overeind. 'Wacht! Alsjeblieft. Als iets echt goed voor je is, dan zou het je toch niet zo moeten uitputten?' zei ik smekend, terwijl ik de rugleuning van mijn stoel met beide handen vastpakte.

'Ik weet niet waar je het over hebt', zei Beth met neergeslagen ogen. 'Ik voel me prima. Hier, is dat genoeg?' Ze had een leren portemonnee uit haar tas gehaald en hield me een briefje van twintig voor. Toen ik het niet aannam, legde ze het op de eettafel, onder de suikerpot. 'Goed, ik ga maar weer eens –'

'Nee!' Ik pakte haar bij haar arm. 'Beth, alsjeblieft, luister alsjeblieft naar me. Dat ding wordt je dood!'

Met vlammende ogen rukte ze zich los. Ik zweeg moedeloos. Ik was te ver gegaan, ik had haar van me afgeduwd. Shit. Shit!

'Bedankt voor de reading', zei ze nogmaals op koele toon. 'Het was heel interessant. Je hoeft me niet uit te laten, ik vind het wel.' Ze schoof de dubbele deur open, glipte de gang in en was verdwenen. Even later hoorde ik de voordeur dichtslaan, met een iets te harde klap.

Ik liet me tegen de rand van de eettafel zakken terwijl de verslagenheid als een grauwe wolk over me neerdaalde. Had ik het anders kunnen doen? Als ik andere woorden had gebruikt, betere woorden, had ik haar dan kunnen tegenhouden? Want ik wist dat ze nu de knoop had doorgehakt; het was op haar gezicht te lezen geweest. Ze ging regelrecht naar haar engel.

Wat was het trouwens voor een ding? Ik dacht terug aan de reading en probeerde er vat op te krijgen. Maar ik kwam niet verder dan wat ik al had gevoeld: een machtig wezen, dat Beth op de een of andere manier op een rampzalig spoor had gezet.

Maar dat kon toch niet... of wel? Wát had ik precies gezien? Ik liet me op de stoel neervallen en staarde wezenloos naar het fluwelen schilderij van de verdrietige clown dat boven het dressoir hing. Hij had een verlepte narcis in zijn hand en op zijn geschilderde wang glinsterde een grote traan. Tante Jo had het een paar jaar geleden op een rommelmarkt gekocht. 'Niet te geloven, wat een koopje', had ze gezegd toen ze het trots aan de muur had gehangen. 'Maar twintig dollar!' Twintig dollar. Mijn blik dwaalde naar het bankbiljet onder de suikerpot. Ik trok het eronder vandaan en keek er een poos naar. Toen schoof ik het behoedzaam weer terug onder de suikerpot en liet mijn hoofd op mijn handen rusten.

'Kijk 's, Miranda, is dat niet mooi?' zei tante Jo op dwingende toon terwijl ze naar de televisie wees.

Het was dezelfde avond, na het eten – dat ik had klaargemaakt, want ik hield niet van plastic eten en voor tante Jo was iets pas echt eten als het uit een blik of een pakje kwam. Ik had een grote pan spaghetti voor ons drieën gemaakt, omdat ik dat kan zonder er echt bij te hoeven nadenken. Het heeft trouwens iets heel troostends om groenten te snijden en in een borrelende saus te roeren, en ik had veel behoefte aan troost. Ik moest steeds aan Beth denken.

Tante Jo had tijdens de maaltijd aan een stuk door zitten klagen over een vrouw bij haar op kantoor die ze niet mocht.

Dat was niets nieuws, want ze mocht vrijwel niemand. Ik hield onder het eten mijn hoofd omlaag, draaide de spaghetti rond mijn vork en mompelde van tijd tot tijd: 'hm'. Mijn moeder negeerde haar, vanzelfsprekend. Ze roerde dromerig in haar eten en nam af en toe afwezig een hapje. Soms was ik jaloers op haar. Zij hoefde zelfs niet te doen alsof ze naar tante Jo luisterde.

Nu zaten we in de woonkamer en tante Jo had zich voorgenomen om 'een bruggetje te slaan' met mijn moeder, zoals de therapeut het altijd noemde. Het betekent dat je even haar aandacht probeert te krijgen, met haar praat alsof ze nog steeds deel uitmaakt van de gewone wereld en niet op haar eigen planeet zit. Soms snap ik niet waarom we nog moeite doen. Om eerlijk te zijn denk ik dat mijn moeder daar gelukkiger is.

'Miranda!' zei tante Jo weer, terwijl ze opzij boog en mijn moeder hard op haar arm tikte. 'Luister je wel? Kijk naar de televisie. Is dat geen prachtig tropisch strand?'

Ze sprak harder en langzamer dan normaal, alsof ze het tegen een kind van drie had. Mijn moeder reageerde niet. Ze zat in haar lievelingsstoel en staarde voor zich uit. Ik geloof dat we erg op elkaar lijken. Ze heeft hetzelfde golvende blonde haar als ik, behalve dat het bij haar kort is geknipt zodat het makkelijker te verzorgen is. En ze is net als ik klein, maar niet meer zo slank. Ze zit al zo lang in haar stoel voor zich uit te staren dat ze bleek en mollig is geworden. Toch is ze nog steeds knap. Ik wierp een blik op mijn moeders grote, groene ogen, die precies op de mijne leken. Als twee druppels water, zei ze altijd.

Want ze was niet altijd zo geweest; vroeger praatte ze – met mij, tenminste. Ik herinnerde me dat we samen spelletjes deden en dat ze dan lachte. Maar zelfs toen al was ze vreemd en verlegen; toen ik vijf of zes was nam ik haar al in bescherming omdat ik voelde dat ze de wereld niet aankon. En van tijd tot tijd daalde er een wolk over haar neer en werd ze onbereikbaar. Dan zat ze net als nu in haar stoel en hoe hard ik ook huilde of schreeuwde, ze kwam pas terug als ze er zelf aan toe was. Ik moest mijn eigen eten leren koken, mijn eigen haar borstelen – en intuïtief wist ik dat ik het aan niemand kon vertellen, omdat ze me mijn moeder dan helemaal zouden afnemen.

Maar met het verstrijken van de jaren was toch gebeurd waar ik zo bang voor was geweest. Mijn moeder was... weggeglipt, ze had zich steeds verder teruggetrokken in haar wolk totdat ze nog maar zelden terugkeerde uit haar eigen wereld.

'Miranda!' drong tante Jo aan, terwijl ze tegen haar arm duwde. 'Zou je niet graag op dat strand willen zitten?'

Mijn moeder zuchtte. Ze keek nog steeds naar iets wat wij niet konden zien. 'Wat mooi', prevelde ze. 'Al die kleuren... regenbogen...'

'Nee, geen regenbogen', zei tante Jo resoluut. 'Kijk, Miranda. Kijk dan! Een strand!'

Mijn moeder reageerde niet. Haar mond plooide zich tot een vage glimlach.'

'Miranda –'

'Ik geloof dat ze nu niet wil, tante Jo', zei ik vermoeid. Als tante Jo er niet is, probeer ik op míjn manier contact met mijn moeder te maken, door gewoon met haar te práten – en haar niet als een zwakzinnige te behandelen.

'We kunnen 'r toch niet zomaar laten zitten', zei tante Jo humeurig, terwijl ze zich weer in de kussens liet zakken. Er viel een stilte, waarin we naar het flutprogramma op tv keken. Op het scherm bestelde de parmantige vrouwelijke detective een mai tai in een tropische bar. Ik klemde een kussen tegen mijn borst en staarde zonder veel te zien naar de beelden. Ik wilde zo graag geloven dat Beth zich die engel had ingebeeld; dat het door de stress was gekomen. Maar ik wist wel beter. Wat het ook voor iets was geweest, het schepsel was echt geweest en mogelijk had het haar leven al verwoest. Ik moest iets doen, maar ik had geen idee wat.

Er werd gebeld. 'Ik ga wel', zei ik. 'Ik denk dat het Nina is, om te vragen of ik mee uitga.' Nina vergat altijd haar telefoon of had geen beltegoed meer. Maar ik hoopte stilletjes dat zij het niet was. Ik kon Nina's cynisme er nu even niet bij hebben.

Tante Jo wierp een steelse blik op mijn moeder om te zien of ze het zou merken en schakelde toen over op Shopping Channel – haar geestelijke thuisbasis, niet verwonderlijk. Ze maakte het zich gemakkelijk op de bank en knikte zonder haar ogen van het scherm te halen. 'Als je naar buiten gaat, neem dan melk mee', zei ze.

Maar het was Nina niet; dat zag ik meteen aan het silhouet dat zich op de ruit van de voordeur aftekende. Degene die voor de deur stond was ruim een meter tachtig en had brede schouders.

Ik opende de deur op een kier. 'Ja?'

De man op onze veranda had zandkleurig haar en een krachtig, aantrekkelijk gezicht. Hij was halverwege de twintig, misschien iets ouder – het was moeilijk te zeggen. 'Hallo', zei hij, terwijl hij zich opzij boog om me aan te kijken. 'Jij bent vast Willow Fields, ja? Ik heb gehoord dat je aurareadings doet.'

Mijn hart sloeg over en het koude zweet brak me uit toen ik

besefte dat het de man was die ik in mijn reading van Beth had gezien. Mijn hemel, haar engel stond hier voor mijn neus. Ik wilde de deur dichtgooien, maar door zijn ogen bleef ik als aan de grond genageld staan – zijn blik was zo intens, alsof ik in een bodemloze put viel.

'Eh... soms, ja', stamelde ik.

'Oké. Zou je míj een reading willen geven?'

Eén verwilderd moment lang vroeg ik me af of ik spoken zag, of hij niet gewoon een klant was – een van de mensen die via via aan mijn adres waren gekomen, maar bij de gedachte dat ik hem zou aanraken ging er een golf van misselijkheid door me heen.

'Nee, ik... ik heb het heel erg druk op het moment', antwoordde ik met schelle, paniekerige stem. Ik wrong me los uit zijn eindeloze blik en wilde de deur dichtdoen – maar voordat ik er erg in had, had hij een stap naar voren gedaan en zijn voet tussen de deur gezet. Op hetzelfde moment greep zijn hand de mijne beet.

Zijn energie schoot door mijn lichaam en het was alsof ik met honderd mijl per uur in het water viel. Mijn ogen puilden uit en ik kreeg geen adem meer. De beelden flitsten zo snel voorbij dat ik ze niet kon bijhouden. Wervelend wit licht. Mensen die vol ontzag omhoog keken, het ene na het andere gezicht schoot voorbij. Een vreemde wereld met glanzende torens en in gewaden gehulde wezens. Vleugels die zich openden en sloten. Een stem die schreeuwde. Honger!

De honger die door me heen raasde verdrong elke andere emotie. Ik moest me voeden. Nú. Ik moest –

De man liet mijn hand los en ik viel tegen de deurpost aan. Alle kracht was uit me verdwenen. Ik kon geen woord uitbrengen; ik hijgde alsof ik uren had gerend. 'Wat – wat ben jij?' fluisterde ik uiteindelijk.

Hij keek me zwijgend aan met een gezicht waar alle vriendelijkheid van was verdwenen. Ik voelde de dreiging in grote golven op me af komen, maar er was ook angst, die er als een slang doorheen kronkelde. Zonder zijn blik af te wenden veegde hij zijn hand aan zijn hemd af. Plotseling draaide hij zich om en ging het trapje af. Hij stapte in een gestroomlijnde zilverkleurige auto en verdween in het donker.

Toen het geluid van de auto was weggestorven hoorde ik het getjirp van de krekels en in de verte het gebrom van het verkeer op de snelweg. Verward staarde ik de straat in – en toen pas kwam de angst. Ik smeet de deur dicht, deed hem met trillende handen op slot en ging haastig de woonkamer in.

Mijn moeder zat nog steeds in haar leunstoel afwezig voor zich uit te staren. Met mijn armen om me heen geslagen om het rillen tegen te gaan bleef ik naar haar staan kijken – en wenste dat ze zou opkijken en zeggen: Willow, meisje, gaat het? Vertel, wat is er? Wat kan ik voor je doen?

'Wie was dat?' vroeg tante Jo, die opkeek van de televisie.

'Niemand', antwoordde ik vaag. Hoewel ik wist dat het niets zou uithalen, liet ik me op mijn knieën voor mijn moeder neervallen en nam haar handen in de mijne. 'Mam, ben je daar?' vroeg ik zacht.

Tante Jo gaapte me aan alsof ik niet goed bij mijn hoofd was. 'Wat doe jij nou?'

'Niks. Gewoon met mam praten.'

Ze snoof. 'Nou, veel succes. Ik geloof niet dat ze vanavond erg spraakzaam is', zei ze en ze verdween de keuken in.

Ik reageerde niet, maar bleef voor mijn mooie, gebroken

moeder zitten en wreef over haar handen. 'Mam? Mam, kun je me horen? Alsjeblieft?'

Heel even lichtten haar ogen op. 'Willow?' prevelde ze.

'Ik ben het, mam. Ik ben bij je.'

Ze leunde naar achter, zuchtte en sloot haar ogen. Er viel een haarsliert voor haar ogen en ik streek hem uit haar gezicht. Terwijl ik met mijn hand over haar voorhoofd ging, kwam de zachte glimlach terug op haar lippen en verslagen constateerde ik dat ze weer was verdwenen. Ze was weer terug in haar eigen wereld waar ze prachtige, betoverende dingen zag.

Gefrustreerd keek ik haar aan; ik wilde zo graag echt met haar kunnen praten. Maar dat zou nooit gebeuren: mijn pogingen zouden altijd tevergeefs zijn. Je zou denken dat ik er na al die jaren aan gewend was geraakt. En dat was ook zo – er waren alleen ook momenten, zoals nu, dat ik plotseling werd overstelpt door verdriet en teleurstelling. Het hielp zelfs niet om een reading bij haar te doen, want haar gedachten waren zo... onsamenhangend. Vol met regenbogen en wolken, en flarden herinnering. Ik had het zó deprimerend gevonden dat ik het maar één keer had geprobeerd.

Mijn god, wat haatte ik mijn vader, wie hij ook was. Tante Jo had me ooit verteld dat voordat hij op het toneel was verschenen mijn moeder normaal was geweest. Ik weet niet wat die man met haar heeft uitgespookt, maar daarna was ze niet meer de ouwe, had ze gezegd. Van mij mogen die artsen het een catatonische schizofrenie noemen, maar ik weet hoe het echt zit. Hij heeft Miranda gebroken... hij heeft haar geest gebroken. Die ene keer dat ik mijn moeder probeerde te lezen had ik in haar gedachten een glimp van hem opgevangen. Hij had er zo angstaanjagend uitgezien dat het besef dat hij mijn vader was me had doen huiveren. Gelukkig was hij ervandoor gegaan en had hij nooit meer iets van zich laten horen. Wat mij betrof was dat zijn enige goede daad geweest.

Tante Jo kwam de kamer weer in met een schaal koekjes. 'Willow, zo te zien heb je gisteravond het halve pak leeggegeten', zei ze verbolgen. 'Je weet dat ik 's avonds altijd iets lekkers wil; het is niet leuk als jij dan alles hebt opgegeten.'

Zonder mijn blik van mijn moeder los te maken blies ik mijn adem uit. 'Sorry', mompelde ik, terwijl ik overeind kwam. Terwijl tante Jo de televisie harder zette, gaf ik mijn moeder een zoen en ging de trap op naar mijn kamer. Behoedzaam met mijn ellebogen tegen me aan gedrukt manoeuvreerde ik tussen de stapels rotzooi door die met de dag groter leken te worden.

Ik deed de deur achter me dicht en bleef een paar tellen verdwaasd naar mijn kamer staan kijken – naar mijn bed met de lavendelkleurige stroken zijde over de stijlen, de muren die ik zelf paars met zilver had geverfd. Beths engel was werkelijkheid. Ze moest direct na haar bezoek aan mij naar hem toe zijn gegaan; ze moest hem alles hebben verteld – en toen was hij hierheen gekomen, op zoek naar mij. Mijn hoofd tolde. Aan wie kon ik dit vertellen? Wie kon ik om hulp vragen? Nina zou me in mijn gezicht uitlachen. Tante Jo? Ha! Oké, kalm blijven. Denk na. Ik haalde diep adem, ging op het bed zitten en dwong mezelf de verwarde beelden die ik in Beths tweede toekomst had gezien voor de geest te halen, om me zo veel mogelijk te herinneren. In een van de flarden die voorbij waren geflitst had dit ding zich in de Engelenkerk bevonden, en even later waren er nog meer zoals hij geweest. Waren het echt engelen?

Mijn hoofdhuid prikte. Ik stond op, liep naar mijn bureau en zette mijn computer aan. Het was een oud geval dat ik met het geld van mijn readings had gekocht, en het duurde uren voordat hij was opgestart. Toen hij eindelijk klaar was met brommen en snorren, ging ik internet op. 'Engelenkerk' gaf miljoenen treffers. Ik klikte op de eerste, en langzaam maar zeker verscheen er een hypermoderne website op mijn scherm. Ik zag de bekende parelwitte kerk van de reclamespotjes, die schitterde in het zonlicht. *De Engelenkerk biedt de wereld hoop... ook jou*, luidde de tekst eronder. Ik trok een gezicht. Ik wist dat een heleboel mensen veel baat hadden bij het geloof en dat was fijn voor ze, maar bij de bewering dat ze de hele wereld hoop boden, kreeg ik een naar gevoel – en nu, na Beths reading, was dat gevoel nog sterker.

Ik klikte op de button bovenaan met 'Meer weten'. Er verscheen een videolink en plotseling keek ik naar de commercial van de Kerk. Een grijze, door regen geteisterde vlakte, gras dat langzaam wuifde in de wind. 'Voel jij je wanhopig?' klonk een stem. De camera zoomde uit. Op de grasvlakte verscheen een witte kerk en toen de camera nog verder uitzoomde zag je honderden mensen heuvelopwaarts naar de kerk lopen. De kerk zag er nu immens uit en indrukwekkender dan de machtigste kathedraal. De zon kwam tevoorschijn en het witte steen schitterde oogverblindend. De mensen bleven staan en keken glimlachend omhoog, badend in het licht.

'Voel jij je in de steek gelaten door God? Wanhoop dan niet... want ook zonder God zijn er engelen.'

'De engelen hebben mijn leven gered', sprak een vrouw van middelbare leeftijd in de camera. Haar bruine ogen glinsterden van vervoering. 'Ze zijn zuiver liefde en wat ze voor mij hebben gedaan, kunnen ze ook voor jou doen.' Ik kreeg een ongemakkelijk gevoel. Ze klonk precies als Beth, en zag er ook zo uit.

Ik liet mijn hoofd op mijn handen rusten en keek naar het scherm. Ik had de commercial al zo vaak op televisie gezien dat ik hem uit mijn hoofd kende. Meestal sloot ik me ervoor af, maar nu luisterde ik zorgvuldig en toen hij was afgelopen klikte ik op play en bekeek hem opnieuw. Het zag er allemaal zo glad uit. Zo gelikt.

Ik herinnerde me dat er in Schenectady een Engelenkerk was, ongeveer zeventig mijl verderop, en zocht de contactgegevens op de site op. Vol ongeloof staarde ik naar het scherm. Dit was geen kerk; het was praktisch een hele stad, met een appartementengebouw naast de kerk en zelfs een klein winkelcentrum. Volgens de website had de kerk meer dan vijfduizend leden en groeide het aantal nog steeds.

Vijfduizend. Dat was bijna een derde van Pawntucket. Als je je bij de Engelenkerk aansloot, hoefde je nooit meer een voet in de echte wereld te zetten.

Misschien was dat juist de aantrekkingskracht.

Ik wreef over mijn slapen. Ik zal morgen op school nog een keer met Beth praten, besloot ik uiteindelijk. Oké, haar eerste toekomst had er niet geweldig uitgezien, maar het was altijd nog beter dan de kou die ik bij de Engelenkerk had gevoeld. Als ik mijn best deed kon ik haar misschien alsnog overtuigen.

En daarna zou ik me bezighouden met dat schepsel dat haar in zijn greep had.

3

Raziël stond met zijn handen op zijn rug bij de smetteloos witte balustrade en keek omlaag naar de onmetelijke ruimte onder hem. De hoofdkathedraal van de Engelenkerk, aan de rand van Denver, was vroeger het grootste sportcomplex van de Rocky Mountains geweest. De duizenden aanhangers hadden het aangekocht en getransformeerd tot een drukbezocht gebedsoord met lange, glanzend witte banken en een sierlijk gewelfd plafond. Vanaf de grote dubbele deuren waren de mensen voorin niet meer dan stipjes. Op de rijen roze en witte marmeren zuilen waren onopvallende witte speakers aangebracht, zodat de preken waarin de engelen werden geprezen de hele kathedraal door galmden. In de gebogen wanden zaten gebrandschilderde ramen met overdadig versierde voorstellingen van engelen van bijna twee verdiepingen hoog. Raziëls blik dwaalde tevreden naar een van de ramen. Het was prerafaëlitisch; een drietal engelen met gespreide vleugels in een explosie van wit en goud, die hun armen uitstrekten naar de toeschouwer. Kom tot ons. Inderdaad, dacht Raziël met een zelfingenomen glimlachje. Kom maar. En ze kwamen, natuurlijk, in groten getale.

Hij bewoog zijn vingers. Zoals bij alle engelen was Raziëls menselijke gedaante buitengewoon aantrekkelijk. Hij was lang en slank, had pikzwart haar en indringende donkere ogen. Zijn leeftijd was moeilijk te schatten – hij zou ergens tussen de vijfentwintig en vijfenveertig kunnen zijn. Hij wist dat zijn uiterlijk – met name zijn hoge voorhoofd met de aan weerszijden wijkende haargrens – door mensen artistiek en gevoelig werd gevonden, wat hem in niet geringe mate amuseerde.

Het was een moment tussen de diensten in. Onder hem zag hij de toeristen en de volgelingen die over het uitgestrekte terrein slenterden terwijl ze hun ogen uitkeken en foto's namen, of ineengedoken op een bank zaten te bidden. Raziël liet zijn blik over de kleine figuurtjes dwalen en vroeg zich loom af of hij alweer zin had om zich te voeden. Het was nog maar een paar uur geleden, dus het zou nogal gulzig van hem zijn, maar met zo'n veelheid aan menselijke energieën voor het grijpen was de verleiding groot. En de schepsels waren je naderhand altijd zó dankbaar. Het was aandoenlijk. Toen hij zijn besluit had genomen verlegde hij zijn aandacht naar zijn lichaam. Hij voelde de moleculen trillen toen hij zijn energie herschikte en omhoog de ether in liet gaan. Met een vloeiende, geoefende beweging liet Raziël zijn menselijke lichaam verdwijnen en nam hij de andere vorm van zijn tweeledige aard aan: een stralende, ruim twee meter grote engel van blauwwit licht.

Hij bleef een moment in zijn oogverblindende pracht staan en spreidde zijn vleugels. In zijn verheven staat kon hij de aura's van de mensen zien, die hen als gekleurde zeepbellen omgaven en op hun bewegingen meedeinden. Met een trage beweging van zijn vleugels dook Raziël van de balustrade en zweefde langzaam langs het gewelfde plafond. In gedachten keurde hij de grauwe en verlepte aura's af – zij waren al te vaak bezocht en hun energie zou niet de krachtige roes teweegbrengen als die van degenen die nog niet hadden kennisgemaakt met het engelengenot. Trouwens, als hij zich nog niet zelf met hen had gevoed droegen ze de geur van andere engelen. Soms droeg dat een bijna verboden genot in zich, maar op dit moment had hij behoefte aan iets maagdelijks. Iets zuivers.

Hij glimlachte toen hij zijn volmaakte slachtoffer zag: een jongen van een jaar of twintig met een heldere blauwgroene energie. Raziël ging boven hem hangen en reikte in gedachten uit, zodat hun energieën in elkaar grepen. Hij voelde de schok en de onmiddellijke overgave. Er verscheen een verbaasde frons op het voorhoofd van de jongen, alsof hij in de verte zachte muziek hoorde. Hij draaide zich om en zag Raziël, die boven hem hing. Als aan de grond genageld staarde hij met grote ogen en open mond naar de engel die alleen hij kon zien.

Raziël cirkelde sierlijk omlaag en kwam vlak voor hem neer. In het stralende licht van zijn engelengedaante was het alsof de jongen in een spotlight stond. 'Ik ben voor jou gekomen', zei Raziël. Hij wist dat zelfs sotto voce zijn woorden in de fragiele menselijke oren zouden galmen als het gelui van kerkklokken.

De jongen begon te trillen. 'Ik – ik –'

'Ja, jij en niemand anders', zei Raziël glimlachend. Zijn stem had een licht Brits accent. Net als vele andere engelen nam hij ongemerkt eigenschappen van zijn donoren over. Hij had het accent al jaren; de energie van die persoon was uitzonderlijk bedwelmend geweest. Hij bewoog zich dichter naar de jongen toe, waarbij zijn glanzende gewaad van zuiver wit licht zacht om zijn 'enkels' wervelde. Vroeger, lang geleden, hadden ze niet de moeite genomen om gewaden te materialiseren – engelen in lichtvorm hadden die niet nodig – maar mensen bleken zo'n aandoenlijk belang te hechten aan dat detail dat het harteloos zou zijn om het hun te onthouden.

Met een tevreden zucht strekte Raziël zijn engelenhanden uit en maakte contact met het blauwgroene aura. Terwijl de mensen nietsvermoedend voorbijliepen met hun camera's en tassen, voelde hij de jonge, hoopvolle energie door zich heen stromen – hem vullen, hem voeden. Terwijl hij zich er verzaligd aan te goed deed flitsten er beelden van het leven van de jongen voorbij, samen met zijn wensen, zijn dromen. Ze waren even alledaags als bij de meeste mensen. Raziël schonk er geen aandacht aan en concentreerde zich op het pure genot van het voeden. Het blauwgroene aura begon te schokken toen het langzaam in kracht afnam, grauw werd en in elkaar klapte. De jongen daarentegen keek Raziël met een verwonderde, verdwaasde uitdrukking op zijn gezicht aan, terwijl hij zich koesterde in de schoonheid van de engel en de geruststellende sereniteit die hem bij de aanraking van de engel overspoelde – wist Raziël uit ervaring.

'Ik heb het altijd al geweten', mompelde de jongen terwijl er tranen in zijn ogen opwelden. 'Ik heb altijd al geweten dat engelen echt bestaan...'

'Wat vooruitziend van je', zei Raziël, die zich uiteindelijk terugtrok. Hij voelde dat de nieuwe energie die door hem heen joeg zijn eigen straling deed oplichten. Hij keek hem met een bijna liefdevolle glimlach aan en liet zijn hand op het hoofd van de jongen rusten. 'Blijf bij ons', zei hij. 'Er ligt hier een taak voor je.' De jongen zou natuurlijk nooit meer dezelfde zijn, maar als hij eenmaal was bekomen zou Laila wel geïnteresseerd zijn, dacht Raziël. Raziëls vriendin was dol op jonge energie; ze verzamelde die zoals mensen een wijnvoorraad aanlegden.

'Ja!' bracht de jongen hijgend uit. 'O, ja, ik blijf!'

Toen Raziël zijn vleugels spreidde en weer opsteeg, en de geestelijke verbinding waardoor de jongen hem had kunnen waarnemen verbrak, hoorde hij iemand zeggen: 'Tom? Wat is er?' Gevolgd door het in tranen gesmoorde antwoord: 'Ik heb een engel gezien!'

Raziël beschreef een cirkel en zag op een van de banken een slanke vrouw met kastanjebruin haar, die geknield en met haar hoofd op de ineengestrengelde handen in gebed was verzonken. Haar energie zag er enigszins gehavend uit en deed een zwakke poging zichzelf te herstellen, waardoor er een rozeachtige gloed over de grauwheid lag. Terwijl Raziël toekeek hief ze haar hoofd en keek met een gelukzalige glimlach naar het gebrandschilderde raam. O, maar dát was interessant, dacht Raziël toen hij zijn blik over haar lichaam liet gaan. Zou ze een resident zijn? Hij moest haar gauw eens in zijn vertrekken ontbieden om een heel ander soort genot te smaken. Niet alle engelen in deze wereld verkenden de diverse geneugten die hun menselijke vorm kon bieden, maar Raziël had zich in de loop der eeuwen tot kenner ontpopt.

Terwijl onder hem op de kerkvloer Tom werd omhelsd door zijn vriendin, die 'Lof zij de engelen!' riep, scheerde Raziël terug naar zijn vertrekken. Behendig gleed hij tussen de witstenen muren door een kantoor in met zacht glanzende houten meubels, een grijze vloerbedekking en een kast met antieke boeken langs een van de muren. Toen hij was geland concentreerde hij zich en bracht zijn energie weer omlaag, terug naar het menselijke niveau. Met een rimpeling nam hij zijn fysieke gedaante weer aan, compleet met de dure broek en het smetteloos witte overhemd die hij had gedragen. Het kostte enige oefening, maar uiteindelijk waren kleren ook maar moleculen en was het niet meer dan een kwestie van goed concentreren wanneer je de eerste verandering onderging.

Raziël ging aan zijn bureau zitten. Hij keek op toen er werd geklopt. 'Binnen', zei hij.

De houten paneeldeur ging geluidloos open en een jongeman met donker, krullend haar kwam binnen. Zijn voeten zonken weg in het dikke tapijt. Hij boog zijn hoofd en zei: 'Laila voor u, meneer.'

'Uitstekend.' Raziël schoof het saaie papierwerk van de Engelenkerk dat op hem had liggen wachten opzij en leunde naar achter in zijn leren bureaustoel. 'Laat haar binnen, Jona.'

Jona trok zich eerbiedig terug en even later kwam Laila binnen kuieren. In haar menselijke gedaante had Laila lang, glanzend roodbruin haar en grote blauwe ogen. Haar rondingen kwamen zoals gewoonlijk goed uit in haar strakke zwarte jurk met het diepe decolleté.

Raziël fronste toen hij zag dat ze een dun sigaartje rookte. Sommige engelen vonden het weerzinwekkend hoezeer Raziël zich aan de menselijke gebruiken had aangepast, maar er waren grenzen! 'Zeg, alsjeblieft', zei hij kortaf, terwijl hij een maagdelijke kristallen asbak over het bureau naar haar toe schoof.

Met een sierlijk schouderophalen doofde zijn vriendin het

sigaartje en nam plaats. 'Heb je het gehoord?' vroeg ze terwijl ze haar slanke benen over elkaar sloeg.

'Wat? Dat de Tweede Golf nu echt doorgaat?' Raziël ontspande zich in zijn stoel en strekte zijn lange benen.

'Goed nieuws, nietwaar? Het kleine experiment van de Raad heeft dus goed uitgepakt. Maar dat wisten wij al.'

Laila lachte – het klonk als het gerinkel van zilveren belletjes. 'Ja, de meeste Eerste Golvers waren geloof ik wel verbaasd dat het niet echt een straf is om hier te zijn. Binnen de kortste keren waren ze eraan gewend om zich met mensen te voeden.'

Raziël glimlachte. Hij pakte de nagelvijl die op het bureau lag en begon zijn nagels te manicuren. 'En als je eenmaal de smaak te pakken hebt... Verslavende wezens, nietwaar?'

'Dat geldt voor beide partijen', merkte Laila op, terwijl ze haar blik tevreden door het luxueuze kantoor liet dwalen. Ze had een eigen kantoor dat bijna net zo groot was. 'Ze zijn blijkbaar ook nogal weg van ons.'

Net als Laila had Raziël zich de menselijke energie altijd goed laten smaken. Al eeuwenlang reisden er engelen tussen de twee werelden heen en weer om zich te goed te doen aan de menselijke levenskracht. Hoewel het werd getolereerd, stuitte het de meeste engelen tegen de borst en de meerderheid stelde zich tevreden met hun eigen wereld. Maar toen had de Crisis toegeslagen en was alles veranderd: de wereld van de engelen was ten dode opgeschreven. Toen de Serafische Raad twee jaar geleden zijn reddingsplan had onthuld, hadden Raziël en Laila zich opgegeven voor de eerste experimentele groep engelen die zich permanent in de mensenwereld zou vestigen. Waarom niet? Raziël had het er altijd al prettig gevonden en het verschafte hem een zekere roem als dappere, onzelfzuchtige vrijwilliger.

Voor de meeste engelen van de Eerste Golf was de verhuizing echter een kwestie van noodzaak geweest: hun energievoorraad slonk in snel tempo en om te overleven zouden ze elders aan voedsel moeten komen. De meeste engelen hadden nog nooit menselijke energie geproefd en voordat het plan was goedgekeurd waren talloze mogelijke complicaties de revue gepasseerd. Niemand had er echter bij stilgestaan – of zich erom bekommerd – hoe de mensen zouden reageren als er plotseling in zo groten getale engelen in hun wereld zouden neerstrijken. Ze wisten dat het bijna niet mis kon gaan. Niet alleen konden de engelen in hun menselijke gedaante makkelijk opgaan in de menselijke bevolking, ook waren ze in die gedaante nauwelijks kwetsbaar. En doorgaans waren de enige mensen die hen in hun goddelijke vorm konden zien degenen met wie ze zich voedden, en zij zouden verblind zijn door de schoonheid van de engel. Het kleine groepje engelkillers dat het land afstroopte was een complicatie, maar ook niet meer dan dat: het was een meelijkwekkend klein aantal. De engelen wisten dat hun komst bovenal hun eigen redding zou betekenen. Wat niemand had voorzien was dat de mensen zo enthousiast zouden zijn. Binnen enkele maanden nadat de experimentele groep was gearriveerd was de Engelenkerk uit het niets verrezen, door mensen in het leven geroepen toen het land in de ban raakte van een soort engelengekte. Hoewel de engelen een dergelijk effect niet hadden verwacht, maakten ze er gretig gebruik van. Weldra waren aan elke Engelenkerk in het land een of meerdere engelen verbonden, die zich koesterden in de verheerlijking van de mensen en zich naar believen voedden met hun volgelingen. Natuurlijk hadden niet alle engelen met de Kerk te maken – een groot aantal had ontdekt dat ze van de jacht hielden, van het afschuimen van de straten en zich vrijelijk voeden met menselijke energie. Het was alsof er zich iets oerachtigs in de engelen openbaarde, iets wat ze in hun eigen, bezadigde wereld nooit hadden ervaren en dat zich nu in alle hevigheid deed gelden.

Voor een grote groep was de Kerk een knus toevluchtsoord geworden en als instituut bleek het ook andere voordelen te hebben: toen de Kerk groter werd, had hij zijn eigen televisiestation gekregen, een uitgeverij en alomtegenwoordige aanwezigheid op internet. Met de engelen aan het roer had het nieuws van hun weldaden zich als een lopend vuurtje over het hele land verspreid en dagelijks kwamen er kerken en duizenden nieuwe gelovigen bij – allemaal hunkerend naar die hemelse verlossing, nog voordat ze ooit een engel hadden ontmoet. Wanneer de Tweede Golf engelen zou arriveren – en de derde en de vierde – zouden ze een totaal andere wereld aantreffen dan de Eerste Golvers: een wereld die razend enthousiast was over de aanwezigheid van de engelen, die elke stap van hen toejuichte.

Maar pas echt grappig, dacht Raziël, was dat de wereld geen idee had van wat er gaande was. De mensen die niet gelovig waren dachten eenvoudigweg dat de gelovigen niet goed bij hun hoofd waren. Er waren sceptici die luidkeels afgaven op de idiote bevlieging die over het land waarde. Het was altijd vermakelijk als een van hen, zoals weleens gebeurde, ten prooi viel aan engelbrand en opeens publiekelijk een andere toon aansloeg. De tegenstand die ze van officiële zijde ondervonden was ook een lachertje; daar hadden ze voor

gezorgd door zich ook met politiemensen en overheids-
functionarissen te voeden.

'En jij bevindt je in een vrij gunstige positie, nietwaar?' zei
Laila met een verleidelijke glimlach. Raziël zag dat ze om
haar nek een hangertje van de Engelenkerk droeg; een
ironisch detail. 'Net als ik.'

Raziël trok zijn wenkbrauwen op alsof hij haar niet begreep.
'Hoezo? Ik heb geen idee waar je het over hebt. Ik doe
gewoon mijn werk zoals de mensen dat van mij vragen; ik
leid hun kerk voor hen.'

Laila gooide haar hoofd in haar nek en lachte. 'Ja, heel nobel
van je! Ik verheug me nu al op de uitdrukking op het gezicht
van de Raadsleden als ze beseffen hoe strak we de touwtjes
hier in handen hebben.'

Raziël glimlachte. Hoewel het nooit de bedoeling was
geweest dat de engelen de leiding zouden overnemen, was
dat wel stilaan aan het gebeuren. En als een engel die zeer
vertrouwd was met deze wereld, maakte hij als geen ander
kans op een sleutelpositie. In de loop van de evacuatie
zouden er meer oudgediende engelen arriveren, maar tegen
die tijd zou hij zich al genesteld hebben en een van de
feitelijke leiders zijn. Hij had zich al het leiderschap van de
kathedraal van de Engelenkerk toegeëigend; díe en niet de
regering van de mensen zou de drijvende kracht worden in de
glorieuze wereld die ze zouden scheppen. Zoals veel engelen
had hij al gauw begrepen dat de echte macht school in de
dagelijkse leiding van de dingen. Het preken mochten de
mensen doen; hij stelde zich tevreden met het opbouwen van
een wereldrijk. Met hier en daar een extraatje, natuurlijk.

'Ik ben wel benieuwd hoe het gaat uitpakken', bekende hij,
terwijl hij de nagelvijl op zijn bureau gooide. 'Maar als de

Raad het zo erg vindt dat er zo nu en dan van de situatie wordt geprofiteerd, hadden ze zelf maar als eersten moeten gaan in plaats van veilig op een afstandje te kijken of het zou lukken.'

'Precies.' Laila knikte grinnikend en haar glanzende roodbruine haar golfde over haar schouders. Na een korte stilte zei ze: 'Over veiligheid gesproken, ik hoorde dat er met Thaddeus is afgerekend. Ik voelde de rimpeling, een paar avonden geleden. Dat is een hele opluchting.'

Raziëls gezicht vertrok. Hij sprak niet graag over de verraders. 'Mensen beschermen – ik snap niet wat ze bezielt', zei hij kortaf. 'Alsof we een andere keus hebben dan ons met die schepsels te voeden, als we willen overleven.'

Laila glimlachte breed. 'Ja, ik denk dat het ze verontrust dat sommigen van ons er zo van genieten... schijnheilen. Hoeveel overlopers zijn er nog over?'

'Nog wel een paar, maar niet lang meer', antwoordde Raziël. 'We hebben een keurige oplossing bedacht. Heel slim.'

Laila wilde iets zeggen, maar zweeg toen Raziëls mobiele telefoon op zijn bureau overging. Hij boog zich loom naar voren en klapte hem open. 'Ja?'

'Met Paschar', zei een stem.

'Ah, Paschar, hallo', zei Raziël, terwijl hij weer naar achter leunde. 'En hoe staan de zaken daar in het noorden? Geniet je nog van je koninkrijkje?' In het landelijke gebied ten noorden van de stad New York waar Paschar zich gevestigd had, was hij in een straal van honderd mijl de enige engel. Hij beheerde zijn plaatselijke Engelenkerk als een dikke, vette tevreden stier in een wei vol koeien. Wat waarschijnlijk zou veranderen wanneer de Tweede Golf arriveerde en het engelenaantal zou verdubbelen.

'We hebben een probleem', zei Paschar kortaf.

Raziëls wenkbrauwen gingen omhoog toen de ander niet op zijn plagerij inging. Paschar was ook een van de engelen die al lang op de aarde verbleven; ze kenden elkaar al een hele tijd. 'Wat is er aan de hand?' vroeg hij.

'Ik heb me met een paar nieuwe mensen gevoed in een plaatsje dat Pawntucket heet', antwoordde Paschar. 'Een beetje ver weg, maar ik had behoefte aan verse aanvoer... en vandaag voelde ik bij een van de vrouwen een soort engelenergie. Maar het was niet de mijne.'

Raziël fronste verward zijn voorhoofd. 'En? Bedoel je dat niemand anders zich met jouw mensen mag voeden?'

'Doe niet zo raar. De energie die ik bij haar voelde leek op die van ons, maar ook weer niet. Het was energie van een mens... en toch van een engel.'

Raziël ging rechtop zitten. 'Waar heb je het over?' Hij zag dat Laila, die tegenover hem zat, nieuwsgierig haar oren spitste.

'Luister. Ik ben naar het huis van dat schepsel gegaan en heb contact gemaakt met haar energie. Ze ziet eruit als een gewoon meisje, maar dat is ze niet.'

'Wat is ze dan', vroeg Raziël schaapachtig.

Er viel een lange stilte. Aan de andere kant van het land hoorde hij Paschar diep ademhalen voordat hij antwoordde. 'Ze is voor de helft een engel.'

Raziël was met stomheid geslagen. Engelen plantten zich niet voort; het waren energetische wezens die al bestonden zolang ze het zich herinnerden. Hoewel ze in hun menselijke gedaante hetzelfde functioneerden als mensen, waren engelen wezenlijk anders. Het was biologisch onmogelijk om bij een mens een kind te verwekken.

'Dat kan niet', bracht hij uiteindelijk uit. 'Je moet je vergissen; dat bestaat niet.'

'Raziël, ik kon haar engelengedaante net zo duidelijk voelen als mijn eigen, maar de hare was besmet, vermengd met haar menselijke gedaante. Ze is een natuurlijke mix van die twee, geen twijfel mogelijk. Half mens en half engel.'

'Hoe kán dat?'

'Hoe moet ik dat weten? Maar op de een of andere manier, door een stom toeval... het moet een van degenen zijn geweest die zich al voor de Crisis hier met mensen hebben vermaakt.'

In dat geval waren er bijna duizend kandidaten. 'Geweldig', mompelde Raziël. Hij masseerde zijn slaap en vroeg zich af of ze het voor de Raad verborgen zouden kunnen houden. Wat sommige engelen in hun menselijke gedaante deden was zonder deze nieuwe verwikkeling al controversieel genoeg.

'Maar er is nog iets, Raziël', zei Paschar. 'Iets belangrijks, dat onmiddellijke actie vereist.'

Er ging een tinteling langs Raziëls ruggengraat toen hij de angst in de stem van de andere engel hoorde. 'Wat?'

Paschar zweeg een hele tijd. 'Toen ik de hand van... dit schepsel beethad zag ik een flard van de toekomst. Ze is in staat ons te vernietigen.'

Nu weet ik zeker dat er een steekje bij hem los zit, ging er door Raziël heen. Jammer genoeg geloofde hij het zelf niet. 'Wat bedoel je precies met "ons"?' vroeg hij.

'Ons. Wij engelen. Ik weet niet hoe, maar ze draagt die mogelijkheid in zich, en sterk ook. Ze heeft zowel het vermogen als de wens om ons allemaal te vernietigen.'

Er daalde een ijzige kou over Raziël neer. Hij was zich vaag bewust van Laila, die hem aanstaarde en geluidloos vroeg wat er aan de hand was. Paschar was niet iemand die overdreef en zijn helderziende vermogens waren even goed ontwikkeld als bij alle andere engelen die Raziël kende. Hij twijfelde er niet aan dat Paschar precies had gezien wat hij zei.

'Dan zullen we ons van haar moeten ontdoen', zei hij.

'En wel meteen', beaamde Paschar. 'Jij had toch iets bedacht om dit soort dingen af te handelen?'

'Ja. Ik zal onmiddellijk de opdracht geven.'

Even later zette Raziël zijn mobiele telefoon uit en keek zwijgend naar de gegevens die Paschar hem zojuist had doorgegeven. Een halfengel. Niet te geloven; alleen al de gedachte was weerzinwekkend. Zelfs zonder Paschars catastrofale visioen hadden ze zich van het schepsel moeten ontdoen; een dergelijke gruwel mocht niet in leven worden gelaten. Hij pakte het papier en stond op. Het leer van zijn bureaustoel kraakte zacht.

'Problemen?' vroeg Laila.

'Je gelooft je oren niet', zei Raziël grimmig. 'Ik vertel het je zo.' Hij liep naar het kantoor van zijn assistent en legde het briefje op zijn bureau. 'Dit... ding moet worden vernietigd. Regel dat.'

Jona keek op. Zijn vriendelijke bruine ogen stonden bezorgd. 'Natuurlijk, meneer. Ik doe het meteen.'

Raziël schonk hem een kort knikje. Hij ging zijn eigen kantoor weer in en sloot de glanzend geboende houten deur achter zich.

Toen Jona weer alleen was bleef hij een tijdje ongerust naar het briefje staren. Het was vast een van die verraders.

Het dienen van een engel was een bijna onvoorstelbare eer en Jona was er dagelijks dankbaar voor. Maar in zijn functie hoorde hij vaak dingen die hem verontrustten en het bestaan van afvallige engelen was er een van. Hoe bestond het dat er engelen waren die overliepen en het goede werk dat de engelen voor de mensheid verrichten wilden saboteren? De gedachte deed zijn maag krimpen. Een wereld zonder engelen was... ondenkbaar.

Gelukkig had zich een paar maanden geleden een efficiënte manier aangediend om met het probleem af te rekenen. Het was zo'n slimme oplossing dat vrijwel geen engel het zou doorhebben, laat staan een mens. Jona sprak een kort dankgebed uit voor het feit dat hij de engelen mocht dienen en haalde zijn mobiele telefoon tevoorschijn. Zorgvuldig tikte hij het adres in dat op het briefje stond en sms'te het naar de contactpersoon. Opgelucht klapte hij zijn telefoon dicht. Zo, probleem opgelost. De verrader zou binnen een paar dagen uit de weg zijn geruimd – en hij zou nooit weten wat hem had geraakt.

Hun methode was zo geheim dat zelfs de moordenaar de waarheid niet wist.

4

Vijand gespot. Pawntucket NY. 34 Nesbit St.
Alex kreeg de sms donderdagavond in zijn motelkamer in
Aspen en binnen twintig minuten had hij zijn spullen gepakt
en had hij uitgecheckt. De daaropvolgende anderhalve dag
was hij onderweg. Eindelijk, in de vroege ochtend van de
zaterdag, kwam hij aan in Pawntucket, een slaperig stadje
aan de voet van de Adirondack Mountains. In de hoofdstraat
vond hij een GoodRest Motel – er was altijd een GoodRest,
daar kon je donder op zeggen – waar hij een kamer nam om
een paar uur te slapen. De verleiding was zoals altijd groot
om meteen achter de engel aan te gaan, maar hij wist wel
beter. Als je zo moe was als hij nu, was de kans groot dat je
het zou verknallen.
Hij ontwaakte bij zonsopgang en was onmiddellijk klaarwakker. Hij nam een snelle douche en liet zich geselen door
de warme straal. Daarna kleedde hij zich aan, waarbij de
tatoeage op zijn linkerbiceps, *ek* in zwarte letters, onder de
mouw van zijn T-shirt verdween.
Het motel serveerde een ontbijt – voor zover het die naam
verdiende – dus ging hij naar het hoofdgebouw om koffie en
een paar donuts te halen, die hij in zijn kamer opat terwijl hij

zijn uitrusting inspecteerde. Het was een gewoonte uit de periode dat hij nog met Cully jaagde. Zorg goed voor je wapens, dan zorgen zij goed voor jou, had de grote zuiderling keer op keer gezegd. Indertijd had Alex zich er vaak aan geërgerd, maar nu wist hij dat Cully gelijk had gehad. Hoe goed je je ook dacht te hebben voorbereid, één vergissing en je legde het loodje.

Alex deed een vol magazijn in het semiautomatische geweer, tuurde langs de loop en legde het wapen weer in de koffer. Het pistool stak hij in het holster onder zijn broeksband, waar je er niets van zag als je niet wist dat het er zat. Hij gebruikte liever zijn geweer, maar als er mensen in de buurt waren kon dat niet altijd. Ten slotte haalde hij de geluiddemper tevoorschijn en deed hem in zijn broekzak. Hij was klaar. Hij dronk het restje koffie op, schoot zijn leren jasje aan en laadde zijn spullen in de auto, waarna hij het adres in de gps intoetste. Even later was hij weer op Highway 12 die dwars door het stadje liep.

Terwijl hij de aanwijzingen van de robotachtige stem opvolgde, keek hij nauwelijks geïnteresseerd om zich heen. Pawntucket leek precies op al die andere duizenden stadjes die hij had gezien. Door de shoppingmalls was de binnenstad langzaam maar zeker leeggelopen, waardoor alles er enigszins verloederd en armoedig uitzag. Een van de grootste gebouwen was de highschool. Als de leerlingen eenmaal hun diploma hadden, zouden ze waarschijnlijk meteen vertrekken en nooit meer terugkomen, dacht Alex spottend. Het enige wat het stadje mee had waren de Adirondacks, waar de herfstkleuren de hellingen in een lappendeken hadden omgetoverd.

Er waren niet veel engelen in dit deel van de staat New York.

De engel die hier zat had vrij spel, vermoedde Alex; hij had zich waarschijnlijk al met honderden mensen kunnen voeden.

De gps stuurde hem naar een lommerrijke laan met aan weerszijden victoriaanse huizen. Alex reed langs een man die op dit vroege uur zijn basset uitliet; verder was de straat uitgestorven en het gras was nog nat van de ochtenddauw. Hij bereikte nummer 34 en zijn wenkbrauwen schoten omhoog. O-ké. Deze hield blijkbaar van kitsch, en niet weinig ook. Dit had hij niet eerder meegemaakt. De meeste engelen hielden zich gedeisd – de buurman van wie je wist dat die er was, maar die je nooit zag. Misschien dacht deze dat een oogverblindende aanwezigheid de beste vermomming was. Of misschien was hij gewoon erg dol op plastic wensputten. Hij parkeerde de Porsche een paar huizen voor nummer 34. Afgezien van de kermis in de voortuin zag het huis er verwaarloosd uit: de groene verf bladderde waardoor het grijze hout eronder zichtbaar was. Er stond een blauwe Toyota op de oprit. Alex zette de motor af, leunde naar achter in zijn leren stoel en sloot zijn ogen. Een paar diepe ademhalingen later had hij zijn aandacht door zijn chakra's omhoog gebracht en behoedzaam ging hij op zoek naar de energieën in het huis.

Het waren er drie. En ze sliepen allemaal.

Hij zoomde in. De eerste energie was een vrouw van middelbare leeftijd. Nee, wacht even – de tweede ook. Ze leken op elkaar. Het zouden zussen kunnen zijn. Behalve dat de tweede... iets raars had. Iets kinderlijks. Misschien iemand met een psychische aandoening. In ieder geval waren het mensen. Oké, die twee kon hij buiten beschouwing laten. De derde...

Hij fronste zijn wenkbrauwen. De tijd leek tot stilstand te komen toen hij de derde energie onderzocht en voorzichtig met zijn eigen energie aanraakte. 'Krijg nou wat', mompelde hij.

De energie had dezelfde intensiteit als die van een engel, dezelfde krachtige werveling, maar er was geen spoor van het koude, slijmerige gevoel dat hij met engelenergie associeerde. Langzaam opende Alex zijn ogen en hij keek naar het huis. Een menselijk energieveld had een heel eigen karakter, iets wat hij onmiddellijk herkende maar onmogelijk onder woorden kon brengen. Wanneer je het met je eigen energie aanraakte wist je meteen dat de energieën verwant waren. Maar deze energie voelde... raar, alsof iemand het energieveld van een mens en een engel door elkaar had geklutst.

Er stak een lichte bries op en de voortuin kwam tot leven: miniatuurvliegers dansten op de wind en de kleine houten windmolens kraakten bedrijvig. De gekunsteldheid ervan voelde plotseling onheilspellend. Onwillekeurig roffelde Alex met zijn vingers op het stuur. Als hij wilde weten waarmee hij te maken had moest hij daarbinnen een kijkje nemen. En om eerlijk te zijn deed hij dat liever nu terwijl het ding nog sliep.

Toen hij nogmaals naar de menselijke energieën in het huis keek, zag hij bij alle twee deltagolven – mooi, ze waren diep in slaap. Hij stak zijn hand onder zijn stoel, trok er een metalen doos onder vandaan en haalde er een setje lockpicks uit. Hij liet ze in zijn hand rinkelen terwijl hij onderzoekend naar het huis keek. De voordeur was uitgesloten – de kans dat iemand hem zou zien was te groot – maar er was ongetwijfeld een achterdeur. Zou hij het risico nemen? Hij was nooit erg goed geweest in het openpeuteren van sloten; niet zo goed als Jake. Maar afhankelijk van het slot had hij het soms niet slecht gedaan en het zag er niet naar uit dat de sloten hier hightech zouden zijn.

Toen hij de knoop had doorgehakt controleerde hij of er bij de buren geen honden te zien waren, stapte toen uit en sloeg het portier dicht. Hij nam niet de moeite om het zacht te doen – mocht er iemand kijken, dan zou het verdachter zijn als hij probeerde geen geluid te maken. Maar het was stil in de straat; terwijl hij met zijn handen in zijn zakken naar het huis wandelde was het enige geluid dat zijn voetstappen vergezelde het gezang van de vogels. Zijn geweer lag nog in zijn auto, maar hij voelde het pistool dat onder zijn T-shirt in zijn broeksband zat geklemd, klaar voor gebruik mocht het nodig zijn.

Hij liep de oprit van nummer 34 op. De barsten in het beton vormden een webachtig patroon en hier en daar groeide onkruid. Hij schoof langs de Toyota en vervolgde zijn weg naar de achtertuin. De poort van het gazen hekwerk ging knarsend open. Geen slot; een goed voorteken. Hij deed de poort achter zich dicht en liet zijn blik over het doorgeschoten gras, het verweerde houten tuinmeubilair en de bloempotten op de patio gaan.

Tot zijn opluchting stond er aan beide zijden een rij hoge coniferen waardoor er geen inkijk van de buren was. Mooi, dat maakte het een stuk eenvoudiger. Alex liep naar de achterdeur en opende behoedzaam de hordeur. Hij zag dat er gaten in zaten; er zouden nog net geen vliegen doorheen kunnen. Hij bestudeerde het slot van de binnendeur en glimlachte. Hij had geluk – het was een goedkoop geval. Hij koos een lockpick met een gegolfd uiteinde, stak hem in het sleutelgat en haalde hem snel heen en weer. Vrijwel meteen klonk er een zachte klik toen de palletjes gehoorzaam op hun plek vielen.

Gelukt. Alex opende de achterdeur en glipte naar binnen terwijl hij de lockpicks weer in zijn zak deed. Jake had hem altijd uitgelachen als hij de 'rager' koos; die vereiste veel minder vakmanschap dan sommige andere lockpicks en bij een goed veiligheidsslot had je er niets aan. Maar wat maakte het uit als het ermee lukte?

Hij keek om zich heen en zag dat hij in een lichtblauwe keuken met witte kastjes stond. Op het fornuis stond een vieze pan en het aanrecht stond vol met de vaat van het avondeten. Geluidloos liep hij de keuken uit, ging een klapdeur door en kwam in de eetkamer. Verbaasd keek hij naar het grote fluwelen schilderij van een verdrietige clown dat aan de muur hing. Wat het ook voor een schepsel mocht zijn, het had een vreselijke smaak, om nog maar te zwijgen over de twijfelachtige hoeveelheden rommel die in de hoeken lag – stapels papier, tijdschriften, kartonnen dozen. Op de eettafel lag een wit kanten tafelkleed met daarop een rommelige berg post. Alex pakte de bovenste envelop. Een rekening van het waterleidingbedrijf van Pawntucket, geadresseerd aan mevrouw Joanna Fields.

Alex verstrakte toen er in de kamer naast hem een zacht gesnurk klonk. Hij legde de envelop snel terug op de stapel, haalde zijn pistool tevoorschijn en schroefde de geluiddemper erop, waarna hij door de dubbele deur de woonkamer in glipte.

Op de bank lag een meisje te slapen. Ze lag opgekruld onder een rood met zwart gehaakte sprei en had één slanke arm om het kussen onder haar hoofd geslagen. Haar lange, golvende haar lag als een cape over haar rug en schouders. Zelfs in haar slaap kon Alex zien hoe mooi ze was, met haar fijne, bijna elfachtige gezicht. Hij bleef een moment in de deuropening staan kijken naar het zachte op en neer deinen van haar borst. Toen hij er zeker van was dat ze niet wakker werd, sloot hij zijn ogen en bracht zijn aandacht langs zijn chakra's omhoog.

Toen zijn focus boven zijn kruinchakra uitsteeg hapte hij naar adem. De gemengde energie was hier veel sterker, zo sterk dat die hem bijna als een vloedgolf onderuithaalde. Zij was het, geen twijfel mogelijk. Dit meisje had hij buiten gevoeld. Maar wat was ze? Zonder zijn focus te verleggen opende Alex zijn ogen... en zag de stralende gedaante van een engel die boven het slapende meisje zweefde.

In een fractie van een seconde had hij zijn pistool in de aanslag. Maar voordat hij de trekker had kunnen overhalen, had zijn geest hem teruggefloten. Dit klopte niet, hier was iets aan de hand, er ontbrak iets...

Toen het tot hem doordrong wat dat was, sperden zijn ogen zich open. Met zijn pistool op het schepsel voor hem gericht liep hij om de koffietafel heen. De engel zweefde vredig in de lucht met haar vleugels op haar rug gevouwen en het hoofd licht gebogen alsof ze sliep. Hij verbeeldde het zich niet: de engel was zich niet bewust van zijn aanwezigheid.

Maar ze had ook geen aureool.

Alex schudde wezenloos zijn hoofd. Hij moest aan het hallucineren zijn. Het gezicht van de engel was prachtig, sereen; een uitvergrote versie van dat van het meisje. Maar waar haar hoofd omkranst had moeten zijn door een aureool was... niets. De aureool van een engel was zijn hart; zonder bleven ze niet in leven. Zijn ogen schoten weer naar het slapende meisje. Het schepsel maakte duidelijk deel van haar uit; op de een of andere manier waren ze met elkaar verbonden. Hoe was dat mogelijk? Hij had altijd geleerd dat engelen nooit tegelijkertijd een menselijke en een etherische gedaante konden aannemen.

Verontrust staarde Alex naar het meisje. Hij was zich er vaag van bewust dat zijn blik op haar gezicht bleef rusten, op het zachte goud van haar wenkbrauwen, de wimpers op haar gladde wangen. Hij schrok op toen een auto de oprit op kwam. Het meisje op de bank bewoog en ze nestelde haar hoofd dieper in het kussen. Alex liep naar het raam.

Voorzichtig schoof hij het gordijn een millimeter opzij en zag een oude gele Corvette achter de Toyota parkeren. De motor viel stil en er stapte een mager meisje met bruin haar en een heleboel oogschaduw uit. Alex scande haar snel. Ze was honderd procent mens.

Terwijl ze naar de voordeur liep, liet hij het gordijn los en glipte de eetkamer in, waar hij zich naast de dubbele deur tegen de muur drukte. Hij hoorde de deurklopper – twee zachte, aarzelende klopjes. 'Willow!' riep het meisje op gedempte toon. Het klonk alsof ze omhoog keek naar het slaapkamerraam. 'Hallo, goedemorgen... ben je al op?'

Het meisje in de andere kamer werd kreunend wakker. Alex gluurde voorzichtig om de deur en zag tot zijn verbazing dat de glanzende engelengedaante flakkerde en langzaam vervaagde.

'Willow!' siste het meisje op de veranda en ze klopte nog een keer. 'Doe open, ik ben mijn telefoon vergeten!'

Het meisje – Willow? – tilde haar hoofd op en tuurde slaperig naar de voordeur. De engel was verdwenen. Geeuwend gooide ze de sprei van zich af, stond op en liep naar de eetkamer. Alex drukte zich tegen de muur en zijn hart bonkte tegen zijn ribben, maar ze slofte langs zonder dat ze hem zag. Toen ze de gang in ging zag hij dat ze een roze pyjamabroek en een lichtgrijs T-shirt droeg. Ze was klein, hooguit een meter vijfenvijftig. Haar slanke, ranke lichaam had een volmaakt figuur en zo te zien was ze ongeveer van zijn leeftijd.

Van de engel was geen spoor meer te bekennen. Er was geen enkele aanwijzing meer dat er iets niet-menselijks aan het meisje was.

De voordeur ging open. 'Nina, wat doe jij hier?' hoorde hij het meisje versuft zeggen. 'Het is nauwelijks licht.'

Nina klonk gespannen. 'Ik weet het, maar ik kon niet slapen. Ik moest steeds aan Beth denken – aan wat je me gister allemaal vertelde.'

Het was even stil en toen hoorde hij Willow zuchten. 'Ik heb ook niet veel geslapen; ik ben voor de tv in slaap gevallen. Blijf even hier wachten, dan maak ik koffie.'

'Hier wachten?' Nina klonk verrast. 'Mag ik het huis niet meer in?'

'Nee, niet op dit onchristelijke uur', antwoordde Willow kortaf. 'Ik wil niet dat mijn moeder en tante Jo wakker worden, oké? We gaan op de veranda zitten.'

Toen ze het huis in kwam drukte Alex zich weer tegen de muur aan. Gelukkig liet ze het licht in de eetkamer uit toen ze er op weg naar de keuken voor de tweede keer doorheen liep, zodat Alex kon wegduiken in het halfduister. Even later hoorde hij een kastje opengaan en de kraan lopen. Geluidloos deed hij een stap naar de keuken en keek onzichtbaar toe hoe Willow oploskoffie in twee mokken deed. Geeuwend streek ze het haar uit haar gezicht en rekte zich uit. Ze zag er op dat moment zo slaperig en verfomfaaid uit; zo volkomen menselijk.

Een paar tellen lang stond Alex roerloos naar haar te kijken, naar het lange blonde haar, de grote ogen en de elfachtige kin. Vluchtig stelde hij zich voor dat hun blikken elkaar kruisten en hij vroeg zich af hoe ze er met een glimlach zou uitzien.

Geïrriteerd schudde hij de gedachte van zich af – wat bezielde hem? – en snel scande hij Willows aura. Engelachtig zilver doorschoten met lavendelkleurige lichtjes; ook nu weer een mengeling van engel en mens. Maar in tegenstelling tot dat van een engel was haar aura niet blauw langs de randen. Bij haar geen aanwijzing dat ze zich onlangs had gevoed. Het leek zelfs alsof ze zich helemaal niet voedde, tenminste niet zoals engelen. Terwijl hij zijn energie liet teruggaan naar zijn hartchakra bekeek Alex het meisje verward. Ze was een engel... maar ook weer niet.

Zijn aandacht werd getrokken door een foto op een stoffige boekenplank. Hij liep ernaartoe en nam hem geluidloos in zijn handen. Een klein meisje met blond haar dat onder een wilg stond. Ze had haar gezicht geheven en straalde van geluk terwijl de veerachtig blaadjes over haar gezicht streken en het omlijstten.

Een wilg. Willow.

Alex staarde naar de kleine foto. Als hij er nog aan had getwijfeld dat er iets vreemds aan de hand was met dit meisje, dan had hij hier het bewijs. De menselijke gedaante van een engel was altijd een volwassene. Engelen hadden geen jeugd; engelen kregen geen kinderen. Als Willow kind was geweest, dan was ze geen engel – in ieder geval geen engel zoals hij ze kende.

Wat was ze dan wel?

Toen Willow plotseling de eetkamer in kwam, dook hij snel weer weg in de schaduw. Ze nam een paarse sweater van een van de stapels en terwijl ze terugliep naar de keuken trok ze hem over haar hoofd. Ze streek met beide handen haar glanzende haar glad en draaide het in een losse knot.

Wat is ze mooi! De gedachte flitste ongewild door Alex' hoofd toen Willow de mokken pakte en ermee naar buiten ging. 'Hier, Nescafé de luxe', hoorde hij haar zeggen toen ze op de veranda kwam. De voordeur ging dicht.

Alex stopte de foto bruusk in zijn jaszak. Natuurlijk was ze mooi, bracht hij zichzelf in herinnering – ze was deels een engel. Hij liep snel door de keuken naar de achterdeur, die hij zacht achter zich sloot. Hij draafde over de verbrokkelde patio en perste zich tussen twee winters ruikende coniferen door naar het hekwerk. Snel klom hij eroverheen en liet zich in de tuin van de buren op de grond vallen. Vanaf die tuin klom hij naar de volgende. Een paar minuten later was hij weer op de straat en nonchalant wandelde hij naar zijn auto. Hij wierp nog een blik op Willows huis, waar de twee meisjes naar elkaar toe gebogen ernstig met elkaar praatten.

Nee. Hij schudde zijn hoofd terwijl hij achter het stuur kroop en de motor startte. Geen twee meisjes, maar één. En een wezen waar hij niets van begreep.

Toen de CIA bijna twee jaar geleden na de Invasie Operatie Engel had overgenomen, was er veel veranderd. Een van de belangrijkste veranderingen was dat de engelkillers nu alleen werkten en geen contact meer hadden met de rest. Alex wist niet eens waar de andere EK's zaten; hij had al ruim anderhalf jaar niets meer van ze gehoord. Hij ontving anonieme sms'jes van onbekende engelspotters; er werden geen namen gebruikt en de informatie die hij ontving was niet te herleiden tot een bepaald persoon. Hoewel hij die goeie ouwe tijd miste – de kameraadschap, het samen op jacht gaan, zelfs de saaie, eindeloze dagen in het kamp in de woestijn – zag hij de noodzaak ervan in. Het was oorlog, ook al waren de miljoenen slachtoffers zo verzaligd dat ze het niet eens doorhadden. Als hij werd gegrepen door de engelen of hun menselijke volgelingen zou hij ze niks kunnen vertellen.

Het betekende echter ook dat het in noodgevallen niet eenvoudig was om iemand te pakken te krijgen.

Nadat Alex in zijn motelkamer was teruggekeerd, kostte het hem vijf uur om zich het alarmnummer te herinneren dat hij had gekregen toen de CIA de leiding overnam. De onbekende stem aan de andere kant van de lijn had gezegd dat hij het uit zijn hoofd moest leren en daarna moest vergeten dat het gesprek ooit had plaatsgevonden. Het nummer mocht alleen in geval van uiterste nood worden gebruikt.

Er werd niet opgenomen. Terwijl hij de herhalingstoets keer op keer indrukte staarde hij met gefronst voorhoofd naar Sports Channel, zonder dat de beelden tot hem doordrongen. 'Schiet óp, neem verdomme die telefoon op', mompelde hij. Uiteindelijk, vlak voor het middaguur, klonk er een klik en een vrouwenstem die zei: 'Hallo?'

Alex had verveeld met zijn mobiele telefoon tussen zijn schouder en zijn oor geklemd op bed liggen zappen. Hij liet de afstandsbediening vallen, nam zijn telefoon in zijn hand en ging rechtop zitten. 'Met Alex', zei hij.

Er viel een lange stilte. 'Ja?'

'Ik moet met iemand praten.'

'Dit nummer is alleen bedoeld voor –'

'Dit ís een noodgeval', zei hij gespannen. 'Heus.'

Er viel weer een stilte, deze keer bijna een minuut lang. 'U wordt teruggebeld', zei de vrouw ten slotte. Er klonk weer een klik en de verbinding werd verbroken. Alex vloekte en hij kon zich nog net inhouden om zijn telefoon niet tegen de muur te smijten.

Het duurde bijna een uur voordat zijn telefoon overging. Hij nam onmiddellijk op. Zonder inleiding vroeg een mannenstem: 'Ben je alleen?'

'Ja', antwoordde Alex.

'Goed. Wat is er?' De stem was accentloos, neutraal. Alex kon niet zeggen of het dezelfde was als bijna twee jaar geleden. Terwijl hij door de motelkamer met de twee dubbele bedden ijsbeerde legde hij in het kort uit wat er was gebeurd.

'Ja?' zei de stem toen hij klaar was. De korte lettergreep klonk te beleefd, alsof hij eigenlijk wilde zeggen: Wat is het probleem?

Alex fronste zijn wenkbrauwen. 'Waar het om gaat – ik weet niet wat dat meisje is', zei hij. 'Als er geen aureool is, dan –'

'Ze is een engel', onderbrak de stem hem. 'Voer je opdracht gewoon uit.'

Alex voelde zijn stekels overeind komen. Wat hem betrof was de CIA tien jaar te laat op het toneel verschenen. Waar hadden ze gezeten toen ze allemaal als vluchtelingen in de woestijn leefden, met antieke geweren schoten en trainden met krakkemikkige reflexvizieren?

'Luister', zei hij terwijl hij probeerde zijn stem niet te verheffen. 'Ze is géén engel. Ik weet onderhand wel hoe een engel eruitziet, ja? Dit meisje is anders. Het is bijna alsof ze... half engel, half mens is.' Nog voordat hij zijn zin had afgemaakt wist hij dat het krankzinnig was. Engelen kregen geen kinderen.

'Eventuele afwijkingen zijn niet jouw zorg', zei de stem kortaf. 'Doe gewoon je werk. Ze is een engel; ze moet uit de weg worden geruimd.'

'Hebt u wel naar me geluisterd?' vroeg Alex boos. Hij begon weer te ijsberen en schoof bruusk een stoel uit de weg. 'Ik zeg u: *ze* is *geen engel*. Ze *voedt* zich niet. Ze is *kind* geweest. Er is geen aureool! Als zij een engel is, waar haalt ze haar energie dan vandaan? Hoe blijft ze in leven?'

'Nogmaals, dat is niet jouw zorg.'

Alex hoorde zichzelf luider gaan praten. 'Hoe kunt u dat nou zeggen? Ik steek elke dag m'n nek uit en als ik niet alle informatie heb, dan ben ik er geweest. Als dat meisje een gevaar vormt, moet ik weten hoe. Ik moet –'

'Vertrouw ons maar', zei de stem vlak.

Alex zweeg verbijsterd. Het was alsof hij tegen een robot sprak.

'We hebben geen reden om aan te nemen dat er nog meer zijn zoals zij', vervolgde de man na een korte stilte. 'Maar zij moet uit de weg geruimd worden. En snel. Ze heeft al schade aangericht.'

Alex spitste zijn oren toen hij vaag een Britse tongval meende te herkennen. Hij verstrakte toen er een herinnering als een vinger langs zijn ruggengraat omhoogkroop. Ook engelen hadden hun eigenaardigheden... en een van de weinige engelen die aan zijn vader had weten te ontsnappen, had een Brits accent gehad. De EK's hadden altijd grappen gemaakt dat degene die hem te grazen nam bonuspunten zou krijgen.

'Wat voor schade?' vroeg hij na een tijdje.

'Dat is niet –'

'Mijn zorg, ja.' Alex liet zich op het bed neerzakken. Dit voelde niet goed. Dit voelde helemaal niet goed.

'Als er geen aureool is, kun je volstaan met meer conventionele methoden', zei de stem. Nu Alex erop lette was het accent duidelijk hoorbaar. 'Zorg dat je de opdracht uitvoert, en snel. Als dat schepsel niet binnen een uur dood is, zul je het bezuren.' Er klonk een klik en de stem was verdwenen.

Alex bleef een moment naar zijn telefoon staren, klapte hem toen langzaam dicht en legde hem op het nachtkastje. Het kon natuurlijk toeval zijn. Het was niet ondenkbaar dat er een Engelsman bij de CIA werkte. Alleen geloofde hij niet echt in toeval; het was een van de redenen dat hij nog steeds in leven was. Toen hij in gedachten het gesprek opnieuw afspeelde, met z'n ontwijkende, dreigende toon, drong het pas in alle hevigheid tot hem door hoe verkeerd het voelde. Voor zover hij wist werkte de CIA niet zo, tenminste niet bij Operatie Engel. Ze wisten heel goed dat de EK's de experts waren en niet zij – ze hadden nog nooit 'vertrouw ons maar' tegen hem gezegd en nog verwacht dat hij het zou pikken ook. Er was tegen hem gelogen.

Terwijl de gedachten over elkaar heen tuimelden liet hij zijn vuisten op zijn dijen neerkomen. Jezus. Zouden de engelen Operatie Engel hebben ingelijfd? Het duizelde hem bij de gevolgen die dat zou hebben. En zo ja, waarom wilden ze zo graag dat hij dit meisje doodde?

En wat wás ze?

Alex' oog viel op de foto die naast zijn sleutels op het dressoir lag. Het knappe kleine meisje met het blonde haar dat tussen de neerhangende bladeren door glimlachend in de lens keek. Abrupt stond hij op en begon te pakken. Hij smeet zijn spullen slordig in zijn tas. Als hij gelijk had en de engelen zaten erachter, dan zou hij dit meisje niet uit het oog verliezen voordat hij precies wist wat hier aan de hand was. En daarbij had hij het gevoel dat hij misschien wel binnenkort de benen zou moeten nemen.

5

Vrijdag was ik vroeg naar school gegaan, zodat ik Beth kon spreken voordat de lessen begonnen. Ik zat langer dan een halfuur in mijn Toyota op de parkeerplaats te wachten; een voor een kwamen de auto's aanrijden, totdat de parkeerplaats een zee van glinsterend metaal was geworden, maar Beths auto was er niet bij. Ik wachtte tot tien minuten na de laatste bel en liep toen langzaam het gebouw in, nog steeds hoopvol over mijn schouder kijkend. Maar een gespannen, angstig stemmetje in me zei me dat het te laat was.

De ouders van Beth moesten later die ochtend hebben gebeld, want iemand had mevrouw Bexton er in het kantoor over horen praten. Toen de lunchpauze aanbrak gonsde de hele school van het nieuws: Beth was van school gegaan en had zich bij de Engelenkerk aangesloten.

De rest van de dag liep ik verdwaasd rond, hopend dat het een vergissing was en dat Beth gewoon griep had; dat ze toch zou komen opdagen, glimlachend en even volmaakt als altijd. Maar dat gebeurde natuurlijk niet. Uiteindelijk, tussen het vijfde en zesde uur, dook Nina bij mijn locker op. Om ons heen was het een komen en gaan van leerlingen. 'Jij weet hier meer van, hè?' zei ze gebiedend.

Ik keek strak naar de rommelige inhoud van mijn locker, terwijl de tranen plotseling achter mijn ogen brandden. 'Ja, dat kun je wel zeggen', zei ik zacht.

'Kom.' Nina greep me bij mijn arm en trok me met zich mee. We verlieten het schoolgebouw via een zij-ingang naast het tekenlokaal, waar we langs een paar ouderejaars liepen. Ik verstrakte toen ik een flard van hun gesprek opving.

'Nou, ik vind Beth heel dapper.'

'Ja, mijn neef is er ook bij gegaan; én een vriendin van mijn moeder. Ze zeggen allemaal dat engelen echt bestaan, en dat ze –'

Ik dook weg tussen mijn schouders en haastte me achter Nina aan de parkeerplaats op.

We gingen in haar auto zitten en praatten. Ik vertelde haar alles wat er was gebeurd... behalve dat Beths engel voor mijn deur had gestaan. Om te beginnen zou ze me toch niet geloven, maar eigenlijk wilde ik het er zelf niet over hebben. Hoe dan ook, ze was zo al verbijsterd genoeg. Ze bleef een eeuwigheid sprakeloos met haar hoofd schudden. 'Willow, dat is... ik bedoel, o my god.'

'Ja', zei ik en ik probeerde te glimlachen. 'Dat heb je goed samengevat.'

'Maar – wat ga je doen?'

'Doen?' Ik zat met opgetrokken knieën naast haar in de Corvette, met mijn hoofd tegen het raampje geleund. Ik keek haar aan. 'Wat kan ik doen? Ze zit er nu al bij en dat gaat ze heus niet terugdraaien.'

Nina's lichtbruine ogen stonden beschuldigend. 'En hoe weet jíj dat?'

Gefrustreerd streek ik het haar uit mijn gezicht. 'Omdat ik het heb gezien! Ze blijft er, wordt steeds zieker, totdat... er iets gebeurt.' Mijn stem stierf weg toen ik weer de kille, grauwe nevel voor me zag die over alles heen had gehangen.

'Er iets gebeurt', herhaalde Nina, terwijl ze met haar vingers op het dashboard trommelde. 'Willow, hoor jezelf praten! Je wéét het niet eens.'

'Ik weet het wel!'

'Nietes. Het enige wat we weten is dat Beth zich heeft aangesloten bij de Engelenkerk en dat het iets te maken heeft met jouw reading, en dus moet jij haar helpen voordat ze haar leven vergooit. Wist je dat ze ging proberen om vervroegd toegelaten te worden op Stanford?'

Ik blies mijn adem uit en vroeg me af waarom ik het Nina überhaupt had verteld. 'Ik moet gaan', zei ik terwijl ik rechtop ging zitten en mijn tas pakte die bij mijn voeten lag.

'Willow, wacht! Je kunt niet zomaar –'

Ik was al uitgestapt en op weg naar mijn eigen auto. Maar ik had kunnen weten dat Nina het er niet bij zou laten.

De volgende ochtend, zaterdag, stond ze in alle vroegte voor mijn deur. 'Luister, dit is het plan', zei ze resoluut, terwijl ze haar pony uit haar ogen schudde. 'Ik heb de website van de Engelenkerk gecheckt en de dichtstbijzijnde kerk zit in Schenectady. Beth is vast daar naartoe gegaan. Er is vandaag om twee uur een middagdienst; jij moet erheen om met haar te praten.'

We zaten met koffie op de oude schommelbank op de veranda. Ik zuchtte, vouwde mijn rechterbeen onder me en liet me weer in de verschoten, gestreepte kussens zakken.

'Nina, ik heb je al gezegd dat het hopeloos is.'

Ze gaf een harde duw tegen mijn been. 'Willow, je móét erheen. Kom op, denk je nou echt dat je zó helderziend bent dat je nooit fouten maakt?'

Ik wist niet wat ik moest antwoorden en staarde naar de straat. Een paar huizen verderop startte een auto. Het geluid verbrak de vroege ochtendstilte en met mijn koffiekop in mijn handen geklemd luisterde ik toe hoe het langzaam wegstierf.

'Ik... weet het niet', bekende ik.

Nina liet haar kop op haar knie rusten en boog zich naar voren om me in mijn ogen te kijken. 'Ga alsjeblieft', zei ze zacht. 'Je bent misschien de enige naar wie ze luistert.'

Ik voelde mezelf zwichten. Ik keek naar de metalen armleuning van de schommelstoel en pulkte aan een schilfer witte verf. 'Ik weet niet of ze me wel wil zien. Ze was behoorlijk kwaad na de reading.'

'Je moet het proberen', drong Nina aan. 'Als je gelijk hebt en ze wil niet weg, oké. Maar je móét het proberen.'

Ik zuchtte diep. Ze had gelijk. Hoewel ik wist dat ik me niet vergist had over wat ik had gezien, had ze gelijk. Ik wilde het haar vertellen, maar zweeg toen er een gedachte bij me opkwam die een koude rilling langs mijn rug deed gaan.

Natuurlijk ging ik naar die kerk. Dat was ik al die tijd al van plan geweest. Ik kan mezelf niet lezen – de paar keer dat ik het probeerde zag ik alleen maar een grijs waas; vergelijkbaar met de nevel die ik tijdens Beths reading had gezien, maar dan zonder die afschuwelijke, kille grafsfeer.

Dat was de reden dat ik niet meer had kunnen zien van Beths toekomst bij de Engelenkerk: ik speelde er zelf een rol in.

'Wat is er?' vroeg Nina terwijl ze me onderzoekend aankeek.

Ik schudde mijn hoofd en dronk het restje koffie op, terwijl ik de angst die zich van me meester maakte probeerde te negeren. Ik had helemaal geen zin om ook maar in de buurt van die kerk te komen, maar ik wist dat ik geen keus had.

Grijze nevels of niet, Nina had gelijk: ik moest het op zijn minst proberen.

'Niets', antwoordde ik. 'Oké, ik ga erheen.'

's Middags was de angst iets afgenomen, maar de onrust niet. Ik stond voor de ovale spiegel boven mijn ladekast en keek naar mijn spiegelbeeld. Ik droeg een lange paarse rok met een heleboel glimmend zilverkleurig stiksel en een strak wit topje. Onzeker streek ik over de rok. Kon het wel? Mensen die naar de kerk gingen kleedden zich toch netjes aan? Niet dat het veel uitmaakte, maar ik wilde zo min mogelijk opvallen.

Het moet maar, besloot ik. Snel borstelde ik mijn haar, maakte twee staarten en zette die gedraaid met een haarspeld op mijn achterhoofd vast. Ik trok mijn spijkerjasje aan, schoot in mijn gympen, griste mijn tas van de grond en ging naar beneden. In de keuken was tante Jo luidruchtig de afwas aan het doen en in de woonkamer lag mijn moeder in haar lievelingsstoel te slapen. Het was geen verrassing; ik vermoedde dat de dromen tijdens haar slaap net zo plezierig waren als het dromenland waar ze overdag in verkeerde. Als ze sliep, zag ze er heel gewoon uit – alsof er herkenning in haar ogen zou liggen als ze ze opende en me zag. Terwijl ik haar aankeek balde mijn maag zich samen.

Ik zal haar nooit meer zien, dacht ik.

Wat was dat voor een idiote gedachte? Ik schudde haar van me af en negeerde de angst die mijn huid deed prikken. Ik boog me naar voren en zoende mijn slapende moeder op haar wang.

'Dag mam', fluisterde ik. Ik streek haar vale haar naar achter. 'Ik blijf niet lang weg. Ik hou van je.'

Ze prevelde iets, viel weer stil en ademde zacht en

gelijkmatig door. Ik zuchtte. Ze zag er in ieder geval vredig uit. Ik zoende mijn vingers, legde ze tegen haar lippen en glipte de kamer uit. Ik stak mijn hoofd om de hoek van de keuken om tante Jo te laten weten dat ik wegging en vijf minuten later was ik in mijn auto op weg naar Schenectady. Er was niet veel verkeer, zelfs niet toen ik de I-90 op reed. In mijn achteruitkijkspiegel zag ik een zwarte Porsche. In Pawntucket had ik hem ook gezien; toen ik de stad uit was gereden had hij een meter of vijftig achter me gezeten. Nog iemand die naar de kerk ging?

In dat geval hoefde hij me niet te volgen om de weg te vinden. Een heel eind voor Schenectady verschenen er al grote borden langs de weg met glinsterende zilveren letters: *De engelen kunnen u redden! Engelenkerk Schenectady, afrit 8.* Ik herkende de foto van de immense witte kerk op de heuvel van de reclamespotjes op de televisie en mijn handen verstrakten om het stuur.

Toen ik uiteindelijk stilhield op de gigantische parkeerplaats bleef ik een minuut lang sprakeloos zitten. Ik was in New York geweest, ik had wel vaker grote gebouwen gezien, maar nog nooit zoiets indrukwekkends. Misschien kwam het door de ligging, hoe de kerk zich boven de groene grasvlakte verhief. Ik volgde de lijnen van het enorme koepeldak, de gebrandschilderde ramen die schitterden in het zonlicht. Aan de andere kant van de parkeerplaats zag ik iets wat op een winkelcentrum leek. Ik herinnerde me dat dat er inderdaad was – plus een appartementengebouw, een sportzaal, een kapper. Alles wat je maar wenste.

Het was bijna twee uur en de menigte zwermde de kerk in. Ik stapte uit, raapte al mijn moed bijeen en zette koers naar de ingang. Met een beetje geluk zou ik Beth vinden... maar misschien was haar engel er ook. Bij die gedachte sloeg de angst me om het hart. Als het aan mij lag, zag ik dat ding nooit meer terug.

Ik had nog maar een paar passen gezet toen ik een tinteling in mijn nek voelde. In een opwelling keek ik achterom. Daar stond de zwarte Porsche weer, een paar rijen verderop. Er stapte net iemand uit: een jongen van mijn leeftijd met donker haar. Hij droeg een verschoten spijkerbroek en een openhangend leren jasje met eronder een blauw T-shirt. Ik was blij met de afleiding; hoe dichterbij de kerk kwam, hoe groter mijn weerzin om er naar binnen te gaan.

Nog steeds achterom kijkend liep ik langzaam door zodat de donkerharige jongen me kon inhalen. Hij aarzelde even, maar maakte toen oogcontact en liep mijn kant uit. Hij was slank maar had brede schouders en hij bewoog zich met het gemak en de zelfverzekerdheid van een atleet. Ik voelde iets fladderen in mijn buik toen ik zag hoe aantrekkelijk hij was. 'Eh... hoi', zei ik toen hij naast me liep. Hij was ruim een kop groter dan ik. 'Kom jij nu uit Pawntucket?' Hij keek op me neer met een lichte frons op zijn voorhoofd. Ik haalde een schouder op. 'Ik zag je auto.'

'Ja', zei hij na een korte stilte. Hij schraapte zijn keel. 'Ik eh... was op bezoek bij vrienden.'

Ik bestudeerde de krachtige lijnen van zijn gezicht en vroeg me af of hij wel mijn leeftijd had. Hij leek ouder. Niet vanwege zijn gespierde lichaam; de halve school deed aan krachtsport. Misschien waren het zijn grijsblauwe ogen, als een stormachtige zee.

Ik kon me er bijna niet van losmaken.

Toen ik besefte dat ik hem aanstaarde, bloosde ik en snel keek ik voor me uit. Toegegeven, de afleiding was welkom geweest, maar het moest ook weer niet te veel worden. Wat bezielde me trouwens? Op school kende ik genoeg jongens die er net zo goed uitzagen als hij, en die gaapte ik ook niet als een idioot aan.

Voor ons rees de kerk nu zo hoog op dat de hemel bijna niet meer zichtbaar was. We liepen een paar minuten zwijgend door. Op een gegeven moment raakten onze armen elkaar; ik trok de mijne haastig weg.

De stilte was verstikkend. 'Ben jij lid hier?' vroeg ik.

De jongen maakte een snuivend geluid en ik begreep dat hij lachte. 'Nee', antwoordde hij vlak. Zijn halflange donkerbruine haar zat wat door elkaar. Ik keek naar zijn mond en ineens vroeg ik me af hoe het zou zijn om met mijn vinger langs zijn lippen te gaan.

Ik schudde de gedachte van me af, schraapte mijn keel en vroeg: 'Dus... wat kom jij doen?'

'Gewoon even kijken.' Zijn blik dwaalde over mijn gezicht. 'En jij? Ben jij lid?'

We waren bij de grote witte trap gekomen en voegden ons bij de menigte die omhoog klom, als mieren op een mierenhoop. Boven aan de trap zag ik drie dubbele deuren die wagenwijd openstonden. Ik schudde mijn hoofd. 'Nee, ik kom voor eh... een vriendin van me. Nou ja, niet echt een vriendin, maar...' Ik zuchtte. 'Het is een lang verhaal.'

Hij keek me aan en knikte kort, alsof het volkomen begrijpelijk was wat ik zei. Ik kromp ineen, want ik wist hoe onsamenhangend het moest klinken. Maar toen waren we bij de deuren en raakten we elkaar kwijt in het gedrang, en even later stond ik zonder hem in een enorme ruimte van glinsterend wit marmer. Voor in de kerk bevond zich een wit preekgestoelte waar de lange kerkbanken in een halve cirkel

omheen stonden. Toen ik dichterbij kwam knipperde ik
met mijn ogen: het preekgestoelte had de vorm van twee
engelenvleugels waarvan de gebeeldhouwde gevederde
punten omhoog staken. Op het gebrandschilderde raam
erachter stond een reusachtige engel, die met gestrekte
armen glimlachend op de aanwezigen neerkeek.

Ik zocht een plekje aan het uiteinde van een van de stralend
witte kerkbanken en ging behoedzaam zitten met mijn tas op
mijn schoot. Gespannen keek ik naar de massa mensen om
me heen. De website had gelijk gehad: het moesten er
duizenden zijn. Het had zo eenvoudig geklonken uit Nina's
mond, maar hoe kon ik Beth in hemelsnaam tussen al deze
mensen vinden?

Ik keek op toen er harpmuziek klonk en de hemelse
akkoorden de kerk vulden. 'Loof de engelen', mompelde de
vrouw naast me. Er lag een vurige gloed in haar ogen. Nee,
niet alleen in haar ogen – haar hele gezicht, haar hele wézen
straalde van haar liefde voor de engelen. Ongemakkelijk
keek ik weer voor me, toen een man in een wit gewaad de
wenteltrap besteeg die naar het preekgestoelte leidde.
Waarschijnlijk een priester, of hoe ze zo iemand hier ook
noemden.

'Welkom!' sprak hij met geheven armen. Zijn versterkte
stemgeluid galmde uit de speakers. Op het immense scherm
boven zijn hoofd verscheen het tien keer levensgrote beeld
van de priester. Hij was kalend en had blozende, bolle
wangen.

'Welkom', bromde de menigte ten antwoord.

Eerst ging de priester de kerkgangers voor in een gebed
tot de engelen waarin hij hun vroeg de aanwezigen hun
liefde waardig te keuren. Vervolgens schoven de witte

veloursgordijnen aan weerszijden van het gebrandschilderde raam open en kwam er een honderdkoppig koor tevoorschijn. 'Lofzang 43, *De Engelen hebben mij mijn ware weg getoond*', zei de priester in de microfoon. Iedereen stond op. De harpmuziek zwol aan en het sopraankoor begon te zingen, waarna ook de rest inviel en de stemmen als donderslagen door de kerk galmden. Van het plankje voor me pakte ik een in wit leer gebonden boekje met de titel *Engelenzang*. Ik sloeg het open en zong halfslachtig mee, terwijl ik mijn blik over de kerkbanken liet dwalen in de hoop Beth te ontdekken. Ik zag haar nergens, maar ik kwam wel tot de ontdekking dat ik vrijwel de enige was die het liedboek gebruikte. Bijna iedereen kende de woorden uit zijn hoofd. Sommige mensen deinden met gesloten ogen mee op de muziek.

Opeens zag ik de donkerharige jongen weer. Hij zat een paar rijen achter me aan de andere kant van het gangpad, ook aan het uiteinde. Hij zong niet mee, maar tuurde met gefronste wenkbrauwen in het boekje. Ik glimlachte; gelukkig was ik niet de enige die zich verwonderde.

De muziek stopte en terwijl de lofzang nog nagalmde ging iedereen weer zitten. De priester keek ons een paar tellen zwijgend aan. Toen hij weer het woord nam, was zijn stem verstikt door de emotie. 'Dierbare medegelovigen, wij zijn hier vandaag bijeen om vele redenen, maar eerst... eerst moeten wij de engelen loven. Want vandaag verwelkomen wij drie nieuwe leden van onze Kerk: drie gezegende volgelingen verenigd in de liefde van de engelen, die hebben besloten hun leven ten dienste te stellen van de engelen.' Beth. Ik hield mijn adem in toen uit duizenden kelen 'Lof zij de engelen!' klonk. De vrouw naast me huilde bijna van

blijdschap. 'O, loof de engelen', zei ze weer. Ze schudde
zacht haar hoofd en greep de bank voor haar beet. 'Nog meer
zielen om hun heilige werk te doen.'

Mijn hart bonsde tegen mijn ribben terwijl ik ging verzitten
en over de hoofden probeerde te kijken. Er stegen flarden
harpmuziek op. Even later zette het koor in en de zuivere
sopraanklanken stegen op naar het hoge gewelfde plafond.
Langzaam kwamen er drie mensen in een hemelsblauw
gewaad uit de coulissen tevoorschijn die voor de aanwezigen
bleven staan: twee vrouwen en een man. Ik herkende Beth
meteen. Ze stond links. Haar honingkleurige haar hing los op
haar schouders. Toen ik naar het levensgrote scherm keek
zag ik dat ze glimlachte: een stralende glimlach die haar hele
gezicht verlichtte. Maar ik schrok van haar bleke huid en de
kringen onder haar ogen.

De priester kwam van het preekgestoelte af en liep naar het
drietal om hen om de beurt de hand te schudden. Daarna
wendde hij zich naar de aanwezigen. Op het scherm zag ik
tranen glinsteren op zijn bolle wangen. 'Terwijl onze geliefde
engel onze nieuwe leden zegent', sprak hij in de microfoon in
zijn hand, 'laat ons tot de engelen bidden en dankzeggen
voor hun eeuwigdurende liefde.'

Onze geliefde engel. Gespannen vroeg ik me af wat er ging
gebeuren. Er klonk geroezemoes toen de mensen gingen
verzitten en hun hoofd bogen of alleen hun ogen sloten. Zelf
boog ik mijn hoofd minimaal en hield angstvallig mijn ogen
op Beth gericht. Stel dat ze zo meteen weer werd afgevoerd
en ik haar niet te spreken kreeg?

Er daalde een diepe, afwachtende stilte over de kerk neer. De
minuten tikten voorbij. Voorin keek Beth verwachtingsvol
omhoog.

En toen zag ik het.

Er was een engel verschenen: een stralend schepsel van oogverblindend wit licht met een aureool en gespreide vleugels. Mijn adem stokte in mijn keel. Het leek op het wezen dat ik in Beths geheugen had gezien, maar dit was echt – dit schepsel bevond zich pal voor me, en was zo schitterend dat het pijn deed aan mijn ogen. Met traag bewegende vleugels hing de engel boven de nieuwe leden. Te oordelen naar de uitdrukking op Beths gezicht had zij hem ook gezien. Ze glimlachte naar hem als een kind dat zich in één keer al haar verjaarspartijtjes herinnerde. De engel zweefde omlaag en kwam naast haar op de grond neer.

Ik staarde naar het grote scherm en verstijfde toen ik het mooie, trotse gezicht zag. Het wás de engel die ik in Beths geheugen had gezien. Dit was het schepsel dat bij mij voor de deur had gestaan. De engel fluisterde iets in haar oor. Toen strekte hij zijn handen van licht naar haar uit en –

Verlamd staarde ik naar het scherm, terwijl de angst zich als een kille vuist om mijn hart sloot. Wat gebeurde daar in hemelsnaam? Terwijl ik toekeek kwam Beths aura langzaam in beeld. De engel had zijn handen diep in haar energieveld begraven en... leek het leeg te zuigen. Haar energie was al grauw van kleur, met hier en daar vage paarse banen, maar bij de aanraking van de engel werd het paars zwakker en doofde uit. Haar energieveld liep als een ballon leeg. En Beth stond daar maar te glimlachen.

'Nee.' Ik had het willen schreeuwen, maar het woord kwam er fluisterend uit. Mijn nagels begroeven zich in mijn tas terwijl ik verwilderd om me heen keek. Was er dan niemand die hem tegenhield?

De vrouw naast me staarde naar het drietal voorin. 'Kom

alsjeblieft', prevelde ze. 'Alsjeblieft, gezegende engel, kom en begroet onze nieuwe leden.'

Ze zag het niet. Met een schok drong het tot me door dat níémand het zag. De hele gemeenschap zat te glimlachen, bij iedereen lag dezelfde verzaligde uitdrukking op het gezicht. Ik begon te trillen. Ik wilde door het gangpad naar voren stormen en Beth uit de handen van dat ding rukken, maar hoe zou de engel daarop reageren? En hoe zouden de anderen reageren? Ik werd overmand door mijn eigen machteloosheid.

Ik slikte en draaide me om naar de donkerharige jongen. Er ging een schok door me heen toen onze ogen elkaar kruisten; hij had naar me gekeken. Snel wendde hij zijn blik af en richtte zijn aandacht op het tafereel voor in de kerk. Ik voelde me vreemd opgelucht toen ik de harde uitdrukking op zijn gezicht zag, want ik begreep dat hij wel kon zien wat er gebeurde. Ik beet op mijn lip om de tranen die opwelden terug te dringen. Ik wist dat we geen van beiden iets konden doen.

Maar er was tenminste iemand geweest die het had gemerkt. Die het ook had gezien.

Toen de engel klaar was met Beth schoof hij op naar het volgende nieuwe lid. En naar het laatste. Toen hij hen alle drie had gehad, sloeg hij zijn stralende vleugels uit en zweefde omhoog naar het helder verlichte gewelfde plafond waar hij uit het zicht verdween. De priester mompelde iets tegen het drietal, waarop ze glimlachend knikten. Hij pakte zijn microfoon en zei: 'Onze engel is geweest! Hij heeft onze nieuwe leden gezegend!'

Er ging een golf van opwinding door de kerk en de aanwezigen begonnen luid te juichen en te klappen. 'De engelen zij dank!' 'Loof de engelen!' De vrouw naast me klapte zo hard dat het pijn moest doen aan haar handen. Het drietal voorin straalde. Beth en de andere vrouw omhelsden elkaar stevig, waarbij de hemelsblauwe gewaden om hun enkels wervelden.

'Laat ons nu onze nieuwe leden begroeten!' riep de priester met een geheven arm. Zijn stem galmde door de speakers. 'Geliefde broeder en zusters, begeef u nu onder ons zodat wij via uw handen de liefde van onze engel kunnen ervaren!'

Breed glimlachend kozen ze ieder een gangpad en liepen er langzaam doorheen. De mensen bogen zich naar hen toe, pakten hun handen beet, klopten hen op de rug, sprongen overeind om hen te omhelzen. De immense ruimte vulde zich met vreugde alsof er een vuur was ontstoken.

Beth kwam mijn gangpad in. Ik ging rechtop zitten en met een bonkend hart zag ik haar mijn kant uit komen. Ze was nog mooier dan anders – haar gezicht straalde van een diep, zuiver geluk. Maar ik kon de uitputting voelen en ik zag dat ze licht wankelde. Lieve god, ik weet dat het hopeloos is, dacht ik, maar laat me alsjeblieft tot haar doordringen.

Het duurde ongeveer tien minuten voordat ze bij me was. Eerst zag ze me niet; de vrouw links van me boog zich voor me langs om Beth te kunnen aanraken. 'Wees gezegend. Wees gezegend', zei ze vurig, terwijl ze met beide handen Beths hand beetpakte.

'Dank u', zei Beth. Nog steeds glimlachend viel haar blik op mij... en ze verstarde.

'Jij', zei Beth ademloos. Haar ogen sperden zich open en ze deed een stap naar achter. 'Wat doe jij hier?'

Ik kwam overeind. 'Hoi Beth', zei ik terwijl ik mijn tas pakte.

'Ik – ik wilde gewoon even met je praten.'

'Ga weg.' Haar gezicht was lijkbleek en haar mond stond strak.

Verderop in de kerk klonk nog steeds het gegons van de nieuwe leden die werden omhelsd en gefeliciteerd, maar om ons heen was het doodstil geworden. Ik was me bewust van alle ogen die op ons waren gericht en keek over mijn schouder naar de grote zilveren deuren. 'Kunnen we niet even naar buiten om te praten?' Ik wilde haar arm aanraken, maar ze trok hem abrupt weg.

'Mijn engel zei dat je er niet meer was', siste ze. 'Dat er met je was afgerekend zodat je de engelen nooit meer iets zou kunnen aandoen.'

De kerk, de banken, de mensen – alles leek in een mist te verdwijnen terwijl ik haar verbijsterd aanstaarde. 'Ze iets aandoen? Waar heb je het over?'

Er lag zo veel haat op Beths gezicht dat ik ineenkromp. Haar prachtige mond was vertrokken tot een smalende, dunne streep. 'Mijn engel heeft me alles verteld, ja? Je bent ziek, gestoord! Jij háát de engelen; daarom heb je me al die vreselijke dingen verteld – jij vormt een gevaar voor ze; je wilt ze vernietigen!'

Haar stem werd steeds luider totdat ze bijna tegen me schreeuwde. Verdwaasd schudde ik mijn hoofd. Ik kon geen woord uitbrengen. Een gevaar voor de engelen? Was ze helemaal gek geworden?

Er lag nauwelijks nog kleur op Beths bleke wangen. 'Jij zult ze nooit iets aandoen, Willow', vervolgde ze zacht. 'Daar zal ík een stokje voor steken.'

Ze draaide zich om en terwijl haar hemelsblauwe gewaad om haar slanke enkels wapperde rende ze door het gangpad. Ik keek haar verdoofd na, totdat langzaam maar zeker het gemompel om me heen tot me doordrong. 'Een gevaar voor de engelen?' 'Ja, dat heeft onze engel gezegd.' 'Daarzo, dat meisje met het lange, blonde haar.' Mijn mond werd droog. De mensen fluisterden en staarden me aan. Niet één gezicht stond vriendelijk. Toen zag ik dat Beth voorin geagiteerd stond te praten met een man met rossig haar en in mijn richting wees.

Het was haar engel. Hij had weer zijn menselijke gedaante aangenomen. Hij was hier, in de kerk.

De engel keek me scherp aan; zelfs op die afstand voelde ik de dreiging die er van hem uitging. Trillend deed ik een stap naar achter, toen ik plotseling een sterke hand op mijn arm voelde. 'Naar buiten. Nu', zei een gedempte stem.

De donkerharige jongen. Ik liet het me geen twee keer zeggen. Ik draaide me om en holde samen met hem weg, nog steeds met zijn hand op mijn arm. Onze voetstappen echoden vinnig op het roze dooraderde marmer. De jongen duwde een van de zilveren deuren open. In het heldere zonlicht stormden we de brede witte treden af en het betegelde pad op dat dwars over het grote grasveld liep. Achter me hoorde ik de stem van de priester door de luidsprekers galmen: 'Dat meisje moet worden tegengehouden! Ze is verdorven; ze is van zins de engelen te vernietigen! Op bevel van de engelen: houd haar tegen, nu, voordat ze hen iets kan aandoen!'

'Wat gebeurt er, wat gebeurt er?' hijgde ik.

Toen we aan het eind van het pad waren gekomen keek ik over mijn schouder, en onderdrukte een kreet. De engel had weer zijn engelengedaante aangenomen en met vleugels die schitterden in het zonlicht kwam hij achter ons aan. De donkerharige jongen draaide zich razendsnel om, stak zijn hand onder zijn T-shirt en haalde er een pistool onder vandaan. De engel stootte een woedend gekrijs uit en dook recht op me af.

En toen... ik weet niet wat me toen overkwam.

Mijn angst verdween. Het was alsof ik opeens veel groter was en ook in de lucht hing; ik had prachtige vleugels die schitterden als ijskristallen op de sneeuw. Ik voelde de herfstige koelte op mijn vleugels terwijl ik mijn aardse lichaam met zijn kwetsbare aura onder me beschermde. Onverschrokken keek ik de naderende engel recht aan. Verbijsterd hield hij stil. Op hetzelfde ogenblik hoorde ik het pistool afgaan. Zijn aura schudde en schokte – en toen was hij plotseling verdwenen, in ontelbare lichtscherven uiteen gespat.

'Kom mee!' schreeuwde de donkerharige jongen, terwijl hij me weer bij mijn arm greep. Met een schok kwam ik terug in mijn lichaam en we holden de parkeerplaats over. Wat was er gebeurd? Het was allemaal zo snel gegaan. Achter ons zwermden de kerkgangers de trap af en ik hoorde hun boze kreten. 'Daar is ze!' 'Grijp haar, voordat ze de engelen iets aandoet!' 'Kijk, daar gaat ze!' Halverwege de parkeerplaats keek ik struikelend achterom. Verwilderd dacht ik: Nina, dit was géén goed idee. Een man met het lichaam van een rugbyspeler rende ver voor de menigte uit; hij was al bij de parkeerplaats en sprintte naar een zilverkleurige pick-up. Hij rukte het portier open.

De donkerharige jongen gaf een ruk aan mijn arm. 'Rennen, als je leven je lief is!'

Zo hard ik kon rende ik met mijn tas tegen mijn borst geklemd achter hem aan. We kwamen bij mijn auto en hijgend pakte ik zijn arm. 'Ho – dit is mijn –'

Hij negeerde me. We renden door naar de zwarte Porsche en hij ontgrendelde de deuren. 'Instappen – snel.'

'Maar –' Ik keek achterom naar mijn eigen auto en zag dat nu ook de andere kerkgangers de parkeerplaats hadden bereikt. Roepend en tierend kwamen ze onze kant uit en ik voelde de haat als een vloedgolf op me afkomen. De man bij de zilverkleurige pick-up lag een halve parkeerplaats voor; hij was nu zo dichtbij dat ik bijna zijn gezicht kon zien.

Hij had een geweer in zijn handen.

Toen hij zag dat ik naar hem keek, hield hij stil om te richten. Het zonlicht weerkaatste op het zwarte staal. Roerloos bleef ik staan, alsof mijn hersenen niet konden bevatten wat er gebeurde. Dit kon niet echt zijn.

'Ga de auto in!' schreeuwde de donkerharige jongen. Hij opende mijn portier en duwde me naar binnen. Toen hij naar zijn kant holde klonk de scherpe knal van het geweerschot. De jongen dook achter het stuur, sloeg het portier dicht en startte de motor. Een seconde later reden we met gierende banden de parkeerplaats af. Ik draaide me om in mijn stoel en zag dat de man met het geweer zich op een knie had laten zakken en nog steeds op ons schoot.

'Hij – hij probeerde me te vermoorden', stamelde ik toen we Highway 5 opzwenkten. 'Hij wilde me echt doden.' Ik trilde zo hevig dat ik nauwelijks nog kon praten.

'Dat wilden ze allemaal', zei de jongen kortaf. Hij schakelde naar een hogere versnelling.

Binnen een paar seconden stond de wijzer van de snelheidsmeter op zeventig mijl en nog steeds klom hij hoger. De jongen reed uitstekend en we vlogen over de snelweg. Een paar minuten lang zeiden we geen van beiden iets. Ik had het zo koud dat ik nauwelijks kon denken en ik kroop zo diep mogelijk weg in het zachte leer. De jongen keek voortdurend in zijn achteruitkijkspiegel; zijn ogen flitsten heen en weer. Bij de eerste gelegenheid sloeg hij af, en nog een keer, en toen nog een keer, totdat hij zigzaggend Route 20 had bereikt. Met piepende banden stoof hij de weg op en gaf weer vol gas.

Hij ontspande zich een beetje en keek me voor het eerst sinds onze ontsnapping aan. Zijn ogen boorden zich in de mijne. 'Vertel me nu maar eens wat je bent.'

Verbaasd keek ik op. Hij meende het. 'Wat bedoel je, wat ik ben?' vroeg ik.

'Half engel, half mens. Leg uit.'

Ik keek hem met open mond aan. 'Half engel? Dat ben ik niet!'

'O nee? Wat was dat ding boven je dan, toen die engel je aanviel?' Zijn stem klonk hard.

Ik was opeens doodsbang en ik ging met mijn tong langs mijn lippen. 'Ik – ik weet niet waar je het over hebt.'

'Er hing een engel boven je met jouw gezicht', zei hij terwijl hij van baan veranderde om een vrachtwagen in te halen. 'Hij leek je te beschermen.'

Ik kon geen woord uitbrengen. De vleugels die ik had gevoeld, het gevoel te zweven, de koele herfstlucht die de vleugels had beroerd. 'Ik... ik geloof je niet', stamelde ik. 'Het was gewoon een hallucinatie.'

'Dus je hebt iets gevoeld.' Hij wierp me een scherpe blik toe.

'Nee! Ik bedoel – ik was in de war, ik heb niet echt –' Ik slikte en zette de herinnering van me af. 'Ik ben géén halve engel, oké? Dat slaat nergens op.'

'Dat zou je zeggen, ja.' Zijn ogen vernauwden zich. 'Toch ben jij een halve engel, en de enige verklaring die ik kan bedenken –' Hij zweeg bijna dreigend en roffelde op het stuur. 'Nee', mompelde hij. 'Onmogelijk.'

Wie hij ook was, hij was net zo gek als Beth. Ik ging rechtop zitten en legde mijn tas bij mijn voeten op de grond. 'Luister, ik weet niet waar je het over hebt', herhaalde ik schor. 'Tot voor kort wist ik niet eens dat er engelen bestonden.'

'Vertel me over je ouders', zei hij abrupt. 'Wie is je vader? Ken je hem?'

De jongen begon me te irriteren. 'En wie ben jij dan wel?' vroeg ik met stemverheffing. 'Je kwam niet zomaar een kijkje nemen in die kerk.'

'Geef antwoord op mijn vraag.'

Ik keek hem kwaad aan. 'Nee, geef jij eerst maar antwoord.'

De jongen bewoog zich niet, maar ik was me plotseling bewust van de kracht die hij uitstraalde, als een wilde kat die elk moment zijn prooi kon bespringen. 'Ik volgde jou', zei hij uiteindelijk. 'Ik heet Alex. En jij bent Willow. Is je achternaam Fields?'

Ik verstijfde. 'Hoe weet jij dat?'

Zijn mond vertrok in een soort lachje, maar er lag geen warmte in. 'Omdat ik vanochtend in je huis was.'

'Je was in mijn huis?'

De jongen – Alex – gaf extra gas om een trekker met oplegger te passeren. De Porsche zoefde over de weg als zijde over glas. 'Ja', zei hij kortaf. 'Ik had de opdracht gekregen je te doden.'

Ik herinnerde me het pistool dat hij bij zich droeg en mijn mond werd kurkdroog.

Hij wierp een zijdelingse blik op me en snoof. 'Wees maar niet bang, ik ga het niet doen. Ik werk voor de CIA.' Hij grimaste. 'Of daar werkte ik voor, geloof ik. Het was mijn job om engelen op te sporen en uit te schakelen. Ik kreeg te horen dat jij er een was. Maar in plaats daarvan ben je...' Zijn stem stierf weg en er verscheen een rimpel in zijn voorhoofd. 'Iets wat ik nog nooit heb gezien', mompelde hij.

Een moment lang wist ik geen woord uit te brengen. 'Jij zegt dat de CIA je heeft opgedragen om mij te doden. En je verwacht dat ik dat geloof?'

Alex schudde ongeduldig zijn hoofd. 'Nee; ik zeg dat ik de opdracht kreeg om iemand te doden die een engel zou zijn. Ik dacht dat de opdracht van de CIA kwam, maar nu weet ik dat die niet van de CIA maar van de engelen zelf afkomstig was. Hoe dan ook, ik ben je gevolgd om te zien wat er aan de hand was.'

Ik opende mijn mond – en sloot hem weer. Verbijsterd vroeg ik me af hoe zo'n knap uiterlijk zo bedrieglijk kon zijn. 'Dat is... volkomen belachelijk.'

Hij wierp me een koele blik toe en zijn donkere haar viel over zijn voorhoofd. 'O ja? Je hebt gezien wat dat ding met die nieuwe leden deed; ik heb naar je gekeken. Er zijn al eeuwen engelen op aarde. Ze voeden zich met mensen en veroorzaken ziekte, krankzinnigheid, dood. Het heet engelbrand. Dat is wat ze doen.'

Ik zag het tafereel in de kerk weer voor me: Beths energie die steeds grauwer werd terwijl de engel haar leegzoog. Was dit echt al eeuwen aan de gang? Mijn geest weigerde; het was te veel om te kunnen bevatten. Ik keek opzij en wreef over mijn armen in een poging het warm te krijgen. 'Oké. En om de een of andere reden denk jij dat ik een halve engel ben.'

Alex keek me aan met zijn grijsblauwe ogen onder de donkere wimpers. 'Precies. Die engel die daarnet bij de kerk boven je verscheen? Vanochtend toen je lag te slapen zag ik hem ook. Hij ziet er bijna precies zo uit als een echte engel, behalve dat hij geen aureool heeft. Jouw aura is een combinatie van engel en mens, net als je energie.'

Het gevoel te vliegen, mezelf met vleugels boven mijn lichaam te verheffen... Nee, stop. Ik ging hier niet serieus over nadenken. 'Goed, als ik slaap hangt er dus een engel boven me', zei ik met trillende stem. 'En jij zag dat toen je in mijn huis was, omdat je voor de CIA werkt, ook al ben je ongeveer zo oud als ik. Oké, ja, ik denk dat ik het plaatje wel heb.'

Alex veranderde weer van rijstrook en de Porsche weefde zich soepel een weg door het verkeer. 'Je hebt mijn vraag over je ouders nog niet beantwoord', zei hij vlak. 'Weet je wie je beide biologische ouders zijn? Nee, hè? Je bent grootgebracht door een alleenstaande moeder, of je bent geadopteerd.'

Ik trok mijn knieën tegen mijn borst. 'Dat gaat jou niets aan.'

'Doe je mensen wel eens pijn als je ze aanraakt? Ben je misschien helderziend?'

'Pijn doen? Natuurlijk niet! Maar –' Ik aarzelde toen een angstig voorgevoel als een kille druppel langs mijn ruggengraat omlaaggleed. 'Ja, ik ben helderziend. Hoe... hoe wist je dat?'

Zijn bovenlip krulde alsof het hem niet verraste. 'Het is een kenmerk van engelen. Hoe zijn ze je trouwens op het spoor gekomen?'

Zo. Nu vond ik het mooi geweest. Ik sloeg mijn armen over elkaar en gaf geen antwoord.

'Hoe? Het is belangrijk.'

Ik wilde hem laten weten dat hij mijn rug op kon, maar iets

in zijn stem deed me aarzelen. Ik keek hem kwaad aan. 'Door de reading die ik bij Beth heb gedaan. Ik zag de engel; ik zag wat hij met haar deed. Ik waarschuwde haar, dat ze bij hem uit de buurt moest blijven, maar ze werd kwaad. Niet veel later stond die engel in zijn... menselijke gedaante voor mijn deur. Hij deed alsof hij een reading wilde en toen ik weigerde, greep hij mijn hand beet...' Ik zweeg bij de herinnering aan de beelden die door me heen waren geflitst. 'En toen ging hij weg.' Ik huiverde toen ik de explosie van licht bij de kerk weer voor me zag. 'Wat – wat is er met hem gebeurd? Toen je op hem schoot, wat –'

'Ik heb hem gedood', zei Alex. 'Oké, hij kwam dus naar je toe en las jou. En zag iets wat hem angst aanjoeg. Wanneer was dat? Donderdag? Laat in de middag, begin van de avond?'

Hij had hem gedood. Ik was verlamd door de nonchalante toon waarop hij het zei, alsof hij het dagelijks deed. Ik blies mijn adem uit en probeerde mijn gedachten te ordenen.

'Eh... ja, donderdag. Begin van de avond. Hoe...'

'Dat was het tijdstip waarop ik de opdracht ontving.' Zijn kaken verstrakten en hij sloeg met zijn hand op het stuur. 'Shit, ik wíst het. Ze hebben het echt overgenomen.'

Ik keek hem met gefronst voorhoofd aan. Wie had wat overgenomen? Ineens drong het tot me door dat we naar het oosten reden, weg van Pawntucket. 'Hé, waar ga je heen? Ik moet naar huis!'

'Ik dacht het niet', zei hij. 'Dan ben je binnen een dag dood.' Mijn ogen sperden zich open, maar hij wierp me een ongeduldige blik toe. 'Kom op, je hebt die mensen gezien; denk je echt dat ze je gewoon vergeten? Ze hebben te horen gekregen dat jij een gruwel bent die van plan is de engelen te vernietigen – als ze je in hun handen krijgen, zullen ze je aan stukken scheuren. En dat meisje, weet ze waar je woont?'

Het was alsof mijn bloed in ijs veranderde. 'Mijn moeder', hijgde ik. 'O nee, ik móét naar huis – je moet me naar huis brengen, nu meteen!'

Alex schudde zijn hoofd. 'Dat ga ik niet doen.'

'Je móét! Mijn moeder heeft me nodig, ze is ziek –'

'O ja?' Zijn stem klonk nu bars. 'Als je haar in gevaar wilt brengen moet je vooral teruggaan. Wil je echt dat er een uitzinnige menigte voor je deur verschijnt? Die in één moeite door ook de moeder van de gruwel maar even onder handen neemt?'

'Hou je mond', fluisterde ik. Alleen al bij de gedachte ging er een golf van misselijkheid door me heen. 'Ik – ik kan naar de politie gaan, of –'

'Die zullen je niet helpen. De halve politie zit bij de Kerk.'

'Wat stel jij dan voor?' vroeg ik op hoge toon. 'Wil jij beweren dat ik nu dakloos ben? Je kent me niet eens. Breng me naar huis. Wat kan het jou trouwens schelen wat er met mij gebeurt?'

Zijn mond vertrok. 'Niks, behalve dat de engelen er blijkbaar van overtuigd zijn dat jij een gevaar voor ze bent. Dus als je denkt dat ik jou je dood tegemoet laat gaan, ben je niet goed bij je hoofd.'

'Daar heb jij niets over te zeggen!' schreeuwde ik. 'Ben ik soms je gevangene of zo? Breng me naar huis!' Toen Alex niet reageerde begon ik aan zijn arm te rukken. 'Hé! Luister je wel?'

Abrupt verminderde hij vaart, gooide het stuur om en schoot de vluchtstrook op. De Porsche reed knarsend over het steengruis en kwam met een schok tot stilstand. 'We hebben hier geen tijd voor', zei hij. Weer voelde ik de nauwelijks verhulde kracht, alleen al in de manier waarop hij zijn onderarm op het stuur liet rusten. Alex keek me met felle ogen aan. 'Luister goed; ik zal simpele taal gebruiken. Als ik jou naar huis breng, ben jij er geweest – en loopt iedereen die je dierbaar is het gevaar te worden gedood of verwond. De enige manier om ze te beschermen is om nooit meer terug te gaan.'

Mijn lichaam begon te trillen. Ik wilde geloven dat hij loog, of dat hij gestoord was, maar het ging niet. Zijn stem, zijn toon, zijn energie – alles zei me dat hij de waarheid sprak.

'Dit kan niet', fluisterde ik. 'Dit kan gewoon niet waar zijn.'

Toen ik vanochtend wakker werd, was er niks aan de hand geweest. Maar ik herinnerde me de angst die me plotseling had bekropen toen ik mijn moeder een zoen had gegeven, en mijn keel kneep zich samen.

'Toch is het zo.' Alex liet een vuist op het stuur neerkomen en staarde somber naar het voorbijrazende verkeer. 'Je moet met me mee naar New Mexico', zei hij uiteindelijk.

Ik keek hem met open mond aan. 'De staat New Mexico bedoel je?'

'Ja. Daar zit de enige persoon die ik nog kan vertrouwen.'

'En wat heb ík daarmee te maken?'

Hij keek me aan alsof hij niet kon geloven dat ik echt zo dom was. 'Als er ook maar iets waar van is wat de engelen over jou beweren, dan verlies ik jou niet meer uit het oog.'

'Je meent het', zei ik en mijn stem trilde van ongeloof.

'Geweldig. En heb ik daar nog een stem in?'

Zijn leren jasje kraakte zacht toen hij zijn schouders ophaalde. 'Tuurlijk. Je mag naar huis en jezelf laten vermoorden en iedereen van wie je houdt in gevaar brengen. Ga je gang.'

Mijn kin schoot omhoog en we keken elkaar aan. 'Ik ken je niet eens', zei ik met opeengeklemde kaken. 'Als je denkt dat ik met jou het hele land door ga rijden, heb je het goed mis.'
Een tijd lang was het enige geluid dat van het verkeer op de snelweg. Alex' donkere wenkbrauwen waren gefronst en zijn kaken stonden strak. 'Hoe helderziend ben je?' vroeg hij. 'Hoe werk je, wat heb je ervoor nodig?'
Ik werd bekropen door een angstig voorgevoel, maar ik haalde mijn schouders op en probeerde het niet te laten merken. 'Ik eh... hoef alleen iemands hand vast te houden.'
Hij stak zijn hand naar me uit. 'Hier. Ga je gang.'
Ik schudde mijn hoofd en bleef zitten. 'Dat lukt me zo niet. Ik ben te erg van slag.' Alex liet zijn hand tussen ons in hangen en keek me uitdagend met zijn grijsblauwe ogen aan.
Uiteindelijk, met een vertrokken mond, nam ik zijn hand in de mijne. Hij was warm, stevig, met eeltkussentjes onder aan zijn vingers. Tot mijn ergernis ging er een golf hitte door me heen. Ik negeerde het en sloot mijn ogen om mijn hoofd leeg te maken.
Er flitsten verwarde beelden langs: een kamp in de woestijn met prikkeldraad en een brandende zon. Zijn broer, groter en gespierder dan hij maar met dezelfde ogen. Het doodschieten van engelen – het harde, meedogenloze genot ervan. Het huis van tante Jo en Alex, die iets verderop in zijn auto zat. Hij werkte echt voor de CIA. Ik zag dat hij iets raars in mijn energie voelde – niet van een engel, maar ook niet van een mens. Toen was hij binnen en keek naar me terwijl ik sliep. Ik ademde scherp in toen ik mezelf door zijn ogen zag, opgekruld op de bank onder de sprei. Boven me zweefde vredig en met gebogen hoofd een engel – stralend, sereen, zo mooi. De engel had geen aureool en haar vleugels lagen

sierlijk op haar rug. Toen Alex behoedzaam en met zijn pistool op de engel gericht om de koffietafel heen liep, kwam haar gezicht in beeld.

Ik was het.

Met een verschrikte kreet liet ik zijn hand los. Er viel een stilte.

'Nou?' vroeg Alex.

Ik sloeg mijn armen om mezelf heen en antwoordde niet.

Hij was niet gestoord; zijn energie had helder en sterk aangevoeld. Ik duizelde bij het besef dat álles wat hij had gezegd, élk woord waar was geweest.

En bij de herinnering aan mijn vleugels, zacht deinend in de lucht.

'Wat betekent dat?' Mijn stem klonk schel en angstig. 'Dat... engelding dat je boven me zag? Ik kan toch alleen maar een halve engel zijn als...' Ik zweeg abrupt, alsof de lucht uit mijn longen werd geperst. Toen ik een jaar of elf was had ik heel graag willen weten wie mijn vader was. Aangezien tante Jo geen idee had gehad, had ik het mijn moeder gevraagd. Keer op keer had ik de vraag in haar oor gefluisterd en geprobeerd haar uit haar droomwereld te wekken. *Mam, wie is mijn vader? Mam? Weet je het nog? Wie is mijn vader?*

En één keer had ze geantwoord. Glimlachend had ze me een moment aangekeken en gezegd: 'Hij is een engel.' Daarna had ik mijn pogingen gestaakt.

Ik voelde het bloed uit mijn wangen wegtrekken. Het beeld van mijn vader dat ik had gezien toen ik mijn moeder probeerde te lezen; de man die zo eng had aangevoeld dat hij me rillingen had bezorgd. Hij had dezelfde vreemde, dwingende ogen gehad als de engel die voor mijn deur had gestaan. En nu ik erover nadacht: tussen al die mooie regenbogen in mijn moeders geest had ik ook een engel gezien: hij had glimlachend in haar oude huis naar haar staan kijken. Zijn gezicht was hetzelfde geweest als dat van de man. Toen had ik gedacht dat mijn moeder hallucineerde. Ik kreeg nauwelijks adem. Ik pakte mijn rok beet en verkreukelde de stof in mijn vuist.

'Als?' drong Alex aan.

'Jij – jij zei dat engelen mensen gek kunnen maken', barstte ik los. 'Komt het voor dat ze met mensen...? Ik bedoel –'

'Ja', antwoordde hij, terwijl hij me doordringend aankeek.

'En hun ogen? Zijn die –'

'Raar', zei hij kortaf. 'Te intens. Te donker, soms. Alsof je erin gevangen zit.'

'Nee', fluisterde ik. Ik wrong de stof van mijn rok in mijn hand.

'Je vader', zei Alex met een grimmige uitdrukking op zijn gezicht. 'Ik heb gelijk, hè? Hij is een van hen.'

De paniek laaide in me op en mijn ademhaling versnelde.

'Ik – ik weet het niet. Ik heb hem nooit gekend. Ik heb hem maar één keer gezien, toen ik mijn moeder probeerde te lezen. Maar dat van die ogen klopt precies. Hij – hij heeft de geest van mijn moeder gebroken; volgens mijn tante was ze daarvoor normaal, voordat –' De woorden bleven in mijn keel steken.

Er viel een lange stilte. Alex keek me aan met een uitdrukking die het midden hield tussen 'ik wist het' en afkeer. 'Een halve engel', mompelde hij ten slotte. 'Geweldig.' Hij startte de motor, voegde weer in op de snelweg en gaf vol gas. Een paar seconden later stond de wijzer op negentig mijl.

Mijn hoofd tolde en het was alsof ik met windkracht tien

op zee zat. Hoe graag ik het ook wilde ontkennen, ik wist dat het waar was. Ik was een halve engel. Mijn vader was een van die *dingen* geweest; hij had mijn moeders leven verwoest.

'Het zou niet moeten kunnen', zei Alex op gedempte toon. 'Als engelen zich nu ook kunnen voortplanten –' Hij zweeg en zijn handen grepen het stuur steviger beet. Na een paar seconden blies hij zijn adem uit. 'In ieder geval denken ze dat jij een gevaar bent en ik kan het risico niet nemen dat ze het mis hebben. Dus – wat wordt het? Ga je met me mee, of moet ik achter je aan blijven lopen om te zorgen dat ze je niet vermoorden?'

Bij de herinnering aan mijn vleugels die zich openden en sloten ging er een golf van misselijkheid door me heen. Niet aan denken. Niet aan denken. Ik liet mijn rok los en streek de stof met een trillerige hand glad. 'Wie is die persoon waar je naartoe wilde?'

'Hij heet Cully', zei Alex. Zijn donkere haar was weer over zijn voorhoofd gevallen. Zonder me aan te kijken streek hij het weg. 'Hij was vroeger een EK. Een engelkiller. Nu ze Operatie Engel hebben overgenomen is hij de enige die ik nog kan vertrouwen.'

Wat was Operatie Engel? Het klonk als iets uit een B-film. Maar 'beschoten worden op een parkeerplaats' ook, en dat was zo echt geweest dat ik bijna was gedood. Ik ging met mijn tong langs mijn lippen. 'Gaan die mensen echt naar mijn huis? En wat gaan ze dan doen? Zullen ze mijn moeder en tante Jo iets aandoen?'

Alex haalde ongeïnteresseerd zijn schouders op en keek achterom toen hij de afslag voor de Interstate nam. 'Ik weet het niet. Ze zullen als eerste naar deze auto op zoek gaan.

Maar zoals ik al zei, als jij naar huis gaat, ben je er geweest, en je moeder en je tante misschien ook. Meer kan ik je ook niet vertellen.'

Hij klonk zo bot, alsof het hem geen zier kon schelen. Ik slikte moeizaam. 'En jij denkt dat die... Cully antwoorden heeft.'

'Hij is de enige die antwoorden zou kunnen hebben.'

Ik zweeg een hele tijd en dacht aan mijn moeder. Ik zag haar in gedachten in haar stoel zitten dromen over verre, prachtige dingen. Ik dacht aan het huis van tante Jo, aan de lavendelkleurige doeken van mijn hemelbed. Toen zag ik de schreeuwende menigte bij de Engelenkerk voor me en voelde hun haat weer als een vloedgolf op me afkomen. Het prachtige gevleugelde wezen dat krijsend achter me aan kwam, de loop van het geweer die recht op mij was gericht. Misschien was Alex niet erg vriendelijk, maar hij had wel mijn leven gered, geen twijfel mogelijk. Als hij er niet was geweest, was ik nu dood.

Ik huiverde. Hij had gelijk: ik kon niet naar huis. Ik zou het niet overleven en ik zou mijn moeder en tante Jo in groot gevaar brengen. In mijn gedachten zag het huis van tante Jo er opeens akelig klein en ver weg uit – verdween het voor altijd buiten mijn bereik. Als ik niet naar huis kon, waar moest ik dan naartoe? Ik kon Nina ook niet in gevaar brengen. Nergens was ik veilig; die mensen zouden pas rusten als ik dood was.

Een halfengel.

Het enige geluid was het geronk van de motor van de Porsche en het zachte fluiten van de wind langs de raampjes. Ik sloeg mijn armen om me heen. Als die man die Alex kende antwoorden had, dan wilde ik er wel een paar hebben.

Aarzelend deed ik mijn mond open. Ik kon het niet geloven dat ik het echt ging zeggen.

'Oké', fluisterde ik zo zacht dat ik mezelf nauwelijks kon horen. 'Ik ga mee.'

6

Een paar uur lang spraken we geen van beiden. Ik keek
uit het raam naar de bomen en de boerderijen die
voorbijtrokken, terwijl ik nauwelijks kon geloven dat het
allemaal echt was gebeurd. Na verloop van tijd werd het
drukker op de weg, en waar die zich verbreedde tot zes
rijstroken ontwaakte ik uit mijn verdoving en zag dat we op
de New Jersey Turnpike zaten en New York City in reden.
Rechts van me doemde de beroemde skyline op die scherp
tegen de hemel afstak. Alex nam de George Washington-
brug over de rivier en betaalde de tol contant. Langs de
noordgrens van Manhattan reed hij de Bronx in. Even later
waren we in een wijk met bouwvallige panden en uitpuilende
afvalcontainers.

Ik schraapte mijn keel. 'Ik dacht dat we naar New Mexico
gingen.'

Alex keek me zelfs niet aan. 'Niet met deze auto; die hebben
ze gezien.' Zijn stem klonk vlak. Blijkbaar had hij net zo veel
zin om samen naar New Mexico te gaan als ik.

Hij hield stil bij een vervallen winkelcentrum, parkeerde de
Porsche en stapte uit. Ik volgde zijn voorbeeld en trok mijn
spijkerjasje strak om me heen. Het was nog niet donker,

maar mijn hoofdhuid tintelde toen ik zenuwachtig naar de graffiti op de muren keek en het glas op de grond. Als ik had geweten dat ik op zo'n plek zou belanden, had ik het slobberigste topje aangedaan dat ik maar had.

Alex pakte een zwarte nylontas uit de kofferbak, ritste hem open en haalde er een dikke envelop uit, die hij in de binnenzak van zijn jasje deed. Toen liep hij naar de bestuurdersstoel en trok er een metalen kistje onder vandaan, dat hij in de nylontas stopte. Ik ving een glimp op van spijkerbroeken en opgevouwen T-shirts. Hij stopte ook nog een paar dingen uit het handschoenenkastje in de tas, waarna hij hem dichtritste en over zijn schouder hing.

'Kom mee', zei hij kortaf.

Ik besloot mijn irritatie over het gecommandeer te negeren en wilde zeggen dat hij de sleutels in het contact had laten zitten – toen het tot me doordrong dat hij dat met opzet had gedaan. Enigszins verdwaasd liep ik achter hem aan over het gebarsten asfalt van de parkeerplaats en keek over mijn schouder naar de glimmende zwarte Porsche.

'Heb je een mobiele telefoon?' vroeg hij toen we langs een vuilcontainer liepen. Toen ik knikte, zei hij: 'Geef hier.'

'Alsjeblieft dank je wel', mompelde ik. Ik diepte mijn kleine blauwe Nokia uit mijn tas op en gaf het telefoontje aan hem. Hij haalde een slank toestel uit zijn broekzak en gooide ze alle twee in de container, waar ze kletterend op de bodem vielen.

Ik keek hem met open mond aan. 'Maar –'

'Ze kunnen ons traceren.' Hij liep verder zonder te kijken of ik achter hem aankwam. 'Ze hebben via je account waarschijnlijk al gekeken of je naar huis hebt gebeld. Niet doen, in geen geval. We kunnen het niet riskeren.'

Ik wilde protesteren, maar de woorden verdampten nog voordat ik ze had kunnen uitspreken. Dit was echt. Die mensen wilden me echt doden. 'Oké', zei ik zwakjes. Ik sjokte achter hem aan terwijl de gedachten door mijn hoofd tolden. Tante Jo en ik waren nooit hartsvriendinnen geweest, maar ze zou doodongerust zijn als ik vannacht niet thuiskwam. En mijn moeder... Ik slikte. Zou ze het überhaupt merken? Bij die gedachte werd ik nog somberder.

We kwamen bij een metrostation en Alex draafde de betonnen treden af. Hij kocht voor ons beiden een kaartje en gaf me het mijne zonder me aan te kijken. Ik wilde weten waar we naartoe gingen, maar ik had net zo weinig zin om met hem te praten als hij blijkbaar met mij.

Zwijgend zaten we in de volle metro; Alex zat achteruit geleund met zijn benen een stukje uit elkaar en tikte met zijn vingers op zijn dijbeen. Ik keek naar hem in het donkere raam aan de overkant: de gewelfde lijn van zijn jukbeenderen, de frons tussen zijn donkere wenkbrauwen. Mijn blik bleef hangen bij zijn lippen. Hij was heel knap, bekende ik mezelf met tegenzin.

Ik viel bijna van mijn zitplaats toen onze ogen elkaar ontmoetten in het donkere raam. Eén tel lang keek Alex me met een open blik aan en ik ving een glimp op van iets – was het bezorgdheid? Mijn hart ging verrast sneller kloppen. Maar toen sloten de luiken zich weer. Met gefronst voorhoofd wendde hij zich af en hij sloeg zijn armen over elkaar. Ik herinnerde me de afschuw waarmee hij me eerder had aangekeken en ik huiverde. Ik schoof zo ver mogelijk bij hem vandaan.

De metro hield stil bij Lexington Avenue en zonder een woord te zeggen stond Alex op. We gingen de trap op en toen we op straat kwamen, kleurde de ondergaande zon de wolken in de hemel bloedrood. Ook in deze wijk stonden verkrotte panden, maar lang niet zo veel als in de Bronx. Ik keek naar de winkels en zag dat de opschriften zowel in het Engels als in het Spaans waren. 'Eh... waar zijn we?'

'Spanish Harlem', antwoordde Alex kortaf.

Hij leek geen bepaald adres te zoeken, want hij zwierf een tijdlang door de straten. Op een gegeven moment kwamen we bij een straat met hoge, oude panden van bruine steen en auto's die langs de stoep stonden geparkeerd. Het was een zwoele avond en op de trappen bij de voordeur zaten mensen te praten en te lachen. Er klonk rockmuziek, iets met zware bassen en uitbundige Spaanse zang. Met grote ogen keek ik om me heen. Ik was me nog nooit zó bewust geweest van mijn blonde haar.

'Bingo', mompelde Alex. Ik volgde zijn blik en zag dat hij naar een olijfgroene Mustang Boss keek, uit '69 of '70, die voor een van de huizen stond. Hij zag er aftands uit, maar het was nog steeds een classic, met krachtige, stoere lijnen. Op een vel papier stond: *Vraagprijs $ 1200.*

Niet ver ervandaan zat een groepje mannen op de bruinstenen trap bier te drinken. Ze keken op toen Alex naar hen toe liep. 'Hola, ¿qué tal?' zei hij. '¿De quién es este coche?' Hij gebaarde met zijn duim naar de Mustang. Zijn Spaans klonk snel, vloeiend.

'Es mío', zei een van de mannen. '¿Estás interesado?' Hij had vriendelijke bruine ogen en dik zwart haar. Hij stond op, overhandigde zijn blikje bier aan een van zijn makkers en ging de trap af naar de auto.

Alex liep hem schouderophalend achterna. 'Sí, puede que sí. Si me haces un buen precio, podría pagarte ahora mismo.' Ik wierp een zijdelingse blik op hem terwijl ze met z'n tweeën om de auto heen liepen en in razendsnel Spaans met elkaar praatten. Waar had hij dat geleerd? vroeg ik me af. Ik wist vrijwel niets van hem – behalve dat hij me niet erg leek te mogen. Ik voelde me plotseling heel eenzaam. Ik keek de andere kant uit en terwijl ik met een schouder tegen de bakstenen muur leunde, sloeg ik mijn armen stevig om me heen.

Na vijf minuten onderhandelen telde Alex een aantal bankbiljetten af uit de envelop die hij eerder in zijn binnenzak had gestopt. Met een brede grijns stopte de man het geld weg en overhandigde hem een sleutelbosje met een tweetal morsige, pluchen dobbelstenen. 'Gracias, amigo.' 'Gracias', zei Alex toen ze elkaar de hand schudden. Hij gooide zijn tas op de achterbank en we stapten in. Ik liet mijn blik over het gebarsten pikzwarte skai van de stoelen dwalen, de gebogen lijn van het dashboard. 'Afzetter', mompelde Alex, terwijl hij de motor startte.

'Hoezo?' vroeg ik bedeesd. Hij antwoordde niet. De auto sputterde even; toen reden we weg en lieten het groepje mannen op de bruinstenen trap achter ons. Plotseling had ik er genoeg van dat hij me negeerde en ik zuchtte diep. 'Hoezo was het een afzetter?' vroeg ik deze keer met vaste stem.

Ik zag dat zijn kaakspieren zich spanden, maar uiteindelijk antwoordde hij: 'Hij wilde niet lager gaan dan negenhonderd, zelfs niet in cash.'

'Echt? Dan had hij het geld vast heel hard nodig', mompelde ik. Toen Alex me aankeek haalde ik mijn schouders op en kroop dieper weg in mijn stoel. Ik was niet in de stemming om uit te leggen dat oude Mustangs collector's items zijn en dat het chassis van deze auto in prima staat verkeerde, ook al kon de carrosserie een opknapbeurt gebruiken. Die man had hem voor veel meer aan een liefhebber kunnen verkopen.

We reden het centrum in en op een hoek zag ik het bekende rode beeldmerk van een Kmart. Ik schraapte mijn keel.

'Kunnen we even stoppen?'

'Waarom?'

'Ik heb wat dingen nodig.'

Hij leek geïrriteerd, maar hij parkeerde de auto bij een parkeermeter. 'We hebben niet echt tijd om te gaan winkelen.'

Ik keek hem kwaad aan. 'Sorry dat ik zo frivool ben, hoor. Jíj hebt je tas al gepakt, maar ik heb zelfs geen schone onderbroek bij me. Ik ben zo terug.' Ik stapte uit en smeet het portier achter me dicht. In de winkel ging ik op zoek naar de kledingafdeling en pakte snel vijf onderbroeken in mijn maat. Ik ging met mijn vingers over een T-shirt en wilde dat ik het geld ervoor had, maar dat had ik niet – en ik vertikte het om Alex in de auto om geld te gaan vragen.

Terwijl ik bij de kassa stond te wachten, zag ik een kop in *News of the World*: DE ENGELEN ZIJN ONDER ONS, ZEGT BIJSTANDSMOEDER. Ik staarde naar het bericht en was me niet meer bewust van de helverlichte winkel. Het was allemaal echt gebeurd. Daarom was ik hier in New York en kocht ik goedkoop ondergoed, en ging ik zo meteen het hele land doorrijden met een jongen die ik nauwelijks kende.

Ik was een halve engel.

'Kan ik je helpen?' vroeg de caissière.

Met een schok kwam ik weer tot mezelf. Met de kleine plastic hangertjes in mijn hand deed ik een stap naar voren en schoof ze over de toonbank naar het meisje toe. 'Eh, ja, alleen deze graag.'

Toen ik buiten kwam stond Alex met een Starbucks-koffie tegen de auto geleund. De wind had zijn donkere haar door elkaar gewoeld. Zelfs in zijn versleten spijkerbroek en leren jasje maakte hij een zelfverzekerde indruk – de indruk dat hij zich op zijn gemak voelde in zijn eigen lichaam. Een meisje van mijn leeftijd dat langsliep schonk hem een geïnteresseerde blik, maar hij leek het niet te merken. Heel even vond ik het gênant dat hij wist dat ik ondergoed had gekocht, maar ik zette het snel van me af. Alsof ík het kon helpen wat er gebeurd was.

Alex keek op toen ik bij de auto kwam. 'Hoe heb je betaald?' Met geld, wilde ik bijna zeggen. 'Contant.'

'Als je betaalkaarten hebt, gebruik die dan niet.'

'Vind je het heel erg om me niet te commanderen?' zei ik stijfjes. 'Het is allemaal al... vervelend genoeg.'

Hij keek me zwijgend aan, dronk zijn koffie op en gooide de lege beker in een prullenbak. 'Aan de overkant is een internetcafé; ik moet iets checken. Wil je meekomen of wacht je in de auto?' Hij vroeg het superbeleefd en ik had veel zin om hem een schop te geven.

'Ik ga mee.'

We staken over. Het was zo'n café waar je blikjes frisdrank en broodjes kon krijgen. 'Wat wil je eten?' vroeg Alex terwijl hij een halfuur internet afrekende. 'Ik wilde vanavond niet meer stoppen.'

Ik wist dat ik honger zou moeten hebben – ik had sinds die appel tussen de middag niets meer gegeten – maar mijn hoofd stond niet naar eten. Ondanks mijn weigering kocht Alex twee sandwiches voor me en hij stak me de plastic verpakkingen toe. 'Hier, stop in je tas.' Ik keek hem kwaad aan en onze ogen ontmoetten elkaar. Het kon me niet schelen hoe knap hij was; ik liet me niet meer koeioneren.

Hij blies zijn adem uit. 'Alsjeblieft', voegde hij eraan toe.

Een paar minuten later zat hij achter een van de computers en tikte bedrijvig iets in een zoekmachine in. Aan de computer naast hem zat niemand. Ik nam plaats op de plastic stoel en keek naar zijn scherm... en verstijfde toen er een witte kerk op een grote groene heuvel verscheen. De website van de Engelenkerk.

'Wat wou je checken?' vroeg ik.

Zonder te antwoorden liet hij de cursor over de homepage omlaag gaan. 'Geweldig', mompelde hij binnensmonds. 'Ze hebben er geen gras over laten groeien.'

Ik staarde naar het scherm. Mijn mond was kurkdroog. Ik keek in mijn eigen gezicht, met eronder de tekst: *Willow Fields heeft samen met een donkerharige jongen in een zwarte Porsche Carrera de parkeerplaats van de Engelenkerk in Schenectady verlaten. Hebt u haar gezien? Neem snel contact op met uw plaatselijke kerkleider voor meer informatie en om te horen hoe u kunt helpen.*

Ik hapte naar adem. 'Hoe komen ze aan mijn foto?' stamelde ik.

Alex tikte met zijn wijsvinger op zijn mond. 'Uit dat, eh, boek dat jullie op de highschool hebben, met foto's van alle leerlingen.'

'Het jaarboek', zei ik. Probeerde hij grappig te zijn? Maar hij had natuurlijk gelijk; het was precies waar ze mijn foto vandaan hadden. 'Kom mee, terug naar de auto', siste ik, terwijl ik om me heen keek. Plotseling leek het alsof iedereen in het internetcafé op de website van de Engelenkerk zat en naar mijn foto tuurde.

'Moment', zei hij kortaf en met een schrapend geluid duwde

hij zijn stoel naar achter. 'We kunnen beter eerst een
zonnebril voor je kopen.'

Sunglasses at Night. Verdwaasd herinnerde ik me het
nummer uit de jaren tachtig. Nina en ik hadden dat vaak
gedaan: dan citeerden we zinnen uit een songtekst –
bloedserieus, alsof ze deel uitmaakten van ons gesprek, en
dan zei de ander: 'Hé, ik geloof dat daar een liedje over is.'
Mijn mond verstrakte toen ik besefte dat ik in de verleden tijd
over Nina dacht. Wat zou ze denken als ze hoorde dat ik
verdwenen was?

'Hier', zei Alex toen we weer in de Kmart waren. Hij nam een
enorme donkere filmsterrenzonnebril van het rek. 'En hier
kun je je haar onder wegstoppen.' Hij viste een zwarte pet uit
een bak. Zijn toon was vlak, onpersoonlijk. Hij stopte me de
spullen toe zonder me echt aan te kijken. 'Je kunt maar beter
wat nieuwe kleren kopen; ze zullen wel een signalement
hebben rondgestuurd.'

Ik wist dat hij gelijk had, maar ik verstrakte bij het idee. 'Ik
heb niet genoeg geld', zei ik.

'Dan betaal ik', zei hij bruusk. Ik aarzelde – eigenlijk wilde ik
niets van hem aannemen, niet als hij zo tegen me deed. Alex
zuchtte ongeduldig. 'Oké, welke maat heb je?'

'Ik kijk zelf wel', mompelde ik.

Ik koos een paar spijkerbroeken en T-shirts uit. Ik moest ook
een bh hebben, en met knalrode wangen griste ik er een van
het rek. Ik zag dat Alex er een blik op wierp en toen snel met
een strak gezicht wegkeek. Mooi – ik was tenminste niet de
enige die zich geneerde.

Niet veel later waren we terug bij de Mustang. Alex startte en
trok een gezicht toen de motor sputterend aansloeg. 'Laten
we hopen dat hij New Mexico haalt', mompelde hij.

Ik reageerde niet en keek uit het raampje. Er was veel verkeer en het duurde uren voordat we de stad uit waren. De skyline van New York City werd steeds kleiner totdat hij nog slechts fonkelde als sterren aan de nachtelijke hemel. Ik bleef kijken tot de laatste wolkenkrabber in de duisternis verdween. Het was belachelijk. Ik was maar een paar keer in die stad geweest en had er nooit gewoond.

Toch was het alsof zojuist mijn reddingslijn uit mijn handen was geglipt.

Ik had niet verwacht dat ik zou slapen, maar ik moest toch zijn weggedoezeld. Toen ik wakker werd, was het drie uur 's ochtends en stond de auto stil. Slaapdronken opende ik mijn ogen. Even wist ik niet meer waar ik was, maar toen kwam alles met een dreun terug. Ik ging rechtop zitten en streek het haar uit mijn gezicht. We stonden op een parkeerplaats langs de weg en het was donker.

'Waar zijn we?' vroeg ik.

Alex klapte de rugleuning van zijn stoel omlaag.

'Pennsylvania.' Hij ging liggen en strekte zijn benen.

Ik tuurde naar de schaduwen om ons heen. Toen mijn ogen aan het maanlicht waren gewend zag ik aan weerszijden van de weg naaldbomen. Het zag er doodstil uit, alsof we aan het eind van de wereld waren. 'Is het veilig om te stoppen?'

Hij haalde zijn schouders op. 'Ik ben van de hoofdweg af gegaan. Ik heb in geen uren een auto gezien.'

Ik kon net zijn gezicht onderscheiden: hij had zijn ogen dicht. In het zilverachtige maanlicht leken zijn lippen wel gebeeldhouwd. 'En engelen?' vroeg ik.

'Alleen jij.'

Het was alsof ik een klap in mijn gezicht kreeg. 'Dat is niet grappig', zei ik zacht.

'Het was ook niet grappig bedoeld', zei hij kortaf. 'Ik heb de omgeving regelmatig gescand op engelen, maar ik zag telkens alleen de jouwe.'

Zonder te reageren installeerde ik me in mijn eigen stoel en trok mijn spijkerjasje over me heen. Mijn engel. Alsof die deel van me uitmaakte. Huiverend zette ik de gedachte van me af. Ik keek omhoog naar het ronde plastic kapje van de binnenverlichting tegen het dak van de Mustang.

'Mag ik je wat vragen?' vroeg ik na een paar minuten.

'Mm', gromde hij.

'Hoe komt het dat niemand anders die dingen kan zien? In de kerk was het alsof Beth en de andere nieuwe leden de enigen waren die de engel zagen, afgezien van jou en mij.'

Alex zuchtte; ik kon voelen dat hij zich ertoe moest zetten om te antwoorden. 'Engelen zijn in hun etherische gedaante alleen zichtbaar voor degene met wie ze zich voeden', zei hij. 'Ik kan ze zien omdat ik erin ben getraind. En jíj kunt ze waarschijnlijk zien door wat je bent.'

'Je hebt echt voor de CIA gewerkt, hè?' vroeg ik snel om van onderwerp te veranderen.

'Ja.'

'Hoe oud ben je?' vroeg ik terwijl ik naar hem keek. Hij had zijn armen losjes over zijn borst gekruist. In het maanlicht leek zijn donkere haar pikzwart.

Er viel een stilte. Ik voelde zijn weerzin om te antwoorden. 'Zeventien', antwoordde hij.

'Dan moet je heel jong zijn begonnen', zei ik beduusd. 'En je broer; werkt hij ook voor ze?'

Het was de verkeerde vraag. De spanning die van hem

afstraalde deed mijn eigen spieren verstrakken. 'Kun je me even laten slapen?' vroeg hij ijzig.

Iets met zijn broer. Ineens had ik het akelige gevoel dat hij dood was. Ik slikte en wilde dat ik mijn mond had gehouden. Maar gezien Alex' vijandige houding was waarschijnlijk niks goed geweest, wat ik ook had gezegd. Zou het de hele rit naar New Mexico zo blijven, dat hij nauwelijks een woord met me wilde wisselen?

Ik aarzelde, maar ik moest het zeggen. 'Je, eh... je vertrouwt me niet, hè?'

Na een lange stilte zei hij: 'Ik vertrouw niemand.'

'Nee, maar mij in het bijzonder niet. Vanwege...' Ik kreeg de woorden niet over mijn lippen, ik durfde ze zelfs nauwelijks te denken. 'Vanwege wat ik ben.'

Alex bleef roerloos liggen; alleen in zijn gezicht trok een spiertje. Toen hij weer sprak was zijn stem hard. 'Luister. Als het niet echt hoeft, praat ik liever niet met je, oké? Jij bent een halve engel; een deel van je is precies als zij. Ik geloof niet dat we elkaar veel te zeggen hebben.'

Ik was blij dat hij zijn ogen dicht had, want de mijne stonden opeens vol tranen. 'Zoals je wilt', zei ik en ik voelde me eenzamer dan ooit. 'Het spijt me dat ik je heb lastiggevallen. Het zal niet meer gebeuren.'

Ik draaide me op mijn zij met mijn rug naar hem toe en trok mijn jasje over mijn schouders. Ik wist niet goed waarom ik iets anders had verwacht; hij had al laten voelen dat hij niets met me te maken wilde hebben. Toch deed het pijn. Veel pijn, zelfs. Met een bloedend hart staarde ik door het raampje naar de vage schaduwen van de pijnbomen en wenste dat het de berken waren die voor mijn slaapkamerraam stonden.

En dat ik nooit een reading had gedaan bij Beth Harding.

Toen Alex wakker werd was het nog niet licht; door de raampjes van de auto zag hij dat de hemel vaalblauw was en tussen nacht en dag in schemerde. Hij streek met zijn hand over zijn gezicht en bleef een paar tellen stil liggen.

Willow lag op de stoel naast hem nog te slapen. Hij draaide zijn hoofd om en keek naar het zachte op en neer bewegen van haar ademhaling, het blonde haar dat over een schouder hing, de slanke contouren van haar lichaam onder haar spijkerjasje. Hij schudde zijn hoofd. Jezus. Die eerste keer in de keuken had hij zich al tot haar aangetrokken gevoeld, maar het was een heel ander verhaal om zo dicht bij haar te zijn, samen op reis te zijn. Hij probeerde zich te herinneren of hij ooit iemand zo aantrekkelijk had gevonden, maar tevergeefs. Er waren in het verleden wel een paar meisjes geweest – korte ontmoetingen onderweg – maar hij kon zich niet meer herinneren hoe ze eruitzagen. Hij had Willow nauwelijks aangeraakt, maar haar gezicht zou hij nooit meer vergeten, wat er ook gebeurde.

En ze was een halve engel.

Alex blies zijn adem uit. Wat betekende dat? Het kón niet, en toch lag ze hier in de auto naast hem. Nu ze opgerold naast hem lag te slapen zag ze er zo normaal uit. Maar dat was ze niet. Als hij zijn bewustzijn verlegde naar het etherische niveau zou hij Willows engel weer zien, die rustig en sereen boven haar zweefde. Dezelfde engel die gister vanuit het niets was verschenen toen ze werd aangevallen... en die er vrijwel precies zo uitzag als de wezens die iedereen om wie hij gaf hadden vermoord.

Onwillekeurig dacht hij terug aan de dood van zijn vader; hij was tijdens een jacht in het noorden van Californië kermend van de pijn gestorven. Martin was toen al ten prooi gevallen aan de waanzin en had niet moeten gaan jagen, maar hij had het per se gewild en was er in zijn eentje met een geweer op uit getrokken. De engel had hem gezien en hem aangevallen voordat de rest überhaupt doorhad dat hij er was, en Martins levensenergie met zijn lange, elegante vingers weggerukt. Ze hadden het tumult gehoord en waren eropaf gehold, maar het was te laat: zijn vader was binnen enkele minuten gestorven aan een hartaanval. Met zijn handen tegen zijn borst geklemd had hij op de grond liggen kronkelen. Nog geen vijf maanden later was Jake aan de beurt geweest. En het was allemaal begonnen met de dood van zijn moeder, jaren daarvoor.

Hij keek naar Willow. De gedachte aan nakomelingen van een engel en een mens vervulde hem met weerzin; het was zó verkeerd. Maar wat hem werkelijk angst aanjoeg was dat hij zich desondanks tot Willow aangetrokken voelde. Als hij naar haar keek, vergat hij wat ze was en wilde hij alleen nog maar... met haar praten. Haar aanraken. Haar beter leren kennen. Hij wist zich geen raad. Ze was een halve engel! Daar kon hij toch niet dat soort gevoelens voor hebben? Het klopte wat hij haar vorige avond had gezegd: als het niet hoefde, praatte hij liever niet met haar – want hij was bang dat als hij zijn defensie liet zakken hij helemaal zou vergeten dat ze voor de helft hetzelfde was als die schepsels die zijn familie hadden uitgemoord. En dat kon hij niet toestaan. Nooit. Het was veel makkelijker om Willow op afstand te houden, om haar te commanderen, zoals ze het gister had genoemd.

Het deed er trouwens niet toe, bracht Alex zichzelf scherp in herinnering. Het enige wat telde was dat hij New Mexico bereikte, en Cully. Voor zover hij wist vormde Willow geen gevaar voor mensen, maar de engelen waren niet voor niets zo bang voor haar. Hij hoopte uit de grond van zijn hart dat ze gelijk hadden. Langzaam maar zeker waren de EK's deze oorlog aan het verliezen; als ze niet iets konden bedenken om de indringers massaal te vernietigen, dan waren de dagen van de mensheid geteld.

Naast hem bewoog Willow zich. Ze mompelde iets en haar groene ogen schoten open. Alex wendde zijn blik af. Vanuit zijn ooghoek zag hij dat haar gezicht verstrakte toen ze hem zag. In de drukkende stilte die in de auto hing ging ze rechtop zitten en streek met haar vingers door haar verwarde haar. Ze was blijkbaar niet vergeten wat hij tegen haar had gezegd. Mooi, dat maakte het allemaal een stuk makkelijker.

'We moeten naar een benzinestation of zoiets zodat ik iets anders kan aantrekken', zei Willow stijfjes. Ze droeg nog steeds haar paarse rok met zilverkleurig borduursel en het witte topje. Toen ze haar spijkerjasje aantrok probeerde Alex niet te kijken naar de zachte huid van haar hals en het blonde haar dat losjes op haar schouders hing.

'Oké', zei hij. Hij liet zijn rugleuning omhoog komen en startte de motor.

7

De daaropvolgende anderhalve dag reed Alex gestaag naar
het zuidwesten en doorkruisten ze met een slakkengang van
65 mijl per uur de ene na de andere staat. Zijn instinct zei
hem dat hij harder moest rijden, maar hij negeerde het; ze
mochten nu niet worden aangehouden. Willow zat met
opgetrokken knieën naast hem en keek zwijgend uit het
raampje. Tot zijn opluchting zag Alex dat haar gezicht
grotendeels schuilging achter de enorme zonnebril. Haar
blonde haar had ze opgebonden en zat weggestopt onder de
pet. Een paar keer stopten ze bij een benzinestation om te
tanken of iets te eten te kopen. Willow bleef meestal in de
auto zitten zodat niemand haar zou zien. Ze had niet veel
gegeten en dronk hoofdzakelijk water.
Willow had duidelijk gehoor gegeven aan zijn verzoek. Ze
zeiden nauwelijks iets tegen elkaar, afgezien van het
hoogstnoodzakelijke: wat voor sandwich ze wilde of wat ze
wilde drinken. Op de schaarse momenten dat ze wel iets
moesten zeggen was haar stem koel en haar lichaamstaal
gespannen. Alex realiseerde zich dat hij haar had gekwetst
door te zeggen dat een deel van haar precies hetzelfde was
als de engelen. Hij kon zich er niet voor verontschuldigen;

niet als hij haar op afstand wilde houden.

Hoe hard Alex ook zijn best deed, hij kon niet voorkomen dat zijn aandacht werd getrokken door de lijn van haar blote hals, de manier waarop ze haar hoofd opzij boog om uit het raampje te kijken. Er gleed vaak verdriet over haar gezicht en dan wist Alex dat ze aan de mensen dacht die ze had moeten achterlaten: haar moeder, van wie de kinderlijke energie moest zijn geweest die hij in het huis had gevoeld – haar geest was onherstelbaar beschadigd door engelbrand – en haar tante. Hij hoopte voor haar dat ze veilig waren.

Alex realiseerde zich opeens dat hij veel te veel aan haar dacht. Het was halverwege de middag op de tweede volle dag van hun reis en ze reden door het langgerekte Tennessee. Hier in het zuidoosten was het nog volop zomer, in tegenstelling tot de herfstige koelte van New York. Om zich te verzetten deed Alex de radio aan en hij nam een slok van zijn koffie. De auto had geen aansluiting voor zijn iPod en op de radio kreeg je hier alleen maar classic rock, gospel of country te horen. Hij koos classic rock. Willow ging verzitten om hem aan te kijken.

'Mag de muziek wat zachter?' vroeg ze vlak.

Zonder te antwoorden draaide Alex het volume iets terug. Willow keek weer uit het raampje, naar de spectaculaire heuvels en dalen van de Smoky Mountains. Hij wierp een blik op haar en aarzelde. Hij zou wel iets tegen haar willen zeggen, over haar familie misschien, maar hij had geen idee waar hij moest beginnen. Zijn mond vertrok en hij nam nog een slok koffie. Het was waarschijnlijk toch geen goed idee. Op dat moment maakte de Mustang een hard, ratelend geluid en de auto begon te trillen. Snel zette Alex zijn koffiebeker in de plastic houder en hij keek naar het dashboard. Geen van de lampjes brandde, maar het trillen werd snel erger en ze gingen hortend en stotend over de weg. 'Stompzinnige ouwe roestbak', mompelde hij. Hij ging langzamer rijden en schakelde terug, maar het kabaal werd er niet beter op; het enige effect was dat er een bonkend geluid bij kwam. Naast hem was Willow overeind gaan zitten en ze leek aandachtig te luisteren. Plotseling maakte de auto een slingerbeweging en Willow slaakte een kreet van pijn toen haar elleboog het dashboard raakte.

Alex reed de kreunende en schokkende auto de vluchtstrook op; net op tijd, want de achterwielen blokkeerden en met een ruk stonden ze stil. Hij zette de motor uit en keek Willow aan. 'Gaat het?' vroeg hij na een korte stilte.

Ze wreef over haar elleboog en knikte kort.

'Oké.' Alex blies zijn adem uit. 'Ik zal maar eens een kijkje nemen.' Hij wist dat het een wonder zou zijn als hij kon zien wat er mankeerde. Jake en hij hadden leren autorijden toen ze een jaar of tien waren – met de jeep door de woestijn racend – maar geen van tweeën hadden ze veel kaas gegeten van motoren.

Hij ontgrendelde de motorkap, stapte uit en voelde onmiddellijk de dampende hitte van Tennessee op hem neerdalen. De motorkap ging knarsend open en hij zette hem op de steunstang en staarde naar de ingewanden van de Mustang. Godallemachtig, dit ding hoorde in een museum thuis. Bij gebrek aan een beter idee controleerde hij de olie en veegde de peilstok aan zijn T-shirt af. Verrassing: de olie was in orde. Idem dito voor het water. Geweldig, wat nu? Met zijn handen in zijn achterzakken tuurde Alex naar de weg terwijl hij zich probeerde te herinneren hoever de eerstvolgende stad was.

Het portier ging open en Willow stapte uit. Ze liep naar de voorkant van de auto, zette haar zonnebril af en stak hem Alex toe. 'Hier', zei ze kortaf. Ze ging naar de kant van de bestuurder, liet zich op haar handen en knieën zakken en keek onder de auto. 'Ik heb een zaklamp nodig.' Haar stem klonk gedempt. 'Kun je kijken of er een in de kofferbak ligt?' Alex knipperde met zijn ogen. Hij wilde vragen of ze wel wist wat ze aan het doen was, maar het antwoord was duidelijk. Hij keek in de kofferbak en kwam weer terug. 'Nee, niets.' Willow, die nog steeds half verscholen zat onder de auto, zweeg. Even later kwam ze overeind. 'Ik denk dat de cardanas is losgekomen – ik zie dat hij vooraan in een rare hoek hangt. Als dat het is, is het geen grote reparatie. Ik zou het zelf kunnen doen als ik mijn gereedschap bij me had en alle moeren er nog op zitten. Anders zou het de versnellingsbak kunnen zijn, wat niet best is – dan zou die helemaal gedemonteerd moeten worden.'

'Je, eh... weet iets van auto's.' Hij had onmiddellijk spijt van zijn woorden; het was nogal een open deur.

Willow klopte het stof van haar spijkerbroek en keek hem koel aan. 'Niet te geloven, hè, dat ik ook nog dingen kan die je niet van een freaky halfengel zou verwachten.'

Oké, daar ging hij niet op in. Alex haalde diep adem en keek weer naar de weg. 'Dan kunnen we maar beter een lift proberen te krijgen naar de dichtstbijzijnde stad. We zullen de auto moeten laten ophalen, denk ik.'

'Best', zei ze. Ze nam haar zonnebril terug en zette hem op. Haar gezicht verdween weer achter de grote glazen.

Alex legde zijn tas in de kofferbak. Zwijgend overhandigde Willow hem haar spijkerjasje, dat hij bij zijn tas gooide, waarna hij de kofferbak afsloot. Hij keek haar aan. 'Luister, ik –' Hij zweeg. Hij wist niet wat hij moest zeggen. Fronsend draaide hij zich om en ging met opgeheven duim langs de weg staan.

Een vrachtwagenchauffeur gaf hun een lift naar Dalton City, ongeveer tien mijl verderop. Ze zaten met z'n drieën op de voorbank geperst, met Alex in het midden. Hij praatte met de chauffeur over rugby, zich ondertussen als in een waas bewust van Willow, die pal naast hem zat met haar arm en dij tegen de zijne gedrukt. Ze droegen alle twee korte mouwen en hij voelde de warmte van haar licht bezwete blote bovenarm. Ze is een halve engel, bracht hij zichzelf ruw in herinnering. Ze is voor de helft hetzelfde als de monsters die je familie hebben uitgemoord.

Ze voelde zo menselijk dat hij zich nauwelijks op het gesprek kon concentreren.

Eindelijk hield de vrachtwagen stil. Ze waren op een reusachtig betonnen terrein bij een glimmend benzinestation aan de rand van de stad gestopt. 'Die garage daar heeft een sleepwagen', zei de trucker met zijn lijzige, zuidelijke tongval. 'En Rose's Diner is niet al te smerig, als jullie iets willen eten', voegde hij er grijnzend aan toe.

'Heel erg bedankt, man', zei Alex en hij schudde hem de hand.

'Ja, bedankt', echode Willow terwijl ze de vrachtwagen uit klom. Ze zwaaide vriendelijk naar de chauffeur die wegreed, waarna haar blik weer op Alex viel en de glimlach van haar gezicht verdween.

Ze gingen de garage in en Alex regelde dat de Mustang opgehaald zou worden, ook al zei de monteur dat hij pas over een paar uur tijd had om ernaar te kijken. Geweldig. Ze liepen weer naar buiten en keken elkaar aan. Aan de gevel hing een levensgrote Amerikaanse vlag, die loom op de wind bewoog, en naast het benzinestation stond een reclamebord van de Engelenkerk, met het bekende witte gebouw waarboven een engel zweefde die het met zijn vleugels beschermde.

Alex liet zijn blik van het reclamebord naar Rose's Dinner gaan. Er waren weinig andere mogelijkheden om de tijd te doden, maar was het risico niet te groot? Achter haar zonnebril leek Willow hetzelfde te denken; ze tuurde nadenkend naar het restaurant. 'Zouden ze ook daarbinnen zitten?' vroeg ze op gedempte toon.

Alex trok een gezicht. Tennessee maakte onderdeel uit van de *bible belt*; de Engelenkerk had hier veel aanhangers. 'We kunnen het beter niet riskeren.'

Willow reageerde niet; ze stond nog roerloos naar het restaurant te kijken, ogenschijnlijk in gedachten verzonken. 'Het is oké', zei ze. 'Ik eh... ik voel zoiets.'

Alex aarzelde. Zijn pistool zat weggestopt in de broeksband van zijn spijkerbroek, maar hij wist dat hij het niet graag op een mens zou richten – zelfs niet op zo'n fanaat van de Engelenkerk. 'Weet je het zeker?'

Nog steeds met haar blik op het restaurant gericht knikte Willow traag. Het zonlicht weerkaatste op de donkere brillenglazen. 'Ja. Ja, ik weet het zeker.' Ze keek hem met een strak gezicht aan. 'Sorry, nog meer freaky halfengelgedoe.'

Alex haalde zijn schouders op en ging er niet op in. 'Oké, we wagen het erop.' Ze staken het terrein over en gingen het restaurant in, waar de koelte van de airconditioning hen tegemoet woei. Alex schoof op de bank aan een van de tafels en Willow ging tegenover hem zitten. Er liepen serveersters in bruine jurken rond, die de koffiekoppen bijvulden en dienbladen vol cholesterolverhogend voedsel rondbrachten. Alex pakte het geplastificeerde menu dat tussen het zout- en het pepervaatje in stond en bestudeerde het met een knorrende maag. Ze hadden bijna twee dagen op sandwiches van benzinestations geleefd.

'Wat is in hemelsnaam een *fritter*?' mompelde Willow binnensmonds terwijl ze naar de menukaart in haar handen keek. 'En *grits*?'

'Een fritter is iets gefrituurds', legde Alex uit terwijl hij de verschillende hamburgers bekeek. 'Grits is voor bij het ontbijt. Het is een soort havermout.'

Ze keek op. Achter haar brillenglazen was de uitdrukking op haar gezicht niet te lezen. 'Je hebt veel gereisd', zei ze na een stilte.

Alex trok een schouder op; hij had spijt dat hij zijn mond had opengedaan. Ze zwegen weer en bestudeerden hun menukaart. Er verscheen een serveerster bij hun tafel, die twee glazen ijswater voor hen neerzette. 'Weten jullie het al?' Ze haalde een notitieblokje uit haar schort.

'Ja. Ik neem een bacon cheeseburger met friet', zei Alex. 'En koffie.' Hij zette de kaart terug.

'Bacon cheeseburger met friet', herhaalde de serveerster terwijl ze het noteerde. 'En jij, *honey*?'

Willow wilde antwoorden, maar zweeg abrupt en staarde de serveerster aan. 'Eh... ik...' Het viel Alex op hoe gespannen ze er opeens uitzag; de knokkels van de hand waarmee ze de menukaart vasthield waren wit.

De serveerster wierp haar een vragende blik toe. 'Weet je het al?'

'Eh... ja.' Willow slikte en sloeg haar ogen neer. 'Ik neem de clubsandwich. Met sla.'

De pen van de serveerster kraste over het papier. 'Koffie?' vroeg ze.

'Nee, eh... gewoon water.'

Willow beet op haar lip en met gefronste wenkbrauwen keek ze de vrouw na, die naar de toonbank liep.

Alex was verrast door de verwarde indruk die ze plotseling maakte.

'Wat?' vroeg hij.

Ze keek hem gespannen aan en liet toen haar blik door het restaurant dwalen. Uiteindelijk keek ze weer naar de serveerster. Ze haalde diep adem; ze leek een besluit te hebben genomen en stond op. 'Ik, eh... ben zo terug', mompelde ze.

'Wat is er?' drong hij aan.

Ze schudde haar hoofd. 'Niks. Ik moet gewoon... even praten met die serveerster.'

Verbaasd keek hij haar na, slank en klein in haar spijkerbroek en T-shirt. Even later had ze haar zonnebril op haar voorhoofd gezet en stond ze over de toonbank geleund met de serveerster te praten. De ogen van de serveerster werden zo groot als schoteltjes.

Wat was daar aan de hand? Alex wilde niet werkeloos toekijken. Hij stond op, liep ook naar de toonbank en leunde tegen een kruk van rood kunstleer. 'Is alles in orde?' vroeg hij.

'Ja, prima', mompelde de serveerster zonder haar ogen van Willow los te maken. 'Ga door, wil je?'

Willows oren werden vuurrood. Haar ogen ontmoetten even de zijne – hij zag dat hij haar in verlegenheid had gebracht –, toen rechtte ze haar rug en wendde zich weer resoluut tot de serveerster. 'Oké. Ik weet dat je me niet kent en dat het nogal opdringerig kan overkomen, maar ik ben echt helderziend. Als je me gewoon even je hand laat vasthouden, kan ik misschien iets zien.'

De serveerster aarzelde. *Georgia*, stond er op haar naambordje. De zwarte serveerster met geblondeerd haar die had staan luisteren stootte Georgia aan. 'Toe maar, meisje', zei ze met een bezorgde blik in haar ogen. 'Het is misschien precies wat je nodig hebt.'

'Alsjeblieft?' zei Willow. 'Ik wil je echt helpen.'

Als betoverd stak Georgia haar hand uit en Willow nam hem in de hare. Gefronst keek ze een tijdje zwijgend naar de toonbank. 'Je echtgenoot is in maart aan longkanker overleden', zei ze zacht. 'Ik zie dat je hem jarenlang hebt verzorgd. Je had de logeerkamer laten opknappen zodat hij minder lang in het ziekenhuis hoefde te liggen.' Ze keek op. 'Je hield zielsveel van hem, hè?'

Georgia was bleek weggetrokken. 'Ik - o, jee -'

'Dat klopt!' zei de andere serveerster met grote ogen. 'Hij heette Dan en hij -'

'Nee, niets zeggen', onderbrak Willow haar. 'Anders weet Georgia achteraf niet of ze me kan geloven.' Ze zweeg weer en sloot haar ogen.

Alex, die tegen de toonbank leunde, kon zijn ogen niet losmaken van Willow. 'Ik zie pillen, op een plankje in je badkamer', zei ze traag. 'Diazepam. De dokter heeft ze vanwege de stress voorgeschreven en je hebt ze maandenlang opgespaard. Je hebt op internet gekeken en je weet precies hoe je het moet doen.'

De tranen stroomden over Georgia's onthutste gezicht. Ze onderdrukte een snik terwijl haar vriendin sprakeloos over haar arm wreef.

Willow opende haar ogen. 'Niet doen', zei ze smekend. 'Het is niet de manier.'

'Ik – ik wilde gewoon weer bij Dan zijn', zei Georgia met verstikte stem. De andere serveerster gaf haar een servet en ze droogde haar tranen. De mascara maakte zwarte vlekken. 'Ik – ik mis hem zo.'

Willow, die de hand van de vrouw nog steeds vasthield, had zich volledig op haar geconcentreerd en haar ogen stonden vol medeleven. Alex staarde haar verbijsterd aan. Hij wist niet waarom hij zo van slag was; alle engelen waren in mindere of meerdere mate helderziend – het was gewoon nog een bewijs van Willows gedeeltelijke engel-aard. Maar op de een of andere manier voelde het volkomen anders.

'Ik weet hoe moeilijk het is', vervolgde Willow terwijl ze in Georgia's hand kneep. 'Maar het is niet je tijd. Ik zie een ander pad voor je. Over een paar maanden ga je met het verzekeringsgeld terug naar Atlanta en open je je eigen restaurant. Dat heb je altijd al willen doen, maar je voelde je schuldig over het geld. Dan wilde dat jij het zou krijgen. Het is zijn geschenk aan jou.'

'O, meisje!' mompelde de zwarte serveerster terwijl ze een arm rond Georgia's schouder sloeg. 'Mag ik dan bij je komen werken?' plaagde ze zacht.

Georgia lachte door haar tranen heen en klopte de vrouw op haar hand. 'Reken maar, Dora.'

'Nou, dat is eh... wat ik nu kan zien', zei Willow. 'Ik hoop dat je er iets aan hebt.' Ze wilde haar hand terugtrekken, maar de serveerster greep hem beet.

'Wacht!' riep Georgia uit. 'Kun je – kun je Dan zien? Heeft hij een bericht voor me?'

De hoop op het gezicht van de vrouw was zo smartelijk dat Alex een steek in zijn borst voelde. Hij werd overspoeld door de herinneringen aan Jake en keek weg.

'Nee, ik ben geen medium', zei Willow vriendelijk. 'Maar hij is in de buurt. Ik weet het zeker. En ik denk dat hij echt wil dat je weer gelukkig wordt.'

Georgia knikte en depte haar ogen. 'Ik denk – ik denk dat dat nu misschien wel lukt', zei ze verwonderd. 'Het was zo'n last; je hebt geen idee –' Ze zweeg en keek Willow vol ontzag aan. 'Ik denk dat jij wél een idee hebt. Heb ik gelijk?'

Willow glimlachte. Terwijl hij toekeek werd Alex getroffen door het contrast tussen de elfachtige schoonheid van haar gezicht en de lichtgroene ogen, die er zo veel ouder uitzagen dan de rest. Opeens wist hij zeker dat ze in haar leven een heleboel dingen had gezien die ze niet had willen zien, net als hij... Dat gevoel van 'te vroeg oud zijn' bekroop hem ook als hij zelf in de spiegel keek.

Georgia kwam achter de toonbank vandaan en pakte Willows hand met haar beide handen beet. 'Hoe kan ik je bedanken?' vroeg ze vurig. Spontaan omhelsden de twee vrouwen elkaar. 'Dat is niet moeilijk', antwoordde Willow breed glimlachend, terwijl ze zich uit de omhelzing losmaakte. 'Gooi die pillen weg als je thuiskomt.'

'Dat gaat ze doen', zei Dora. 'Daar zorg ik voor!'

'Dank je, *honey*', zei Georgia weer terwijl ze Willows gezicht aanraakte. 'Ik meen het. Je hebt me mijn leven teruggegeven.'

Willow werd knalrood. 'Ik ben blij dat ik je heb kunnen helpen', zei ze verlegen.

Alex en Willow liepen terug naar hun tafel en Willow zette haar zonnebril weer op. Terwijl ze weer plaatsnamen keek Alex haar sprakeloos aan. Ze keek terug en stopte ongemakkelijk een blonde haarsliert terug onder haar pet. 'Sorry, nog meer freaky gedoe', mompelde ze.

'Nee, dat was –' Alex kon de woorden niet vinden en hij schudde zijn hoofd. Hij legde zijn onderarmen op tafel en nam haar onderzoekend op. 'Hoe wist je dat?' vroeg hij. Willow keek hem zwijgend aan, alsof ze er niet zeker van was of zijn vraag oprecht was. Uiteindelijk haalde ze haar schouders op. 'Ik kon het gewoon voelen toen ze bij onze tafel kwam staan', zei ze. 'Grote golven verdriet. Ik wist dat ze overwoog zelfmoord te plegen.'

Dora zette Alex' koffie voor hem neer. 'Je vriendin is een echt wonder', zei ze tegen hem terwijl ze Willow in haar schouder kneep. Bij het woordje 'vriendin' bevroor Willows glimlach op haar gezicht. Hij zag dat ze de vrouw wilde corrigeren en met tegenzin besloot het maar zo te laten.

Toen de serveerster weer wegliep roerde Alex traag in zijn koffie. 'Zo... het was dus maar goed dat we pech kregen', zei hij na een tijdje.

Willow had net een slok water genomen; ze keek hem scherp aan toen ze het bruine plastic glas neerzette. Even dacht hij dat ze ging glimlachen, maar dat gebeurde niet. 'Ja', zei ze. 'Blijkbaar.'

Toen ze bij de garage kwamen werden ze opgewacht door de monteur, die zijn handen met een doek aan het schoonmaken was. 'Hé, je had gelijk, het is de cardanas', zei hij opgewekt. 'Ik ben alleen bang dat ik niet de juiste maat moeren in voorraad heb – er zijn er een stel verdwenen toen hij loskwam.'

Het was bijna zes uur. Alex zuchtte. 'Dus... dat lukt niet meer vandaag.'

De man schudde zijn hoofd. 'Nee, ben bang van niet. Ik zal morgenochtend even rondbellen; misschien heeft een andere garage er een paar liggen. Anders moet ik ze bestellen – en dan duurt het een dag of twee, drie voordat ze er zijn.'

Twee of drie dagen. Geweldig. Even overwoog Alex een andere tweedehandsauto te kopen. Maar dat ging niet; hij had nog maar zo'n 2500 dollar over van het geld dat hij voor noodgevallen achter de hand had gehouden. Hoe goed de CIA hun na de Invasie ook had betaald, hij had ze nooit echt vertrouwd en dus had hij zo veel mogelijk gespaard. Hij blies zijn adem uit en keek naar Willow. 'Dan kunnen we dus geen kant uit; ik bedoel, we zijn op doorreis –'

'Iets verderop is een motel', zei de monteur. 'Sorry, ik snap dat het niet leuk is. Kom morgen om een uurtje of tien even langs; dan weet ik of ik ze moet bestellen of niet.'

Alex knikte langzaam. 'Ja, goed.' Hij wierp Willow een zijdelingse blik toe. 'Is dat oké voor jou?'

Ondanks de zonnebril zag hij dat ze verstijfde. Ze trok haar schouders op. 'Het zal wel moeten.'

Alex haalde zijn tas uit de kofferbak van de Mustang, gooide hem over een schouder en samen liepen ze in de richting die de monteur had gewezen. De zon ging onder; in het westen liepen er rode en paarse strepen door de lucht en een welkom briesje bracht de drukkende lucht in beweging. Het enige geluid was dat van hun voetstappen en van de paar auto's die voorbij reden.

Na een paar minuten schraapte Alex zijn keel. 'Goed gegokt, die cardanas.'

'Het lag nogal voor de hand', zei Willow koel. Onder het lopen had ze haar handen om haar ellebogen geslagen en haar blik afgewend. Alex was dan niet helderziend, maar hij begreep dat ze niet met hem wilde praten. Zwijgend liepen ze naast elkaar voort.

Hij was opgelucht toen een eindje verderop het vertrouwde blauw met witte uithangbord van het GoodRest Motel verscheen. Dichterbij gekomen zag Alex dat de parkeerplaats vol stond; alsof de plaatselijke vereniging van gammele autobezitters er vergaderde. 'Eh... voel je iets bij dat motel?' vroeg hij.

Willow vertraagde haar pas en nam het L-vormige gebouw in zich op. 'Niet echt', zei ze na een tijdje. 'Ik denk dat het wel veilig is.'

Alex aarzelde en wierp weer een blik op de volle parkeer-plaats. Ook al dacht Willow dat het veilig was, ze zouden hier misschien een paar dagen vastzitten en ze moesten zo voorzichtig mogelijk zijn. 'Ik denk dat we beter één kamer kunnen nemen', zei hij. 'Ik bedoel, met twee bedden, maar –'

Willow bleef als aan de grond genageld staan en keek hem vol afschuw aan. 'Wát?'

Hij voelde zijn wangen kleuren door haar reactie, wat hem irriteerde; hij wist dat het eenvoudigweg het verstandigst was. 'Dat valt gewoon minder op', zei hij. 'Plus dat het een stuk veiliger is om bij elkaar te blijven, want dan kan ik een oogje op je houden.'

'Ik wil niet dat je een oogje op me houdt', beet ze hem toe. Met een kaarsrechte rug liep ze met grote, boze stappen door.

Hij haalde haar met gemak in. 'Hoe waren we ook al weer in dit gat terechtgekomen?' merkte hij kil op. 'Ze willen je vermoorden, weet je nog?'

Willows mond verstrakte en ze zweeg kwaad. 'Oké', zei ze uiteindelijk. 'Jij je zin.' Toen ze bij de glazen deur met het opschrift *receptie* kwamen wilde Alex tegen haar zeggen dat hij het ook liever niet had gedaan, maar hij slikte zijn woorden in – het zou klinken alsof hij te hard protesteerde. Misschien was dat ook zo.

De receptionist schoof een inschrijfformulier naar hem toe. Alex vulde het in, liet een legitimatiebewijs zien – een nagemaakt rijbewijs uit de staat Ohio – en betaalde contant. Hun kamer was op de begane grond. Nog steeds zwijgend liepen ze er over het betonnen pad naartoe. Alex maakte de deur van nummer 112 open en knipte het licht aan. De kamer verschilde in niets van de honderden andere motelkamers waar hij ooit was geweest – twee grote dubbele bedden, een ronde tafel, een televisie die aan het geverfde betonnen plafond hing.

Hij liet zijn tas op de tafel vallen. Willow kwam de kamer in en deed de deur achter zich dicht. Ze zette de zonnebril en de pet af, en schudde haar haar los. 'Ik ga douchen', zei ze zonder hem aan te kijken.

Alex knikte. 'Ja, oké. Ik eh... ga wel na jou.' Hij wist dat hij het Willow niet kwalijk kon nemen dat ze hem haatte en dat het voor haar eigen bestwil was. Maar vanwaar dan dat plotselinge verlangen om ongedaan te maken wat hij een paar dagen geleden tegen haar had gezegd, dat hij niet met haar wilde praten?

Willow rommelde in haar tas, haalde er een borstel uit en liep naar de badkamer. Opeens bleef ze met een geïrriteerd gezicht staan. 'Ik heb geen shampoo', zei ze. 'Heb jij iets bij je?'

Alex ritste de nylontas open, haalde er een tube sport-shampoo uit en overhandigde die aan haar.

'Dank je.' Willow verdween in de badkamer en deed de deur

op slot. Twee tellen later hoorde hij het water van de douche op de tegels kletteren.

Hij zuchtte diep en wreef met zijn handen over zijn gezicht. Toen hij de afstandsbediening pakte om de televisie aan te zetten viel zijn blik op Willows tas, die halfopen op de kast lag. Bovenop lag haar portemonnee: hij was paars met een geborduurde bloem. Alex wierp een blik op de badkamerdeur. Hij voelde zich een dief, maar na een korte aarzeling liep hij toch naar haar tas en maakte de vaag naar Willows parfum geurende portemonnee open. Er zat een rijbewijs van de staat New York in op naam van Willow Fields. Hij zag dat ze zestien jaar was, bijna zeventien – 24 oktober, over nog geen maand, was ze jarig. Verrast keek hij naar de datum. Het was één dag na zijn eigen verjaardag, de 23ste. Hij was precies één jaar en één dag ouder dan zij. Het toeval veroorzaakte een lichte opwinding in zijn buik. Op de foto hield Willow haar hoofd iets scheef en op haar lippen lag een glimlachje. Haar groene ogen sprankelden, ondanks het fantasieloze camerawerk van het New Yorkse bureau motorvoertuigen.

Alex stopte het rijbewijs terug en bekeek de foto's in de plastic hoesjes. Er was er een van Willow en haar vriendin Nina, met een arm om elkaars schouder en hun hoofden tegen elkaar. Ze hadden alle twee een grappig hoedje op en trokken een raar gezicht. Er was ook een foto van een meisje dat Willow moest zijn, hand in hand met een vrouw met blond haar. Haar moeder?

Hij bleef een hele tijd naar de foto kijken. Willow zag er jong uit, een jaar of zes. Hoewel ze beleefd glimlachte naar degene die de foto nam, lag er angst in haar ogen. Ze stond iets voor de vrouw en uit haar lichaamstaal sprak bescherming.

Willows moeder – als zij het was – had hetzelfde golvende blonde haar als haar dochter en staarde in de verte. De dromerige glimlach was die van iemand met ernstige engelbrand.

Langzaam deed Alex de portemonnee dicht en stopte hem terug. Hij zette de televisie aan en ging op een van de bedden liggen. Met een arm onder zijn hoofd gevouwen staarde hij naar het scherm terwijl hij nog steeds de foto voor zich zag van de kleine Willow, waarop de liefde voor haar moeder zo duidelijk zichtbaar was. Geen wonder dat ze haar niet had willen achterlaten.

En nu was Willow meer dan duizend mijl van huis verwijderd en zou ze haar moeder misschien nooit meer zien. Met als enige gezelschap een jongen die ze haatte.

8

Toen ik de douche aanzette was het alsof er hete naalden op
me neerkwamen en het vuil van de afgelopen twee dagen
werd weggespoeld. Ik zeepte mijn haar in en wenste dat de
shampoo niet zo naar Alex rook. Waarop ik geïrriteerd
constateerde dat ik blijkbaar wist hoe hij rook. De afgelopen
twee dagen waren zwaar geweest en zijn koelte en
afstandelijkheid hadden het er niet makkelijker op gemaakt.
Alsof het niet bij hem opkwam dat ik wel eens iets meer
overstuur zou kunnen zijn dan hij.

De harde, warme straal voelde weldadig. Ik bleef lang onder
de douche staan en liet het water mijn geest leegmaken.
Uiteindelijk kwam ik eronder vandaan, droogde me af en
wikkelde een handdoek om mijn natte haar. Met mijn hand
veegde ik de condens van de spiegel.

Toen pas drong het tot me door dat ik geen pyjama bij me
had. En geen tandenborstel. En geen tandpasta. Tranen van
frustratie prikten achter mijn ogen. Heel fijn. Nu zou ik Alex
om hulp moeten vragen. Even overwoog ik in de handdoek te
slapen, maar ik zuchtte toen ik me voorstelde hoe onhandig
dat zou zijn.

'Alex?' riep ik door de gesloten deur.

'Ja?' klonk er na een stilte.

Ik deed de deur op een kier en keek om het hoekje. 'Eh... ik heb niets om in te slapen. Kan ik misschien iets van jou lenen? En heb jij tandpasta?'

Hij keek me even aan. 'Ja, moment.' Hij stond op en rommelde in zijn tas. Hij haalde er een paar dingen uit, liep terug naar de badkamer en reikte ze aan. Onze blikken kruisten elkaar.

'Bedankt.' Ik trok snel mijn hoofd terug en deed de deur weer dicht.

Hij had me een zwarte joggingbroek gegeven en een vaalrood katoenen T-shirt met lange mouwen. Ze voelden zacht aan, zoals kleren die vaak zijn gewassen. Ik gooide ze op het kastje, poetste mijn tanden met een washandje en droogde mijn haar. Daarna trok ik de kleren aan. Ik zwom erin: de mouwen van het T-shirt bungelden over mijn handen. Ik begon de rechtermouw op te rollen... toen ik een vreemde sensatie ervoer.

Er bestaat iets wat psychometrie wordt genoemd, wat betekent dat een helderziende dingen kan oppikken van voorwerpen. Je geeft zo iemand bijvoorbeeld het horloge van je lieve oude tante Grace en hij kan je van alles over haar vertellen. Ik weet niet hoe het werkt; misschien houden voorwerpen restenergie vast. Hoe dan ook, ik ben er nooit goed in geweest. Ik was nooit verder gekomen dan een flard emotie in de verte.

Maar nu ik Alex' kleren aanhad voelde ik meer.

Terwijl ik over de rode mouw streek keek ik naar mijn spiegelbeeld. Ik voelde geruststelling. En dan bedoel ik niet de gewone prettige warmte en zachtheid van een oud T-shirt. Ik voelde de energie van toen Alex het voor het laatst had gedragen en die energie... Ik sloot mijn ogen en omhulde mezelf ermee als een laken.

Voelde als thuiskomen.

Mijn ogen schoten open. Je bent niet wijs, dacht ik. Hij kan je niet uitstaan.

Dat waren mijn hersenen. Mijn hand besteedde er geen aandacht aan; die lag nog steeds op de mouw en streek zacht over de stof. De energie die ik voelde was zo vertrouwd, zo veilig.

Ik trok mijn hand weg alsof de mouw in brand stond, en het gevoel verdween. Ik sloot mijn geest af en rolde de mouwen ruw op tot boven mijn ellebogen. Wat ik had gevoeld sloeg helemaal nergens op. Ik mocht Alex niet eens. Maar toen ik de badkamerdeur opende en de slaapkamer in ging, dwaalden mijn ogen onwillekeurig naar hem. Hij lag met een arm onder zijn hoofd op bed naar de televisie te kijken en leek diep in gedachten verzonken.

Toen ik binnenkwam keek hij even op en glimlachte zowaar, alsof zijn mondhoeken vanzelf omhoog gingen.

'Ze, eh... zijn een beetje groot voor je', zei hij.

'Ja.' Ik keek snel de andere kant uit en ging ongemakkelijk op het bed zitten om mijn haar uit te borstelen.

'Ik ga ook maar eens douchen, als jij klaar bent.' Hij pakte wat spullen uit zijn tas, ging de badkamer in en sloot de deur. Terwijl ik het water hoorde stromen probeerde ik de sensatie die ik had gevoeld te vergeten. Net als de glimlach, die – hoe flauw ook – zijn gezicht zachter had gemaakt.

Het plaatselijke nieuws was op televisie en ik schoot overeind. Ik vroeg me af of er iets over mijn verdwijning zou worden gezegd. Natuurlijk niet, besefte ik toen; we waren meer dan duizend mijl bij mijn huis vandaan. Ik zuchtte. Hoe zou het met mijn moeder en tante Jo zijn?

De afgelopen dagen had ik meer dan eens geprobeerd mentaal contact met ze te maken, door het huis te visualiseren en proberen te voelen wat er gebeurde. Het enige wat ik doorkreeg was een gevoel van bezorgdheid en een lichte irritatie – precies wat ik van tante Jo verwachtte als ik er plotseling vandoor ging en haar met mijn moeder liet zitten. Ik hoopte vurig dat het betekende dat ze veilig waren en dat er niemand naar mij was komen vragen. Ik staarde wezenloos naar het scherm. Tante Jo zou onderhand vast de politie hebben gebeld, en die zouden van Nina hebben gehoord dat ik naar de Engelenkerk zou gaan en... En dan? Zouden ze mijn auto hebben gevonden? Ik herinnerde me dat Alex had gezegd dat de halve politie lid was van de Engelenkerk, en vroeg me af of ze het dan wel gemeld zouden hebben. Of dat ze hun eigen motieven hadden om naar me op zoek te gaan.

Alsof mijn overpeinzingen een knop hadden ingedrukt verscheen er op dat moment een reclameboodschap en keek ik opeens naar de bekende parelwitte kerk. 'Voel jij je wanhopig?' klonk het op gedragen toon. O, nee, niet nu. Ik sprong van bed, griste de afstandsbediening van Alex' bed en veranderde van zender. Weer een plaatselijk nieuwsbulletin, deze keer over het tekort aan ziekenhuisbedden in Knoxville. Mooi zo – lekker veilig en saai. Ik gooide de afstandsbediening weer terug op het bed, en met een kussen dat ik onder de sprei vandaan had gehaald in mijn rug ging ik naar het nieuws kijken.

'Het ziekenhuispersoneel is ten einde raad', kondigde een vrouw met perfect gekapt haar aan. Ze stond in de gang van een ziekenhuis; achter haar stonden bedden met patiënten aan weerszijden langs de muur. Een verpleeghulp botste in zijn haast tegen een van de bedden aan en op de achtergrond klonk gekreun. 'Waar eerst voldoende capaciteit was om te kunnen voldoen aan de vraag in centraal Knoxville is in de afgelopen maanden een nijpend tekort ontstaan, doordat het aantal gevallen van niet alleen kanker maar ook minder bekende ziekten schrikbarend is toegenomen...'

Met mijn armen om een kussen geklemd keek ik fronsend naar het scherm. Ergens diep in mijn geheugen roerde zich iets; het bericht kwam me bekend voor, inclusief het beeld van een journalist in een overbevolkte ziekenhuisgang. Toen wist ik het weer: ik had een paar maanden geleden een vergelijkbaar nieuwsbericht gezien over het tekort aan ziekenhuisbedden in Syracuse.

Ziekenhuisbedden in Knoxville, Tennessee, en ziekenhuis-bedden in Syracuse, New York. Twee steden op duizend mijl afstand van elkaar.

De camera ging naar een tiener in een van de bedden langs de muur. Ze probeerde te glimlachen, maar je zag hoe verzwakt ze was. Mijn hoofdhuid tintelde toen ik me Beths reading herinnerde – zij had er precies zo uitgezien nadat ze een tijd bij de Engelenkerk had gezeten. Alex' woorden kwamen weer boven, dat de aanraking van de engelen iemand verzwakte en ziek maakte – en plotseling besefte ik dat de twee berichten geen toeval waren. Er was niet zozeer een tekort aan ziekenhuisbedden; er was een toename aan zieke mensen – en dat kwam door de engelen. Dát gebeurde er; niet alleen met mijn moeder en Beth, maar met mensen in het hele land. Het nieuwsbericht was voorbij en een nieuw onderwerp werd aangesneden. Onthutst door de omvang van het gebeuren staarde ik verdwaasd voor me uit.

Ik schrok op toen de badkamerdeur openging. Alex kwam in een donkerblauwe joggingbroek de slaapkamer in. Zijn donkere haar was nog vochtig. Hij legde zijn kleren op de kast en liep naar zijn tas. Ik probeerde niet naar zijn blote bovenlijf te staren – de getrainde spieren van zijn buik, borst en armen, de zachte glans van zijn nog vochtige huid. Met een zijdelingse blik zag ik zijn gebruinde schouders bewegen terwijl hij een T-shirt uit zijn tas haalde. Op zijn linkerbiceps zat een tatoeage: *ek* in zwarte, gotische letters.

Jezus, wat ziet hij er goed uit. Mijn wangen gloeiden toen de ongenode gedachte door me heen flitste. Het laatste wat ik wilde was me tot Alex aangetrokken voelen. Hij trok het T-shirt over zijn hoofd en ik voelde mezelf iets ontspannen. Alex haalde nog iets uit zijn tas en zei aarzelend: 'Dit is van jou.' Hij draaide zich om en hield het me voor. Mijn ogen werden groot toen ik zag dat het de foto van thuis was, de foto die op de boekenkast in de eetkamer had gestaan – van mij en de wilg.

Langzaam stak ik mijn hand uit. Mijn keel snoerde dicht toen ik me herinnerde wanneer mijn moeder hem had genomen: op een van die korte, heerlijke momenten dat ze er helemaal was geweest. *Zie je die wilg, Willow? Dat ben jij, dat is jouw naam.* Ik ging met mijn vingers over het glas. 'Maar... hoe kom jij –'

'Ik heb hem uit jullie huis meegenomen', bekende hij. Hij ging op zijn bed liggen, met zijn rug tegen de kussens en trok een been op.

Vol ongeloof keek ik hem aan, de foto beschermend in mijn beide handen geklemd. 'Je hebt hem gestólen? Maar waarom?'

Hij haalde zijn schouders op en legde een hand op zijn knie

terwijl hij een blik op het televisiescherm wierp. 'Engelen hebben geen jeugd. Toen ik dat zag, wist ik zeker dat je geen engel was, dus nam ik hem mee. Ik dacht dat hij misschien nog van pas zou komen.' Hij liet zijn grijsblauwe ogen een tel op me rusten. 'Sorry.'

Ik wilde iets zeggen, maar zweeg en keek weer naar de foto. 'Nee, ik... ik ben heel blij dat ik hem hier heb', zei ik. Ik streek over de lijst en zette de foto voorzichtig op het nachtkastje. Plotseling kwam er een gedachte bij me op. 'Hoe ben je trouwens binnen gekomen?'

Hij glimlachte flauwtjes. 'Ik heb het slot van de achterdeur opengepeuterd. Je tante moet er een veiligheidsslot op zetten; wat er nu in zit stelt niet veel voor.'

Ik zuchtte en liet me achterover in het kussen vallen. 'Ja, ik wou dat ik het haar kon vertellen.'

Er viel een stilte. Het enige geluid kwam van de televisie. Het was zo'n stompzinnige show waarin mensen om de beurt voor de rechtbank tegen elkaar stonden te schreeuwen. Alex schraapte zijn keel. 'Eh, Willow...' Hij viel stil en ik keek hem van opzij aan. Hij fronste en tikte met zijn vingers op zijn knie. 'Ik... ik weet dat het niet makkelijk voor je moet zijn. Ik bedoel, je moeder en je tante achterlaten... en zo.'

O, nee, niet aardig doen; straks ga ik nog huilen. Ik haalde mijn schouders op, drukte het kussen stevig tegen me aan en keek strak naar het scherm. 'Ja, ik heb betere tijden gekend. Zoals die keer dat ik waterpokken had – dat was pas leuk.'

Hij lachte kort. Het geluid verbaasde me en ik besefte dat ik hem nog nooit had horen lachen. Niet dat ík veel had gelachen. We keken een tijdje in stilte naar de televisie. Een vrouw beschuldigde haar hondenkapper ervan dat die haar hond slecht had geknipt en eiste honderden dollars smartengeld. De hond zag er niet uit alsof het hem iets kon schelen.

'Wanneer heb je ontdekt dat je helderziend was?' vroeg Alex zonder zijn blik van het scherm los te maken. Toen ik niet antwoordde, draaide hij zijn hoofd naar me toe. Zijn donkere haar was in de war en nog vochtig van het douchen.

Ik voelde dat ik verstrakte. Over het algemeen schaamde ik me niet voor mijn helderziendheid, maar ik wist precies wat het in zijn ogen betekende. Daarom had ik me zo ongemakkelijk gevoeld toen ik in het restaurant pal voor zijn neus een reading had gedaan.

'Hoezo?' vroeg ik.

Hij haalde zijn schouders op. 'Ik vroeg het me gewoon af. Het lijkt me niet eenvoudig – dingen weten die niemand anders weet.'

Het was alsof alles in me verstilde. Dat was niet wat de meeste mensen zeiden. Als ze al geloofden dat ik helderziend was, zeiden ze meestal dat ze het geweldig vonden. Wauw, kun je echt de toekomst voorspellen? Dat is cool! Kun je dan ook de loterij winnen? Iemand die zich realiseerde dat het niet altijd leuk is, was... ongebruikelijk.

'Ik weet het niet', antwoordde ik uiteindelijk. 'Ik ben altijd al helderziend geweest. Het was eerder een kwestie van doorkrijgen dat de rest van de wereld het niet was, denk ik.'

Er flitste een herinnering door me heen: van mezelf als vijfjarig meisje met mijn moeder in de supermarkt. Bij de droogwaren had een vriendelijke dame gestaan. 'O, wat een snoezig kindje!' had ze uitgeroepen terwijl ze in mijn hand kneep. Ik had het leuk gevonden en wilde daarom iets aardigs terugdoen. Dus vertelde ik haar over de beelden die ik zag. Van het nieuwe huis dat zij en haar man aan het bouwen waren. Haar zoon, die uit huis zou gaan maar binnen het jaar weer terug zou zijn. Haar nieuwe baan, waar ze het eerst niet naar haar zin zou hebben, maar –

Ze had mijn hand losgelaten alsof ze door een slang was gebeten. Ze moest iets gezegd hebben voordat ze zich uit de voeten maakte, maar ik herinnerde het me niet. Het enige wat ik me herinnerde was de uitdrukking op haar gezicht; die stond op mijn netvlies gebrand. Een uitdrukking van afschuw, van weerzin, alsof –

Alsof ik een monster was.

De herinnering deed mijn hart verkillen. Misschien had die vrouw wel gelijk gehad.

Alex wendde zich weer naar de televisie. 'Ja, je realiseren dat andere mensen het niet waren moet pijnlijk zijn geweest. Alsof je de enige in de wereld was.'

'Zo voelde het precies', beaamde ik. 'Maar als tiener vond ik het niet zo erg meer. Waarschijnlijk was ik eraan gewend geraakt dat ik anders was. Ik vind het trouwens leuk om mensen te helpen.' Verward zweeg ik toen ik doorhad dat we een echt gesprek voerden, en niet alleen maar over het beleg dat ik op mijn sandwich wilde.

Alex knikte. 'Dat zag ik in het restaurant. Wat je voor die serveerster deed was echt...' Hij zocht naar woorden. 'Echt tof', besloot hij uiteindelijk.

Hij meende het. Ik wierp een blik op hem en vroeg me af waarom hij nu wel met me praatte... en of hij nog steeds dacht dat een deel van me hetzelfde was als de engelen. Waarom kon me dat iets schelen? Ik herinnerde me hoe de energie van zijn T-shirt had gevoeld en bloosde.

'Eh – dank je', zei ik. Op de televisie was een andere zaak begonnen: onder begeleiding van aanzwellende violen liep een vrouw naar de beklaagdenbank. Ze droeg een mantelpakje en was behangen met goud.

'Gaat ze dat restaurant in Atlanta openen?' vroeg Alex.

Ik schudde mijn hoofd. 'Ik weet het niet. Het was de leukste van haar mogelijke toekomsten, dus ik hoop van wel, nu ik het er met haar over heb gehad.'

Hij ging op een elleboog liggen en keek me aan. 'Kun je jezelf lezen?'

'Nee. Ik heb het geprobeerd, maar er komt niets. Het blijft altijd grijs.'

'Misschien maar goed ook. Dat zou bizar zijn, om je eigen toekomst te zien.'

'En helderziend zijn is al zo bizar', zei ik. 'Tenminste, zo denken de meeste mensen erover.'

Hij trok een schouder op. 'Je hebt het nu tegen iemand die voor de kost engelen vermoordt. Dat is ook niet echt normaal.'

Ik keek hem aan en vroeg me opeens af hoe zijn leven eruitzag. Hij was erg jong voor iemand die zo alleen opereerde en schijnbaar deed hij het al jaren. Ik schudde de gedachte van me af en richtte mijn aandacht weer op de televisie. Ik ging hem niets meer vragen, niet na zijn reactie van de vorige keer.

Alex liet de afstandsbediening door zijn vingers gaan. De minuten verstreken. Uiteindelijk schraapte hij zijn keel. 'Ik wou nog zeggen dat, eh... het me spijt.'

Verrast draaide ik mijn hoofd om.

'Wat ik zei, die eerste avond –' Met een zucht gooide hij de afstandsbediening op het bed. Hij ging met zijn hand door zijn haar en vervolgde. 'Toen ik het net hoorde, was ik nogal van de kaart, oké? Om allerlei redenen. Ik denk niet dat je zoals de engelen bent. En ik heb me onbeschoft gedragen. Het spijt me.'

Langzaam verscheen er een grijns op mijn gezicht.

'Inderdaad', zei ik. 'Excuses aanvaard.'

'Mooi.' Hij glimlachte terug. Zijn ogen stonden nog wat zorgelijk, maar de glimlach was oprecht en veranderde zijn gezicht compleet.

Ik voelde me warm worden. Gegeneerd wendde ik mijn gezicht af. Na een tijdje zei ik: 'Mag ik je dan nu dingen vragen?'

Alex' donkere wenkbrauwen schoten omhoog. 'Dat had eerder ook al gemogen.'

Ik haalde mijn schouders op. 'Misschien. Ik had er niet veel zin in.'

Hij dacht er even over na en zijn mondhoek ging omhoog. 'Nee, dat snap ik. Oké, brand maar los.'

Ik ging in kleermakerszit op mijn bed zitten. 'Wat is dat voor een plek waar we naartoe gaan?'

Alex legde een kussen in zijn rug en ging iets rechter zitten. 'Het is een kamp in het zuiden van New Mexico, in de woestijn. Daar ben ik opgeleid. Ik denk dat Cully er nu nieuwe EK's aan het opleiden is.'

Engelkillers, herinnerde ik me. 'En wie is Cully?'

Ik kon de herinneringen bijna over zijn gezicht zien flitsen. 'Hij was een EK, totdat hij tijdens een jacht een been verloor. Niemand die er zo veel van weet als hij.'

Een been verloor. Mijn ogen dwaalden naar de kast waar Alex zijn kleren op had gelegd. Bovenop lag zijn pistool in een holster. Ik had blijkbaar al geweten dat het gevaarlijk was wat hij deed, maar zó gevaarlijk... 'Gebeurt dat vaak, eh... dat soort dingen?' vroeg ik.

Alex' uitdrukking veranderde niet, maar plotseling voelde ik de spanning die zich in hem opbouwde, als een springveer. 'Hij had geluk', antwoordde hij kortaf. 'De minder gelukkigen gingen dood of werden getroffen door engelbrand.'

Was dat ook met zijn broer zijn gebeurd? Ik richtte mijn blik op het televisiescherm en veranderde snel van onderwerp. 'Jij hebt daar dus gewoond?'

'Ja.' Alex aarzelde en vervolgde toen: 'Mijn vader was degene die het heeft opgebouwd.'

Hij met zijn vader en zijn broer, allemaal samen in dat kamp in de woestijn. Ik herinnerde me de glimp die ik had opgevangen toen ik zijn hand vasthield: het prikkeldraad, het felle, harde blauw van de hemel. 'En je moeder?' vroeg ik. Roerloos staarde hij naar het scherm. 'Dat is een lang verhaal', zei hij uiteindelijk.

'Oké.' Ik had onmiddellijk spijt dat ik het had gevraagd. Het onderwerp familie bleek een waar mijnenveld. Ik drukte het kussen weer tegen mijn borst en zwijgend keken we naar de televisie. Na een tijdje zei ik: 'Dat hele... engelenprobleem, dat is de laatste tijd erger geworden, toch? Ik bedoel, een paar jaar geleden hoorde je er niets over en nu is het alsof ze overal zijn. Op de televisie, in de kranten.'

Alex leek zich iets te ontspannen. 'Dat komt door de Invasie', legde hij uit. 'Ze zijn er altijd al geweest, maar bijna twee jaar geleden steeg hun aantal explosief. We weten niet waardoor. Misschien is er iets gebeurd in hun eigen wereld.'

Hij pakte de afstandsbediening van de sprei en ik volgde de lijn van zijn hals en de welving van zijn jukbeenderen toen hij zich boog. 'Waar is hun wereld?'

'Dat weten we niet precies', antwoordde Alex. Het viel me op hoe terloops hij het over 'we' had, als een team dat jarenlang had samengewerkt. 'Misschien in een andere dimensie. Ze kunnen blijkbaar oversteken naar de onze.'

Een andere dimensie. Ik had altijd gedacht dat dat alleen in sciencefiction bestond – een verzinsel, net als engelen. 'Dus ze wonen hier? Gewoon onder de mensen?'

Hij trok een knie naar zijn borst en sloeg zijn arm eromheen. Zelfs wanneer hij zich ontspande voelde ze een kracht in hem, als een grote kat. 'Ja. Ze hebben een huis, rijden in een auto... ze gaan gewoon in de massa op en niemand die er iets van merkt. Ze nemen meestal alleen hun ware gedaante aan wanneer ze zich voeden.'

Ik kon het niet bevatten en schudde mijn hoofd. 'Wat gebeurt er als jullie ze niet kunnen tegenhouden?'

Alex keek me aan en haalde een schouder op. 'Dan sterft de mensheid', antwoordde hij. 'Het duurt misschien een jaar of vijftig. De EK's zijn het namelijk aan het verliezen – langzaam maar zeker. We hebben iets groots nodig om ze te stoppen, anders maken we geen schijn van kans.'

'Mijn god', fluisterde ik. Zou ik dat 'grote' moeten zijn? Ik zag de ziekenhuisbedden weer voor me die in de reportage langs de muren van de gang hadden gestaan en ik wist niet wat ik moest zeggen. 'Dit is gewoon... Het is niet te geloven dat niemand er iets van weet. Waarom doet de overheid niets? Waarom maken jullie het niet bekend?'

Met een griezelig perfecte timing verscheen de reclame van de Engelenkerk weer op het scherm. Alex keek ernaar met een grimmig gezicht. 'Zo eenvoudig is het niet. De meeste mensen kunnen een engel alleen in zijn ware gedaante zien wanneer die zich met hen voedt, maar dan zijn ze al ten prooi gevallen aan engelbrand; ze zouden voor geen goud meer van ze af willen.'

Ik knikte langzaam en stelde me voor wat Beth zou hebben gedaan als ik haar had meegetrokken terwijl dat ding haar aan het leegzuigen was. Ik denk dat ze me was aangevlogen.

Alex keek nog naar de commercial. 'Plus dat de engelen vooral mensen bij de politie en de overheid lijken uit te kiezen. Sinds de Invasie is bij een heel aantal hooggeplaatste ambtenaren engelbrand geconstateerd – voor de CIA het eerste signaal dat er iets aan de hand was.'

'Echt?' De angst sloeg me om het hart. 'Wie? Bedoel je de president?'

Hij schudde zijn hoofd. 'Ik weet het niet precies. In ieder geval mensen van wie je het niet wil.'

Op de televisie was het eindbeeld van de commercial op het scherm verschenen: de engel met de glanzende aureool en de schitterende vleugels die sereen glimlachend op ons neerkeek. 'Ze zijn zo... prachtig', gaf ik met weerzin toe.

'Ja.'

Nog steeds met het kussen tegen mijn borst gedrukt plukte ik aan het losgekomen stiksel van de nylon sprei. Eigenlijk wilde ik het niet vragen, maar ik moest het weten. 'Als iemand... engelbrand heeft, wat gebeurt er dan?'

Alex keek me aan en zijn donkere haar viel over zijn voorhoofd. 'Als een engel zich met iemand voedt', zei hij met lichte tegenzin, 'heeft dat een bedwelmend effect. Een van de dingen die er gebeuren is dat die persoon de engel waarneemt als een goedgezind, wonderbaarlijk wezen. Verder richt hij bepaalde schade aan, veroorzaakt hij een lichamelijke of geestelijke ziekte. MS, kanker, noem maar op. Hoe meer energie hij opzuigt, hoe ernstiger de aandoening.'

Ik dacht aan mijn moeder met haar lege, dromerige blik... en het verachtelijke wezen dat haar dit had aangedaan. Mijn vader. Dit was deel van me; het zat ín me. Geen wonder dat Alex niks met me te maken had willen hebben. Ik kon het hem nauwelijks kwalijk nemen. Overspoeld door zelfhaat staarde ik naar het scherm.

Alex schraapte zijn keel. Ik voelde dat hij me nog steeds vanaf het andere bed aankeek. 'Als ik eh... naar je moeder kijk, heeft ze geluk gehad', zei hij. 'Ik bedoel, toen ik haar energie checkte voelde die niet angstig of zo. Ze leek redelijk tevreden.'

Ik knikte. Plotseling stroomden er tranen over mijn wangen. Ik veegde ze met mijn handrug weg. 'Ja... voor mij is het altijd balen geweest om geen moeder te hebben, maar ik weet tenminste dat zij gelukkig is in haar droomwereld.' Ik keek hem aan en glimlachte flauwtjes. 'Bedankt.'

Er begon een praatshow en we keken in stilte toe hoe de gastheer de show inleidde en grapjes maakte voor het publiek.

Aarzelend zei ik: 'Dus, eh, mijn engel – degene die je boven me zag – die voedt zich niet?'

'Nee', antwoordde Alex.

Ik beet op mijn lip en keek hem angstig aan. 'Dat weet je zeker?'

Zijn stem klonk terloops, maar in zijn ogen zag ik dat hij begreep hoe ik me voelde. 'Heel zeker. Jouw engel heeft geen aureool en die is het hart van een engel; van daaruit wordt de energie verspreid wanneer ze zich voeden. Plus dat er in jouw aura geen sporen zijn van het voeden, zoals in het aura van een engel altijd het geval is.'

'Dat betekent dus dat ik mensen niet iets aandoe? Als ik ze aanraak?'

'Ik denk het niet', zei Alex. 'Oké, een halfengel is nieuw voor

me, maar ik zou niet weten waarom, Willow. Engelen
berokkenen mensen alleen maar schade wanneer ze zich
voeden. En als je daar in zestien jaar niets van hebt gemerkt,
zou ik zeggen dat het safe is.'

Ik blies mijn adem uit. Godzijdank. Ook zonder de gedachte
dat ik net als de engelen mensen schade toebracht was het al
een nachtmerrie.

De televisiepresentator was achter zijn tafel gaan zitten met
op de achtergrond een kartonnen skyline van New York en
interviewde een actrice in een strakke rode jurk. Het voelde
zo onwerkelijk dat er engelen in onze wereld waren die
mensen ziek maakten, en dat het leven gewoon doorging
zonder dat iemand iets in de gaten had. Het drong tot me
door dat Alex zich altijd al zo moest hebben gevoeld.

'Mag ik jou nu wat vragen', zei hij opeens.

Ik werd bekropen door een ongemakkelijk gevoel, maar ik
knikte.

'Jouw, eh... engel', begon hij. Hij was met gekruiste benen op
zijn bed gaan zitten en speelde met de afstandsbediening in
zijn hand. 'Tot een paar dagen geleden wist je niet dat ze er
was. Maar nu je het wel weet, kun je haar voelen?'

Ik verstijfde. 'Nee', zei ik vlak.

Alex knikte en sloeg met de afstandsbediening op zijn knie.
'Ik vroeg me gewoon af of je er contact mee kon maken als je
het probeerde.'

Al mijn spieren spanden zich. Ik keek strak naar de televisie.
'Ik heb geen idee en ik ga het ook niet proberen. Ik wou dat
ze gewoon wegging.'

De show werd onderbroken door een commercial en daarna
was de actrice verdwenen en stond er een komiek op het
podium. Ik voelde Alex' ogen op mijn gezicht. 'Ik weet niet of

negeren werkt', zei hij. 'Ik bedoel, ze was er, ze beschermde je. Ze is blijkbaar deel van je.'

'En ik zie dat niet zitten', zei ik met bevende stem. 'Alex, dat kun je niet menen – een van die monsters heeft mijn moeder geestesziek gemaakt, een van hen heeft Beths leven verwoest. Ik vind het vréselijk dat er zoiets in me zit. Dus, nee: ik ga er géén contact mee maken of vrienden mee worden of wat dan ook. Bekijk het maar.'

'Oké', zei hij. 'Sorry.'

Ik reageerde niet. Ik staarde naar het scherm en hoorde het publiek lachen om grappen die ik in de verste verte niet humoristisch vond.

Alex' grijsblauwe ogen keken me bezorgd aan. 'Ik wilde je niet van streek maken. Ik begrijp dat het –' Hij schudde zijn hoofd. 'Ik kan me niet eens voorstellen hoe het voor jou moet zijn.'

Op de een of andere manier hielp het om te weten dat hij erover had nagedacht; dat hij zich realiseerde hoe moeilijk het was. Ik zuchtte. 'Het rare is... Ik voel me zo honderd procent mens. Ik weet dat ik het niet ben, dat wéét ik. Maar vanbinnen voelt het heel normaal. Oké, ik ben misschien een beetje raar, maar toch voel ik me normaal.'

Alex glimlachte . 'Je bent niet raar.'

'O, kom op.' Ik rolde op mijn zij om hem te kunnen aankijken. 'Toen je die... engel boven me zag...' Mijn stem stierf weg. Ik wist zelf niet eens wat ik wilde vragen.

'Ja?' Zijn donkere haar was nu bijna droog en het zag er zacht en warrig uit.

Ik schudde mijn hoofd. 'Niets.'

Hij aarzelde en keek me onderzoekend aan. 'Wil je het liever over iets anders hebben?'

'Waarover?'

'Ik weet het niet.' Hij gebaarde naar de televisie. 'We zouden het over die komiek kunnen hebben; hij krijgt blijkbaar binnenkort zijn eigen sitcom.'

Snuivend rolde ik me op mijn rug en ging weer in de kussens liggen. 'Ja, als er iemand kijkt. Alex, word jij er niet gek van om dit allemaal te weten terwijl de rest van de wereld niks doorheeft?'

Hij haalde zijn schouders op, liet zich ook weer in de kussens zakken en legde een gebogen arm achter zijn hoofd. Bedachtzaam keek hij naar de televisie. 'Natuurlijk. Maar weet je – het is niet anders. Als ik er te veel over nadenk, word ik inderdaad gek. Dus doe ik dat niet.'

Het klonk als een prima advies. Terwijl ik mijn blik naar het scherm liet dwalen voelde ik mezelf een heel klein beetje ontspannen. 'Waar zou die sitcom over gaan, weet je dat?' vroeg ik na een korte stilte.

We keken naar de rest van de show en zeiden af en toe iets over de gasten en de grappen die er werden gemaakt. Toen het programma voorbij was gingen we slapen. Het voelde vreemd om onder de lakens te glijden met Alex in het bed naast me – zo intiem, ook al lag hij drie meter van me af. Nadat we ons hadden geïnstalleerd deed hij het licht uit en werd het donker in de kamer.

Zwijgend lagen we in de duisternis, die zo diep was dat ik zelfs zijn bed niet kon zien. 'Alex, denk jij dat de engelen gelijk hebben?' vroeg ik zacht. 'Denk jij dat ik ze echt kan vernietigen?'

In het donker klonk zijn stem dieper. 'Ik hoop het. Ik hoop het uit de grond van mijn hart.' Er viel een stilte, en toen zei hij: 'Welterusten, Willow.'

'Welterusten', echode ik.

Ik lag nog een tijdje wakker en luisterde naar zijn ademhaling die steeds langzamer en regelmatiger werd. Toen ik in slaap viel leek mijn hand als vanzelf omhoog te kruipen naar mijn arm, waar hij de zachte stof van zijn T-shirt streelde.

Langzaam zakte ik weg in de omhulling van Alex' warme, geruststellende energie.

9

De volgende ochtend liepen Alex en ik terug naar de garage
om te informeren naar de auto. Het was pas tien uur, maar
de lucht hing al als een klamme deken over ons heen. Het
haar onder mijn pet voelde plakkerig en zwaar aan. Tijdens
de wandeling praatten we over de hitte, de auto die die dag
klaar zou zijn en de te zoete donuts bij het ontbijt in het
motel. We zwegen over de sfeer die was veranderd, maar het
was wel zo. Het voelde veel ontspannener, alsof we niet meer
de pest aan elkaar hadden.

Maar toen we het betonnen terrein wilden oversteken, voelde
ik een tinteling in mijn nek. Ik bleef staan en raakte Alex'
arm licht aan. 'Wacht eens', zei ik.

Alex droeg een bordeauxrood T-shirt en het haar in zijn nek
krulde door de hitte. Hij keek me van opzij aan. 'Wat is er?'
Ik schudde traag mijn hoofd en tuurde naar de garage met de
neonletters en de grote ramen. Gister was er niets aan de
hand geweest, maar vandaag kreeg ik opeens een vreemd
gevoel. Ik kon er niet de vinger op leggen, maar ik wist dat ik
er niet naar binnen moest gaan. 'Ik kan maar beter teruggaan
naar het motel', zei ik terwijl ik een stap naar achter deed. 'Ik
wacht daar wel op je, oké?'

Alex fronste zijn wenkbrauwen. 'Wat is er mis?'

Ik slikte. 'Ik weet het niet. Ik denk alleen dat ik beter niet naar binnen kan gaan.'

Hij wierp een blik op de garage. 'Oké. Hier', zei hij en hij haalde de plastic sleutelkaart uit de zak van zijn spijkerbroek. 'Ik kom zo snel mogelijk.'

'Bedankt.' Ik pakte de kaart aan. 'Eh – vraag of hij ook het luchtfilter van de Mustang controleert, wil je? Ik denk dat er een nieuwe op moet.' Ik draaide me om en liep snel terug, blij dat mijn gezicht grotendeels schuilging achter de zonnebril. Het blauw met witte uithangbord van het GoodRest Motel kwam langzaam dichterbij. De stilte werd alleen verbroken doordat er zo nu en dan een auto voorbijreed. Nadat ik ongeveer vijf minuten had gelopen hoorde ik een ander geluid: ritmische voetstappen achter me op het wegdek. Ik drukte mijn armen tegen mijn buik en keek zenuwachtig over mijn schouder. Het was Alex. Ik voelde mijn schouders ontspannen en ik wachtte totdat hij me had ingehaald.

'Je had gelijk', zei hij toen hij naast me was komen lopen. 'Er was iemand die naar zijn auto kwam kijken; hij droeg een pet van de Engelenkerk.'

Ik blies mijn adem uit. 'Mijn hemel. Heeft hij me gezien?'

Alex schudde zijn hoofd. 'Ik weet het niet. Ik denk van niet; toen ik binnenkwam stond hij met de monteur te praten. De Mustang is pas morgen tegen de middag klaar', voegde hij eraan toe. 'Hij heeft een garage gevonden die de moeren heeft, maar hij krijgt ze pas vanmiddag.'

Morgen. Ik wreef over mijn armen. 'We zullen dus in de motelkamer moeten wachten?'

'Er zit niks anders op', zei Alex. Zijn benen waren veel langer dan de mijne en bij twee stappen van hem moest ik er drie zetten. 'Het lijkt me geen goed idee om te gaan sightseeën', zei hij met een glimlachje.

We betaalden voor nog een overnachting en gingen terug naar de motelkamer. Toen Alex de deur opendeed schoot me iets te binnen. 'Ik realiseerde me net dat ik je achternaam niet weet.'

Alex' mondhoek ging omhoog. Hij haalde zijn portefeuille uit de zak van zijn spijkerbroek, nam er een paar identiteitsbewijzen uit en stak ze me toe. 'Hier, kies maar.'

Met verbazing liet ik ze door mijn handen gaan. Een Californisch rijbewijs op naam van Alexander Stroud... één uit Michigan op naam van Alex Patton ... één uit Ohio op naam van William Alex Fraser... Ik moest lachen. 'Wauw, je lijkt James Bond wel', zei ik terwijl ik ze aan hem teruggaf. 'En wat is je echte achternaam?'

'Kylar', antwoordde hij en hij gooide de portefeuille op de kast. 'Maar ik heb geen identiteitsbewijs met die naam. Wat het systeem betreft besta ik niet.'

Mijn mond viel open. 'Dat meen je niet.'

Hij keek me geamuseerd aan. 'Jawel. Mijn bankrekening stond op een valse naam; de CIA had hem geopend. Ik heb nooit een sociale zekerheidskaart gehad. Of een echt rijbewijs.'

Ik wist niet wat ik moest zeggen. Ik had een grapje gemaakt over James Bond, maar blijkbaar was het geen grap. Ik ging op bed zitten en deed mijn schoenen uit. 'Heb je nog meer voornamen?'

Alex grinnikte. 'Ja: James.' Hij trok ook zijn schoenen uit, ging languit op bed liggen en pakte de afstandsbediening. Toen hij de televisie aanzette verscheen er weer een praatshow op het scherm.

'Dat verzin je ter plekke', zei ik na een tijdje. 'Je heet geen James, als in James Bond.

'Nee: James als in James Kylar, mijn grootvader. En jij, heb jij nog meer namen?'

'Nee. Ik heet gewoon Willow Fields. Ik heb altijd een tweede voornaam willen hebben; ik was het enige meisje van de klas dat er geen had.'

Alex keek me geïnteresseerd aan. 'Hoe, eh... hoe was dat? Naar school gaan?'

Ik wierp hem een verwarde blik toe, toen het opeens tot me doordrong. 'Je hebt nooit op school gezeten.'

Hij schudde zijn hoofd. 'Nee, ik ben grotendeels in het kamp opgegroeid. Ik ken scholen alleen van de televisie. Is het echt zo – met van die reünies en dansfeesten?'

Dus zo wist hij van het bestaan van jaarboeken, dacht ik enigszins verbouwereerd. 'Ja, zo is het precies. En die feesten zijn héél belangrijk. Sommige meisjes gaan zelfs naar New York om een jurk te kopen. Ze geven er duizenden dollars aan uit.'

'En jij?'

Ik barstte in lachen uit. 'Ha, nee. Ik ben nooit gegaan.'

Hij rolde zich op zijn zij. 'Waarom niet?'

Ik voelde dat ik rood werd en wendde mijn ogen af. Op de televisie was de presentator naast zijn gast gaan zitten en ze droogden alle twee hun ogen met een papieren zakdoekje. 'Omdat ik nooit gevraagd ben.'

Alex' donkere wenkbrauwen schoten omhoog. 'Echt niet?'

'Echt niet. Highschool is...' Ik schudde mijn hoofd. 'Er zijn allemaal van die clubjes die de dienst uitmaken en als je niet bij een clubje hoort, dan... is het einde verhaal. Ik hoorde nergens bij. Ik was altijd de weirdo.'

Zijn ogen vernauwden zich.

'Wat?' vroeg ik ongemakkelijk.

'Ik kan het me gewoon moeilijk voorstellen', zei hij. 'Je hebt het toch over zo'n groot bal? Aan het eind van het schooljaar? En je zegt dat niemand je ooit heeft meegevraagd?'

Als hij niet zo oprecht verrast had geklonken, hadden zijn vragen me vast geïrriteerd, maar nu moest ik lachen. 'Alex, ik heb nooit een date gehad. Je snapt blijkbaar niet wat het betekent om tot weirdo te worden bestempeld.'

'Weirdo', herhaalde hij. 'Hoezo – vanwege je helder-ziendheid?'

Ik deed alsof ik diep moest nadenken. 'Eens even kijken; je had dat helderziende gedoe, mijn manier van me kleden, het feit dat ik auto's repareerde...'

'Wat is er mis met hoe jij je kleedt? Je bedoelt dat paarse geval?'

Ik onderdrukte een glimlach. 'Precies. Die rok is niet modieus; ik heb hem in een tweedehandswinkel gekocht. De meeste van mijn kleren zagen er zo uit.' Ik dacht aan mijn favoriete jasje uit de Tweede Wereldoorlog en de knoop-laarsjes uit de jaren twintig die ik had gedragen totdat ze letterlijk uit elkaar waren gevallen. En toen ik ooit in een bomberjack op school was verschenen had Nina gedreigd me niet meer te willen kennen.

Alex zag er nu werkelijk onthutst uit. 'Oké, misschien letten meisjes op dat soort dingen, maar wil je zeggen dat het de jóngens iets kon schelen?'

'In Pawntucket wel', zei ik. 'De meisjes die populair waren droegen allemaal de juiste kleren en waren perfect opgemaakt. Ik hád niet eens make-up. Nou ja, misschien nog net een mascararoller, maar die was twee jaar oud.'

'Waar heb je make-up voor nodig?' vroeg hij niet-begrijpend.
'Ik weet het niet', antwoordde ik. 'Ik heb het ook nooit
begrepen. Daarom ben ik waarschijnlijk een weirdo.'
'Oké', zei Alex na een lange stilte. Hij schudde zijn hoofd
alsof hij de gedachte van zich wilde afschudden. 'Als je het
mij vraagt zijn die jongens uit Pawntucket een stel idioten.'
'Dat heb ik ook altijd gedacht.' Mijn wangen gloeiden toen ik
hem aankeek. 'Dank je.'
Hij glimlachte wat onhandig en ging toen rechtop zitten.
'Vertel eens hoe een doorsneedag eruitzag.'
'Wil je dat echt weten?'
'Ja, vertel.'
Ik haalde mijn schouders op. 'Goed. Maar het is niet erg
opwindend, hoor.' Ik ging in kleermakerszit tegenover hem
op bed zitten en gaf een gedetailleerde beschrijving van
Pawntucket Highschool: de lessen, de bel die na elk uur
rinkelde, het huiswerk, de cijfers, het massaal door de
gangen schuifelen, de proefwerken en de lockers, de kantine
en het spijbelen op de momenten dat ik het zo saai vond dat
ik het niet meer uithield.
Alex luisterde aandachtig en nam elk woord in zich op. Toen
ik uitgepraat was schudde hij langzaam zijn hoofd. 'Het
klinkt allemaal zo vreemd. Ik kan het me niet voorstellen:
huiswerk moeten maken en je druk maken over het cijfer dat
je krijgt.'
Ik lachte. 'Jij vindt míjn leven vreemd? Het jouwe lijkt zo uit
een film weggelopen.' Opeens drong het tot me door – echt –
dat ik misschien nooit meer naar school zou gaan. Ik had het
er altijd vreselijk gevonden, maar toch was het een
verontrustende gedachte, die me een stuurloos gevoel gaf. Ik
vroeg me af hoe het op dat moment op school zou zijn. Zou

iedereen over me praten, speculeren over wat er was gebeurd?

'Wat?' vroeg Alex, terwijl hij mijn gezicht bestudeerde.

Ik glimlachte moeizaam. 'Niets.'

We keken een tijdlang televisie en toen we honger kregen bestelden we in Dalton City een pizza. Alex bleek van de meeste soaps die op televisie waren de plot te kennen. 'Niet te geloven, dat je dáár naar kijkt', zei ik. Het was ondertussen halverwege de middag en ik lag suf en met een te vol gevoel op bed.

Alex, die op zijn eigen bed op zijn zij naar de televisie lag te kijken, zag er volledig ontspannen uit, als een panter in de zon. Hij haalde zijn schouders op en nam een hap pizza. 'Ik kon weinig anders doen als ik op een sms'je lag te wachten. Ik had niet altijd zin in Sports Channel, als er golf was of zo.'

Ik merkte dat mijn ogen over zijn lichaam dwaalden. 'Hoe ging dat in zijn werk', vroeg ik terwijl ik me probeerde voor te stellen hoe zijn leven eruit moest zien. 'Wie stuurde je die sms'jes?'

'Iemand bij de CIA. De informatie was afkomstig van engelspotters.'

'Oké, je kreeg een sms'je, en dan?'

Hij gooide de korst in de kartonnen doos en klapte hem dicht. 'Dan ging ik naar het adres dat ik doorkreeg. Daar verkende ik eerst de omgeving, lokaliseerde de engel en wachtte totdat hij zich ging voeden. Dat is het moment waarop je moet toeslaan, als ze hun engelengedaante aannemen. Je hebt niet veel tijd.'

Ik herinnerde me hoe snel hij had gereageerd toen de engel achter me aan was gekomen. Ik twijfelde er niet aan dat hij heel goed was. In mijn herinnering zag ik de lichtscherven die zich tegen de hemel hadden afgetekend. 'En hoe kan een kogel ze doden?' vroeg ik peinzend. 'Ik bedoel, ze zien eruit alsof ze van licht zijn.'

Hij rekte zich uit en bewoog zijn armen. 'Je moet ze recht in hun aureool raken. Zoals ik gister al zei, die is hun hart, zou je kunnen zeggen. We weten niet precies hoe het werkt, maar als de kogel de aureool raakt, ontspoort de energie als het ware. Het zet een kettingreactie in gang die hun lichaam niet aankan en ze spatten uit elkaar.'

En mijn engel had geen aureool. Wat betekende dat? Ik zette de gedachte abrupt van me af. Ik wilde er niet over nadenken, ik wilde het niet weten. Na een korte stilte zei ik: 'Het is zo raar dat zoiets kleins ze kan vernietigen.'

Alex snoof. 'Ja. Niet slim bedacht. In hun eigen wereld hebben ze waarschijnlijk geen kogels.'

'Lukt het altijd?'

'Meestal wel. Soms schampt de kogel de aureool en raken ze bewusteloos in hun menselijke gedaante. Dat is me maar een paar keer overkomen, maar het is knap lastig – je moet er dan dagen achteraan totdat zich weer een gelegenheid voordoet. Plus dat ze dan op hun hoede zijn.'

Ik staarde hem aan – ik kon er niets aan doen. Het klonk zo ongelooflijk gevaarlijk. 'En... hoelang doe je dit nu al?'

'Wat? Op engelen jagen of sms'jes met hun adres krijgen?'

'Ik weet niet. Alle twee.'

'Ik jaag al sinds mijn elfde op engelen', zei hij.

'Je elfde?'

Alex haalde zijn schouders op. 'Ik was toen al jaren in training. In die tijd ging het trouwens heel anders; toen jaagden we met een hele club en volgden we samen een spoor. We konden weken onderweg zijn en overnachtten op verschillende plekken. Soms kampeerden we.' Er gleed een weemoedige uitdrukking over zijn gezicht en ik begreep hoeveel het voor hem had betekend.

Ik schudde langzaam mijn hoofd; ik kon er nog niet over uit dat hij sinds zijn elfde een engelkiller was. 'Oké. En die sms'jes?'

Hij ging verliggen en liet zich weer in de kussens zakken. 'Na de Invasie heeft de CIA de leiding overgenomen. Vanaf dat moment werkten we alleen en hadden we geen enkel contact meer met elkaar. Engelspotters stuurden ons de details en wij gingen eropaf.'

Verbaasd keek ik hem aan. 'Bedoel je dat je sinds de Invasie in je eentje bent? Maar die was bijna twee jaar geleden, zei je.'

'Ja', antwoordde hij kortaf.

Ik voelde het koud worden rond mijn hart. Onvoorstelbaar. Ik was dan misschien niet de meest sociabele persoon van de wereld, maar twee jaar lang in mijn eentje in dit soort afschuwelijke motelkamers zitten met als enig gezelschap mijn eigen domme gedachten? Ik zou stapeldol zijn geworden. 'Je kreeg dus een sms'je met mijn adres', zei ik na een tijdje.

Hij knikte en staarde naar de televisie alsof de beelden niet echt tot hem doordrongen. 'Ik was in Colorado. Ik had ongeveer anderhalve dag nodig om naar Pawntucket te rijden en daarna heb ik jou uitgecheckt.'

'Heb je in mijn huis ingebroken en ben je me gevolgd', corrigeerde ik hem.

Alex schonk me een zijdelingse blik. 'De opdracht was om je dood te schieten. Maar het leek me beter om je een tijdje te volgen.'

'Mij hoor je niet klagen', zei ik. Mijn ogen dwaalden over de spieren van zijn armen, zijn donkere haar dat afstak tegen de witte kussens. 'Jij bent nu ook in gevaar, hè', vroeg ik opeens. 'Ik bedoel, de engelen willen mij dood hebben, maar jij zult ook niet erg populair bij ze zijn. Je hebt me uit de kerk gered – en je weet dat ze in Operatie Engel zijn geïnfiltreerd.'

Hij haalde zijn schouders op en legde zijn verstrengelde handen onder zijn hoofd. 'Ja, ik ben waarschijnlijk niet hun favoriet.'

Hoe bleef hij er zo kalm onder? Ik slikte en wist niet wat ik moest zeggen. 'Je hebt me echt gered, weet je', zei ik ten slotte. 'Als jij er niet was geweest, was ik nu dood. Dank je wel.'

Verrast keek hij me aan. Ik glimlachte en een seconde later glimlachte hij terug. 'Het is oké', zei hij.

De uren gingen gestaag voorbij. Er was een film op de televisie, iets ouds met de naam *The Ghost and Mrs Muir*, en daarna een paar spelshows en sitcoms. We keken en praatten ondertussen wat, hoofdzakelijk over wat er op televisie was, maar het voelde goed. Ontspannen. Om een uur of negen stond Alex op en hij strekte zich geeuwend uit.

'Ik geloof dat ik nu wel uitgebuisd ben', zei ik ook geeuwend. 'Nog even en mijn ogen vallen eruit.'

'Ja, ik ook.' Alex pakte de afstandsbediening en zette de televisie uit. 'Hé, zullen we *quarters* spelen?'

Ik schudde niet-begrijpend mijn hoofd. 'Wat is dat?'

'We hebben alleen een glas nodig.' Hij haalde het plastic glas uit de badkamer, zette zijn tas op de grond en ging aan de ronde tafel zitten. Ik gooide mijn benen over de rand van het bed en ging op de stoel naast hem zitten.

'Oké, het is eigenlijk een spel voor in de kroeg, maar dat maakt niet uit', zei hij terwijl hij een kwart dollar uit zijn zak opdiepte. 'Het enige wat je hoeft te doen is hem op de tafel te laten stuiteren, zo –' Hij maakte met zijn hand een snelle beweging. De munt stuiterde hard op het hout, sprong de lucht in, raakte de rand van het glas en kwam weer rondtollend op tafel neer. 'Bijna', zei hij. 'De bedoeling is dat hij in het glas terechtkomt.'

'Oké, laat mij eens proberen.' Ik pakte de munt. Het was moeilijker dan het eruitzag; bij mijn eerste poging kwam de munt nauwelijks van tafel. Na een tijdje kreeg ik het te pakken en vloog de munt zo hard omhoog en het glas in, dat het bijna omviel.

'Goeie worp', grinnikte Alex.

Even later pakte Alex de pen en het briefpapier van het motel om de score bij te houden. Bovenaan schreef hij in snelle, spichtige letters onze namen. Na ongeveer een uur stond hij met 72 tegen 57 voor, maar toen kreeg ik het geluk aan mijn kant en haalde ik hem in.

'Weet je zeker dat je niet vals speelt?' vroeg hij terwijl hij mijn laatste punt noteerde.

'Hoe kan ik nou vals spelen?' Ik liet de munt weer op de tafel stuiteren en hij ging regelrecht het glas in. 'Yes!' riep ik uit en ik stompte in de lucht.

Hij trok een donkere wenkbrauw op. 'Misschien laat je me op telepathische wijze geloven dat jij wint terwijl dat niet zo is.'

Ik barstte in lachen uit. 'Je hebt helemaal gelijk, ik heb je stiekem gehersenspoeld... Luister, ik hoef niet vals te spelen; dit spelletje is doodeenvoudig.' Ik gooide de munt nog een keer en miste. Ik schoof de munt over tafel naar hem toe. 'Zie je wel? Niks geen vals spelen.'

'Hmm', zei hij en hij pakte de munt op.

Met mijn kin op mijn handen keek ik toe. 'Denk jij dat dat helderziende gedoe raar is?'

'Probeer me niet af te leiden', zei hij. 'Nu je toevallig voorstaat.' Met zijn grijsblauwe ogen toegeknepen en zijn onderarm licht gebogen bereidde hij zich voor op zijn worp.

'Sorry.' Ik liet me glimlachend tegen de rugleuning zakken.

Hij gooide en de munt verdween in het glas.

'Nee, dat denk ik niet', zei hij terwijl hij zijn punt noteerde. Hij keek op. 'In het kamp hebben we met allerlei vreemde dingen leren werken. Niet precies waar jij het over hebt, maar wel dingen die de meeste mensen net zo raar zouden vinden: aura's, chakra's, dat soort zaken.'

Ik trok een knie tegen mijn borst. 'Dus ondanks het feit dat helderziendheid iets van engelen is, vind jij het niet raar?'

Hij haalde zijn schouders op. 'Engelen zouden het nooit gebruiken om iemand te helpen', zei hij terwijl hij zich op zijn volgende worp voorbereidde. 'Dus ik denk niet dat je zo veel met ze gemeen hebt.'

Er ging een golf van warmte door me heen. 'Dat is... aardig van je. Dank je.'

Zonder te reageren liet Alex zijn onderarm neerkomen en wierp. Hij miste en zuchtend schoof hij me de munt toe. 'Dat komt ervan als ik met je praat.'

Uiteindelijk won hij toch, met 100 tegen 94. 'Revanche?' opperde hij terwijl hij de munt in zijn hand opgooide.

'Dat meen je niet', zei ik. 'Dan zie ik in mijn slaap nog muntjes.'

Hij lachte. 'Nee, het was een grapje.' Hij gooide de munt in het glas, waar hij kletterend neerkwam. 'Ik denk dat ik maar stop nu ik heb gewonnen.'

Ik stond op, liep naar Alex' bed en klapte het deksel van de pizzadoos open. 'Wil jij nog wat?'

'Graag.' Hij strekte zijn arm uit en ik reikte hem over de tafel heen een stuk aan. Ik had niet echt honger, maar koude pizza had nu eenmaal iets.

De rest van de avond keken we naar een film. Halverwege verhuisde Alex naar zijn bed en op nog geen meter afstand ging hij naast me op zijn buik liggen. Het was een actiefilm en voortdurend klakte hij misprijzend met zijn tong en mompelde dingen als: 'Man, dat zou je nóóit doen... wíl die vent dood of zo?'

Ik zat in kleermakerszit met mijn ellebogen op mijn knieën geleund. 'Wil je wel eens stil zijn? Ik probeer te kijken.'

Hoofdschuddend zweeg Alex terwijl de held zich opmaakte voor de confrontatie met de slechteriken en zijn pistool in zijn broeksband schoof. 'Hé, hij gebruikt geen holster', zei ik en ik wierp een blik op het holster van Alex op de kast.

Hij lachte luid. 'Ja, hij wil er blijkbaar iets afschieten. Het zou geweldig zijn als dit soort dingen levensecht werd gefilmd; dan zou hij in de volgende scène jankend van de pijn in het ziekenhuis liggen.'

Ik zag het voor me en moest ook lachen. 'Oké, het is een knap stomme film, maar we moeten wel weten hoe het afloopt.'

Toen de film voorbij was, pakte Alex de afstandsbediening en hij gaapte. 'Mooi, de wereld is gered en het is de held gelukt heel te blijven... misschien moesten we eens gaan slapen. Het is over twaalven.'

Ik begon ook te gapen. 'Hou op, je steekt me aan', zei ik. Met stijve, verkrampte benen stond ik op.

'Sorry, het is besmettelijk.' Hij zette de televisie uit en keek omlaag naar de afstandsbediening in zijn handen. 'Het klinkt misschien stom, maar ik vond het een leuke dag', zei hij licht blozend. 'Ik zit meestal in mijn eentje op dit soort plekken; het was wel leuk om gezelschap te hebben.'

Mijn hart kromp ineen. Het klonk alsof zijn leven de afgelopen twee jaar zó eenzaam was geweest. 'Ik vond het ook leuk', zei ik verlegen.

En tot mijn verbazing was het nog waar ook. Ook al had ik in een motelkamer in Tennessee gezeten, op de een of andere manier was vandaag... oké, niet echt normaal geweest, maar wel een welkome adempauze van alles wat er aan de hand was. Alsof ik al mijn zorgen één dag had kunnen vergeten. En ik wist dat dat voor een groot deel te maken had met Alex. Ik was nog nooit op deze manier alleen geweest met een jongen; ik had nooit gedacht dat het zo vanzelfsprekend kon voelen.

'En ik, eh... ben heel blij dat we weer met elkaar praten', zei ik.

Het duurde even voordat Alex opkeek. Hij glimlachte en weer zag ik die licht verontruste blik in zijn ogen. 'Ja', zei hij. 'Ik ook.'

Die nacht was de droom er weer.

'Jij dekt me, *bro*?'

'Ik dek je.'

Hij was net zestien geworden en met Jake en een stel andere EK's op jacht in Los Angeles, de stad der engelen. Zoals altijd wanneer ze naar deze stad kwamen waren de grappen niet van de lucht, en de engelen leken het er ook werkelijk naar hun zin te hebben; die keer waren ze meer dan een week bezig om ze te traceren en na te jagen. Ze hadden er tien gedood, wat zelfs voor Los Angeles veel was. Wat ze niet wisten was dat de Invasie was begonnen. Het zou Alex' leven volledig op zijn kop zetten.

Op dat moment had het gewoon een uitzonderlijk drukke jacht geleken. De tiende engel had zich recht voor het Grauman's Chinese Theatre bevonden, waar hij zich had willen voeden met een toerist die een foto wilde nemen van de beroemde voetafdruk van Marilyn Monroe in het beton. Zelfs met een geluiddemper zou Alex nooit zijn wapen hebben getrokken in de drukke straat, maar Juan, die na Cully's ongeluk de leiding had overgenomen, bezat het talent om zelfs in het volle zicht onopgemerkt te blijven. Binnen een paar seconden was de engel uiteengespat en zweefden de lichtdeeltjes traag door de lucht. De toerist maakte nietsvermoedend zijn foto en vervolgde zijn weg naar Charlton Heston.

'Dát was pure klasse', zei Jake toen ze met z'n vieren door de menigte wegliepen. Hij gaf Juan een klap op zijn schouder en knipoogde naar Alex en Rita. 'Dat was nummer tien – dat moet gevierd worden, vinden jullie niet?'

Juan wierp hem een zijdelingse blik toe. Hij was niet groot, maar een en al spier, en had bruine ogen en dik zwart haar. 'Waar heb je het over? Wou je gaan midgetgolfen of zo?'

Alex lachte luid. 'Midgetgolf? Kom op, Juan. *Sé realista.*'

'Jullie zijn alle twee minderjarig', zei Juan hoofdschuddend. In tegenstelling tot Cully leek hij zich er echt om te bekommeren.

De jongens keken elkaar zuchtend aan. Alex had het afgelopen jaar zelden problemen gehad om een bar in te komen en Jake al helemaal nooit. Dat kwam niet alleen door hun valse identiteitsbewijzen; ze zagen er gewoon oud uit voor hun leeftijd. Door de jarenlange dagelijkse training in het kamp hadden ze een gespierd lichaam gekregen, maar het was vooral de jacht geweest waardoor ze er niet meer als tieners uitzagen, wist Alex.

'Minderjarig, ja', zei Alex, terwijl hij zich een weg baande door de menigte op de stoep. 'Maar niet te jong om ons wapens te geven.'

'Precies', viel Jake hem bij. 'We zetten ons leven op het spel en krijgen er niet eens een biertje voor? *Eso no está bien*, man. Ik meen het.'

'Ach, Juan, waarom ook niet?' zei Rita. Ze was een jaar of dertig, lang en mager en droeg haar haar in een eenvoudige paardenstaart. 'We gaan morgen toch terug. En je weet het – dan is er in geen honderd mijl iets te beleven.'

Uiteindelijk zuchtte Juan diep en hij haalde zijn schouders op. 'Jullie zetten me het mes op de keel. Maar als ze jullie oppakken, laat ik jullie gewoon in de gevangenis wegrotten. *Los zopilotes podrían limpiar tus huesos. ¿Entiendes?*'

'Sí, sí', antwoordde Alex grinnikend.

'Zo mag ik het horen', zei Jake. De twee broers gaven elkaar een high five en pakten elkaars hand even beet. Hoewel Alex het minder op kroegen had dan Jake, was een avondje stappen meer dan welkom. Sinds de dood van hun vader vijf maanden geleden was de sfeer nogal terneergedrukt geweest. Dit zou de eerste keer zijn dat ze zich echt ontspanden.

Het was een gezellige avond geweest, ook al voelde Alex zich een wrak toen Rita hem de volgende ochtend wakker schudde.

'Hé. Opstaan', zei ze, terwijl ze hem een duw met haar voet gaf. Om geld te besparen hadden ze maar één motelkamer genomen. Jake en hij lagen in een slaapzak op de grond.

'Wat?' Alex keek haar met een wazige blik aan. Ze was

aangekleed en haar haar was nog nat. Iets verderop lag Jake nog te snurken in de kleren die hij de vorige avond aan had gehad.

'Juan heeft zojuist een laatste scan gedaan en volgens hem zit er nog activiteit in de canyons – we gaan een kijkje nemen voordat we vertrekken.' Rita liet haar blik glimlachend van Alex naar Jake gaan, en weer terug. 'Jullie zien er vreselijk uit, wist je dat?'

'Ja, ja', zei Alex geeuwend.

Na een douche en een kop koffie voelde hij zich beter. Jake en hij gingen achter in de truck zitten en Juan reed over de kronkelige weg de heuvels boven Los Angeles in. Jake strekte zijn benen. 'Hé, zag je dat meisje gisteravond? Die blonde in dat roze T-shirt?'

Alex had zijn ogen half gesloten en zijn hoofd rustte tegen de rugleuning. 'Ik moest haar wel zien, of ik wilde of niet. Ze zat de halve avond aan je mond vastgeplakt.'

'Ja, ze wilde me helemaal... Ik zei dat ik een marinier met verlof was. Ik wilde met haar naar buiten, maar ze wilde haar vriendinnen niet alleen laten.'

'Dus zó erg wilde ze je nou ook weer niet.' Alex onderdrukte een gaap. Hij keek door het raampje en zag Los Angeles als een langzaam vervagende zee van huizen en gebouwen onder hen liggen.

Jake lachte. Zijn knie viel opzij tegen die van Alex aan. 'Je bent gewoon jaloers. Ik heb jou geen actie zien ondernemen.'

Na ongeveer een halfuur zette Juan de truck langs de kant van de weg. Ze waren in de canyons, in een stil, bebost gebied. Ze stapten uit en Alex controleerde zijn pistool, waarna hij het in de holster in zijn broeksband stak. De anderen deden hetzelfde.

'Oké. Ik denk dat het er minstens twee zijn, misschien meer', zei Juan, terwijl hij om zich heen keek. 'Jake, jij en Alex vormen een team; Rita en ik ook. Neem elk halfuur contact met me op, totdat we klaar zijn.'

'Oké', zei Jake, terwijl hij zijn mobiele telefoon openklapte om te kijken hoe laat het was. Toen Juan en Rita over een pad tussen de bomen wegliepen keek hij Alex aan. 'Scan jij, *bro?*'

Alex sloot zijn ogen, liet zijn aandacht door zijn chakra's omhoog gaan en verkende de omgeving. Er waren niet veel energieën: een eenzame wandelaar in het bos, een hond, Juan en Rita... Hij voelde de kilte van engelenergie die de wandelaar naderde, maar hij besteedde er geen aandacht aan; Juan en Rita zouden die voor hun rekening nemen. Toen hij iets verder uitreikte voelde hij nog een engel.

'Die kant uit, ongeveer een kwart mijl verderop.' Hij opende zijn ogen en knikte in de richting van de weg. 'Ik denk dat hij bij een van de canyons zit.'

Ze liepen de weg op. De frisse lucht deed zijn duffe hoofd goed. Naast hem had Jake zijn handen in zijn achterzakken gestopt; een gewoonte die ze deelden. 'Hé', zei Jake na een tijdje. 'Mag ik jou wat vragen?'

'Wat?' vroeg Alex.

Zijn broer haalde een gespierde schouder op. 'Heb jij ooit... overwogen iets anders te gaan doen?'

Alex was verbijsterd. 'Wat? Je bedoelt, iets anders dan op engelen jagen?'

'Ja', zei Jake, terwijl hij zijn broer van opzij aankeek. Zijn ogen waren als een spiegel voor Alex.

Het was zelden bij Alex opgekomen. Zwijgend dacht hij erover na. 'Niet echt, geloof ik', bekende hij. 'Ik bedoel, we moeten wel op ze jagen, toch? Zo veel mensen zijn er niet die het kunnen.'

'Nee, ik weet het', zei Jake met zijn blik op de grond gericht.

'Maar alle andere EK's hadden een keus, toch? Zij hadden eerst een ander leven. Jij en ik niet; pa zei gewoon dat we dit gingen doen.'

Alex knikte langzaam, hij begreep wat zijn broer bedoelde.

'Ja', zei hij. 'Maar het voelt gewoon... als mij. Als wie ik ben, bedoel ik. Ik zou niet weten wat ik anders zou moeten doen.' Hij dacht aan de tatoeage op zijn biceps. Jake had eenzelfde tattoo, net als de meeste EK's.

Ze liepen langs een groepje eiken en rechts van hen werd een steile canyon zichtbaar. Jake keek er zwijgend naar. 'Nee, ik ook niet', zei hij uiteindelijk. 'Ik vraag het me gewoon soms af – hoe het zou zijn geweest als ma niet was vermoord. Neem bijvoorbeeld dat meisje van gisteravond – haar leven was zo volkomen anders dan het onze. Ik kon het me nauwelijks voorstellen.'

'Wacht eens even', zei Alex. 'Hoor ik het goed? Heb je met haar gepráát? Heb je het met haar over haar léven gehad?' Jake grinnikte. 'Oké, oké, veel ben ik niet te weten gekomen...'

Alex bleef abrupt staan en legde een hand op Jakes arm. 'Hij komt dichterbij', zei hij. Ze staken de weg over en hurkten achter een paar bomen neer. Even later zagen ze een paar honderd meter verderop een vrouw met bruin haar over de weg aankomen. Ze bleef zo nu en dan staan en leunde tegen het stenen muurtje dat de weg van de canyon scheidde om van het uitzicht te genieten. Toen Alex haar scande kon hij de engelenergie door zich heen voelen gaan: haar aura was bleek zilverachtig van kleur met nauwelijks blauw. Ze was klaar om zich te voeden en hoopte waarschijnlijk een wandelaar tegen te komen.

'Ze is op zoek', zei Jake toen hij haar zag. 'Fijn, dat kan uren duren.'

Er kroop een opgewonden tinteling langs Alex' rug omhoog. Hij stootte Jake aan. 'Hé. Denk jij wat ik denk?'

Jake keek hem aan en gromde. 'Nee hè, je hebt die stompzinnige glinstering in je ogen.'

'Kom op, we doen het', zei Alex zonder zijn blik van de engel in haar menselijke gedaante af te wenden. 'Het duurt anders een eeuwigheid.'

Jake schudde zijn hoofd en glimlachte. 'Als Cully dit ooit te weten komt...'

'Dan maakt hij ons af, ik weet het.' Alex wierp hem een grijnzende blik toe. 'Wil jij lokaas zijn, of zal ik?'

'Ik doe het deze keer wel', zei Jake. 'Ik weet hoe graag je in actie komt, uitslover.'

Alex lachte. 'Ja, en of je dat weet...' Terwijl zijn broer overeind kwam haalde Alex zijn pistool tevoorschijn. Hij diepte de geluiddemper op uit zijn broekzak en schroefde hem op de loop.

'Oké', zei Jake, terwijl hij hem op zijn schouder sloeg. 'Jij dekt me, *bro*?'

'Ik dek je', zei Alex.

'Cool', zei Jake. 'We gaan een engel scoren.'

En terwijl Alex zijn pistool op de vrouw bij het muurtje richtte, liep Jake nonchalant de weg op.

Alex werd met een schok wakker. In zijn oren echode zijn droomstem die zijn broers naam schreeuwde. Shit, weer die droom. Diezelfde stomme droom. Hijgend legde hij zijn onderarm over zijn ogen en slikte. Hij dacht dat hij er overheen was – over het voortdurend in zijn hoofd herhalen van die laatste vierentwintig uur. Het was onderhand bijna twee jaar geleden; waarom kon hij zich er niet bij neerleggen dat Jake nooit meer zou terugkomen? Dat hij voorgoed verdwenen was, en dat het allemaal Alex' eigen schuld was? Maar misschien waren er wel dingen waar je je nooit bij kon neerleggen, hoelang ze ook geleden waren.

Hij liet zijn arm op het kussen achter zijn hoofd vallen en opende zijn ogen. Het maakte nauwelijks verschil: het was pikdonker in de kamer en de gordijnen lieten niet meer dan een streepje licht door. Hij hoorde de zachte ademhaling van Willow in het andere bed. Toen zijn ogen aan de duisternis waren gewend kon hij net de kleine welving van haar lichaam onder dekens onderscheiden. Aarzelend bleef hij een hele tijd kijken – en ging toen via zijn chakra's omhoog totdat zijn bewustzijn boven zijn lichaam, boven zijn kruinchakra zweefde.

De engel verscheen boven Willow: levensgroot en stralend wit. Net als de vorige keer was haar liefallige gezicht – het evenbeeld van Willows eigen gezicht – in een sereen gebaar over Willow heen gebogen en lagen haar vleugels op haar rug. Alex zag de glanzende contouren van elke veer; hij zag elke plooi van het gewaad dat van de schouders van de engel omlaag hing.

Hij bleef een hele tijd naar de engel kijken. De gestalte zonder aureool bewoog zich niet, en hij ook niet. Zijn ogen dwaalden over het lange haar, de lippen, de neergeslagen ogen die eruitzagen alsof ze zou glimlachen als ze ze opsloeg. En langzaam maar zeker voelde hij dat de droom zijn greep op hem verloor. Terwijl de beelden van Jake vervaagden kwam zijn ademhaling tot rust en klopte zijn hart weer normaal.

Toen Alex uiteindelijk weer zijn ogen sloot zag hij Willows gezicht voor zich... en hij wist dat hij nu zou kunnen slapen.

10

Raziël leunde achteruit in zijn leren stoel en roffelde geïrriteerd met zijn vingers op de armleuning. 'Nog nieuws?' Jona, die op het puntje van de stoel aan de andere kant van het bureau zat, knikte en bladerde door zijn papieren. 'Ja, eh... onze politiemensen in New Jersey hebben de Porsche aangehouden, maar er zaten andere mensen in. Ze hebben de auto blijkbaar in het centrum van New York achtergelaten met de sleuteltjes erin en iemand heeft hem gestolen.'

Raziël wreef over zijn neusrug. 'We weten dus niet waar ze nu in rijden. En óf ze wel rijden.'

'Eh... nee', bekende Jona en hij knipperde met zijn bruine ogen.

Raziël liet zijn hand met een klap op zijn dijbeen neerkomen. Alsof de ontsnapping van de halfengel vier dagen geleden uit de Kerk in Schenectady, samen met haar vermeende moordenaar, nog niet erg genoeg was geweest. 'En de schouwers?' vroeg hij.

Jona ging met zijn tong langs zijn lippen. 'Een aantal is naar Schenectady gegaan om dat meisje, Beth, te lezen en via haar herinnering dat andere meisje op te sporen, maar ze zeggen dat het wel even kan duren – als het al lukt.'

Raziël trok een gezicht. Hij was er al bang voor geweest. Het helderziende vermogen van de engelen reikte meestal niet zo ver dat ze zonder fysiek contact specifieke informatie konden achterhalen, maar ook bij de enkelen die op afstand konden werken was het resultaat wisselvallig.

'Tijd', mompelde hij terwijl hij met zijn vingers op het bureau tikte. De Tweede Golf stond over een maand gepland en als ze iets níét hadden, dan was het tijd. Hij dacht weer aan de moordenaar die Paschar had gedood en de woede laaide in hem op. Afgezien van de pijn en de leemte die elke engel voelde wanneer een van hen stierf, was Paschar de enige die contact met de halfbloed had gehad – de enige die haar snel had kunnen opsporen.

'En die tante?' vroeg hij. 'Stelt ze nog steeds lastige vragen?' Jona schudde zijn hoofd en zijn bruine krullen bewogen zacht. 'Nee. Het politieonderzoek is al afgesloten. Ze hebben tegen haar gezegd dat het, eh... meisje... een geheim vriendje had en dat ze met hem is weggelopen. Ze leek het te geloven. Ze is dankbaar dat de Kerk een foto van haar heeft geplaatst; ze denkt dat we haar helpen haar nichtje te vinden. De vriendin gelooft het niet, maar niemand neemt haar serieus.'

'Mooi', zei Raziël kortaf. Het had hem niet uitgemaakt om de tante of de vriendin uit de weg te moeten ruimen, maar het zou een ongewenste complicatie zijn geweest. 'En onze man in New Mexico?'

Jona slikte. 'Hij kijkt naar ze uit en onderhoudt contact met onze vestiging in Albuquerque. Volgens hem hadden ze er al moeten zijn, als ze die kant uit zijn gegaan. Dus misschien zijn ze dat niet. In dat geval heeft hij geen idee waar de moordenaar naartoe zal gaan. Hij zegt dat hij nogal... vindingrijk is.'

Raziël ademde sissend uit. Daar was hij ondertussen zelf al achter gekomen. In stilte vervloekte hij hun besluit om deze moordenaar in te schakelen. Iemand die zo goed was in het doden van engelen was natuurlijk niet dom; achteraf gezien hadden ze kunnen weten dat deze knaap problemen zou geven. En nu leken die halfengel en hij zelfs hun krachten te hebben gebundeld. De gedachte dat het schepsel nog steeds ergens rondliep terwijl de Tweede Golf eraan kwam, verontrustte hem hevig.

Jona ging verzitten op zijn stoel. 'Een paar kerkleden hebben mogelijk iets gezien', zei hij behoedzaam.

Raziëls assistent was uitermate geschikt voor zijn werk. Hij aanbad de engelen maar werd niet door hen bezocht – de energie van de jongeman nodigde daar eenvoudigweg niet toe uit. Toch waren er momenten waarop Raziël hem graag had gewurgd.

'Je meent het', zei hij scherp. 'Zeg het maar, Jona, houd je vooral niet in.'

Jona schraapte zijn keel en keek weer in zijn papieren.

'Eigenlijk zijn er duizenden meldingen binnengekomen sinds we de informatie hebben verspreid, maar er zijn er maar een paar die ergens toe zouden kunnen leiden. Eén is van een meisje in Madison, Wisconsin, dat aan het signalement voldoet. De leden van de plaatselijke kerk gaan erachteraan. Er was een melding in de buurt van Toronto... één in Brooklyn... één in Eugene, Oregon... één in Dalton City, Tennessee... één in –'

Raziël voelde dat zijn woede de overhand kreeg. 'Jona, heb je toevallig ook goed nieuws?' onderbrak hij hem op ijzige toon. 'Of alleen maar een lijst met plaatsen waar een tiener met lang blond haar is gesignaleerd?'

Jona dook weg tussen zijn schouders. Er klonk geritsel toen hij weer door zijn papieren bladerde. 'Eh... de melding uit Dalton City was iets anders: het kerklid daar zag een meisje met een zonnebril dat zich volgens hem verdacht gedroeg.'

Een meisje met een zonnebril. Hadden ze echt niks beters? Raziël wreef weer over zijn voorhoofd en wenste dat hij in zijn menselijke gedaante geen hoofdpijn voelde. 'Ik neem aan dat iemand het uitzoekt?'

'Ja, de kerkleden zijn erachteraan. Ze houden ons op de hoogte.'

'Mooi.' De stoel kraakte toen Raziël overeind kwam. 'Ik wil dat ze gevonden worden, Jona. Dat ding mag niet meer vrij rondlopen wanneer de Tweede Golf arriveert.'

Zijn assistent knikte. 'Ik begrijp het', zei hij gedreven. 'We zullen haar vinden – alle kerkleden in het hele land weten hoe belangrijk het is dat ze wordt gepakt.'

En niemand was zo fanatiek toegewijd aan een zaak als een lid van de Engelenkerk, dacht Raziël. Het schepsel zou binnen afzienbare tijd worden gevonden; de halfengel en haar beschermer konden niet in rook zijn opgegaan. 'Goed dan', zei hij zwaar. 'Op naar de Tweede Golf. Ik heb nog ander nieuws: het plan is om de opening hier te creëren, in de kathedraal.'

Jona's ogen sperden zich open. 'Hier? Gaat de Tweede Golf engelen echt hier arriveren? Hemeltje, dat is – wat een ongelooflijke eer –'

'Ja, en de Raad wil dat er iets van een welkom wordt georganiseerd', onderbrak Raziël hem. 'Iets bescheidens, lijkt me.'

Jona hapte naar adem. 'O, nee!' Toen Raziël hem verrast aankeek bloosde hij. 'Ik bedoel – u hebt geen idee hoeveel dit voor iedereen betekent. De hele Kerk moet dit mee kunnen vieren! Een Tweede Golf engelen die onze wereld met liefde en vrede komt zegenen – jeetje, de hele kathedraal moet tot de nok vol zitten. We moeten een koor hebben en een speciale dienst – we moeten de kathedraal versieren met massa's bloemen, we moeten –'

'Ja, ja', zei Raziël en Jona zweeg met stralende ogen. Raziël speelde met de zilveren briefopener in zijn hand en dacht na. Het idee had wel iets – duizenden juichende kerkleden zouden de Tweede Golfers laten zien hoe populair de Eerste Golfers waren, met hoeveel succes ze de weg hadden bereid. Aan de andere kant leek het hem een logistieke nachtmerrie. 'Kun jij iets organiseren?' vroeg hij zijn assistent.

'Ik?' Jona trok wit weg. 'Ik – o, het zou een grote eer zijn – ik bedoel, ik heb zoiets nog nooit gedaan, maar – ik zal mijn uiterste best doen –'

'Oké', zei Raziël. 'Ik laat het aan jou over. Beslis zelf maar; ik weet zeker dat je iets passends zult organiseren.' Hij schonk zijn assistent een glimlach. 'Goed idee, Jona. De engelen zijn je dankbaar.'

'Dank u', hijgde Jona. 'Dank u. Ik – ik ben u zeer dankbaar dat ik u van dienst mag zijn.'

'Geen dank', zei Raziël. 'Je mag nu gaan.'

Toen zijn assistent zijn kantoor nog steeds dankbetuigingen prevelend had verlaten, leunde Raziël weer naar achter in zijn stoel en dacht grimmig aan de halfengel. *Willow* – wat een idiote naam voor iets halfgoddelijks; het leek de bespottelijkheid van haar bestaan alleen maar te benadrukken. Hij strekte een hand uit naar de muis van zijn computer en de website van de Engelenkerk kwam weer tot leven. Hij bestudeerde voor de zoveelste keer het gezicht van het gedrocht: de grote groene ogen, de ietwat puntige kin, het lange blonde haar. Een doodgewoon meisje – knap, maar niks bijzonders. En toch was ze, volgens Paschars visioen, in staat hen allemaal te vernietigen.

Terwijl Raziël zijn blik over de foto liet gaan, kreeg hij weer dat onbestemde gevoel. De vorm van haar gezicht, de ogen – het kwam hem vaag bekend voor. Hij schudde de gedachte van zich af. Ze was voor de helft een mens en mensen leken vaak op elkaar; het was niet altijd makkelijk om ze uit elkaar te houden. Met een tweede muisklik sloot hij de website af en de foto van het meisje verdween. Hoe ze er ook uitzag, Willow Fields zou niet lang meer leven en daar ging het om. En als ze eenmaal door de toegewijde volgelingen van de Kerk was ontdekt, zou ze uit de grond van haar hart wensen dat haar moordenaar zijn opdracht had uitgevoerd en haar had doodgeschoten.

Jona zat aan zijn bureau voor het kantoor van Raziël en deed een dankgebed voor de enorme eer die de engelen hem hadden gegund. Toen hij zich oprichtte straalde zijn gezicht. Hij keek om zich heen en liet de omgeving op zich inwerken: het opgeruimde bureau, het zachte crèmekleurige tapijt, het kleine schilderij van Michelangelo van een engel aan de muur. Als hij zijn huidige leven vergeleek met anderhalf jaar geleden, kon hij het nauwelijks geloven. Hij had het moeilijk gehad op school en de lessen vreselijk gevonden, hij had nauwelijks vrienden gehad en zijn familie was zelden behulpzaam en soms zelfs ronduit vijandig geweest. Zijn toekomst was gehuld in grijstinten: een loopbaan die hij niet wilde, niets om naar uit te kijken, niets waar hij werkelijk om gaf. Als hij een greintje lef had gehad zou hij een eind hebben gemaakt aan zijn grauwe, zinloze bestaan. Vaak bedacht hij vruchteloos hoe hij het zou doen, wetende dat hij er nooit de moed toe zou hebben, maar het gaf hem een goed gevoel. Op een vreemde manier vrolijkte het hem op.

En toen had hij een engel gezien.

Hij herinnerde zich nog hoe hij piekerend over biologie over de campus had gelopen. Voor zijn diploma moest hij minstens één exact vak kiezen, maar hij had er geen aanleg voor en dreigde te zakken voor zijn examen. Het was te laat om te switchen naar geologie of een ander makkelijker vak. Zuchtend had hij naar zijn voeten gestaard. Misschien was het maar goed ook dat hij zakte; hij wilde het papiertje niet eens.

Plotseling was er een stralend licht verschenen en abrupt was Jona blijven staan. Toen hij omhoog keek zag hij een engel langzaam op hem af komen – het was zo'n schitterend wezen van louter licht en het straalde zo veel liefde en vrede uit, dat Jona verlamd was geweest van ontzag.

'Vrees niet', had de engel gezegd. 'Ik ben gekomen om je iets te geven.'

De engel had haar stralende handen op Jona laten rusten en om hem heen was er een wit licht losgebarsten. Hij voelde dat er iets zijn lichaam in stroomde; een kracht, een vastberadenheid die hij nooit eerder had ervaren. Het gezicht van de engel was pure schoonheid en drukte vrede en goed-heid uit. Toen ze even later was weggezweefd op vleugels die glansden in het zonlicht was zijn leven volkomen veranderd. Hij was gestopt met zijn studie. Nooit had hij zich zo vrij gevoeld als de dag waarop hij de campus af reed. Hij was regelrecht naar Denver gereden, waar de kathedraal van de Engelenkerk in aanbouw was. Daar had hij nog meer engelen gezien, net zo glorieus en schitterend als de eerste. Hoewel geen van hen hem op diezelfde manier had aangeraakt, laafde hij zich aan hun serene, vredige uitstraling. Toen hij zich realiseerde dat de engelen in menselijke gedaante onder de mensen leefden, was dat voor hem eenvoudigweg de bevestiging geweest dat de wereld niet grijs en grauw was, maar een schitterende, magische plek. En als klap op de vuurpijl was hij deze baan in gerold waar hij een engel diende. Mijmerend over zijn geluk zat Jona achter zijn bureau. Hij glimlachte en schudde zijn hoofd; hij moest zich concentreren want er was werk aan de winkel. Hij opende een nieuw document op zijn computer en maakte een lijst met ideeën voor de viering van de Tweede Golf engelen. Er kwam een gedachte bij hem op: misschien konden ze de televisie en de pers uitnodigen. Zijn hoofdhuid tintelde van opwinding. Natuurlijk – de hele wereld moest dit toch weten? Zijn hoofd gonsde van de plannen en hij stond snel op om het aan Raziël voor te leggen.

Hij liep naar de deur van Raziëls kantoor en wilde kloppen... maar bleef met opgeheven hand staan toen hij de stem van de engel aan de telefoon hoorde.

'Ja, Laila, ik weet dat ze zich niet gaan voeden op het moment dat ze arriveren; ik wil alleen maar zeggen dat we het vee voor ze klaar hebben staan... Ja, dat klopt, een uitgebreide viering, iedereen juichend en blij dat ze er zijn – dat wordt een leuke ontvangst, denk je niet? Als ze al die verheerlijkte gezichten zien zullen ze begrijpen hoe verheugd de mensen zijn dat we ons met hen voeden...' Er viel een stilte, waarna Raziël lachte. 'Kom kom, nu niet inhalig worden... Je weet dat je daarvoor in je menselijke gedaante moet zijn...'

Langzaam en verward deinsde Jona achteruit terwijl de gedachten door zijn hoofd tolden. Engelen die zich met mensen voedden? Dat had hij vast verkeerd verstaan. Het idee dat engelen mensen iets afnamen was belachelijk – ondenkbaar. Hij had zelf gezien hoeveel goed ze deden, wat ze de mensen gaven. De engelen hadden zijn leven veranderd. Zijn leven geréd. Misschien had Raziël gewoon een grapje gemaakt. De humor van de engel kon soms bijtend zijn en Jona wist dat hij zijn grapjes niet altijd begreep.

Hij vergiste zich gewoon. Meer niet.

Jona ging weer achter zijn bureau zitten en staarde naar het document op zijn scherm. In gedachten hoorde hij weer het woord 'vee' en op de een of andere manier was hij niet meer zo enthousiast over de viering als een paar minuten geleden, ook al had Raziël het schertsend bedoeld. Langzaam sloeg hij het document op, sloot het programma af en opende zijn e-mail. Tot zijn opluchting had hij een paar berichten waar hij op moest antwoorden.

Hij begon te tikken:

Van: Jona
Aan: LHGrimes
PSullivan

Hallo, bedankt voor het bericht. We horen graag wat de uitkomst is wat betreft het tweetal in het motel. Als zij het zijn, aarzel dan niet, maar onderneem onmiddellijk de juiste actie.

In de zegen van de engelen,
Jona Fisk

Ik vloog.

Zelfs in mijn slaap glimlachte ik verwonderd. Wat een geweldig gevoel om zo gewichtloos te zijn, zo vrij. Met gespreide, glanzende vleugels zweefde ik boven mijn slapende lichaam in de motelkamer. In het bed ernaast lag Alex op zijn buik te slapen. Ik zag het licht van zijn energie, zijn verwarde donkere haar, de tatoeage op zijn arm die gebogen onder zijn hoofd lag. Ik wilde naar hem blijven kijken, maar ik wist dat ik geen tijd had – ik moest iets anders doen. Ik bewoog traag mijn vleugels en steeg op, door het plafond heen. Het voelde alsof ik door een dun watervlies heen brak. De kamer erboven was leeg en de bedden waren onopgemaakt. Steeds sneller zweefde ik omhoog totdat ik door het dak van het motel ging.

Het was halverwege de ochtend en de krachtige zonnestralen verwarmden mijn vleugels. Ik beschreef een spiraal en liet me omlaag glijden.

Toen zag ik hem.

Er stond een man in een bruine broek en een geruit hemd met korte mouwen bij het raam van onze kamer. Hij had een fototoestel bij zich en probeerde foto's te maken, maar ik kon zijn frustratie voelen; het was te donker in de kamer. Hij wist niet wie er in de kamer was en hij probeerde erachter te komen. Terwijl ik toekeek richtte hij zijn toestel weer op de smalle kier tussen de gordijnen.

In duizelingwekkende vaart vloog ik terug naar mijn lichaam. Met een schok werd ik wakker. Ik was in de kamer en het voelde alsof het ochtend was. Opgelucht ademde ik uit. Het was maar een droom geweest. Ik had gevlogen en ik was naar buiten gegaan –

Ik verstijfde toen ik een geluid hoorde: geschuifel, alsof er

iemand vlakbij stond. Terwijl ik nauwelijks adem durfde te
halen draaide ik heel langzaam mijn hoofd opzij. De
gordijnen waren niet helemaal dicht en door de spleet zag ik
een donkere schim voor het raam.

Het was geen droom geweest: het was echt! Mijn hart bonkte
in mijn oren. Kon hij ons zien? Kon hij zien wie ik was? Ik
durfde niet weg te kijken en zag het hoofd van de man
bewegen in een poging naar binnen te gluren. Toen hoorde ik
een auto naderen en het hoofd verdween abrupt. Er viel een
smalle lichtstraal naar binnen, die de kamer iets verlichtte.
Ik gooide de dekens van me af, sprong uit bed en schudde
Alex bij zijn schouder heen en weer. 'Alex! Alex, word
wakker!'

'Mm?' Hij bewoog zich en tilde zijn hoofd van het kussen.
'Wat is er?'

'Er stond een man door het raam te gluren.'

Hij was meteen klaarwakker en ging rechtop zitten.

'Wanneer? Nu net?'

Ik wreef over mijn armen; ik had het opeens koud. 'Ja, ik zag
hem. Hij keek door de kier tussen de gordijnen. Toen er een
auto aankwam verdween hij.'

Alex vloekte en keek naar het raam.

'Ik kan de gordijnen beter –' Ik wilde naar het raam lopen,
maar hij hield me tegen.

'Nee, niet doen. Dan weet hij dat we hem gezien hebben.' Hij
keek zwijgend naar het raam en tikte met zijn vingers op zijn
knie. 'Oké, die persoon weet niet zeker of jij het bent, anders
had hij niet staan gluren. Maar hij zal de kamer nu wel in de
gaten houden. We moeten hier weg zonder dat hij je ziet.'
Het feit dat Alex meteen een plan beraamde hielp ook mij
mijn gedachten te ordenen en mijn paniek ebde langzaam

weg. 'Het badkamerraam?' opperde ik.

Zijn donkere wenkbrauwen gingen omhoog en hij overwoog de mogelijkheid. 'Ja, met een goeie trap zou ik –'

We schrokken alle twee op toen de telefoon ging.

Verbijsterd keken we elkaar aan terwijl het schrille geluid opnieuw de kamer vulde. Alex leunde over het bed en nam op. 'Hallo?' Het was ongelooflijk hoe ontspannen hij klonk, alsof hij wakker was gebeld en nog wat suf was. Ik hoorde een mannenstem aan de andere kant. 'Oké', zei Alex uiteindelijk. 'Ik ben net wakker; ik ben er over een uur.'

Hij hing op en keek me aan. 'Het was de garagist, zei-ie. De auto is klaar.'

Mijn ogen schoten weer naar de kier tussen de gordijnen. 'Het kan ook iemand zijn die ons de kamer uit wil lokken.'

'Dat kan, ja', zei Alex.

We keken naar de digitale klok op de televisie. Het was 10.20 uur.

'Hij zei rond de middag, maar...' Alex' stem stierf weg. Zijn gezicht stond gespannen, nadenkend. 'Ik geloof dat ik zijn stem herkende. En jij dacht dat hij wel in orde was, toch?' Ik haalde mijn schouders op; ik wilde niet ons leven ervan laten afhangen. 'Voor zover ik het kon voelen, maar...'

'Oké, ik denk dat we het risico moeten nemen', zei Alex. Hij kwam abrupt in beweging. Hij gooide de dekens van zich af en kwam aan de andere kant zijn bed uit. 'Ik ga me aankleden, blijf jij uit de buurt van het raam.'

Hij pakte zijn kleren en verdween de badkamer in. Trillerig ging ik aan de tafel zitten; daar was ik van buitenaf niet zichtbaar. Ik hoorde Alex een supersnelle douche nemen en een paar minuten later stond hij weer voor me, met nat haar en gekleed in een spijkerbroek en een grijs T-shirt. Terwijl ik toekeek ging hij in ijltempo de kamer door en gooide onze spullen in zijn tas. Ten slotte pakte hij zijn pistool van de kast en stak het in zijn holster. Ik ving een glimp op van zijn gespierde, platte buik.

'Ik haal iets te eten', zei hij.

Verbaasd keek ik hem aan. 'Wat? Alex, ik heb nu niet echt zin om te ontbijten.'

Hij glimlachte. 'Nee, ik ook niet. Maar als hij me met een ontbijt voor twee personen naar binnen ziet gaan denkt hij dat we nog een tijd blijven.' Hij keek naar het raam. 'Kleed jij je ondertussen aan. Maar zorg dat niemand je ziet.'

Ik stond op en mijn knieën knikten. 'Alex, doe voorzichtig.'

'Wees maar niet bang. Zolang ze niet zeker weten of jij het bent zullen ze niets doen. Blijf gewoon uit het zicht, oké? Doe de deur achter me op slot en kijk door het kijkgaatje als je me hoort kloppen.'

Ik knikte en nam me heilig voor in ieder geval te doen alsof ik net zo kalm was als hij. 'Oké.'

Alex liet zijn blik even op me rusten. 'Maak je geen zorgen, we redden het wel', zei hij zacht. Toen draaide hij zich om, ging ontspannen naar buiten en trok de deur achter zich dicht.

Nadat ik de deur op slot had gedaan griste ik de kleren die ik de vorige dag had gedragen bij elkaar en haastte me de badkamer in. Ik wist dat hij minstens vijf minuten zou wegblijven, dus ik douchte kort, waarna ik me aankleedde en mijn natte haar onder mijn pet verborg. Vervolgens stopte ik mijn andere kleren en de toiletspullen ook in Alex' tas, behalve de foto die mijn moeder van me had gemaakt. Die wikkelde ik zorgvuldig in wc-papier en stopte ik in mijn handtas.

Net toen ik mijn tas dichtmaakte werd er geklopt. Hoewel ik wist dat het waarschijnlijk Alex was, sloeg mijn hart een keer over. Ik liep behoedzaam naar de deur en keek op mijn tenen door het kijkgaatje. Op hetzelfde moment hoorde ik Alex' stem: 'Ik ben het.' Ik zag hem staan, met twee bekers koffie en een servet vol donuts.

Ik haalde de deur van het slot en deed hem snel weer dicht toen hij binnen was. 'Heb je iemand gezien?'

Hij zette het ontbijt op de tafel en knikte. 'Ja, aan de andere kant van de parkeerplaats, een man die bij zijn auto rondhangt.' Hij nam een slok van een van de koffiebekers en keek me aan. 'Ben je klaar?'

Ik slikte. 'Ja, ik geloof het wel.' Ik wierp een blik op de berg witgepoederde donuts en bedacht dat ik zelden zo weinig trek had gehad.

'Mooi, dan gaan we.'

Ik ging achter Alex aan weer de badkamer in. Het raam was een stuk kleiner dan dat in de slaapkamer, maar groot genoeg om erdoorheen te klimmen. Er stonden dennenbomen en daarachter lag een weg; ik hoorde de auto's voorbijrijden. Alex schoof het raam open en ging op de wc staan. Hij gaf een felle trap tegen de hor, en nog een. Kletterend kwam de hor buiten op de grond neer. En ook al was het niet het moment, een paar tellen lang stond ik... vol bewondering te kijken naar zijn bewegingen – zo vloeiend, zo zelfverzekerd.

Alex sprong van de wc af, pakte zijn nylontas en liet die door het raam op de grond zakken. Mijn tas ging erachteraan. 'Kun je naar buiten klimmen?' vroeg hij. Het raam zat hoog, ongeveer op borsthoogte.

'Als jij me helpt.'

Nu we er daadwerkelijk vandoor gingen voelde ik me kalmer worden. Ik legde mijn handen op de vensterbank en Alex tilde me bij mijn middel op. Halverwege het raam draaide ik me om. Ik pakte de vensterbank beet, liet mijn benen hangen en sprong naar beneden. Ik struikelde toen ik op de hor terechtkwam. Ik schoof hem opzij, samen met de tassen.

Voor Alex was het raam iets krapper, maar een paar seconden later had hij zich erdoorheen geperst en kwam hij naast me neer.

'Als ik je optil, kun jij dan het raam dichtdoen?' vroeg hij terwijl hij omhoogkeek. 'Voor het geval dat hij naar binnen gaat – dan denkt hij misschien dat hij ons aan de voorkant heeft gemist.'

Ik schudde mijn hoofd. 'Jij denkt ook aan alles, hè?'

Zijn mondhoeken gingen iets omhoog. 'Ik doe mijn best. Hier, kom maar op mijn schouders staan.' Hij boog zich en met zijn hoofd als steun ging ik schrijlings op zijn gespierde schouders zitten. Eén tel later had hij me opgetild alsof ik niks woog. Hij sloeg zijn armen over mijn benen en ik strekte me uit om het raam dicht te schuiven. Ondertussen probeerde ik er niet aan te denken hoe het voelde om zo dicht bij hem te zijn.

Toen ik weer op de grond stond wierp Alex een blik op de weg. 'Je kunt beter niet met me mee als ik de auto ga halen. Is het oké om hier te wachten?'

We stonden tussen een groepje dennenbomen dat ons gedeeltelijk aan het zicht onttrok. Ik knikte. 'Ja, dat lukt wel.'

Hij aarzelde en keek me bezorgd aan. 'Ik wil je wel mijn pistool geven, maar zou jij het willen?'

De gedachte deed me huiveren. Mijn ogen schoten naar zijn broeksband, waar zijn wapen verstopt zat onder het grijze

T-shirt dat losjes over zijn spijkerbroek hing. 'Eh – nee. Ik zou nooit op iemand kunnen schieten, Alex.'

Hij zuchtte en streek zijn haar naar achter. 'Nee, dat dacht ik wel. Goed, zorg gewoon dat je uit het zicht blijft, oké? Ik ben zo snel mogelijk terug.'

'Oké.' Mijn mond werd plotseling kurkdroog. 'Wees voorzichtig, Alex. Ik bedoel – kijk alsjeblieft heel goed uit.'

'Dat zal ik doen.' Hij draaide zich om en liep met zijn handen nonchalant in zijn achterzakken naar de weg. Even later was hij om de hoek verdwenen. Opeens voelde het heel stil tussen de bomen. Ik zette mijn zonnebril op en ging tegen de muur van het motel zitten. Ik sloeg mijn armen om mijn benen en probeerde er zo onopvallend mogelijk uit te zien. Het was warm, zelfs hier in de schaduw; ik voelde zweetdruppeltjes in mijn nek.

De minuten gingen traag voorbij. Ik probeerde ze te tellen en vroeg me af of Alex al bij de garage was. Laat hem niets overkomen, bad ik in stilte. Laat degene die ons bespiedt denken dat we nog in de motelkamer zitten met mierzoete donuts en smerige motelkoffie.

Na een tijdje werden mijn benen stijf. Ik stond op, ging tegen de ruwe, grijze stam van een den staan en keek naar de weg. Hij moest er onderhand toch wel zijn? Waarom duurde het zo lang? Aan de andere kant van de weg zat een vrouw op de bus te wachten. Ze droeg een helgele jurk en naast haar stond een kinderwagen. Ze boog zich over de kinderwagen heen en schudde lachend haar hoofd. Toen strekte ze haar hand uit alsof ze het lakentje van haar baby rechttrok. Ze zag er zo gelukkig uit dat ik mijn gespannen zenuwen iets voelde ontspannen. Plotseling keek de vrouw verbijsterd op. Ik volgde haar blik en mijn hart sloeg over.

Er vloog een engel op haar af.

Met bonkend hart stond ik met mijn wang tegen de scherpe bast geleund. Ik wilde niet kijken, maar ik kon mijn ogen niet afwenden. De engel was een vrouw met lang, golvend haar. Haar aureool verspreidde een helder licht en haar gewaad wervelde rond haar enkels toen ze met gespreide vleugels voor de vrouw neerdaalde. Ze vouwde haar vleugels op haar rug en deed een stap naar voren. Ze legde haar handen op de vrouw, die vol ontzag naar haar opkeek, en ze begon zich te voeden.

De levensenergie van de vrouw kwam in beeld en ik zag hoe de energie wegstroomde, hoe haar energieveld instortte en van levendig roze en paars veranderde in dof grijs. De vrouw bleef de engel ondertussen met zo veel liefde en dankbaarheid aanstaren, dat ik het niet kon aanzien en met dichtgeknepen ogen wendde ik mijn hoofd af. In de verte hoorde ik haar baby huilen.

Er naderde een auto, die afremde. Ik dwong mezelf mijn ogen te openen. Het was Alex, die langs de stoep parkeerde. Achter hem was de engel zich nog steeds aan het voeden. Haar vleugels bewogen traag op en neer en ze hield haar hoofd naar achter gestrekt. Ze glimlachte en haar aureool straalde helder.

Rennen! schreeuwde ik tegen mezelf. Je moet hier weg! Mijn knieën knikten en mijn benen voelden onvast. Ik negeerde het, griste de tassen bijeen en rende naar de auto. Toen ik uit de schaduw tevoorschijn kwam leek de engel een explosie van louter licht te worden. Het zonlicht schitterde op haar witte vleugels. Alex leunde over de stoel en opende het portier voor me. Ik schoof de tassen naar binnen en hij gooide ze op de achterbank. Ik plofte op de stoel neer en smeet het portier dicht. 'Snel, weg hier', zei ik met trillende stem.

Hij reed de weg op en keek me toen scherp aan. 'Wat is er? Heb je iemand gezien?'

Ik schudde mijn hoofd. Ik wilde het niet, maar ik moest wel – ik keek over mijn schouder. Waar de engel had gestaan stond nu een vrouw met zwart haar en een mooi wit topje. Ik zag dat ze even haar hand op de schouder van haar slachtoffer legde en vervolgens over de stoep wegliep. De vrouw knipperde verdwaasd met haar ogen. Ze strekte haar handen uit naar haar baby, en toen gingen we de hoek om en verdween ze uit het zicht.

'Willow? Wat is er?' vroeg Alex.

'Niks', wist ik uiteindelijk uit te brengen terwijl ik weer recht ging zitten. 'Dus eh... het is allemaal goed gegaan bij de garage?'

Hij knikte en schakelde terug toen we bij een stoplicht kwamen. 'Ja, geen probleem. Ik denk dat we goed zijn weggekomen – toen ik langsreed zag ik die vent nog steeds naar onze kamer staan kijken.'

Er ging een golf van opluchting door me heen en met een zucht liet ik me tegen het gebarsten skai van de rugleuning zakken. Maar meteen voelde ik me schuldig dat ik me opgelucht kon voelen na wat ik zojuist had gezien.

Alex keek me nog steeds met gefronst voorhoofd aan.

'Willow, kom op, vertel. Wat is er?'

Ik zweeg even, want ik wilde de woorden niet uitspreken. 'Ik zag... een engel zich voeden met een vrouw aan de overkant van de straat.'

'Jezus', zei hij geschrokken. 'Geen wonder dat je zo van slag bent. Gaat het?'

'Met mij wel. Met die vrouw minder, ben ik bang.'

'Ja, ik weet het', zei hij zacht.

We zwegen. Ik staarde uit het raam terwijl ik de op- en neergaande vleugels van de engel weer voor me zag, en de levensenergie van de vrouw die steeds grauwer werd terwijl ze er glimlachend bij stond. 'Hoe komt het dat ik dat nooit eerder heb gezien?' vroeg ik verdwaasd. 'In Pawntucket?'

Hij schudde zijn hoofd. 'Er zijn er niet zo veel in de staat New York. Ik weet niet waarom; ze schijnen een voorkeur te hebben voor bepaalde regio's.'

'Maar – de Engelenkerk in Schenectady is immens.'

'Toch lijkt die maar één engel te hebben. Ze hadden het tijdens de dienst voortdurend over *onze engel*.'

Ik huiverde. 'Eén engel op al die mensen?'

Alex wierp me een blik toe. 'Sommige engelen houden van afwisseling.' Ik hoorde de afkeer in zijn stem. 'Als ze willen, voeden ze zich met meer dan tien mensen per dag.' Het licht sprong op groen en we reden door. Na een tijdje voelde ik zijn ogen weer op me rusten. 'Luister, ik weet hoe vreselijk het is om het te zien gebeuren, maar... probeer er niet aan te denken, oké? Je kon niks doen.'

'En hoe doe ik dat, er niet aan denken?' vroeg ik met een dun stemmetje. Ik aarzelde. 'Alex, weet je hoe ik wist dat er iemand voor het raam stond? Ik droomde dat ik vloog en ik wist dat ik naar buiten moest – en toen zag ik hem. Ik had vleugels, net als dat *ding* bij die bushalte. Maar het was geen droom, hè? Ik had vleugels. Ik –' Ik zweeg en perste mijn lippen op elkaar. Nee, ik ging niet huilen.

We kwamen bij de oprit naar de Interstate en Alex gaf gas om in te voegen. Hij haalde zijn schouders op. 'Als je er op die manier achter bent gekomen, ben ik alleen maar blij dat het is gebeurd. Anders waren we nu misschien alle twee dood geweest.'

Ik wist dat hij gelijk had, maar het klonk gewoon te... simpel. Ik schudde mijn hoofd. Mijn gedachten waren te verward om ze te kunnen verwoorden.

We zwegen weer. Ik had mijn benen opgetrokken en keek met mijn hoofd tegen de rugleuning naar de auto's op de weg en de hoge groene heuvels.

'Hé', zei Alex na een tijdje. 'Je had gelijk; het luchtfilter moest vervangen worden.'

'Ja?' Moest het me echt iets kunnen schelen?

Hij knikte en trommelde met zijn vingers op het stuur. 'Maarre... hoe komt het dat je zo veel van auto's af weet?'

Ik trok een gezicht. 'Alex, ik ben niet echt in de stemming –'

'Vooruit, vertel. Ik wil het graag weten.' Hij keek opzij. Onze blikken kruisten elkaar en ik kreeg een prop in de keel toen ik het begrip in zijn ogen zag. Hij wist precies hoe ik me voelde; hij wilde me helpen. 'Heb je er op school les in gehad of zo?' vervolgde hij.

Er flitsten een paar reclameborden voorbij. Ik keek ernaar terwijl ik nog steeds de vrouw voor me zag. Uiteindelijk zei ik: 'Nee, dat was geen vak.'

'Hoe dan?'

Ik zuchtte en ging verzitten. 'Wil je het écht weten?'

Hij glimlachte. 'Ja, écht.'

'Oké.' Ik ging rechtop zitten en probeerde mijn gedachten te ordenen. 'Het kwam door mijn tante Jo. Mijn moeder en ik wonen vanaf mijn negende bij haar en ze heeft er van het begin af aan nogal naar over gedaan. Oké, ze helpt mijn moeder te verzorgen, maar ze klaagt voortdurend dat het zo duur is om ons tweeën in huis te hebben. Hoe dan ook, op een gegeven moment ging haar auto stuk en ze bleef maar mekkeren over hoeveel het haar ging kosten. Dus ben ik naar de bibliotheek gegaan, heb een doe-het-zelfboek geleend over automontage en... heb haar auto gerepareerd.'

Alex lachte luid en ik voelde dat ik me iets ontspande, alsof de harde knoop in mijn borst loskwam.

'Echt?' zei hij. 'Dat is briljant.'

Ondanks mezelf moest ik ook glimlachen. 'Ze had die dag een taxi naar haar werk genomen en ik had gespijbeld om hem te repareren. Het was de dynamo; ik hoefde alleen maar naar de dump om een nieuwe te halen. Je had haar gezicht moeten zien toen ze thuiskwam. Volgens mij had ze zich er al op verheugd er wekenlang over te kunnen klagen.'

'Vast.' Hij schonk me een warme blik. 'Hoe oud was je toen?'

Ik dacht na. 'Dertien? Hoe dan ook, ik kreeg de smaak te pakken. Ik vind motoren leuk. Ze zijn niet zo ingewikkeld. Ze hebben een zekere... logica.'

'Ik kan nog net het oliepeil controleren', zei Alex, terwijl hij van baan verwisselde om een vrachtwagen in te halen. 'Ik ben dus diep onder de indruk.'

'Ja, maar jij bent James Bond', zei ik. 'James Bond hoeft zijn eigen auto niet te repareren.'

Hij grinnikte. 'Da's waar. Plus dat ik een auto uit deze eeuw had. Dat hielp ook een handje.'

Zijn Porsche. In gedachten zag ik hem op de parkeerplaats in de Bronx staan. Ik had ernstige twijfels of hij er nog stond.

'Vond je het erg om hem te moeten achterlaten?' vroeg ik terwijl ik een knie optrok.

Alex schudde zijn hoofd. 'Niet echt. Het was een geweldige auto, maar ik had het erger gevonden om het loodje te leggen.'

'En een Mustang is ook een geweldige auto', zei ik na een korte stilte.

Zijn wenkbrauwen schoten omhoog. 'Je maakt een grapje.'

Even dacht ik dat híj een grapje maakte. 'Nee, ik meen het. Het is een echte classic.'

'Hm, ja. Is dat een eufemisme voor een gammel wrak?'

Mijn mond viel open. 'Alex! Kom op! Dit is een klassieke Amerikaanse *muscle car*. Een Mustang '69 is een icoon. Denk aan *American Graffiti*. Zou George Lucas ooit Porsches hebben gebruikt? Ik dacht het niet!'

Alex probeerde niet te lachen. 'Oké, ik geloof dat ik verlies.'

'Je geeft het tenminste toe.' Opeens voelde ik me weer veel meer mezelf; het was een enorme opluchting. We hadden kunnen ontsnappen en waren voorlopig veilig. Mogelijk was de droom die ons had gered ook freaky engelengedoe geweest, maar daar hoefde ik nu niet over na te denken. Ik kon besluiten het van me af te zetten. En Alex had gelijk: hoe afschuwelijk het ook was geweest om die engel zich te zien voeden, ik had die vrouw niet kunnen helpen.

Ik draaide mijn hoofd om en keek naar de gebeeldhouwde lijnen van zijn gezicht, zijn grijsblauwe ogen en donkere haar. En hoewel ik het een paar dagen geleden nooit had kunnen denken, trof het me opeens hoe aardig hij was. Echt aardig.

'Dank je', zei ik.

Hij kneep zijn ogen iets dicht en keek me aan. 'Graag gedaan. Maar waarvoor?'

'Dat weet je wel', zei ik. 'Het eh... hielp echt. Bedankt.'

Alex haalde verlegen zijn schouders op. 'Als je zoiets ziet, moet je voorkomen dat het aan je gaat vreten', zei hij uiteindelijk. Hij ging met zijn handen langs het stuur. 'Het is niet makkelijk, maar je moet het loslaten.'

Buiten gleed Tennessee voorbij en de spectaculaire hellingen werden lager en glooiender. We reden om Memphis heen en tegen zessen staken we de Mississippi over, die in grote lussen onder ons stroomde. Halverwege de brug waren we in Arkansas, waar de heuvels opeens waren verdwenen en hadden plaatsgemaakt voor uitgestrekte, met bomen bezaaide velden.

Alex ging verzitten en bewoog zijn schouders.

'Ik zou ook kunnen rijden', opperde ik.

Hij keek me vragend aan. 'Zou je dat willen?'

'Ja, best wel', zei ik. 'Dan kun jij uitrusten en zijn we sneller op onze bestemming. Ik heb trouwens altijd al met een Mustang willen rijden.'

Hij grinnikte. 'Ik weet dat je het niet gelooft, maar je mist er niet veel aan. Maar ik neem je aanbod graag aan.' Hij zette de auto langs de kant van de weg en we verwisselden van plaats. De late middagzon brandde op mijn huid. Het was vreemd dat het hier nog praktisch zomer was, terwijl we thuis al truien en jassen hadden gedragen.

Ik bleef voor de auto naar de akkers staan kijken. Er groeiden kale struikjes met grote witte bollen, alsof het had gesneeuwd. Het duurde even voordat het tot me doordrong wat het was. 'Is dat echt katoen?'

Alex kwam naast me staan met zijn handen in zijn achterzakken. Zijn donkere haar bewoog op de lichte bries. 'Ja, dat zie je hier veel. Rijst ook.'

Hij had dan niet op school gezeten, maar hij wist veel meer dan de meeste mensen die ik kende. 'Waar heb je Spaans geleerd?' vroeg ik. 'Was dat in het kamp?'

Hij knikte. 'Sommige EK's waren Mexicaans... Ik heb het

gewoon opgepikt. Plus dat we niet ver van Mexico af zaten; we gingen soms de grens over.' Hij glimlachte naar me. 'Hé, probeer je onder het rijden uit te komen?'

Zijn warme ogen keken me lachend aan. Ik voelde de idiote impuls om een stap naar voren te doen en mijn armen om zijn middel te slaan. Ik schudde de gedachte van me af. 'Nee hoor', zei ik met uitgestoken hand. 'Geef me de sleutels maar.'

Langzaam doorkruisten we Arkansas. De Mustang reed geweldig. Hij was niet helemaal goed uitgelijnd, maar het was zo gaaf om achter het stuur te zitten; alsof ik een stuk geschiedenis bestuurde. Het duurde niet lang of de zon verdween achter de horizon. Een paar uur later waren we in Oklahoma, maar het was toen al zo donker dat ik niets van het landschap kon zien.

Ik tuurde door de voorruit. 'Nog een staat die ik alleen maar van horen zeggen ken, en nu zie ik niets.'

Alex had zijn stoel neergeklapt en lag met half gesloten ogen naast me. 'Dit deel lijkt erg op Arkansas', zei hij. 'Wees gerust, je mist niks.'

Te oordelen naar wat ik in het licht van de koplampen zag had hij gelijk. 'Wat gebeurt er als we eenmaal bij het kamp zijn, denk je?' vroeg ik.

Hij kwam iets overeind en strekte zijn armen. 'We zullen alle EK's moeten verzamelen en dan zonder dat de engelen het te weten komen weer zelfstandig gaan opereren. Ik heb geen idee hoeveel EK's er momenteel in het veld zijn. Hopelijk weet Cully het; dan kunnen we onze volgende stap bepalen.'

Ik had geen idee hoe ik in dit plaatje paste, of waarom de engelen er zo van overtuigd waren dat ik een bedreiging vormde. Het maakte ook niet uit - zolang mijn moeder en tante Jo gevaar liepen kon ik niet naar huis. Er ging een mengeling van emoties door me heen: een steek van verdriet bij de gedachte dat ik mijn moeder misschien nooit meer zou zien, maar ook opluchting omdat het ernaar uitzag dat wat er ook ging gebeuren, ik bij Alex zou zijn. Ik slikte toen ik me realiseerde hoe belangrijk dat voor me was geworden.

Wanneer was dat gebeurd?

'Wil je dat ik het stuur weer overneem?' vroeg Alex. 'Je rijdt nu al uren.'

'Ja, oké', zei ik na een korte stilte. En ik zette de auto langs de weg zodat we van plek konden wisselen.

11

Nu we alle twee reden ging het een stuk sneller. Rond het middaguur waren we Oklahoma uit en reden we door de *panhandle* van Texas. Vol ontzag staarde ik door het raampje. Ik had nog nooit zo'n landschap gezien – een immense, golvende vlakte met door de zon geblakerd gras die zich tot aan de horizon uitstrekte. De hemel die zich hoog boven ons hoofd verhief leek tien keer zo groot als normaal. Het landschap was bezaaid met graansilo's; elk stoffig gehucht leek er een te hebben, ook al was er vaak geen mens te zien. Onder het rijden keek ik naar een verlaten silo naast een dichtgetimmerd huis en vroeg me af of de eigenaar het vlakke landschap uiteindelijk zo beu was geworden dat hij was vertrokken.

Toen we alle twee honger kregen stopte ik bij een benzinestation met een winkel. 'Wil jij weer een stukje rijden?' vroeg ik terwijl ik mijn haar onder mijn pet stopte.

'Best', zei Alex. 'Ga jij naar binnen?'

'Alleen naar de wc.'

'Oké. Wat voor sandwich wil je – ham en kaas? En water?'

'Ja, graag. En voor jou een koffie', plaagde ik hem. 'Jij bent een echte cafeïnejunk.'

'Hé, ik moet toch minstens één zonde hebben', zei hij grinnikend. Met soepele, ontspannen passen liep hij naar de winkel.

Ik stapte glimlachend uit en ging naar de zijkant van de winkel waar de wc's waren. Toen ik klaar was plensde ik koud water in mijn gezicht en ging de verblindende hitte weer in. Alex was nog niet terug en terwijl ik naar de auto liep zag ik naast de parkeerplaats een munttelefoon. Aarzelend bleef ik ernaar staan kijken. Zo'n telefoon konden ze niet traceren, toch? Ik had wat kleingeld in mijn tas; ik zou Nina kunnen bellen om te vragen hoe het met mijn moeder was. De verleiding was bijna ondraaglijk. Ik had al een paar passen in de richting van de telefoon gezet toen ik me plotseling afvroeg of ze Nina's telefoon zouden afluisteren. Kon dat?

Nee, dacht ik. Ik moet het niet doen; het is te riskant. Ik had spijt dat ik die telefoon had gezien; het was veel erger om eerst te willen bellen en het dan toch niet te doen. De tranen prikten achter mijn ogen. Kwaad op mezelf zette ik mijn zonnebril af en ging met mijn hand over mijn ogen.

'Hé, gaat het?' vroeg Alex. Hij kwam over de parkeerplaats aanlopen met ons eten in zijn hand. 'Wat is er?' vroeg hij met een frons.

Ik schudde mijn hoofd. 'Het is gewoon stom. Ik kwam in de verleiding Nina te bellen om te vragen hoe mijn moeder het maakte. Ik heb het niet gedaan', voegde ik er haastig aan toe. 'Maar ik... ik wilde het zo graag.'

Hij keek me aan alsof hij het begreep. 'Het spijt me', zei hij. 'Ik hoop echt dat het goed met haar gaat.'

Ik glimlachte bibberig. 'Dank je. Ik hoop het ook.' Ik pakte mijn sandwich aan en samen liepen we terug naar de

Mustang. Ik voelde dat mijn haar onder de pet uit dreigde te glippen en voordat ik instapte legde ik mijn sandwich op het dak om het snel terug te stoppen. Ik zette mijn pet af, gooide hem ook op het dak en ging met mijn handen door mijn haar.

Op dat moment parkeerde er een glimmende zilverkleurige pick-up naast ons. Ik keek op. Er zat een stel voorin. De man had een borstelige bruine snor en het hoogblonde haar van de vrouw stond stijf van de haarspray. Terwijl ik mijn haar in een staart draaide keek de vrouw mijn kant uit en onze blikken kruisten.

De tijd leek stil te staan. Er verscheen een geschokte uitdrukking op het gezicht van de vrouw. Ik zag dat haar mond openviel en toen de woorden vormde: *Dat is 'r.*

Het angstzweet brak me uit. Ik had mijn zonnebril niet op; toen we naar de auto waren teruggelopen had ik hem aan de hals van mijn T-shirt gehangen. Ik dook de Mustang in en smeet het portier dicht. 'We moeten hier weg', zei ik struikelend over mijn woorden, terwijl ik mijn zonnebril weer opzette. 'Die vrouw heeft me herkend.' Ik zag dat ze opgewonden tegen haar man praatte en ondertussen mijn kant uit wees. Hij leunde over haar heen en tuurde de Mustang in.

Alex liet het zich geen twee keer zeggen. Hij reed snel achteruit de parkeerhaven uit en gaf toen vol gas. Met piepende banden reden we bij het benzinestation vandaan. Ik draaide me om en keek door de achterruit. De sandwich en mijn pet stuiterden over het beton en de man was uitgestapt om ons na te kijken. Op de bumper van de pick-up zat een sticker van de Engelenkerk.

En in de cabine hing een geweer.

'Hoe kon ik zó stom zijn?' brieste ik. Ik trilde en mijn vingers waren ijskoud. De man had vast gezien dat de Mustang nummerplaten van New York had. Vlak voordat het benzinestation uit het zicht verdween zag ik hem weer instappen. Mijn hart bonkte in mijn keel. Kwamen ze achter ons aan?

Alex nam de eerstvolgende afrit en we draaiden Highway 83 op. Ik keek nog achterom, maar de truck was nergens te zien. 'Misschien zijn we ze kwijt?' opperde ik weifelend.

'Misschien', zei Alex terwijl hij in zijn spiegel keek. 'Maar zij kennen het hier waarschijnlijk op hun duimpje. Je hoeft geen licht te zijn om te bedenken dat we van de Interstate af gaan.'

Mijn handen balden zich tot vuisten en ik beefde als een riet. 'Het spijt me vreselijk', zei ik. 'Ik ben zo stom geweest –'

Hij schudde kort zijn hoofd. 'Hou op – het is niet jouw schuld dat de Engelenkerk vol zit met gestoorden.'

Ik sloeg mijn armen om me heen. De highway voerde ons door een stoffig stadje dat Jasper heette. De mijlen schoten voorbij en we passeerden het volgende stadje, Fonda. Niemand leek aandacht aan ons te besteden en ik kreeg hoop dat we ze echt kwijt waren. Maar ongeveer een mijl voorbij Fonda keek Alex weer in zijn spiegel – en zijn blik bleef hangen.

'Ik geloof dat we gezelschap hebben', zei hij.

'Zijn zij het?' Mijn keel snoerde dicht en ik draaide me om in mijn stoel. Daar was de zilverkleurige pick-up. Een wanhopig moment lang hoopte ik dat het niet dezelfde was, maar toen hij dichterbij kwam zag ik voorin twee mensen zitten: een man en een vrouw. En de vrouw had hoogblond haar.

Alex trapte het gaspedaal helemaal in en de Mustang schoot met brullende motor vooruit. De stadjes lagen hier mijlenver uit elkaar en we reden door het vlakke, geschroeide niemandsland onder de eindeloze hemel. De highway was een slecht onderhouden weg waar nauwelijks verkeer reed. Achter ons gaf de zilverkleurige pick-up ook gas en de afstand werd zienderogen kleiner.

Ik werd overmand door angst. 'Mijn hemel, Alex, blijf rijden, wat er ook gebeurt.'

'Wees maar niet bang, ik was niet anders van plan', mompelde hij.

Terwijl ik misselijk van angst achterom keek zag ik de pick-up met bijna komische snelheid dichterbij komen. Toen zaten ze pal achter ons en raakte hun bumper bijna de onze. Ik keek naar de vrouw. Ze klemde de hanger van haar halsketting in haar hand en wierp me een woeste blik toe. Haar echtgenoot zat met een strakke, vastberaden uitdrukking op zijn gezicht achter het stuur, als een jager die een reusachtig hert in zijn vizier heeft.

Plotseling ramde de pick-up ons vanachter. Met het geluid van knarsend metaal schoot de Mustang naar voren. Alex gaf een ruk aan het stuur en we zwenkten over de gele lijn. Met brullende motor kwam de pick-up aan mijn kant naast ons rijden. De vrouw had zich over haar echtgenoot heen gebogen en hield het geweer op mij gericht.

Alex zag het op hetzelfde moment als ik. 'Duiken', schreeuwde hij terwijl hij opzij zwenkte. Net op het moment dat hij me omlaag duwde klonk er een geweerschot en spatte mijn ruit in duizenden stukjes glas uiteen. Ik gilde en sloeg mijn armen over mijn hoofd. Ik voelde overal glas: in mijn haar, op mijn rug.

'Blijf liggen', beval Alex. Trillend gluurde ik onder mijn armen door omhoog en ik zag dat hij zijn pistool uit zijn broeksband haalde en het ontgrendelde. Maar voordat hij had kunnen terugschieten hoorde ik banden piepen. Aan zijn blik begreep ik dat de pick-up voor ons was gaan rijden. Opnieuw klonk er een geweerschot.

'Jezus!' Hij dook omlaag en de voorruit explodeerde.

Het veiligheidsglas vloog ons om de oren en de wind beukte naar binnen. De Mustang slingerde wild, maar Alex wist de macht over het stuur te behouden. Het geluid van de schoten die nog steeds werden afgevuurd verdween langzaam maar zeker in de verte. Alex remde af op de vluchtstrook, keerde de auto en reed terug in de richting vanwaar we waren gekomen. De wind floot door de auto en te bang om me te bewegen bleef ik met mijn hoofd omlaag zitten. Een paar minuten later voelde ik dat we afsloegen. De auto reed hobbelend voort en toen kwamen we abrupt tot stilstand. Verdwaasd kwam ik overeind. Zacht rinkelend viel het glas van mijn rug en schouders. Alex was afgeslagen van de highway; we stonden op een onverharde weg midden op een akker. Hij was door een stukje glas in zijn gezicht geraakt – een dun straaltje bloed liep als een traan over zijn wang.

'Gaat het?' vroeg hij gespannen terwijl hij mijn armen beetgreep. 'Willow, ben je gewond?' Hij keek me met grote, bijna angstige ogen aan.

Versuft vroeg ik me af waarom. Alex begaf zich voortdurend in gevaar; het was niets voor hem om zo bang te zijn. Nog steeds trillend knikte ik. 'Ik... het is oké.' Ik strekte mijn hand uit naar zijn wang, maar trok hem terug en slikte. 'Je, eh... je wang bloedt.'

Alex' schouders ontspanden zich en hij blies zijn adem uit. Hij ging met zijn hand over zijn wang, keek naar het bloed en maakte toen zijn gezicht met een papieren servet schoon.

'Dat stelt niks voor. Kom, we moeten hier als de sodemieter weg, voordat ze terugkomen.'

Haastig startte hij de auto. Hotsend over de zandweg kwamen we bij een T-kruising met een verharde weg. Alex sloeg rechts af en de Mustang versnelde, zodat de wind langs ons hoofd ruiste. Hij ging met een hand door zijn haar en schudde het glas eruit. 'We moeten deze auto dumpen en een andere zoeken – nu meteen, voorat ze ons vinden en het nog eens proberen.'

'Je bedoelt stelen', zei ik.

'We hebben geen keus', zei hij terwijl hij overschakelde. 'Ik weet dat het weinig verheffend is, maar –'

'Nee, het is oké', onderbrak ik hem met onvaste stem. 'Ik denk dat ik zelfs kan helpen.'

Alex keek me geschrokken aan, maar toen gleed er een verraste uitdrukking over zijn gezicht. 'Het is niet waar. Jij weet hoe je een auto zonder sleutel aan de praat krijgt.'

'Ik ken de theorie', zei ik. Ik sloeg mijn armen om mezelf heen. 'Het is eh... niet echt moeilijk.'

Hij knikte kortaf. 'Mooi, dan moeten we er alleen nog eentje vinden.'

Ik zat verstijfd op de met glas bezaaide stoel en kromp bij elke tegenligger ineen. Gelukkig waren het er maar twee en geen van beide verminderde vaart toen ze ons zagen. Na een paar mijl kwam we bij een bord met het opschrift *Palo Duro Park Rd.* 'Palo Duro', mompelde Alex. 'Wacht eens, dat klinkt bekend.' Hij sloeg de weg in.

'Wat is het?' vroeg ik.

'Een canyon', antwoordde hij. 'Een hele grote. Cully heeft me er ooit over verteld; hij ging hier vroeger kamperen. Er gaan hier vaak mensen wandelen; misschien hebben we geluk.'

De verharde weg kronkelde ongeveer een mijl voort met aan
weerszijden dor grasland – dat plotseling ophield. Ik hapte
naar adem en ging rechtop zitten toen de canyon in het zicht
kwam. Net als in de film van de Grand Canyon die ik ooit had
gezien was hij er gewoon opeens en opende het land voor
ons zich in een eindeloos landschap van stilte en ruimte en
hoog oprijzende rode rots.

Alex keek er met een strak gezicht naar, alsof hij ergens aan
dacht. Ik had geen tijd om er lang bij stil te staan, want de
weg maakte een wijde bocht. De met stukken steen bezaaide
gruishellingen van de canyon verdwenen steil in de diepte.
'Daar', zei ik en ik wees. 'Die zal wel lukken; die is oud
genoeg.' Langs de weg stond een grijze Chevy die op een boot
leek en waarvan de eigenaren waarschijnlijk waren gaan
wandelen op het pad dat er omlaag liep.

Alex parkeerde de Mustang en zette de motor uit. 'Oké,
voorzichtig. Ik hou een oogje in het zeil.'

Ik knikte en stapte uit. Ik schudde de stukjes glas van me af
en liep naar de Chevy. De ramen stonden een stukje open
voor de frisse lucht. 'Hebben we zoiets als een kleerhanger
bij ons?' vroeg ik terwijl ik mijn ogen met mijn handen
afschermde en door het raam van de bestuurder tuurde.
Achterin stond een blauw met witte plastic koelbox. Alex had
in de kofferbak van de Mustang een stuk ijzerdraad gevonden
en kwam het me brengen. Ik maakte een lus waarmee ik het
ouderwetse knopje bijna in één keer omhoog kreeg.
Doodsbenauwd dat er iemand langs zou rijden kroop ik
achter het stuur. 'Oké, nou moet ik alleen kijken...' Ik tuurde
onder de stuurkolom en maakte een plastic dekseltje los.
'Ha, we hebben geluk. De draden die we nodig hebben zitten
hier. Heb je een mes? Ik moet ze strippen.'

Uit de zak van zijn spijkerbroek diepte Alex een zakmes op met het opschrift *Yellowstone National Park*. Ik klapte het open en even later had ik bij beide draden ongeveer een centimeter isolatiemateriaal verwijderd. Ik draaide de stukken blote draad in elkaar.

Alex stond nonchalant naast de auto om de weg in de gaten te houden, alsof we alleen maar waren gestopt om naar het uitzicht te kijken. Hoofdschuddend keek hij me aan. 'Heb je ooit een criminele loopbaan overwogen?'

'Heel grappig', zei ik. 'Oké, nu moet ik alleen nog de contactdraad...' Ik vond een draad met bruine isolatie en stripte die ook. Toen ik hem tegen de twee andere aan drukte, hoorde ik de motor aanslaan en haalde hem snel weg. 'Zo, gelukt.' Ik stapte uit en veegde mijn handen af aan mijn spijkerbroek. 'Je hoeft alleen maar die ene draad tegen de twee andere te houden en genoeg gas te geven zodat de motor niet afslaat.'

Alex keek me een paar tellen lang roerloos aan. 'Je bent echt ongelooflijk, weet je dat?'

Ik voelde mijn wangen rood worden door de warmte in zijn stem. 'Tja... een vergooide jeugd, ben ik bang.'

Vanaf een afstandje zag de Mustang er nog vreselijker uit, alsof hij op de kermis als sloopauto was gebruikt. 'Kom, we moeten hem van de weg af duwen', zei Alex.

'Dat kun je niet maken!' riep ik uit. 'Alex, kom op. De mensen van deze auto lopen daar beneden. Zo meteen raken we ze nog.'

'Nee, kijk maar', zei Alex. Hij wees omlaag naar een dichte rij bomen en struiken die een meter of honderd onder ons uit de gruishelling oprees. 'Dat houdt hem wel tegen. Er kan niemand gewond raken en wij winnen er tijd mee. Ze weten pas dat we hier waren als ze de auto hebben gevonden.'

Met samengeknepen lippen keek ik naar de bomenrij. 'Oké', zei ik uiteindelijk.

We haalden onze spullen uit de Mustang. Alex zette hem in z'n vrij en we begonnen te duwen. Niet veel later rolde de auto met bijna griezelige sierlijkheid langs de steile helling omlaag, steeds sneller knerpten de banden over de rotsachtige bodem. Bij de bomenrij aangekomen kwam hij met een schok tot stilstand, en met veel minder kabaal dan ik had gevreesd. De stilte daalde weer over ons neer, en over de auto die als een bizar kunstwerk in de struiken lag.

Met pijn in mijn hart dat zo'n geweldige auto zo werd mishandeld keek ik omlaag. 'Hij zou nu eigenlijk in vlammen moeten opgaan, net als in de film.'

'Laten we hopen van niet', zei Alex. Hij gooide zijn tas op de achterbank van de Chevy. 'Kom, we moeten hier weg.'

Toen hij de draden tegen elkaar hield kwam de motor meteen tot leven. 'Dat klinkt goed', zei hij terwijl hij gas gaf. Hij keerde de auto en reed in westelijke richting de weg op. In het zijvak vond ik een kaart. Ik vouwde hem open en probeerde te zien waar we waren. 'Mooi zo, we kunnen nu allemaal kleine wegen nemen', zei Alex met een blik op de kaart. 'Het duurt nu niet lang meer voordat we in New Mexico zijn en dan weet ik de weg.'

Ik knikte. Toen herinnerde ik me de koelbox en ik draaide me om. Langzaam haalde ik het deksel eraf en zag blikjes cola en bier, en boterhammen. Mijn mond vertrok. Het was stom, maar ik voelde me bijna net zo schuldig over het stelen van hun lunch als het stelen van hun auto. Door ons zou hun dag zijn verpest.

'We hadden geen keus, Willow', zei Alex, die vanachter het

stuur naar me keek. 'Daarmee kunnen we het niet goedpraten, maar – het was een kwestie van leven en dood.'
'Ja, ik weet het.' Ik aarzelde en besloot dat het zonde zou zijn om het eten weg te gooien. Ik haalde een paar blikjes cola uit de koelbox en deed het deksel er weer op. 'Wil jij er een? Aangezien je koffie met de Mustang in de diepte is verdwenen?'
Hij glimlachte. 'Graag.' Onze vingers raakten elkaar toen hij het blikje aanpakte. Zijn hand voelde warm en heel even stelde ik mezelf voor dat ik tegen zijn schouder aan lag en dat hij zijn arm om me heen sloeg. Wat zou dat heerlijk zijn. Wat zou dat ongelooflijk heerlijk zijn.
Meteen zette ik de gedachte weer van me af... en merkte dat ik naar de donkere korst op Alex' wang staarde, waar het glas hem had geraakt.
Op leven en dood. Ik dacht dat ik kalm was, maar dat was niet zo; plotseling zat ik te trillen. Ik ging met mijn hand naar mijn haar en voelde dat er nog steeds glas in zat. Terwijl ik mijn trillende vingers probeerde te bedwingen klemde ik de cola tussen mijn benen en plukte langzaam een paar stukjes glas uit mijn haar – glanzende, harde scherfjes waar het zonlicht in weerkaatste.
Net als bij de vleugel van een engel.

Zelfs in het maanlicht zag de grond er droog en stoffig uit, alsof het in geen duizend jaar had geregend. Een paar uur eerder waren ze in New Mexico aangekomen, waar ze nu kriskras hun weg zochten over de verlaten binnenwegen – die, toen ze eenmaal Texas uit waren, abrupt waren veranderd in een stoffig spoor. De Chevy reed kreunend met dertig mijl per uur over de oneffen ondergrond terwijl de wielen gestaag een wolk gruis en stof deden opdwarrelen. Af en toe ketste er een steentje tegen de voorruit en liet een kras achter. Alex had met gefronst voorhoofd achter het stuur gezeten, in opperste concentratie om de kuilen en de geulen te ontwijken. Ten slotte was het te donker geworden om nog met de Chevy te kunnen rijden en waren ze naast de weg gestopt om te overnachten.

Ze hadden in geen uren een levende ziel gezien.

Nu zat Alex tegen de auto geleund met een van de biertjes uit de koelbox. Willow zat een meter bij hem vandaan met opgetrokken knieën naar de woestijn te kijken. Hij had Alex altijd aan de oceaan doen denken – zo eindeloos en stil. En koud, nu de zon weg was. Hij had zijn leren jack aangetrokken en Willow haar spijkerjasje. Alex nam een laatste slok, kneep het blikje in elkaar en keek omlaag naar zijn handen, die met het gekreukte aluminium speelden. Nadat ze waren gestopt had hij in gedachten keer op keer, als in een boze droom, het moment voor zich gezien dat er een geweer op Willow was gericht – de fractie van een seconde waarin hij dacht dat ze zou sterven.

Zijn hart had het bijna begeven.

Alex liet het blikje door zijn vingers gaan; het glansde in het maanlicht. Op dat moment had het hem niet uitgemaakt of ze een bedreiging vormde voor de engelen. Het enige wat telde was dat ze werd gered. Bij de gedachte dat haar iets zou overkomen was het alsof hij vanbinnen uiteen werd gereten. Hij slikte moeizaam. Waarom kon het hem opeens niet meer schelen dat Willow voor de helft een engel was? Hij wist het niet. Misschien was het de reading van de serveerster in het restaurant geweest of hun verblijf in de motelkamer; misschien was het gewoon ergens onderweg gebeurd. Hoe dan ook, het was niet meer belangrijk. Het was nu een belachelijk idee dat Willow op die parasitaire indringers leek. Haar engeleigenschappen maakten gewoon deel uit van wie ze was – en ze was... ongelooflijk. Hoewel de manier waarop Willow was verwekt Alex niet aanstond, was hij heel blij dat het was gebeurd. Het maakte hem niet uit wat ze was, zolang ze er maar was.

Hij kon zich nauwelijks nog voorstellen dat ze niet meer bij hem zou zijn.

De gedachte verbijsterde hem en hij voelde zijn handen koud worden. Wat was hier aan de hand? Dat hij zich tot Willow aangetrokken voelde, oké, maar dit was... Verward dwaalden zijn gedachten af. Het was niet alleen hoe ze eruitzag; het was Willow zelf, alles. Sinds Jakes dood had hij niet meer zo veel voor iemand gevoeld. En hij wilde het ook niet, nooit meer. Het was het niet waard; uiteindelijk deed nabijheid altijd pijn. Voor de tweede keer die dag flitsten er beelden van zijn broers dood door hem heen en zijn kaken verstrakten.

'Gaat het?' vroeg Willow. Hij richtte zijn hoofd op en zag dat ze naar hem keek. Haar blonde haar was bijna zilver in het maanlicht.

'Ja', zei Alex kortaf. 'Gewoon moe.'

Ze aarzelde en liet haar blik over zijn gezicht dwalen, maar drong niet aan. 'Hoe ver is het hiervandaan naar het kamp?' vroeg ze.

Alex schraapte met zijn schoen over de zanderige grond. 'Vier of vijf uur, denk ik. Als het een beetje meezit, kunnen we er morgen rond de middag zijn.'

Ze zwegen. In de verte klonk een langgerekt gehuil. 'Wat is dat?' vroeg Willow geschrokken.

'Een coyote.'

De verbazing deed haar gezicht oplichten. 'Echt?'

Hij moest glimlachen. 'Ja, echt. Ze bestaan niet alleen in films, hoor.'

Willow schudde haar hoofd. 'Het is zo raar. Ik ben opgegroeid met roodborstjes en blauwe gaaien, en jij met coyotes.' Ze ging met een hand door haar haar en trok een gezicht toen ze er nog een stukje glas uit plukte. Ze gooide het in het zand. 'Ik dacht dat ik alles eruit had gehaald, maar er komt geen eind aan.' Fronsend ging ze met haar handen op zoek naar nog meer glas.

Alex had de woorden uitgesproken voordat hij er erg in had. 'Wil je dat ik je help?'

Willow draaide zich abrupt naar hem toe en keek hem verschrikt aan. Hij haalde zijn schouders op en probeerde het plotselinge bonzen van zijn hart te negeren. 'Ik zie er nog een paar zitten, hier aan de achterkant. Ze glinsteren in het maanlicht.'

'Oké', zei ze na een korte pauze.

Hij stond op en ging naast Willow zitten, die hem haar rug toekeerde. Terwijl hij gespannen ademde ging hij voorzichtig met zijn vingers door haar zachte haar en haalde er de stukjes glas uit. Rondom hen strekte de woestijn zich groot en leeg uit. De stilte werd alleen verbroken door de stukjes glas, die bijna geluidloos in het zand vielen, en hun ademhaling. Willow durfde zich nauwelijks te bewegen.

Na een tijdje streek Alex langzaam over de hele lengte van haar haar. Hij haalde zijn hand weg en slikte. 'Ik geloof dat alles eruit is.'

'Bedankt.' Willows stem klonk als een fluistering. Alex kon zich nauwelijks bedwingen om haar in zijn armen te nemen en tegen zijn borst te drukken. Niet doen, riep hij zichzelf streng tot de orde. Je krijgt er spijt van als je ooit weer iemand dichtbij laat komen. Hij kwam haastig overeind.

Willow stond ook op en ze pakte haar ellebogen beet. 'Ik eh... we moesten maar eens gaan slapen', zei ze zonder hem aan te kijken.

'Ja', stemde Alex in. Het was alsof hij aan de rand van een afgrond stond. Hij deed een stap naar achter. 'Ik moet alleen even...' Hij gebaarde naar de woestijn.

'Ja, ik ook', zei Willow met een beschaamd glimlachje. Ze ging achter de auto zitten terwijl Alex een eindje de andere kant uit liep.

Toen Willow weer tevoorschijn kwam stond Alex met zijn handen in zijn achterzakken naar de sterren te kijken. Hij draaide zich om en zag haar door het maanlicht beschenen gezicht. Met moeite glimlachte hij. 'Oké, we kunnen beter de auto in gaan. Het is hier 's nachts knap koud.'

Willow knikte en een paar minuten later hadden ze zich op de neergeklapte stoelen van de Chevy geïnstalleerd. Willow legde haar spijkerjasje over zich heen.

'Heb je het warm genoeg?' vroeg Alex.

'Ik denk het wel', antwoordde ze.

'Hier.' Hij wrong zich uit zijn leren jack en legde het over haar heen. Het gebaar was veel intiemer dan de bedoeling was geweest, nu ze zo naar hem opkeek. Hij liet het jack abrupt los en ging weer op zijn stoel liggen.

'Maar dan krijg jij het koud', zei Willow, terwijl ze de mouw van zijn jack aanraakte.

'Dat valt wel mee.'

'Hier, neem dit dan.' Ze wilde hem haar spijkerjasje aanreiken, maar aarzelde toen. 'Ik bedoel – het is natuurlijk te klein voor je, maar –'

'Het is oké, dank je.' Hij nam het jasje aan en zijn vingers sloten zich om de zachte, verweerde stof. Toen hij het over zijn borst legde, ving hij een zweem van Willows parfum op. Willow trok het jack om zich heen en sloot haar ogen. 'Nou... slaap lekker', zei ze.

'Slaap lekker', echode Alex.

Het duurde een hele tijd voordat hij sliep.

12

Vanaf het moment dat hij de verantwoordelijkheid had gekregen voor het organiseren van de viering had Jona het razend druk gehad. Uit de volgelingen had hij een team van assistenten benoemd, dat de beschikbare ruimte in de kathedraal had opgemeten om te kunnen inschatten hoeveel bloemen ze nodig hadden. Er moesten meer dan vijftig bloemisten uit Denver worden ingehuurd om de lange guirlandes van aronskelken en viooltjes te maken waarmee de pilaren zouden worden versierd, om nog maar te zwijgen van de immense bloemstukken aan weerszijden van de plek waar de poort zich zou openen. Hij had zijn plannen voorgelegd aan de dirigent van de kathedraal, die euforisch was over de aanstaande viering; samen hadden ze een programma in elkaar gezet dat engelen waardig was. De nieuwe gewaden van glimmend zilverblauwe stof voor het sopraankoor waren al besteld; tientallen naaisters uit Denver waren haastig aan het werk gezet om de order op tijd klaar te hebben. Er zou een processie plaatsvinden van afgezanten van kerken uit het hele land; alleen al de coördinatie daarvan was een nachtmerrie. Er moesten duizenden flyers worden gedrukt en kaarten voor de beschikbare plaatsen in de kathedraal, er moest extra accommodatie worden geregeld voor de menigte die op die dag zou toestromen.

Er was besloten om alleen de media die onder het beheer van de Kerk stonden in te schakelen, maar het nieuws verspreidde zich als een lopend vuurtje. Jona ontving dagelijks honderden e-mails met smeekbeden om een toegangsbewijs. Al snel had hij de kaartverkoop moeten overlaten aan een paar volgelingen, wilde hij nog aan andere dingen toekomen. En er waren nog heel veel andere dingen die geregeld moesten worden: de verlichting, de programma's, de catering... Hij wilde zeker weten dat hij overal aan had gedacht, want de viering moest het spectaculairste evenement worden dat de jonge kathedraal ooit had aanschouwd.

Maar ondertussen, ondanks de chaos van alles wat geregeld moest worden, begonnen hem dingen op te vallen.

Eerst waren het kleine dingen, zoals Raziël die steeds uit zijn kantoor verdween en bij zijn terugkeer heel zelfgenoegzaam leek. En de volgelingen die zo vaak met een glimlach op hun lippen naar de lucht boven hen staarden. Jona wist dat ze op die momenten door een engel werden bezocht en vroeger, voordat hij was bekropen door het vage gevoel van ongemak, had hij er geen aandacht aan besteed. Maar het gebeurde zo vaak. En erna leken de volgelingen zo moe. Ooit had Jona een vrouw die in een gang sprakeloos naar boven had staan kijken aangesproken, maar ze had niet geantwoord. Hij had naar haar stralende, in het niets starende ogen gekeken en geaarzeld. Opgelaten was hij doorgelopen. Toen hij over zijn schouder had gekeken zag hij dat ze met een bleek gezicht tegen de muur hing.

Jona had geweifeld. Uiteindelijk was hij teruggelopen. Zijn

voeten hadden nauwelijks geluid gemaakt op de dikke vloerbedekking. 'Gaat het?' had hij gevraagd.

De oogleden van de volgelinge waren opengegaan. Er had een stralende, gelukzalige uitdrukking op haar gezicht gelegen. 'O, ja! Een van de engelen heeft me zojuist bezocht. Lof zij de engelen!'

'Lof zij de engelen', had Jona geëchood.

Maar toen de vrouw was weggelopen had ze gewankeld; hij zag dat ze steun moest zoeken bij de muur. Ze had er zo uitgeput uitgezien. Zo zwak.

En dat gold voor veel volgelingen.

Waarom was het hem niet eerder opgevallen? Jona vond het moeilijk te geloven. Het was alsof hij het kathedraalleven met andere ogen bezag. Duizenden volgelingen woonden op het terrein en voorzagen in elke behoefte van de gemeenschap van de Engelenkerk, hun grote trots: van koken tot en met de schoonmaak en de boekhouding. Er was een sportzaal, een bioscoop, een kapper... maar waar ze de deur platliepen was bij de dokter. Toen Jona een aantal persoonsdossiers op zijn scherm had bekeken, had hij gehuiverd. Zo te zien was niemand gezond.

Het moest toeval zijn. Of misschien niet echt toeval, maar een kwestie van oorzaak en gevolg: als je gezondheidsproblemen had, was dat een logisch moment om de hulp van engelen in te schakelen, nietwaar? Natuurlijk leek het dan alsof veel volgelingen iets mankeerden; daarom waren ze hierheen gekomen. Er was een golf van opluchting door hem heen gegaan, maar het was van korte duur geweest: toen Jona verder spitte bleek dat veel volgelingen bij aankomst kerngezond waren geweest. Totdat ze hier een tijdje hadden gewoond.

Jona opende de homepage van de Kerk en staarde naar de foto van de halfengel Willow met haar lange blonde haar en engelachtige gezicht. En voor het eerst vroeg hij zich af welk gevaar ze precies voor de engelen betekende.

Het was laat in de middag. Raziël was naar zijn woonvertrekken verdwenen en Jona was alleen in zijn eigen kantoor. Hij keek naar de telefoon. Hij hoefde maar één simpel telefoontje te doen en dan zou hij vast en zeker bevrijd zijn van deze afschuwelijke twijfels. Plotseling wenste hij uit de grond van zijn hart dat hij kon terugkeren naar de tijd dat hij geen twijfel had gevoeld.

Hij bladerde in zijn organizer, vond het nummer dat hij zocht en toetste het in. Het was na werktijd in New York, maar hij wist dat een van de bewoners zou opnemen.

'Hallo, Engelenkerk Schenectady', klonk een mannenstem.

Jona ging rechtop zitten. 'Ja, hallo – met Jona Fisk, van het hoofdkantoor in Denver. Kan ik Beth Hartley spreken?'

'Beth? Ik denk dat ze nog aan het schoonmaken is.'

'Zou je haar willen roepen? Het is belangrijk.'

Gespannen bleef Jona wachten. Het was doodstil in zijn kantoor. Het kleine schilderij van de engel dat tegenover hem hing glansde zacht in het gedempte licht. Hij keek naar de vloeiende lijnen van de vleugels, het zachte liefdevolle gezicht. De schoonheid leek met zijn verdenkingen te spotten en hij werd bekropen door schuldgevoel.

'Hallo?' klonk uiteindelijk een meisjesstem.

Jona legde uit wie hij was. 'Het spijt me dat ik je stoor', zei hij, 'maar ik moet je, eh... iets vragen over Willow Fields.'

'Wat is er met haar?' vroeg Beth wantrouwig.

Jona schraapte zijn keel. 'Wat, eh... is er precies gebeurd?'

Beth zweeg. Terwijl hij zichzelf verafschuwde vervolgde Jona:

'Alsjeblieft, ik moet het weten, het is belangrijk – de engelen hebben erom gevraagd. Was ze een vriendin, voordat dit gebeurde?'

'Nee!' riep Beth verschrikt uit. Hij hoorde haar slikken. 'We zagen elkaar zelden. Ze deed altijd nogal raar, maar ze leek me niet onaardig. En ze was helderziend, dus... heb ik haar om een reading gevraagd.'

Onbeweeglijk luisterde Jona naar Beth, die verslag deed van de ontmoeting en eindigde met de woorden: 'Ze zag mijn engel; ze wist precies wat er was gebeurd. Maar ze – ze zei afschuwelijke dingen tegen me. Echt afschuwelijk.' Hij hoorde de spanning in de stem van het meisje, als een dunne, metalen draad.

'Wil je me vertellen wat ze zei?' vroeg Jona. Hij pakte een pen van het bureau en tikte er zenuwachtig mee op zijn blocnote.

'Ik heb het er niet graag over', antwoordde Beth uiteindelijk. 'Maar als de engelen het hebben gevraagd...' Ze haalde diep adem. 'Ze... ze zei dat mijn engel niet goed was. Dat hij... mijn dood zou betekenen en dat ik uit zijn buurt moest blijven. Ze werd zelfs nogal dwingend. Ze zei dat als ik me bij de Kerk aansloot, ik steeds zieker zou worden.'

Jona's hoofd tolde en hij schraapte zijn keel. 'Zo. En... dat is natuurlijk niet gebeurd.'

'Nee, natuurlijk niet!' riep Beth uit. 'Oké, ik ben soms heel moe en al mijn spieren doen pijn, maar dat is gewoon een griepje of zo. Het gaat goed met me. Ik ben heel gelukkig. Weet u of ze haar al hebben gevonden?'

'Nee, nog niet', antwoordde Jona.

'O', zei Beth. 'Ik had gehoopt...' Ze zuchtte. 'Het is zo'n naar idee dat iemand die de engelen iets zou kunnen aandoen vrij rondloopt.'

'Het zal niet lang meer duren', zei Jona afstandelijk. 'Bedankt voor je hulp, Beth. Mogen de engelen met je zijn.'

Nadat hij had opgehangen bleef hij lange tijd aan zijn bureau naar de foto van de glimlachende Willow staren en probeerde wijs te worden uit wat hij zojuist had gehoord. Willow had gemeend dat Paschar een gevaar was; ze had Beth ervan willen weerhouden om zich bij de Kerk aan te sluiten omdat ze bang was voor de gevolgen. Dit klonk heel anders dan dat Willow een demonische dreiging was – ze was bezorgd geweest om Beth en had haar willen helpen.

En nu wilden de engelen haar doden.

Wezenloos keek Jona naar het scherm en verfoeide de gedachten die als ijsdolken door zijn hoofd gingen. De engelen hadden zijn leven gered. Ze hadden hém gered; daar was geen twijfel over mogelijk. Maar hij begon zich af te vragen of hij misschien een uitzondering was.

Wie kon hem vertellen wat er werkelijk aan de hand was?

Wie kon hem antwoorden geven?

Er kwam een gedachte bij hem op en hij verstijfde. Langzaam klikte hij een paar keer met zijn muis en er verscheen een e-mail op zijn scherm. Sinds de moordenaar was verdwenen was Jona niet langer verantwoordelijk voor het probleem van de overgelopen engelen, maar als Raziël informatie per e-mail kreeg ging er vaak nog een cc naar hem. Met bonzend hart keek hij naar het drieregelige bericht met de contactinformatie. Zou hij met een van hen gaan praten? Het was een weerzinwekkend idee. Maar als hij echt antwoorden wilde... dan was het misschien de enige mogelijkheid.

Ik kan het niet doen, dacht Jona ellendig. Ik heb het gewoon bij het verkeerde eind. Ik móét in ze geloven. Ze zijn alles wat ik heb.

Maar hij herinnerde zich Raziëls lachende woorden, de vrouw die met een doodsbleek gezicht tegen de muur hing – en het glimlachende meisje op de website dat iemand had willen waarschuwen dat een engel haar kwaad deed.

Het was alsof de hele wereld op zijn kop stond.

Terwijl hij nauwelijks kon geloven wat hij deed, pakte Jona zijn pen en de blocnote. Hij wierp een blik op de e-mail en met licht trillende hand noteerde hij een telefoonnummer.

Het kamp lag in het zuidelijke deel van de staat, twintig mijl de woestijn in: een ruig, met struikgewas bedekt landschap met aan de horizon kale, afgeplatte bergen. Er waren nergens wegen of borden, maar Alex kende het gebied als zijn broekzak – ook al had hij nooit gedacht er nog eens doorheen te rijden in een verlengde Chevy die beter paste bij Space Invaders en discomuziek uit de jaren tachtig. Hij liet de Chevy langzaam over het ruige terrein gaan, terwijl hij nauwlettend de temperatuur in de gaten hield en bad dat hij niet oververhit zou raken. Het voelde alsof het buiten al boven de 40 °C was. En tot overmaat van ramp leek de freon op te zijn. Zelfs met de raampjes helemaal omlaag was het om te stikken.

De spanning die was ontstaan toen hij het glas uit Willows haar had gehaald was de volgende ochtend gelukkig verdwenen en onderweg hadden ze ongedwongen zitten praten. Ze had haar blote voeten op het dashboard gelegd en haar slanke armen glinsterden van het dunne laagje zweet.

'Ik wou dat ik een korte broek had', zei ze terwijl ze zichzelf koelte toewuifde.

'We kunnen in het kamp wel even kijken', zei Alex. 'Er is vast wel iemand die iets voor je heeft.'

Haar groene ogen stonden bedachtzaam. 'Zijn er vrouwelijke EK's?'

Alex knikte. 'Zeker, en een paar hele goeie ook. De vrouwen waren vaak beter in het chakrawerk dan de mannen.' Hij zweeg toen ze bij een opgedroogde rivierbedding kwamen en geconcentreerd manoeuvreerde hij de auto over de rotsachtige bodem. Een hagedis keek hen vanaf een rotsblok minachtend aan. *Denk je nou echt dat dat ding het gaat halen? Geluk ermee, eikel. Doe de gieren maar de groeten.* Er hoefde maar een as te breken... Zelfs Willow kon dat niet repareren. Met veel moeite klom de Chevy kreunend de rivieroever op en angstig vroeg Alex zich af of ze de rest zouden moeten lopen. Toen, met een plotselinge ruk, was de auto over de rand. Ze hadden het gered en Alex blies zijn adem uit.

Willow tilde haar lange haar uit haar nek, draaide het in een staart en maakte er een knotje van. Ze schraapte haar keel. 'Weet je... het maakt me nogal zenuwachtig.'

'Wat? Dat we naar het kamp gaan?'

Ze knikte en klopte met haar hand tegen het openstaande raam. 'Met al die engelkillers terwijl ik... ben wat ik ben. Ze zullen me vast haten, denk je niet?' Haar stem klonk gespannen.

Stom genoeg was dat niet eens bij Alex opgekomen. Terwijl hij een paar greppels ontweek dacht hij erover na. 'Ik denk dat een aantal nogal overdonderd zal zijn', bekende hij. Net als hij; hij sprak de woorden niet uit, maar hij wist dat ze het allebei dachten. 'Maar Willow, je staat niet aan de kant van de engelen – zij willen je dood; ze denken dat jij hen kunt vernietigen. Dát zal iedereen interesseren, niet wat je bent.'

Haar kin bewoog licht. 'Ik hoop het.'

De drang om haar aan te raken was overweldigend. Alex gaf

eraan toe en hij liet zijn vingers even op haar arm rusten. 'Hé, niet bang zijn. Het komt goed.'

Willows gezicht ontspande zich een fractie. Ze schonk hem een glimlachje. 'Oké. Dank je.'

Zwijgend vervolgden ze hun weg terwijl de Chevy piepend en kreunend door de woestijn reed. De droge aarde was bezaaid met stekelige yucca's en de hagedissen schoten voor de auto weg. Uiteindelijk zag Alex in de verte het draadstalen hek van het kamp opdoemen, trillend in de hitte. 'Kijk eens aan, ik geloof dat we het gehaald hebben', zei hij.

Willow ging overeind zitten. 'Is dat het?'

'Dat is het.' Nu hij het kamp met haar ogen bekeek zag hij midden in de verlatenheid een verzameling lage, witte gebouwtjes staan, omringd door een metalen hek met bovenop prikkeldraad. Er stonden geen bomen en ook verder was er niets dat het opfleurde. Het was kaal en functioneel; volkomen kleurloos.

Het was het enige thuis dat hij ooit had gekend.

Zonder haar blik los te maken van het naderende kamp trok Willow haar schoenen aan. 'Het is precies zoals ik het zag.' Ze slikte en keek hem aan. 'Hoeveel mensen zijn er nu, weet je dat?'

Hij schudde zijn hoofd. 'Geen idee. Het grootste aantal in mijn tijd was zevenendertig.'

'Nooit meer?'

Alex haalde zijn schouders op. 'Het hing ervan af', zei hij. Van wie er die week was gedood en of Martin, zijn vader, nieuwe rekruten had kunnen werven. Er waren er heel wat gek geworden – mensen die het energiewerk niet aankonden en na een tijdje met een wezenloze blik in hun ogen rondliepen, of psychopaten die alles wat bewoog wilden neerknallen. De kern waar je echt op kon rekenen had uit niet meer dan twaalf EK's bestaan.

Toen ze het hek naderden minderde Alex vaart en maakte hij de draden onder de stuurkolom los. Gehoorzaam ging de motor uit.

Hij stapte de brandende zon in en keek met een hand boven zijn ogen naar het kamp. Hij voelde zijn nekharen prikken. Het was veel te rustig; hij zag geen enkel ander voertuig. Het bord op het hek met de tekst PRIVÉTERREIN – VERBODEN TOEGANG – BETREDEN OP EIGEN RISICO bungelde aan één schroef.

Willow was ook uitgestapt en ze tuurde naar de gebouwen aan de andere kant van het hek. Zonder iets te zeggen wierp ze Alex een snelle blik toe.

Met een slecht voorgevoel liep Alex naar het hek. Hij zag dat het slot dat er altijd hing weg was; er zat alleen nog een klink. Hij tilde hem op en het hek zwaaide moeiteloos onder de druk van zijn hand open. De metalen deur van het gebouw dat ze als opslag hadden gebruikt stond open. Er stond niets in en ook de andere gebouwen zagen er verlaten uit. Het leek wel een spookstad.

Willow kwam naast hem staan. Ze had haar armen om haar middel geslagen. 'Eh... wat betekent dit?'

'Het betekent dat ik een idioot ben', antwoordde Alex. Hij sloeg met zijn hand tegen het hek, dat rammelend trilde. 'Verdomme. Waarschijnlijk heeft de CIA de hele zaak verhuisd na de overname. Het trainingskamp kan nu overal zijn.'

Willow beet op haar lip. 'O.' Ze keek achterom naar de gebouwen. 'Denk je echt dat Cully daar ook is?'

'Ik weet het niet. Ik ging er gewoon vanuit dat hij nieuwe

EK's aan het trainen was, maar...' Alex gaf een harde duw tegen het bord met VERBODEN TOEGANG waardoor het aan zijn ene schroef heen en weer slingerde. 'Ik weet niet eens hoe ik hem te pakken kan krijgen. Geen van ons heeft het nummer van de anderen; we moesten helemaal solo opereren.'

Willow leek diep na te denken. 'Maar stel dat hij géén nieuwe EK's aan het trainen is', vroeg ze uiteindelijk. 'Waar zou hij dan zitten? Misschien kunnen we van daaruit zijn spoor oppikken.'

Haar redelijke toon kalmeerde hem en hij kon weer denken. 'Ja, wie weet... we zouden Albuquerque kunnen proberen. Ik weet wel waar hij vroeger vaak naartoe ging. Als hij niet bij de EK's is, zit hij waarschijnlijk daar.'

'Oké', zei Willow. 'Op naar Albuquerque.'

Ze glimlachte naar hem en met enige moeite schonk Alex haar een berouwvol glimlachje terug. Hij was opgelucht dat ze hem zijn stommiteit niet kwalijk nam – hij nam het zichzelf al kwalijk voor twee. Hij maakte aanstalten om naar de auto terug te gaan; het idee dat ze nog een keer met die bak de woestijn door moesten maakte hem gespannen.

'Kunnen we even rondkijken voordat we gaan?'

Verrast keek Alex Willow aan. Ze stond nog bij het hek naar het kamp te turen. De zon wierp ruitvormige schaduwen op haar gezicht.

'Waarvoor?'

Ze aarzelde en keek glimlachend achterom. 'Ik wil gewoon graag zien waar jij bent opgegroeid.'

'Dit was de kantine', zei Alex.

Ze stonden in een langgerekt, laag gebouw met aan één kant

een toonbank. De metalen opklaptafels en -stoelen stonden er nog; de stoelen schots en scheef alsof iedereen zojuist was opgestaan om in de recreatieruimte poker te gaan spelen of op de schietbaan te gaan oefenen. Alex stopte zijn handen in zijn achterzakken en keek om zich heen. Het was alsof hij twee beelden over elkaar heen zag: Cully en een paar andere EK's zaten lachend aan tafel. 'Man, wat is dit voor een slobber?' had Cully bij vrijwel elke maaltijd uitgeroepen. 'Haal die plurk van een kok. Dan schiet ik hem dood.' Bij de herinnering verscheen er een flauwe glimlach op Alex' gezicht. Ze hadden geen kok gehad; ze hadden van blikvoer en spul uit plastic verpakkingen geleefd.

Willow liep langzaam door de ruimte. Ze ging met haar vingers over de rugleuning van een stoel. 'Hoe was het om hier op te groeien?'

'Ik weet niet. Voor mij was het gewoon.' Alex liep naar de toonbank, pakte een lege koffiebeker en draaide hem rond in zijn handen. 'We hadden geen tv, want die gebruikte te veel stroom, dus ik wist niet hoe vreemd het was. Nou ja, ik wist dat de rest van de wereld niet zo leefde, maar...' Hij haalde zijn schouders op en zette de beker weer neer.

'Hoe oud was je toen je hier voor het eerst kwam?'

'Vijf', antwoordde hij.

'Wat jong', mompelde ze. 'Waar kom je oorspronkelijk vandaan?'

'Chicago. Maar ik herinner me er niets meer van.'

Er lag een dun laagje zand op de vloer. Het knerpte onder Willows schoenen toen ze naast hem kwam staan. 'Wat heb je hier allemaal geleerd, als je niet naar school ging?'

Hij lachte plotseling. 'Hé, ik ging wel naar school – we kregen les in schieten, engelen spotten, wapenonderhoud, auralezen, werken met chakra-energie –' Hij trok een wenkbrauw op. 'Ik had het waarschijnlijk drukker dan jij.' Willow schudde verbaasd haar hoofd. 'Ja, ik geloof je. Toen ik vijf was kon ik nog niet eens binnen de lijntjes kleuren.' Ze ging naast hem tegen de toonbank aan staan en keek door de lege ruimte. Alex zag dat haar knotje was losgekomen en het haar als een losse streng in haar nek lag. Onwillekeurig herinnerde hij zich hoe zacht het de vorige avond had aangevoeld, hoe het als zijde door zijn vingers was gegaan. 'En je vader heeft het hier opgezet?' vroeg Willow terwijl ze hem aankeek.

Opgelucht door de afleiding duwde Alex zichzelf bij de toonbank vandaan. 'Ja. Kom mee, dan laat ik je de slaapbarak zien.' Ze gingen weer naar buiten, waar de witte gebouwen schitterden in het zonlicht. 'Mijn vader werkte voor de CIA', zei hij terwijl ze door de zinderende hitte liepen. 'Ik vermoed dat hij in nogal aparte dingen was gespecialiseerd – voordat hij bij de CIA ging had hij een aantal jaren in Azië gezeten en zich verdiept in het menselijke energieveld en ermee leren werken.'

Hun schaduwen strekten zich voor hen uit op het beton. Zwijgend liep Willow naast hem terwijl ze naar hem luisterde.

'Toen ik klein was, was hij vaak op reis', vervolgde Alex, 'maar rond mijn vijfde kreeg hij geloof ik een andere functie en was hij veel vaker thuis. En in die periode ontdekte hij de engelen.'

Ze waren bij de slaapbarak gekomen. De deur stond op een kier. Alex duwde hem met zijn vlakke hand open en ging naar binnen. De muren waren in schaduw gehuld en het was er relatief koel. De metalen bedden stonden er nog, maar de matrassen en het beddengoed waren verdwenen. 'Hier slaap ik', zei hij terwijl hij naar het tweede stapelbed aan de rechterkant liep. 'Mijn broer Jake nam altijd het bovenste bed en ik kreeg het onderste.'

Willow bleef roerloos staan. 'Je broer?'

Alex knikte en hij herinnerde zich de eindeloze gevechten:

'Jake, kalfskop, je stond op mijn gezicht.'

'Hé, je vindt mijn zweetvoeten toch lekker, bro? Hier, nog een keer?'

'Ja', zei hij. 'Hij was twee jaar ouder.'

Willow ging naast hem staan en legde een hand op zijn arm. 'Alex, ik, eh... vind het vreselijk voor je.'

Wist ze het al? vroeg hij zich verrast af. Zijn spieren spanden zich en hij hield zijn ogen strak op het stapelbed gericht toen de beelden van de canyon in Los Angeles voorbij flitsten, zo snel als een spel kaarten dat werd geschud. Na enkele seconden zei hij: 'Weet je ook hoe?'

Willow schudde haar hoofd. 'Nee. Ik kon het niet zien toen ik je las, maar ik vermoedde het. Ik wilde al eerder zeggen hoe erg ik het voor je vind, maar – toen vond ik je niet zo aardig.' Ze schonk hem een klein glimlachje.

Alex voelde zijn spieren iets ontspannen. Godzijdank; hij wist niet of hij haar medelijden had kunnen verdragen. 'Ik neem het je niet kwalijk', zei hij na een korte stilte. 'In jouw plaats had ik mij ook niet zo aardig gevonden.' Hij keek haar aan met een wrange grijns.

Ze keek op en hun ogen vonden elkaar. Willows hand lag warm en klammig door de hitte op zijn arm. Al zijn herinneringen aan Jake vervaagden; hij voelde zijn hart sneller kloppen toen hij in haar naar hem opgerichte gezicht keek. De tijd bevroor en geen van beiden bewoog. Opeens drong het tot Willow door hoe dichtbij ze stond. Ze liet zijn arm los en deed verward een stap naar achter.

In Alex' hoofd tuimelden de gedachten over elkaar. Hij schraapte zijn keel. 'Dank je', zei hij. 'Van Jake, bedoel ik. Het is al weer een tijd geleden, maar... bedankt.'

'Je, eh... vertelde me over je vader, dat hij voor het eerst doorkreeg dat er engelen waren', zei Willow. Ze ging op het metalen onderstel van het stapelbed zitten en leunde tegen de stijl. Alex ging aan de andere kant zitten waarbij hij nauwlettend voldoende afstand bewaarde.

'Ja.' Plotseling had hij geen zin meer om erover te vertellen. Zijn stem werd kortaf en onpersoonlijk. 'Mijn moeder was zich op een gegeven moment nogal raar gaan gedragen; ze ging op de gekste tijden de deur uit, dat soort dingen. Mijn vader vertrouwde het niet. Hij dacht dat ze een ander had, dus ging hij haar op een keer achterna toen ze zei dat ze ging hardlopen. Ze stond midden op het pad naar de hemel te glimlachen.'

'O, nee', fluisterde Willow.

'Hij schudde haar door elkaar, hij sloeg haar – niks. Uiteindelijk, vanwege al het energiewerk dat hij had gedaan, moet hij iets vreemds gevoeld hebben en hij bracht zijn energie door zijn chakra's omhoog. Toen zag hij de engel die zich met haar voedde.'

Er viel een doodse stilte.

'De engel schrok behoorlijk toen hij doorhad dat hij was gezien – door iemand anders dan degene met wie hij zich voedde. Hij stortte zich op mijn vader, maar die vocht terug met zijn eigen energie. Dat doen we nu niet meer; het is te gevaarlijk. Maar ondertussen was mijn moeder gaan gillen en huilen, en ze riep tegen mijn vader dat hij moest ophouden, dat hij het niet begreep. Ze wierp zich tussen hen in, en toen... griste de engel haar levensenergie gewoon weg, in één keer.'

Willows groene ogen sperden zich open. Haar keel bewoog alsof ze slikte.

'De engel verdween en mijn moeder... kreeg een hartaanval. Ze raakte in coma en de volgende dag was ze dood.'

Ongevraagd kwam er weer een herinnering bij hem boven: Jake en hij bij het ziekenhuisbed van hun moeder en achter hen hun vader met zijn handen op hun schouder. Alex herinnerde zich dat hij meer verward dan verdrietig was, dat hij niet begreep waarom ze niet opstond.

'O, Alex', zei Willow meelevend. 'Wat vreselijk.'

Hij haalde bruusk zijn schouders op. 'Het is jaren geleden. Hoe dan ook, bij de CIA dachten ze waarschijnlijk dat mijn vader gek was geworden toen hij over engelen begon die mensen doodden, maar hij werkte er al zo lang dat ze hem een budget gaven en zijn gang lieten gaan. Niemand nam hem echt serieus, toen. Behalve de EK's.'

'En toen kwam de Invasie', zei Willow.

Alex knikte. Hij had een arm om de bedstijl geslagen en hij ging met een duim over het warme metaal. 'Precies. En plotseling was de CIA wel geïnteresseerd in wat mijn vader al die jaren had uitgespookt. Ze namen de hele operatie over, zoals ik al zei. En ze hebben het een en ander verbeterd, denk ik. We kregen betere wapens, betere auto's. En een behoorlijk salaris, voor de verandering.'

Willow keek hem aan alsof ze begreep hoezeer hij die goeie ouwe tijd miste, toen de EK's nog allemaal samen hadden gewerkt. 'Waar is je vader nu?' vroeg ze. 'Is hij nog steeds een EK?'

'Hij is ook dood', zei Alex. 'Hij stierf ongeveer vijf maanden voor de Invasie.' Hij keek haar aan en zijn mondhoek trilde. 'Hé, ben je niet blij dat je ernaar gevraagd hebt? Zo'n vrolijk onderwerp.'

Willow keek hem sprakeloos aan en schudde aangeslagen haar hoofd. 'Alex, ik –'

'Kom, dit is deprimerend', zei Alex. Hij stond op. 'Wil je mijn Engelse lesboek zien?'

Ze aarzelde en probeerde toen te glimlachen. 'Had je dat dan? Ik dacht dat jullie niet aan normale lessen deden.'

'Jazeker. Eens kijken of het er nog ligt.' Hij liep naar een metalen boekenkast die tegen de muur stond, hurkte en doorzocht de roestige planken. 'Ja, hebbes.' Hij hield een oude catalogus van Sears omhoog.

Willows glimlach verbreedde zich. 'Je maakt een geintje!' zei ze lachend.

'Nee hoor.' Alex bladerde erdoorheen. 'Dit was Engels, wiskunde... er zit zelfs eens kaart achterin, dus we kregen ook aardrijkskunde. Plus dat het hoofdstuk met lingerie niet mis was. De enige meisjes die Jake en ik zagen droegen combatbroeken.' Hij stond op en gooide de catalogus op de plank.

'Waren jullie de enige kinderen?' vroeg Willow. Ze had zich naar hem toe gedraaid en trok een knie tegen haar borst.

'Ja. En af en toe realiseerde iemand zich: Hé, die jongens zitten niet op school, we moeten ze les geven! En dan kwam de catalogus weer voor een paar dagen tevoorschijn. Wij deden veel liever schietoefeningen.'

Willow wilde iets zeggen, maar zweeg toen ze beiden een geluid hoorden: er kwam een auto aan.

Er verscheen onmiddellijk een gespannen, alerte uitdrukking

op Alex' gezicht. Hij trok het pistool uit de broeksband van zijn spijkerbroek en haalde de veiligheidspal eraf. 'Ga achter de deur staan', beval hij haar zacht.

Willow gehoorzaamde zonder protesteren en sloop snel naar de deur. Behoedzaam ging Alex langs de muur naar de deuropening en ging ernaast staan. Hij luisterde gespannen hoe het voertuig tot stilstand kwam, waarna het geluid van een dichtslaand portier tussen de gebouwen echode. Eén maar. Mooi, dacht hij, terwijl hij zich tegen de warme muur aan drukte. Als een van hun vrienden uit de *panhandle* hen had weten op te sporen stond hem nu een verrassing te wachten.

Trage, ongelijke voetstappen kwamen naderbij; ze leken in de lucht te blijven hangen. Alex sperde zijn ogen open; als hij niet beter wist...

'Oké, wie is daar?' bulderde een bekende stem. 'Ik hou niet van verrassingsbezoekjes; als ik jou was zou ik als de sodemieter tevoorschijn komen en je hoofd laten zien. Anders maak je kennis met mijn geweer.'

Er ging een golf van vreugde en opluchting door Alex heen en hij grijnsde breed. 'Het is Cully!' zei hij tegen Willow. 'Cull!' riep hij door de deuropening terwijl hij zijn pistool wegstopte. 'Cull, ik ben het. Alex!'

Met een geweer in de aanslag tuurde Cully het gebouwtje in dat vroeger de recreatieruimte moest zijn geweest. Hij droeg een spijkerbroek en een T-shirt zonder mouwen. Bij het horen van Alex' stem draaide hij onhandig om zijn as en er gleed een verbaasde uitdrukking over zijn brede gezicht. Een moment lang keek hij hem sprakeloos en verbijsterd aan... en toen begon hij te grijnzen. 'Alex? Verdomd, je bent het echt!'

Alex ging de slaapbarak uit en liep breed glimlachend op

hem af. Ze omhelsden elkaar en sloegen elkaar op de rug. De grote zuiderling was nog even gespierd als altijd. Ze lieten elkaar los en Cully kneep zijn blauwe ogen tot spleetjes terwijl hij deed alsof hij Alex taxerend opnam. Hij schudde zijn hoofd. 'Je bent nóg lelijker geworden, knul. Hoe is het mogelijk?'

'Tja, ik probeer zo veel mogelijk op jou te lijken', zei Alex met een grijns. 'Cully, wat doe je hier? We dachten –' Plotseling herinnerde hij zich Willow en hij draaide zich om. Ze stond in de deuropening van de slaapbarak met een onzekere uitdrukking op haar gezicht naar hen te kijken.

Cully draaide zich ook om. Zijn wenkbrauwen schoten omhoog. 'Krijg nou wat', zei hij met zijn lijzige accent. 'Wie is die knappe verschijning?'

Willow liep met haar armen over elkaar geslagen op hen af, knipperend met haar ogen vanwege het schelle licht. 'Hallo', zei ze en ze stak een hand uit. 'Ik ben Willow Fields. Prettig met u kennis te maken.'

'Willow Fields... is dát effe een mooie naam', zei Cully. Hij wierp een goedkeurende blik op Willows lichaam. 'Nou knul, je hebt wel een schoonheid aan de haak weten te slaan. En, jongedame, wat doe jij met dit stuk vreten? Kijk maar uit of hij wordt nog je ondergang.'

Alex voelde zijn wangen gloeien. 'Eh, we zijn geen –'

'We zijn gewoon vrienden', zei Willow met een wat gespannen glimlach. Gezien haar angst voor de reactie van de EK's verbaasde het Alex niets.

'Vrienden', herhaalde Cully en hij knikte zijn hoofd alsof hij het woord proefde. 'Gesnopen. In dat geval stel ik voor dat deze drie vrienden even gezellig gaan zitten met een koel drankje.'

'Top', zei Alex. 'Heb je dan nog een generator?'

'Ja, ik woon in het oude huis van je vader', zei Cully terwijl ze op pad gingen. Hij liep stram en met elke stap zwaaide hij zijn kunstbeen naar voren. 'Daar ziet niemand me van buiten het hek, en ook mijn wagen niet.'

'Waarom zit je hier in je eentje en ben je niet ergens EK's aan het trainen?' vroeg Alex. 'We dachten dat het kamp verlaten was.'

Het geweer in Cully's hand bewoog op het ritme van zijn passen heen en weer. 'We hebben betere tijden gekend, verdomd als het niet waar is', zei hij. Willow liep naast Alex, nog steeds met haar armen voor haar borst gekruist. Terwijl Cully sprak draaide ze haar hoofd in zijn richting en nam hem zwijgend op.

'En wat ik hier doe', vervolgde Cully, 'de CIA en ik zijn niet echt dikke vrienden, dus bewaak ik gewoon het oude fort. Iemand moet het doen.' Ze kwamen bij het huis waar Alex' vader had gewoond – een van de kleinste gebouwen op het terrein, maar het enige met een zekere privacy. Cully opende de deur en deed het licht aan. Alex ging de woonkamer in. Het was alsof hij terugging in de tijd. Het zag er nog precies zo uit als de laatste keer dat hij hier was geweest: de gammele tafel en stoelen, de versleten slaapbank. De enige versiering waren zijn vaders kaarten aan de muur met de rode punaises die de verdachte engellocaties aangaven van meer dan twee jaar geleden. Op de achtergrond klonk het vage gebrom van de generator.

'Home sweet home', zei Cully en hij zette zijn geweer tegen de betonnen muur. 'Maar wat doen jullie hier? Ik was mijn maandelijkse boodschappen wezen doen. Ik kon mijn ogen niet geloven toen ik die ouwe lullenwagen zag staan, ik zweer het je. Hoe heb je dat ding hier weten te krijgen zonder hem op te blazen? Niet te geloven!'

Alex lachte. 'Het viel niet mee. Ik heb een paar keer gedacht dat we als voer voor de gieren zouden eindigen.' Hij plofte op een van de versleten houten stoelen neer. Willow ging aarzelend naast hem zitten en keek naar Cully.

'En wat we hier doen...' Hij wist niet goed waar hij moest beginnen en schudde zijn hoofd. 'Dat is een lang verhaal.'

'In dat geval hebben we iets nodig om de keel te smeren', zei Cully. 'Eens kijken wat ik heb staan.' Hinkend liep hij het keukentje in waar hij neuriënd op zoek ging.

Zodra hij uit het zicht was boog Willow zich naar Alex over. 'Er klopt iets niet', fluisterde ze op dringende toon. Haar adem kietelde in zijn oor. 'Ik weet dat hij je vriend is, maar –'

'Wat dan?' vroeg Alex verbaasd.

Ze schudde haar hoofd. 'Ik weet het niet. Hij is iets van plan, maar ik kan niet –'

Toen Cully weer verscheen ging ze snel rechtop zitten. Hij had een fles en twee glazen bij zich, die hij rinkelend op tafel zette. 'Je hebt geluk, vriend. Ik had nog wat Mr. Beam staan. En jij, jongedame? Ook een slokje?'

'Voor mij een glas water, graag', antwoordde Willow met een glimlachje. 'Of een cola, als u dat hebt.'

'Zeker weten?' Hij bewoog de fles verleidelijk heen en weer. 'Oude en nieuwe vrienden bij elkaar – dat is wel een feestje waard, vind je niet?'

'Echt niet, dank u.'

Cully deed alsof hij moest zuchten. 'Okiedokie, dan haal ik een cola voor je. Maar voordat de zon onder is hebben wij er een cola tic van gemaakt, hè jongen?' Hij knipoogde naar Alex en verdween weer het keukentje in.

'Wat bedoel je, dat hij iets van plan is?' mompelde Alex. In de keuken hoorden ze het kleine koelkastje opengaan.

Willows gezicht stond gespannen. 'Ik weet het niet. Hij is blij dat we er zijn, maar... dat is niet omdat hij blij is om ons te zien. Er is iets aan de hand waarvan hij niet wil dat wij het weten.'

Alex voelde zich ongemakkelijk worden. 'Willow, ik ken hem al bijna mijn hele leven.'

Ze leunde naar achter en knikte, maar ze leek allesbehalve overtuigd.

De seconden tikten voorbij. Alex wierp een blik op de keuken en realiseerde zich opeens dat Cully wel erg lang wegbleef. Hij haatte zichzelf dat de gedachte überhaupt bij hem was opgekomen. Zonder Willow aan te kijken schoof hij zacht zijn stoel naar achter en liep naar de keuken.

'Hé, Cull, zal ik even –'

Hij zweeg. Cully stond met zijn mobiele telefoon in zijn handen tegen het aanrecht geleund. 'Effe mijn moesje sms'en', zei hij opgewekt en hij stak het telefoontje in zijn borstzak. Hij schonk Alex een scheve grijns. 'De ontvangst is opeens stukken beter geworden sinds de CIA zich ermee is gaan bemoeien.'

Alex verstarde. In al die jaren had hij Cully nog nooit contact zien onderhouden met zijn familie. Zonder iets te laten merken, pakte hij de koude cola van het aanrecht en samen gingen ze de kamer weer in. 'Ja... weet je nog dat iedereen maar zeurde dat pa het kamp moest verplaatsen?' Hij gaf de cola aan Willow. Er klonk een sissend geluid toen ze het lipje omhoogtrok.

Grinnikend liet Cully zich stram op een stoel zakken. 'En of ik dat nog weet. De mannen werden er een beetje moe van om naar huis te willen bellen en alleen maar statische ruis te krijgen. En dan komt de CIA en hoppa – we hebben bereik!' Hij schonk twee bellen bourbon in en schoof een glas over de tafel naar Alex. 'Zo, jongen, vertel me nou maar 's wat er aan het handje is.'

Om tijd te winnen nam Alex een slok van de bourbon en hij voelde de rokerige vloeistof in zijn keel branden. Hij dronk zelden als hij onderweg was – je wist nooit wanneer je een sms'je kreeg met een adres aan de andere kant van het land – maar hij herinnerde zich de talloze spelletjes poker met Cully en een fles Beam van voor de Invasie.

Het was toen geen moment bij Alex opgekomen dat hij ooit nog eens reden zou hebben om aan de man te twijfelen.

Met een uitdrukkingsloos gezicht haalde hij een schouder op. 'Er is niks aan het handje – ik heb het alleen ook niet zo op de CIA. Dus besloot ik er even tussenuit te gaan. Willow en ik hebben elkaar in Maine ontmoet – zij wilde ook wel even weg.'

'Je bent toch niet van huis weggelopen, jongedame?' vroeg Cully terwijl hij met een grijns zijn gespierde onderarmen op de tafel liet rusten. Hij liet de goudkleurige vloeistof in zijn glas ronddraaien.

'Nee, eh – het maakt mijn ouders niet zo uit wat ik doe', antwoordde Willow met een strak glimlachje. 'Ze hebben waarschijnlijk niet eens gemerkt dat ik weg ben.'

'Ik kan het je niet kwalijk nemen van die CIA', zei Cully tegen Alex. Hij dronk zijn glas in één teug halfleeg. 'Mobiel bereik: ja; zo'n kamp runnen: nee. Stelletje ongelikte beren, als je het mij vraagt. Wie we hier nodig hebben is je oude vader, god hebbe zijn ziel.'

De woorden leken in de lucht te blijven hangen toen er een herinnering bij Alex opkwam: ze hadden zojuist in de verzengende hitte zijn vader in de woestijn begraven. Een ruwe berg zanderige aarde was het enige herkenningsteken geweest. Terwijl ze waren teruggelopen naar de jeep had Cully zijn hand zwaar op Alex' schouder laten rusten. 'Ik weet hoe je je voelt, knul', had hij gezegd. 'Ik was niet veel ouder dan jij toen ik mijn moeder moest begraven. Het doet godskolere veel pijn.'

Nu, aan de oude tafel van zijn vader, knikte Alex zwijgend bij de woorden van Cully, maar hij voelde de adrenaline door zijn lichaam jagen. Cully's moeder was dood. Wie had hij dan ge-sms't?

'Wat zijn de plannen?' vroeg Cully. 'Wil je een tijdje hier bivakkeren en je vriendin de bezienswaardigheden laten zien?' Hij knipoogde naar haar. 'Die zijn hier niet mis, hoor. We hebben hagedissen, gieren, een stel coyotes, een heleboel zand voor als je wil zonnebaden...'

Willow klemde haar hand om het colablikje. 'Wie weet. Ik, eh... ik weet nog niet wat onze plannen zijn.'

'Maar na die rit kunnen jullie niet meteen weer weg', zei Cully ontspannen, terwijl hij nog een paar vingers bourbon in Alex' glas goot. 'En een beetje gezelschap kan deze jongen wel gebruiken. Het is hier nogal eenzaam, neem dat van me aan.'

'Ja, dat geloof ik.' Alex nam nog een slok en zette zijn ellebogen op tafel. 'En hoe maakt je moeder het?' Het was alsof zijn stem in zijn oren echode.

Cully haalde zijn schouders op. 'Ach, het is een ouwe taaie – ze speelt nog fanatiek bridge daar in Mobile. Ik moet 'r maar eens aanmelden bij de Gamblers Anonymous. Of meenemen naar Vegas om de gokkasten leeg te halen.' Hij grinnikte.

'Ik dacht dat je moeder dood was', zei Alex.

Er viel een stilte. Er lag nog steeds een glimlach op Cully's lippen, maar de lach was uit zijn ogen verdwenen. 'Nee, dat was mijn stiefmoeder. Die is aan kanker overleden toen ik zestien was. Mijn ouwe man was er kapot van.'

Cully's vader was predikant geweest bij de baptisten. Cully had vaak grappen gemaakt dat hij de tien geboden voor zijn tiende al stuk voor stuk had overtreden. Alex herinnerde zich hoe hij lachend zijn hoofd had geschud: 'Mijn arme oude vader, door mij is hij bijna aan de drank gegaan. Een priester die volgens het boekje leefde en al zijn hele leven met dezelfde vrouw was – en dan krijgt hij een herrieschopper als ik tot zoon. Man, hij moest altijd bijna huilen als hij me er weer met de Bijbel van langs gaf.'

Zijn hele leven met dezelfde vrouw. Er was geen stiefmoeder geweest.

Alex kon het zelf nauwelijks geloven, maar hij trok zijn pistool. In één vloeiende beweging haalde hij het uit zijn holster en ontgrendelde de veiligheidspal. Hij richtte het op Cully. 'Wie heb je ge-sms't, Cull?'

Er verscheen een harde, waakzame uitdrukking op Cully's gezicht. Hij liet zijn glas zakken. 'Alex, wat –'

Alex stond op zonder zijn ogen van hem los te maken. 'Geef antwoord.'

Cully hees zich uit zijn stoel en zijn ogen vernauwden zich. 'Alex, jongen, dit moet een misverstand zijn...'

'Steek je handen omhoog', beval Alex en Cully gehoorzaamde in slow motion. Alex bleef hem aankijken. 'Willow, pak zijn mobiele telefoon uit zijn borstzak. Cully, bij de minste beweging schiet ik je neer, ik zweer het.'

Willow slikte moeizaam. Ze schoof haar stoel naar achter en stak haar hand in het zakje. Ze pakte het telefoontje, deed snel een stap bij hem vandaan terwijl ze op de toetsen drukte.

Ze werd lijkbleek en haar ogen schoten naar Alex. 'Er staat: *Ze zijn er. Ik hou ze tegen totdat jullie er zijn.*'

'Heb je iets uit te leggen, Cull?' vroeg Alex zacht.

Cully gaf een kort rukje met zijn hoofd. 'Ach, Alex, ik ken je al zo lang. Man, je bent als een broer voor me. Dus geloof me: het is voor je eigen bestwil.'

Alex gebaarde dat Willow naar de deur moest gaan. Hij griste Cully's autosleutels van tafel en stopte ze in zijn zak. 'Waar heb je het over?'

'Jou', antwoordde Cully. Hij bewoog zijn hoofd in de richting van Willow. 'Over jou en dat... *schepsel* dat je hebt opgepikt. Alex, luister, je weet niet wat je doet. De engelen zeggen dat dat meisje de pijp uit moet, en dus moet ze de pijp uit.'

'De engelen, ik snap het.' Het kippenvel stond op Alex' armen. Met zijn pistool nog steeds op Cully gericht liep hij achteruit en pakte het geweer dat tegen de muur stond. Hij gaf het aan Willow. 'Cully, wij doden engelen, weet je nog?'

'Niet meer.' Hij wilde een stap naar voren doen.

'Blijf staan', zei Alex op dreigende toon. 'Laat me je niet moeten neerschieten, Cully.'

Cully hield stil. Hij hief smekend zijn handen. 'Alex, echt, ik heb al die jaren gedacht dat ik het juiste deed, maar ik zat fout – wij allemaal. Je moet naar me luisteren, knul. De engelen hebben een plan voor ons. Ze hóúden van ons. We moeten doen wat ze zeggen, zodat we hun liefde waard zijn –'

Nee. Geen engelbrand; niet Cully. Alex voelde zich misselijk worden. 'Wat doe je hier eigenlijk?' onderbrak hij hem.

'Ik woon hier, zoals ik al zei. Ik werk voor de engelen, Alex.'

'Wat betekent dat?'

Cully haalde zijn schouders op, nog steeds met opgestoken handen. 'Misschien zijn er nog een paar EK's over; als ze hier opduiken, kan ik ze tegenhouden totdat de engelen er zijn. Die laten ze dan inzien dat ze op de verkeerde weg zitten. En wat jullie betreft –' Hij schudde zijn hoofd. 'Alle leden van de Engelenkerk in het hele land zijn naar jullie op zoek, knul. Ik had jullie al veel eerder verwacht. En ik was nooit weggegaan als ik niet door mijn voorraden heen was geweest.'

Met een tollend hoofd keek Alex hem aan. Een paar EK's over? Wat was er dan met de rest gebeurd? Hij had het angstige gevoel dat hij het antwoord wist.

'Wie zijn er over?' vroeg hij zacht.

Cully schudde zijn hoofd. 'Waarschijnlijk niemand; ik ben hier al maanden. Alex, ik smeek je: schiet dat ding neer, zoals zij willen, voordat ze de engelen iets aandoet. Doe het nu en dan is het allemaal voorbij. Jezus, geef mij dat geweer, dan doe ík het wel voor je. Ik kan zien dat je iets voor 'r voelt –'

Alex had genoeg gehoord. 'Kom mee, Willow. We zijn hier weg.'

Willow stond als bevroren bij de deur en staarde met haar armen strak om zich heen geslagen naar Cully. Bij Alex' woorden draaide ze zich naar hem om – en plotseling reikte Cully onder zijn T-shirt en haalde een pistool tevoorschijn, dat hij op Willow richtte. Nee! Alex schoot op hetzelfde moment als Cully en als de naontsteking van een auto echoden hun schoten door de kamer. Het was alsof de tijd vertraagde, scherp oplichtte. Alex hoorde Willow een keet slaken. Cully wankelde en viel achterover. Zijn pistool kwam kletterend op de grond neer en bij zijn schouder ontstond een rode bloem van bloed.

Alex sprintte de kamer door en toen hij Cully's pistool opraapte kreeg de tijd met een schok zijn gewone snelheid terug. De man kwam met moeite overeind en greep met een gepijnigd gezicht zijn schouder beet. 'Laat me 'r afmaken!' hijgde hij. 'Bij de engelen, laat mij 'r afmaken.'

Toen Alex zich weer omdraaide zag hij tot zijn ontsteltenis dat Willow onderuitgezakt tegen de muur zat. Haar gezicht was asgrauw. Er zat bloed op haar arm en op haar lila T-shirt.

'Willow!' Binnen een tel stond hij naast haar. Met bonzend hart hurkte hij neer en nam haar angstig op. 'Waar ben je geraakt? Ben je –'

'Het is oké', zei ze met trillende stem. 'Het is – het is alleen maar mijn arm.' Ze stak hem uit.

Er ging een golf van opluchting door hem heen toen hij zag dat het een kleine wond was – blijkbaar had de punt van de kogel haar net gemist; de huls had een spoor getrokken over de zijkant van haar onderarm toen ze die in een verdedigend gebaar had opgetild. De wond was klein maar diep; hij moest vreselijk pijn doen.

Hij pakte haar andere arm stevig beet. 'Is dat je enige wond?' Ze knikte. Haar lippen waren bleek. 'Ik geloof van wel.'

'Oké, we moeten ervandoor voordat zijn vriendjes opduiken.' Hij hielp Willow overeind en raapte het geweer op dat ze had laten vallen. Cully's mobieltje lag ernaast. Hij stampte er een paar keer flink op totdat het schermpje zwart werd en brak.

Cully was wankelend overeind gekomen. Terwijl hij steun zocht bij een stoel greep hij naar zijn schouder en het bloed droop over zijn vingers. 'Alex, ik zweer het je – je begaat een grote fout', hijgde hij.

Zijn ogen waren helblauw en voor Alex bijna net zo vertrouwd als zijn eigen ogen. Alex voelde een pijnlijke kramp in zijn borst toen ze elkaar aankeken. Broers, had hij gezegd. De man was meer als een vader voor hem geweest; hij had naar Cully opgekeken als naar geen ander.

'Ja, ik weet het', zei hij zacht. 'Ik zou je moeten doden – de oude Cully zou me er dankbaar voor zijn geweest.'

13

We renden naar het hek en onze voetstappen dreunden op
het beton. Met elke stap ging er een pijnscheut door mijn
arm en het bloed liep er in straaltjes overheen. Ik klemde
mijn kaken op elkaar en zette de pijn van me af. Ik zou ons
níét ophouden.

Voor het hek stond naast de Chevy een stoffige, zwarte
fourwheeldrive geparkeerd. Door de getinte raampjes zag ik
achterin stapels dozen staan. Alex hielp me bij het instappen
door mijn goede arm te ondersteunen. Hij draafde naar de
Chevy, haalde onze spullen eruit, gooide ze achterin en
sprong achter het stuur. Een tel later reden we met brullende
motor weg, hotsend en botsend over de ruwe rode aarde
terwijl achter ons grote stofwolken oprezen. Mijn arm zat nu
zo onder het bloed dat ik de huid nog nauwelijks kon zien. Ik
slikte en liet me tegen de rugleuning zakken. Ik had het
gevoel dat ik elk moment kon flauwvallen.

Een paar minuten later hielden we stil. Mijn ogen vlogen
open – en vulden zich met verbazing toen ik zag dat Alex zijn
T-shirt uittrok. 'Geef me je arm', zei hij. Hij pakte zijn
zakmes, maakte een gat in het witte shirt en scheurde het in
tweeën, waarna hij de stof tot een lange reep vouwde.

Rillerig hield ik mijn arm omhoog. 'Wat doe je? Alex, we hebben geen tijd –'

'We moeten het bloeden stelpen', zei hij. 'Zodra we veilig zijn, pak ik mijn EHBO-koffer.' Hij boog zich over me heen en begon het geïmproviseerde verband om mijn arm te wikkelen.

Mijn hart bonsde toen ik op zijn donkere, verwarde haren neerkeek. Ondanks de pijn moest ik me inhouden om niet met mijn vingers door zijn haar te gaan of de zachte huid van zijn blote schouder aan te raken. De bewegingen van zijn handen waren vaardig en zelfverzekerd, maar ook zacht – hij probeerde me zo min mogelijk pijn te doen. Ik bleef stil zitten en durfde me nauwelijks te bewegen.

Ik was verliefd op hem.

Het besef was overdonderend; nog nooit had ik iets zo zeker geweten. Mijn hemel, ik was verliefd op hem. En hoewel we nu vrienden waren, had hij nooit gezegd dat het niet uitmaakte wat ik was. Hoe kon het hem níét uitmaken? Hij was vanaf zijn vijfde opgeleid om engelen te doden.

Alex zette de reep stof vast door het uiteinde onder de rest te stoppen. De getatoeëerde *ek* op zijn bovenarm rekte mee met de bewegingen. 'Zo', besloot hij.

Om mijn gezicht te verbergen keek ik naar mijn arm. 'Dank je wel', zei ik terwijl ik de zachte witte stof aanraakte. Ik voelde dezelfde energie als toen ik in de motelkamer zijn T-shirt had aangehad; hetzelfde troostende gevoel van thuiskomen.

Ik voelde zijn grijsblauwe ogen op me rusten; even dacht ik dat hij iets ging zeggen, maar hij zweeg. Hij startte de motor en het volgende moment gingen we weer slingerend door de woestijn. Na de slakkengang van de Chevy leek de fourwheeldrive wel te vliegen. We kwamen bij de droge rivierbedding en staken hem schommelend over. Niet veel later zwenkten we in noordelijke richting een onverharde weg op.

Zet het uit je hoofd, beval ik mezelf streng. Ja, ik was verliefd op hem. Al dagenlang, besefte ik nu – die keer langs de weg dat ik hem had willen vasthouden, en vorige nacht had ik alleen al in zwijm kunnen vallen bij het gevoel van zijn vingers in mijn haar, zijn nabijheid.

Maar het veranderde niets. Hij had die gevoelens niet voor mij; dat was onmogelijk.

Ik haalde diep adem. 'En wat nu?' vroeg ik.

Alex schakelde en ik zag de spieren van zijn blote arm bewegen. 'Ik weet het niet', antwoordde hij. 'Als het waar is dat er geen EK's meer over zijn, dan –' Hij schudde zijn hoofd. 'Shit, ik weet het echt niet.'

We zwegen. Na een tijdje keek Alex over zijn schouder. Hij strekte een arm naar achteren en haalde een fles water uit een van de kartonnen dozen. Hij schroefde de dop eraf en nam dorstig een grote slok, waarna hij me de fles voorhield. Ik wilde hem aanpakken, toen ik vanuit mijn ooghoek iets zag bewegen. Ik draaide me om en keek achter ons.

In de verte zag ik vijf engelen in formatie op ons af komen. 'Alex', zei ik zacht.

Hij volgde mijn blik en keek me toen scherp aan. 'Hoeveel?'

'Vijf.' Ik kon mijn ogen er niet van losmaken. Hun heldere witte licht stak scherp af tegen de blauwe hemel en hun majestueuze vleugels streelden de lucht. Ik wist wat ze waren, wat ze met mensen deden... maar toch had ik nog nooit zoiets prachtigs gezien.

Ik slaakte een kreet toen we abrupt opzij zwenkten. Met piepende remmen schoot Alex van de weg af, waar hij de

terreinwagen slippend tot stilstand bracht. 'Wat doe je?' riep
ik uit.

'We kunnen ze onmogelijk voor blijven', zei hij, 'en ik kan
ons niet verdedigen vanuit een bewegende auto.' Hij pakte
het geweer dat hij Cully had afgenomen van de achterbank.
Hij controleerde de patronen en klapte het weer dicht. Hij
sprong de auto uit en rende naar mijn kant, waar ik al naar
buiten was geklauterd. Achter ons werden de engelen in de
lucht steeds groter.

Alex liet zich met zijn rug tegen de zijkant van de auto op zijn
hurken zakken. Hij haalde diep adem en sloot zijn ogen om
zich te concentreren; ik voelde zijn energie veranderen,
verschuiven. Hij deed zijn ogen weer open, ging achter de
motorkap staan en tuurde door het vizier.

'Yep, vijf', mompelde hij. Ik kon zien dat hij al op jonge
leeftijd met wapens had leren omgaan; hij hield het geweer
vast alsof het een deel van hem was.

Zonder zijn ogen los te maken van de naderende engelen
drukte Alex de autosleuteltjes in mijn hand en gaf er een
kneepje in. 'Willow, jij zoekt gewoon dekking, oké? Met een
beetje geluk komt je engel je weer beschermen.'

Ik staarde hem aan. 'En jij dan?'

Hij schudde ongeduldig zijn hoofd. 'Maak je om mij maar
geen zorgen. Als er iets gebeurt, ga je er met de auto
vandoor.'

Mijn hart ging tekeer. 'Ik dacht dat je zei dat we ze
onmogelijk konden voorblijven', zei ik zwakjes. De engelen
waren nu heel dichtbij, nog maar een paar honderd meter bij
ons vandaan.

'Ik niet; mij zouden ze inhalen en van mijn levensenergie
beroven. Maar jij maakt een kans als je engel er is.' Alex had

zich over het geweer heen gebogen; zijn lichaam zag er tegelijkertijd gespannen en ontspannen uit. Hij wierp me een blik toe en ik zag de ernst in zijn ogen, zijn zorg om mij. 'Ik meen het, Willow. Zodra het er slecht gaat uitzien, maak jij je uit de voeten.'

Ik laat jou niet alleen, dacht ik. Ik denk er niet aan. Ik klemde mijn hand om de sleuteltjes; ze boorden zich in mijn handpalm.

Ik schrok toen Alex de trekker overhaalde en het schot als een donderslag door de woestijn echode. In de lucht loste een van de engelen op in een waterval van flinters licht. Ik drukte mezelf tegen de auto aan. Ze waren nu bijna zo dichtbij dat ik hun gezichten kon zien; ik hoorde hun woedende gekrijs en zag het gefladder van schitterende vleugels. Alex schoot opnieuw, en miste toen een van de engelen opzij zwenkte. Hij volgde de beweging en raakte hem alsnog. De engel spatte uiteen als brandende confetti.

De drie overgebleven engelen hadden ons nu bereikt en hun vleugels vulden de hemel. Alex wilde weer schieten, maar dook opzij toen een van hen zich op hem stortte en hem met zijn vleugels probeerde te raken. De anderen bevonden zich pal achter hem. Met angst in mijn hart realiseerde ik me dat Alex zo veel engelen zo dichtbij nooit aankon. Ze zouden hem vermoorden.

Plotseling voelde ik iets bewegen, iets in me veranderen. Ik werd groter en toen was ik in de lucht; ik zweefde boven mijn fysieke lichaam, dat zat weggedoken op de droge, borstelige grond. Ik had een engelenlichaam dat oogverblindend wit glinsterde in de zon. Er was geen angst, louter vastberadenheid.

Mij zouden ze niet doden, en Alex ook niet.

De andere engelen vielen als wilden aan op mijn kwetsbare lichaam onder me. Een van hen dook er recht op af en belaagde het met haar vleugel. De woestijn draaide om zijn as en kwam me tegemoet toen ik in vliegende vaart voor haar ging staan. Onze vleugels glinsterden als zonverlichte spiegels. Ik weerde haar slagen moeiteloos af en ze krijste van razernij. 'Ga weg, halfmenselijk monster', siste ze.

Ik reageerde niet, want ik was alweer weggeschoten om de andere engel tegen te houden. Met flitsende vleugels doorkliefde ik de lucht, sneller dan het licht, en weer terug. Er waren maar een paar seconden verstreken. Alex schoot weer en de engel die zich op hem had gestort spatte in duizenden lichtdeeltjes uiteen. De overgebleven twee doken krijsend in een wervelende chaos van vleugels en schittering op hem neer. Ik zag zijn kaken verstrakken en besefte dat hij ze onmogelijk alle twee aankon; een van hen zou hem doden. De heuvels aan de horizon leken opzij te kantelen en zich weer te verheffen toen ik met gespreide vleugels boven hem opdook.

Alex' ogen sperden zich open toen hij me zag. Hij staarde omhoog en liet zijn geweer een stukje zakken. De twee engelen schoten ieder een kant uit; de wereld deinde op en neer terwijl ik boven hem door de lucht zweefde, de aanvallen afweerde en hem beschermde met mijn vleugels. Met een kwade kreet dook een van de engelen weer op mijn menselijke gestalte af. Alex wilde schieten, maar de andere engel, die me net was ontsnapt, stortte zich op hem. Verschrikt keek hij omhoog. Hij liet zich op de grond vallen en rolde weg, maar ze strekte haar vleugels naar hem uit. Ze had hem te pakken; ze ging hem doodmaken.

Ik aarzelde geen moment en ging eerst op de engel af die

Alex beethad. Ik vloog naar haar toe en dwong haar met mijn vleugels achteruit. Ik had geen idee hoe ik wist hoe ik moest vechten, maar ik wist het. De engel krijste woedend, sloeg met haar vleugels en grauwde naar me. Ik was me er vaag van bewust dat mijn eigen lichaam gevaar liep, dat de andere engel het elk moment kon aanvallen. Het maakte me niet uit. Deze engel zou Alex niets aandoen.

Er klonk een knal toen Alex opnieuw vuurde. Het was alsof er vuurwerk werd afgeschoten en de engel die mijn menselijke gestalte had willen aanvallen was verdwenen.

De laatst overgebleven engel huilde van razernij. Ze sloeg naar me met haar vleugels en probeerde me opzij te dringen. Toen kromde ze zich naar achter en stortte zich in een spiraalbeweging op Alex. Haar vleugels gierden in de wind. De woestijn kantelde toen ik weer omlaagdook om hem te beschermen, maar het was niet nodig. Hij rolde zich op zijn rug en schoot – en de aureool van de laatste engel sidderde. Een seconde later was hij verdwenen.

De plotselinge stilte was als een helder bergmeer. Ik bleef een moment hangen en bewoog zacht met mijn vleugels terwijl de schok en de opluchting door me heen voeren. We leefden nog. Wonder boven wonder mankeerden we niets. Ik zag Alex overeind krabbelen en met een verdwaasde blik naar me opkijken. Ik zweefde langzaam omlaag en werd weer één met mijn lichaam op de grond.

Ik was weer mezelf.

Alex kwam naar me toe en liet zich op zijn knieën neervallen. Hij ademde zwaar en zijn bovenlichaam zat onder het stof en het zweet. We keken elkaar aan. Ik had zo mijn best gedaan om er niet over na te denken... maar nu kon ik het niet meer negeren. Ik werd overweldigd door het besef van mijn anders-zijn en ik begon hevig te trillen. Dit was geen flits geweest of een nare droom – het was echt geweest, pijnlijk echt.

Ik was niet honderd procent mens.

'O god, ik wil dit niet, ik wil het niet –' zei ik struikelend over mijn woorden. Mijn handen schoten naar mijn hoofd en ik barstte in tranen uit. De diepe snikken deden mijn lichaam schokken.

'Willow! Willow, niet doen – alsjeblieft niet.' Toen sloeg Alex zijn armen stevig om me heen. Hij hield me vast en wiegde me. Ik hing tegen zijn borst aan en huilde alsof ik nooit meer zou ophouden. 'Het is goed', fluisterde hij schor. Hij drukte me tegen zich aan en liet zijn hoofd op het mijne rusten zodat ik zijn lippen in mijn haar voelde. 'Het is goed.'

Ik huilde een hele tijd. Mijn tranen rolden over zijn borst en zijn huid voelde warm en glibberig aan onder mijn wang. Langzaam maar zeker werd ik me bewust van zijn krachtige armen en vaag rook ik de geur van zijn zweet. Ik voelde zijn hart kloppen.

Ik maakte me los uit zijn omhelzing en ging rechtop zitten. Ik durfde hem nauwelijks aan te kijken. 'Hoe kun je het verdragen om me aan te raken?' Ik veegde de tranen uit mijn ogen. 'Als je weet dat ik dat *ding* in me heb dat hetzelfde is als zij?'

'Nee!' zei Alex heftig. Zijn handen grepen mijn schouders beet en hij dwong me hem aan te kijken. 'Willow, luister. Jij lijkt níét op hen. In de verste verte niet.'

Ik slikte; ik wilde hem zo graag geloven. Ik beet op mijn lip en keek naar de onherbergzame kale pieken aan de blauwe horizon en herinnerde me hoe ze gekanteld waren toen ik door de lucht vloog. 'Het gaat nooit meer weg, hè?'

Alex schudde langzaam zijn hoofd. 'Nee', antwoordde hij. Er lag medeleven in zijn ogen.

Ik keek omlaag en ging met een vinger over de stoffige grond; hij voelde droog en gruizig aan. De woestijn om ons heen leek zich tot in het oneindige uit te strekken en de zon brandde alsof we in een oven zaten. 'Oké', zei ik uiteindelijk. 'Ik wist het eigenlijk al.' Ik schaamde me plotseling en schraapte mijn keel. 'Het spijt me – het was niet mijn bedoeling om je angst aan te jagen.'

'Je hoeft je niet te verontschuldigen.' Hij hielp me overeind en raakte even mijn arm aan. 'Gaat het?'

Ik knikte maar ontweek zijn blik. 'Ja, ik geloof van wel.' Maar toen ik terugdacht aan wat er was gebeurd begonnen mijn wangen te gloeien. Mijn engel had hem beschermd; ik had mijn liefde voor hem net zo goed van de daken kunnen schreeuwen.

Alex blies zijn adem uit. 'Oké – dan kunnen we hier beter weggaan. En bedenken wat we gaan doen.'

We stapten in. Mijn benen voelden raar trillerig aan. En mijn arm was weer pijn gaan doen en klopte dof onder Alex' T-shirt. Alex gaf een ruk aan het stuur en we zwenkten de onverharde weg op. Een paar seconden later snelden we weer door de woestijn. Ik liet me tegen de rugleuning zakken en sloot mijn ogen... en probeerde niet te denken aan het gevoel vleugels te hebben die glinsterden in het zonlicht.

Ongeveer een uur nadat we de highway waren opgegaan kwamen we bij een parkeerplaats. Er stond een bruin geschilderd gebouw met automaten en een paar lege picknicktafels eromheen. Alex parkeerde de terreinwagen achter het gebouw – uit het zicht van de weg.

Op de wc trok ik een schoon T-shirt aan en gooide bij de wastafel met mijn handen water in mijn gezicht. Het water druppelde over mijn gewonde arm en trok een bleekrood spoor in het opgedroogde bloed. De spiegel was zo'n metalen geval waar je jezelf nauwelijks in kon zien, maar ik zag genoeg om te beseffen dat ik er als een spook uitzag. Mijn gewonde arm had rode strepen alsof ik zojuist door zombies was aangevallen. Glimlachend zag ik Nina al voor me: Kijk, Willow in Zombieland! Kan iemand Steven Spielberg bellen? Toen verdween mijn glimlach. Wat zou ze zeggen als ze wist wie ik werkelijk was? Ik verdrong de gedachte en veegde het bloed met een vochtig papieren handdoekje rond Alex' T-shirt weg. Vervolgens diepte ik mijn borstel op uit mijn tas, borstelde mijn haar naar achter en zette het vast in een knotje.

'Hé', klonk Alex' stem. Ik keek op en zag hem met een klein EHBO-koffertje in de deuropening staan. 'Mag ik binnenkomen? We moeten je arm beter verbinden.'

Ik durfde hem nauwelijks aan te kijken. 'Ja, kom maar.'

Hij had een blauw T-shirt aangetrokken en te oordelen naar zijn natte armen en nek had hij ook water over zich heen gegooid. Met moeite hield ik me in om niet het haar aan te raken dat vochtig in zijn nek lag. Ik keek de andere kant uit. Alex liep naar de wastafel en pakte voorzichtig mijn arm beet. Ik hapte naar adem toen hij de strook stof loswikkelde. Toen de wond eenmaal was uitgewassen zag hij er niet meer zo ernstig uit, ondanks het feit dat hij diep was. Alex maakte hem schoon met de ontsmettende gel uit het koffertje en verbond hem toen met gaas. Zijn bewegingen waren vaardig en efficiënt.

'Zo te zien weet je wat je doet', zei ik.

Hij haalde zijn schouders op en zijn donkere haar viel over zijn voorhoofd. 'In het kamp moesten we alles zelf doen. Er was in de wijde omtrek geen dokter.' Hij zette het gaas vast met tape. Zijn vingers bleven even op mijn arm rusten en toen liet hij zijn hand zakken. 'Oké, ik denk dat je het wel overleeft.'

Ik raakte het verband aan. 'En wat nu?'

Alex borg het verband op en schudde zijn hoofd. 'Ik weet het niet. Het lijkt erop dat er op mij na geen EK's meer over zijn. En dan nog zou ik niet weten hoe ik ze kon opsporen. Cully –' Hij zweeg met een van pijn vertrokken gezicht. 'Cully was de enige die ik dacht te kunnen vertrouwen', zei hij uiteindelijk.

Ik wilde het niet vragen, maar ik moest het weten. 'Alex, wil je... wil je nog wel samen blijven? Het hoeft niet, als je het liever niet wilt. Ik kan in m'n eentje verder reizen.'

Zijn hoofd kwam met een ruk omhoog. 'Waar heb je het over?'

'Met mij ben je in groot gevaar en –' Ik keek opzij en sloeg mijn armen om mezelf heen. 'En ik kan het je ook niet kwalijk nemen na vandaag. Ik bedoel, ik weet dat je mijn engel eerder hebt gezien, maar niet zo. Het moet –' Mijn keel snoerde zich dicht; ik kon niet meer praten.

'Willow.' Zijn stem klonk heel zacht. 'Wat ik zag was dat jouw engel mij beschermde. Toen ik in gevaar was kwam ze mij te hulp, nog vóór jou.' Hij aarzelde. 'Wist je dat ze dat deed? Of deed ze dat... onafhankelijk van jou?'

Ik wilde niet antwoorden; het voelde te onbeschermd, te rauw. Maar ik kon er ook niet over liegen; daarmee zou ik alles wat ik voor hem voelde ontkennen. 'Nee, ze stond niet los van me', fluisterde ik. 'Ik wist niet dat het ging gebeuren, maar toen het eenmaal zover was... was ik de engel. Ik – ik wilde niet dat jou iets overkwam.'

Alex keek me een tijdlang sprakeloos aan. Mijn hart kromp toen ik in zijn ogen keek. Uiteindelijk zei hij schor: 'Jezus, Willow, dat had je niet hoeven doen, niet voor mij. Als jou iets was overkomen –' Zijn stem stokte.

'Ik weet het.' Ik blies mijn adem uit. 'Dan zou ik de engelen niet kunnen vernietigen.'

'Dat bedoel ik niet.' Ik zag zijn adamsappel bewegen toen hij slikte. 'Ja, ik wil nog steeds bij je blijven', zei hij.

Ik voelde de tranen achter mijn ogen prikken. 'Echt? Vertrouw je me echt, ook al ben ik een halfengel?'

Hij keek me verward aan. 'Dat weet ik al sinds onze eerste ontmoeting.'

'Ik weet het, maar –' Ik ging met een hand over mijn ogen. 'Voor mij voelt het nu een stuk echter. Vertrouw je me?'

Langzaam schudde Alex zijn hoofd. 'Hoe kun je dat nog vragen na wat je gedaan hebt? Ik vertrouw je volledig.'

Ik barstte in tranen uit en probeerde tevergeefs mijn gesnik in lachen te veranderen. 'Ik dacht – ik dacht dat je niemand vertrouwde.'

'Voor jou maak ik een uitzondering.' Alex strekte een arm uit en legde zijn hand zacht tegen mijn wang. 'Willow, dat was het mooiste, wonderbaarlijkste... stómste dat iemand ooit voor me heeft gedaan.'

Toen lachte ik wel. 'Je wilt dus echt bij zo'n stom iemand blijven?' vroeg ik terwijl ik mijn tranen droogde.

Zijn glimlach verdween. 'Ja, echt', zei hij zacht, terwijl zijn hand nog op mijn wang rustte.

De wereld om ons heen verstomde. In de verte hoorde ik een auto op de highway langsrijden. Mijn hart bonkte in mijn ribbenkast terwijl we elkaar aankeken. Alex aarzelde. Zijn hoofd bewoog licht en even dacht ik echt dat hij me ging zoenen.

Toen gleed er een uitdrukking over zijn gezicht die ik niet kon thuisbrengen. Hij liet zijn hand zakken, schraapte zijn keel en glimlachte. 'Als jij míj tenminste nog wilt.'

Ik knikte met vuurrode wangen. 'Ja, dat kan ik wel aan, denk ik.' Ik dwong mezelf terug te glimlachen, ook al kon ik door de grond gaan van schaamte. Hoe had ik ook maar een seconde kunnen denken dat hij me ging zoenen?

'Dus... wat nu?' zei ik zo normaal mogelijk na een korte stilte.

Alex klapte het EHBO-koffertje dicht. 'Kom, we gaan wat drinken', zei hij.

Weer buiten wierp hij geld in een van de automaten en kocht voor ons alle twee een cola. Ik had niet gedacht dat ik ergens zin in had, maar het smaakte heerlijk, als godennectar, en ik nam een grote slok. We hadden het overleefd en dat was het belangrijkste. En we waren nog steeds bij elkaar. Bij die gedachte vulde mijn borst zich met een warme gloed.

We gingen de zon weer in en liepen terug naar de auto. Onder het lopen keek Alex met gefronste wenkbrauwen naar de grond. 'Om eerlijk te zijn denk ik dat we niet veel keus hebben', zei hij na een tijdje. 'Ik rekende erop dat Cully ons in contact kon brengen met de andere EK's.' Hij zuchtte. 'Wat er eigenlijk moet gebeuren is dat de CIA naar ons op zoek gaat, als Operatie Engel nog bestaat.'

'Zou dat kunnen?'

Hij haalde zijn schouders op. 'Ja, in theorie wel... als er in Operatie Engel nog iemand zonder engelbrand over is, dan moeten ze naar ons op zoek zijn. Ze moeten spionnen in de

Engelenkerk hebben die weten wat er is gebeurd.'

Ik dacht er nog over na toen we bij de auto kwamen. Ik voelde de hitte die ervan afstraalde. 'Daar hebben we niet veel aan, toch? Dan nog kunnen we geen contact met ze opnemen.'

Alex schudde zijn hoofd en nam een laatste slok van zijn cola. 'Nee, we staan er alleen voor.' Hij gooide het lege blikje in een metalen vuilnisbak, waar het kletterend in verdween. 'Ik denk dat in leven blijven voorlopig geen slecht doel is. Wat dacht je ervan om een tijdje onder te duiken? Dan hebben we tijd om op adem te komen en te bedenken wat we moeten doen.'

'Onderduiken', herhaalde ik. 'Bedoel je ergens onderdak zien te vinden?'

Hij keek me aan. 'Ja. Wat denk je? Ik weet wel een plek.'

Alleen al het idee om ergens met Alex alleen te zijn en niet de hele tijd op de vlucht te hoeven slaan of in de auto te zitten, klonk te mooi om waar te zijn. Ik herinnerde me de warmte van zijn hand op mijn wang en mijn hart ging sneller kloppen. 'Ja', zei ik. 'Dat klinkt goed.'

'Oké.' Hij knikte en we stapten in. Alex stopte het EHBO-koffertje terug in zijn tas en roffelde peinzend met zijn vingers op het stuur. 'Met een beetje geluk waren dat de enige engelen in de buurt. Als we ons snel uit de voeten maken kan het even duren voordat de anderen doorhebben wat er is gebeurd. De plek waar ik aan denk is in de bergen, dus we zullen onderweg wat spullen moeten inslaan. En we moeten kijken wat er in die dozen van Cully zit om zeker te weten dat we genoeg te eten hebben.'

Ik glimlachte. 'Je bedoelt dat we gaan shoppen?'

Alex lachte. 'Verwacht er niet te veel van; ik heb het over

outdoorspullen.' Hij startte de motor. 'Oké', zei hij, 'het is 106 mijl naar Chicago, we hebben een volle tank, een half pakje sigaretten, het is donker... en we dragen een zonnebril.' Mijn mondhoeken gingen omhoog bij het citaat van de Blues Brothers. Het maakt niet uit of hij ooit hetzelfde voor mij zal voelen, dacht ik. Ik wilde nog steeds bij hem zijn.

Ik wilde nooit meer bij hem weg.

'Hit it', zei ik.

Een paar uur later waren ze zo veel mogelijk via binnenwegen doorgestoken naar Arizona. Toen ze even buiten Phoenix bij een klein winkelcentrum kwamen reed Alex de parkeerplaats op en zette de auto op een plek waar hij gedeeltelijk schuilging achter een vuilcontainer. Ze bekeken de dozen met voorraad die Cully had ingeslagen.

'Denk je dat het genoeg is?' vroeg Willow terwijl ze zich over haar rugleuning naar achter boog.

'Ik haal voor de zekerheid wat bij', zei Alex. Hij keek naar de supermarkt aan het eind van het winkelcentrum. 'Ik wil dat we zo nodig lang ondergedoken kunnen blijven.'

Willow wierp ook een blik op de supermarkt. 'Ik denk dat ik beter in de auto kan blijven', zei ze met gefronste wenkbrauwen. 'Ik heb geen pet meer om mijn haar onder te verbergen.'

Alex wist dat ze gelijk had, maar het stond hem niet aan om haar alleen te laten. Het signalement van de terreinwagen was waarschijnlijk al naar alle Kerkleden van het hele land doorgemaild. 'Ik blijf niet lang weg', zei hij. 'Hier – neem deze maar.' Hij stak een hand onder zijn T-shirt en haalde zijn pistool tevoorschijn. Haar groene ogen sperden zich open toen hij het haar voorhield.

'Alex, je weet dat ik –'

'Alsjeblieft', zei hij.

Behoedzaam nam ze het aan. Ze bekeek het wapen alsof het elk moment kon bijten. 'Ik zou het echt nooit kunnen gebruiken', zei ze.

'Dat geeft niet, zwaai er gewoon maar dreigend mee. Ik voel me geruster als je het bij je houdt.' Hij trok zijn portefeuille, keek erin en telde het geld.

Willows wenkbrauwen gingen omhoog toen ze de enorme hoeveelheid biljetten zag. Voorzichtig, zonder met haar vingers in de buurt van de trekker te komen, legde ze het pistool in het handschoenenvak. 'Weet je zeker dat je geen drugsdealer bent?'

Alex lachte. 'Ik heb de CIA nooit vertrouwd. Ik heb altijd contant geld achter de hand gehouden voor het geval ik ervandoor moest.' Hij keek naar de kleren die ze aanhad. 'Je hebt kleren nodig; het is daar kouder. Welke maat heb je? Ook je schoenmaat, dan kan ik wandelschoenen voor je kopen.'

Willow vertelde het hem. 'Ga jij kleren voor me kopen?' vroeg ze ongerust.

Hij grinnikte. 'Vertrouw je me niet?'

Ze beet op haar lip. 'Eh... alleen effen kleuren, oké? Ik haat motiefjes. En kun je een tandenborstel meebrengen?'

'Effen kleuren, geen motiefjes, tandenborstel – genoteerd. Ik ben zo snel mogelijk terug.' Alex wilde uitstappen, maar keek haar bezorgd aan. 'Ga wat onderuit zitten, oké? Doe maar alsof je slaapt.'

Ze knikte en keek hem met een warme blik aan. 'Maak je geen zorgen. Het gaat allemaal goed.'

Alex ging zo snel mogelijk door de winkel heen en gooide

alles waarvan hij dacht dat ze het nodig hadden in een wagentje. Bij de sportafdeling kocht hij voor hen beiden wandelschoenen en een warme slaapzak, en een kooktoestel met een aantal gasvullingen. Het werd ingewikkeld toen hij een kledingzaak inging om spullen voor Willow te kopen. Hij maakte een zo goed mogelijke keus en liep met de stapel kleren naar de toonbank.

'Kleren aan het kopen voor je vriendin?' zei het meisje bij de kassa.

'Zoiets', zei Alex. Toen ze de bedragen aansloeg werd zijn aandacht getrokken door een rekje met zilveren sieraden. Een van de kettinkjes was zo dun dat je het bijna niet zag. Het licht weerkaatste in de geslepen kristallen hanger die de vorm had van een druppel. Alex tilde het kettinkje op en liet de hanger door zijn vingers gaan; hij deed hem aan Willow denken. Het kristal deed hem denken aan hoe haar engel er had uitgezien toen ze boven hem in de lucht had gehangen.

'Die is apart, hè?' zei het meisje. 'Ze vindt hem vast mooi.' Er verschenen kuiltjes in haar wangen.

Alex aarzelde. Hij wist niet of het wel zo'n goed idee was. Maar de herinnering aan Willows engel drong zich weer op: hoe ze hem had beschermd, hem voor onheil had behoed. Nog nooit had iets hem zo diep geraakt. Trouwens, bedacht hij, op haar verjaardag over twee weken zouden ze waarschijnlijk nog ondergedoken zitten. Het zou leuk zijn als hij dan iets voor haar had.

Hij haalde het kettinkje van het rek. 'Mag ik deze?'

Het meisje legde het in een klein wit doosje op een laagje watten. 'Dit gaat je een heleboel browniepunten opleveren', zei ze glimlachend. Ze wilde het doosje in de grote plastic tas bij Willows kleren doen, maar Alex hield haar tegen.

'Ik hou dat wel apart', zei hij. Hij betaalde en stak het doosje in zijn broekzak. 'Bedankt.'

Verward liep hij terug naar de auto. Hij zag zichzelf weer bij de wastafel staan; het had niet veel gescheeld of hij had Willow gezoend. Wat had hem bezield? Hij wist wel beter. Zelfs met vrienden was hij niet zo close als hij nu plotseling met Willow bleek te zijn. Het was het niet waard; mensen om wie je gaf raakte je toch altijd weer kwijt.

Maar hij kon niet meer terug. Hij wilde niet zo close met haar zijn... maar het probleem was dat hij ook niet meer zonder haar wilde.

Toen Alex bij de auto kwam zag hij tot zijn opluchting dat Willow opgekruld lag te slapen en van buitenaf vrijwel onzichtbaar was. Hij bleef even staan kijken hoe vredig ze eruitzag.

'Hé', zei hij zacht en hij raakte haar schouder aan door het open raampje.

Ze werd loom wakker en keek hem met knipperende ogen aan. 'Wauw, ik ben echt in slaap gevallen.' Ze stapte uit en hielp hem met het inladen van de lichtste dozen.

'Voorzichtig met je arm', zei hij en hij wierp een blik op het verband.

'Het gaat goed, het is alleen nog een beetje beurs. Ik heb een goede dokter.' Willow zag de tas met kleren en keek erin.

'Hé, een rode sweater... wat leuk.'

Alex had gedacht dat de kleur mooi zou staan bij haar haar, maar hij was nu te verlegen om het te zeggen. Hij haalde zijn schouders op en laadde de rest in. 'Ik heb ook een nieuwe pet voor je – je kunt hem beter meteen opzetten.'

Ze stopte haar haar onder de pet en zette haar zonnebril op.

'Wil je dat ik een stuk rij?' vroeg ze toen alles was ingeladen.

'Dat hoeft niet; ga maar weer slapen als je wil.'

Willow hield haar hoofd scheef en keek naar de lijnen van de fourwheeldrive. 'Ik heb geen slaap meer', zei ze. 'En ik vind het echt niet erg.'

Alex grinnikte plotseling. 'Ah, ik heb het door. Je wil gewoon weten hoe het is om met zo'n grote auto te rijden. Heb ik gelijk?'

Haar ogen glinsterden vrolijk. 'Nou...' bekende ze.

'Leef je uit', zei hij en hij gooide haar de sleuteltjes toe. Ze ving ze behendig op en een paar tellen later zat ze op de stoel en schoof hem een stuk naar voren. Wat zag ze er lief uit achter het stuur. Alex probeerde de gedachte uit zijn hoofd te zetten. Hij installeerde zich op de bijrijdersstoel en strekte zijn benen.

Willow startte de motor, keek in haar achteruitkijkspiegel en reed de auto de parkeerplaats af. 'Welke kant uit?'

'Neem voorlopig maar de Interstate naar het noorden. Over niet al te lang gaan we eraf en nemen we binnenwegen.'

Ze reed de hoofdweg op. 'Dit is geweldig', zei ze, terwijl ze terugschakelde voor een stoplicht. 'Heerlijk soepel.'

'Nee maar. Beter dan een Mustang?'

'Jij begrijpt er echt niets van, hè?' Ze wierp hem een glimlach toe.

Ze reden in een ontspannen stilte voort. Willow zette de radio aan en draaide aan de knop totdat ze een klassieke zender had gevonden. De speelse, opgewekte klanken van een vioolconcert vulden de auto. 'Is dit oké?' vroeg ze.

Alex had zijn ogen geloken en zijn handen op zijn buik gelegd. 'Ja, ik hou van klassiek. Mijn vader had het ook wel eens opstaan.'

Op de muziek en het geluid van de motor was hij bijna ook

zelf ingedommeld, toen Willow zei: 'Alex, kun je wakker worden?' Hij opende versuft zijn ogen. Ze keek met een angstig gezicht in de achteruitkijkspiegel. 'Zeg maar dat ik paranoïde ben', zei ze. 'Die groene Pontiac, volgt die ons?' Alex was in één klap wakker en hij draaide zich om in zijn stoel. De Pontiac reed ongeveer tien auto's achter hen.

'Waarom denk je dat?'

'Wat ik ook doe, hij blijft op dezelfde afstand achter ons rijden. Ik ben iets sneller gaan rijden en weer langzamer, maar hij blijft daar hangen.' Ze keek weer in haar spiegel. 'Dit is de Interstate, dus het is moeilijk te zeggen, maar... ik heb er zo'n gevoel bij.'

Willows 'gevoelens' waren voor Alex meer dan voldoende.

'Oké, neem de buitenste rijstrook', zei hij. Een moment later nam ook de Pontiac de buitenste rijstrook.

'Hou deze snelheid aan', zei Alex, terwijl hij een oogje op de Pontiac hield. 'Bij de volgende afrit gooi je het stuur om en ga je van de weg af.'

Willow knikte en haar handen klemden zich om het stuur. Een paar mijl verderop was een afslag. Ze wachtte tot het laatste moment, gaf een ruk aan het stuur en zwenkte over de drie rijstroken naar rechts. Er werd luid getoeterd. Slingerend dook de terreinwagen de afrit op en ze draaide aan het stuur om hem weer recht op de weg te krijgen. Achter hen wisselde de Pontiac snel van rijstrook, maar het was te laat. Alex zag hem voorbij de afrit rijden.

'Oké, ga zo snel mogelijk de Interstate weer op, weer in noordelijke richting.'

Willow keek hem met grote ogen aan. 'Weer terug? Maar –'

'Vertrouw me.'

Met een bezorgde blik nam ze de volgende afslag en ging de

Interstate weer op. Ongeveer tien minuten later zag Alex de groene Pontiac met grote snelheid in tegengestelde richting over de Interstate rijden; ze hadden blijkbaar de volgende afrit genomen om de achtervolging voort te zetten. Hij blies zijn adem uit. 'Mooi. Ze zijn erin getrapt.'

Willow slikte. 'Denk je dat we ze kwijt zijn?'

'Voorlopig', antwoordde hij. Hij wierp haar een zijdelingse blik toe. 'Goeie chauffeur, hoor.'

'Goeie truc.' Ze probeerde te glimlachen. 'Heb jij les gehad in snelle achtervolgingen?'

Alex aarzelde. 'Cully heeft me er dingen over verteld', zei hij na een poosje. 'Hij heeft vroeger gesmokkeld, in Alabama. Je had zijn verhalen moeten horen.' De herinnering was als een dolkstoot en hij viel stil.

Willow keek naar zijn gezicht. 'Sorry', zei ze zacht. 'Hij was een goede vriend van je, hè?'

De beelden flitsten voorbij: Cully die grijnzend een sigaar rookte, Cully die hoofdschuddend in de achteruitkijkspiegel naar Jake en hem keek. En later: Cully's arm stevig om zijn schouder en zijn bemoedigende woorden: Goed gedaan, jongen. Goed gedaan. Alex schraapte zijn keel. 'Ja, ik ken hem al bijna mijn hele leven. Hij was een... een prima kerel. Fijn, weer zo'n deprimerend onderwerp', besloot hij in een poging wat opgewekter te klinken.

'Ik heb niks tegen deprimerende onderwerpen', zei Willow zacht.

'Ik wel.' Alex leunde weer naar achter en strekte zijn benen, waarna hij doelbewust van onderwerp veranderde. 'Wil je even stoppen en wat eten als er zo meteen iets van een drive-in is?'

'Oké', zei Willow na een korte stilte. Ze schonk hem een

plagerige glimlach. 'Het is tijd voor je koffiepauze, dat is wat je eigenlijk wilt zeggen, ja? Je moet je shot cafeïne hebben.' De warmte van haar glimlach spoelde over hem heen en verzachtte de pijn om Cully. Plotseling wilde Alex alleen nog maar zijn arm uitsteken en Willow aanraken – zijn vingers verstrengelen met de hare die op haar dij lagen, of het haar zacht uit haar gezicht strijken.

Hij zette de gedachte ruw van zich af en sloeg zijn armen over elkaar. 'Ja, het is absoluut tijd voor een koffiepauze', zei hij en hij sloot zijn ogen. 'Je hebt me helemaal door.'

14

Die nacht sliepen ze om beurten terwijl ze gestaag naar het noordwesten reden. Ze gingen van Californië naar Nevada en weer terug, alsof de weg een spelletje speelde met de grens, en de woestijn maakte plaats voor de bergen van de Sierra Nevada. Rond zes uur 's ochtends was de weg zo steil geworden dat Alex voortdurend moest terugschakelen in de scherpe bochten. Hij wist dat er pal naast de weg een afgrond was, die nu schuilging in de schaduwen van de vroege schemering, en dat slechts het broze staal van een vangrail de terreinwagen ervan scheidde. Op een heel aantal plaatsen waren er in het licht van de koplampen krassen te zien waar auto's de vangrail hadden geramd.

Uiteindelijk zag hij aan de bergkant van de weg de ongenaakbare gruishelling die hij zich herinnerde van de kampeertocht met Jake, toen ze deze plek hadden ontdekt. Alex schakelde over op vierwielaandrijving en sloeg een pad in. Gehoorzaam reed de terreinwagen de helling op. Even later gingen ze een bocht om en waren ze niet meer zichtbaar vanaf de doorgaande weg.

Willow werd wakker en opende haar ogen. 'Waar zijn we?' vroeg ze slaperig. Haar blonde haar piekte alle kanten uit.

Alex keek haar aan; wat zag ze er zacht en kwetsbaar uit.
'Nog niet op onze bestemming', zei hij. 'Je kunt nog slapen
als je wilt.'

Maar ze rekte zich uit en ging rechtop zitten. 'Is het daar-
boven?' vroeg ze terwijl ze uit het raampje keek.

'Ja, ongeveer vijftien mijl de bergen in.' Alex concentreerde
zich op de weg, die nog slechter berijdbaar was dan hij
zich herinnerde, zelfs met een auto als deze. Ze kwamen
langzaam vooruit; schommelend kropen ze omhoog.

Na ruim een uur kwamen ze bij een hoge, met rotsen
bezaaide vallei waar het gras en de lage struiken weerbarstig
uit de rotsbodem staken. Alex parkeerde de auto. Ze bevonden zich in een soort kom tussen de bergen. De opgaande
zon hulde de toppen in een gouden licht, waardoor het leek
alsof ze van binnenuit opgloeiden.

'Wat is het hier prachtig', zei Willow vol ontzag. 'Gaan we
kamperen?'

'Zoiets.' Alex stapte uit. Hij voelde zich opeens zo gelukkig
als hij zich in tijden niet had gevoeld. De zuivere lucht had
het effect van een adrenalinestoot: hij was plotseling
klaarwakker en vol levenslust. Hij grinnikte naar Willow.
'Kom, tijd om je wandelschoenen aan te trekken.'

Ze deden hun schoenen aan en Willow trok de rode sweater
over haar hoofd. Hij had gelijk gehad: hij stond haar
geweldig. 'Wat is het hier prachtig', herhaalde ze zacht
terwijl ze haar blik liet dwalen over de in ochtendmist
gehulde vallei met de naaldbomen die scherp tegen de hemel
afstaken. Toen keek ze naar de auto. 'Wacht eens even...
moeten we al die spullen dragen?'

'Yep. Het is niet ver.' Alex pakte een van de dozen van de
achterbank en Willow volgde zijn voorbeeld. Tussen de lage

begroeiing en de naaldbomen door liep in noordelijke richting een smal wildspoor steil omhoog. Na een meter of dertig kwamen ze bij een open plek waar een riviertje stroomde. Er stond een kleine, bouwvallige hut die iets naar een kant overhelde. Willow bleef staan en hapte naar adem. 'Alex, wat ís dit voor een plek?'

Alex nam zijn doos op één arm, duwde de deur open en ging de hut binnen, waar hij de doos op de tafel neerzette. Willow volgde hem met grote ogen. 'Jake en ik hebben hem ooit gebouwd', zei hij.

'Jullie – écht?'

Hij knikte. 'We gingen soms na een jacht een paar dagen met z'n tweeën kamperen. Toen we deze hut vonden was hij half ingestort. We zijn een paar keer teruggegaan en hebben hem een beetje opgeknapt.' Alex keek om zich heen. Hij was vergeten hoe basaal de hut was. Op een van de wanden groeide groenig mos en zo te zien had het oude kampeerbed als nest dienstgedaan. Maar het was beter dan worden neergeschoten.

Willows ogen schitterden. 'Je bent een genie', zei ze opgetogen. Ze zette haar doos naast de zijne op tafel. 'Hier vindt niemand ons.'

Hij glimlachte. De hut was zo ongeveer hun enige optie, maar hij was blij dat ze het niet erg vond. 'Niet te hard uitademen, anders stort het dak in.'

Ze liepen nog een paar keer heen en weer naar de auto om alle spullen te halen. Willow trok haar sweater uit en bond hem rond haar middel. 'Ik zou wel eens willen weten wie hier gewoond heeft', zei ze toen ze met de zoveelste lading omhoog liepen. Haar wangen waren rood van inspanning. 'Waarschijnlijk een goudzoeker', zei Alex, terwijl hij met een doos op zijn schouder langs het spoor omhoog liep. 'Achter de hut staat een houten apparaat zoals ze bij het goudzoeken gebruikten.'

'Zoals de forty-niners? Doen mensen dat nog steeds?'

'Ik denk het... gewoon alles achterlaten en op zoek gaan naar goud.' Nu ze hier onder de wijde hemel tussen de bergen stonden, ver weg van de bewoonde wereld, begreep Alex de aantrekkingskracht ervan. Als er geen engelen waren geweest, was hij misschien ook ooit in de verleiding gekomen.

Toen alle spullen in de hut stonden haalde Alex een bijl uit een van de dozen. Samen liepen ze naar de auto om hem te camoufleren zodat hij ook vanuit de lucht onzichtbaar was. Ze kapten ranke, stekelige takken van de naaldbomen, vlochten die ineen tot een soort scherm dat ze met dunne twijgen op het dak en de motorkap vastmaakten.

'Denk je dat het houdt?' vroeg Willow terwijl ze een stap naar achter deed om het resultaat te bewonderen.

Alex stak de bijl in zijn leren foedraal. 'Ik denk het wel. Om het zeker te weten zullen we regelmatig komen kijken.'

Ze schudde haar hoofd en er lag bewondering in haar groene ogen. 'Ik geloof dat ik er nooit aan zou hebben gedacht om hem te camoufleren.'

Hij lachte. 'Ja, maar als we panne krijgen, ben jij degene die hem moet repareren. Ik heb gereedschap voor je gekocht – voor het geval dat.'

Ze gingen weer omhoog langs het smalle spoor. De kleine ruimte stond vol met dozen en tassen. Alex, die blij was dat hij iets kon doen, begon ze te ordenen. Hij was zich er opeens erg van bewust dat Willow en hij alleen waren; met z'n tweeën in deze kleine, intieme ruimte.

Willow hielp hem om de dozen met eten aan een kant van de hut op te stapelen. Sinds ze in de hut waren had ze niks meer gezegd en hij zag dat ze hem af en toe een bezorgde blik toewierp wanneer ze dacht dat hij niet keek. Na een paar minuten was het alsof de stilte hem verstikte. Hij schraapte zijn keel. 'Ik heb een campinggasje om iets te eten te maken... nou ja, veel soeps zal het niet zijn, maar –'

'Nee, het is prima', onderbrak Willow hem. Ze wierp hem een snelle blik toe en keek toen met een rood hoofd weer weg. Ze draaide zich om en legde haar tas met kleren in een hoek. Alex wilde iets zeggen, maar zweeg abrupt toen de gedachte hem als een mokerslag trof.

Ze voelde hetzelfde voor hem.

Hij had het niet zeker geweten. Zelfs toen hij haar bijna had gezoend wist hij niet wat zij voelde – behalve dat ze hem wel mocht, ook al had hij zich in het begin zo horkerig gedragen. Maar nu...

Het verandert niets, zei Alex verdwaasd tegen zichzelf. Het is nog steeds een heel slecht idee. Toch bleef hij als aan de grond genageld naar haar staan kijken terwijl de wereld om hen heen leek te krimpen.

Willow ging rechtop staan en streek verlegen zonder hem aan te kijken het haar uit haar gezicht. 'Is het oké... ik bedoel, ik zou me graag willen wassen en iets anders aantrekken, maar –'

Alex kwam met een schok weer bij zinnen. 'Eh, ja – we hebben de rivier, maar die is nogal koud. En... ik ben handdoeken vergeten.' Shit. Waarom had hij daar niet aan gedacht?

'Dat geeft niet', zei Willow. 'Ik neem wel een T-shirt of zo om me mee af te drogen.'

Alex haalde een van zijn oude T-shirts uit zijn tas. 'Hier, neem die maar.'

Hun vingers raakten elkaar toen ze het van hem aannam. 'Bedankt.'

Terwijl Willow in de boodschappentas op zoek ging naar schone kleren draaide hij zich om en deed alsof hij het kooktoestel in elkaar zette. Wat nergens op sloeg: je hoefde alleen maar de gasslang aan te koppelen. Even later bleef Willow aarzelend bij de deur staan. Ze had een keurig stapeltje kleren in haar handen met bovenop een stuk zeep van het motel. Zijn T-shirt zat onder haar arm geklemd, samen met een van de rollen wc-papier die hij had gekocht. Daar had hij gelukkig wel aan gedacht. 'De... wc is buiten, neem ik aan?' vroeg ze ongemakkelijk.

'Ja, sorry', zei Alex en hij stond op.

'Nee, je hoeft je niet te verontschuldigen! Het is hier geweldig. Jij bent geweldig.' Ze bloosde weer. Ze dook in elkaar en zei snel: 'Oké, ik ga maar eens naar de rivier.' Toen was ze verdwenen.

Alex blies zijn adem uit. Even later betrapte hij zichzelf erop dat hij de dozen opnieuw aan het ordenen was, zodat de onderste nu bovenop stonden. Op dat moment had hij alles over voor een flinke work-out – een mijl of tien op een loopband of honderd keer opdrukken op de halterbank.

Na ongeveer twintig minuten ging de deur open en Willow kwam weer binnen. Haar groene ogen twinkelden. 'Jeetje, dat was niet gelogen. Het water was kóúd!' Ze droeg een spijkerbroek en de rode sweater, waar een stukje vaalblauw T-shirt onderuit stak.

Alex was opgelucht dat de spanning uit de lucht was en hij grinnikte. 'Ik had je gewaarschuwd.'

'Ik heb je T-shirt buiten over een tak gehangen', zei ze terwijl ze haar spullen in haar tas stopte. 'Het is nu gepromoveerd tot onze handdoek, oké?'

'Klinkt goed.'

'Nou...' Ze ging staan en haalde glimlachend een schouder op.

Het was pas tien uur 's ochtends; ze hadden nog de hele dag voor zich. Om te voorkomen dat de spanning weer zou opbouwen, zei Alex haastig: 'Kun jij kaarten?' Hij dook in een van de dozen. 'Ik heb een spel kaarten gekocht.'

Willow trok een wenkbrauw op en ging aan tafel zitten.

'Weet je zeker dat je het aandurft? Ik heb je tenslotte bijna ingemaakt met Quarters. Ik kan kwartetten, telt dat?'

'Kwartetten?' Alex onderdrukte een lachje. 'Ja, ik denk dat ik het wel aandurf.' Er stond een doos op de andere gammele stoel. Hij zette de doos op de grond en ging rechts van haar zitten – de enige lege plek in de overvolle hut. Hij haalde het cellofaan van de kaarten; het knisperde toen hij het opzij legde. 'Kun je nog iets anders dan kwartetten? Blackjack? Canasta?'

Ze schudde grijnzend haar hoofd. Haar haar bewoog losjes over haar schouders. 'Sorry. Ik heb geloof ik een kansarme jeugd gehad.'

'Gin rummy?'

'Nauwelijks.'

'Ik leer je eerst blackjack', zei hij terwijl hij door het spel kaarten heen ging en de jokers eruit haalde. 'Het is heel makkelijk.' Hij schudde de kaarten en met een behendig gebaar gaf hij hun er elk twee.

'Waarom verbaast het me niet dat jij een gehaaid kaartspeler bent?' Willow pakte haar kaarten.

Hij haalde zijn schouders op en keek naar zijn hand, terwijl hij probeerde te negeren hoe haar gezicht oplichtte als ze lachte. 'In het kamp hebben we heel veel gekaart. Zonder televisie was er 's avonds niet veel anders te doen, behalve naar de coyotes luisteren... Oké, ik deel deze ronde dus jij moet me proberen te verslaan. De bedoeling is om zo dicht mogelijk bij de eenentwintig te komen zonder dat je eroverheen gaat. Wacht, we hebben iets nodig om in te zetten -'

Hij schoof schrapend zijn stoel naar achter, dook in een van de dozen met etenswaren en haalde een grote zak M&M's tevoorschijn. Cully was altijd al een zoetekauw geweest, herinnerde hij zich met een steek in zijn hart.

'Geweldig', zei Willow toen ze de zak zag. 'Die kunnen meteen dienstdoen als ontbijt.'

Ze had gelijk; hij had plotseling reuzehonger. Alex maakte de zak open, haalde er een handvol uit en schoof ze over de tafel naar haar toe. 'Goed, de plaatjes zijn tien punten, de aas elf of één en de rest wat erop staat.' Hij stopte een bruine M&M in zijn mond.

Willow deed er ook een paar in haar mond en staarde nadenkend naar haar kaarten. 'En het was de bedoeling om eenentwintig te halen, zei je?'

'Precies.'

'Cool.' Ze legde haar kaarten op tafel. Alex kreunde lachend toen hij zag dat ze een heer en een aas had. 'Ik wil graag dat de aas elf punten is', zei ze met een glimlachje. 'Wat heb ik gewonnen?'

'Oké, je hebt erom gevraagd. Wat je hebt gewonnen is dat ik mijn handschoenen uittrek en de vloer met je aanveeg.' Hij schudde de kaarten opnieuw en liet de stapel met een klap voor haar op tafel neerkomen. 'Jij deelt. Hoewel ik me afvraag waarom ik mezelf dit nog aandoe.'

Ze pakte de stapel op en keek hem met een schalkse blik aan. 'Je hebt het blijkbaar graag zwaar.'

Ze speelden urenlang en stopten af en toe om wat te praten. Alsof ze het hadden afgesproken zwegen ze over engelen en vertelden ze elkaar gewoon over hun leven. Alex kwam erachter dat Willow graag kookte en dat ze in de herfst zelfs jam maakte. Hij vertelde haar over zijn geheime liefde voor astronomie en dat hij vroeger in het kamp vaak 's nachts in de woestijn naar de sterren had liggen kijken. Na een tijdje warmden ze voor de lunch twee blikken chili con carne op en aten die met metalen campingvorken rechtstreeks uit het blik. Alex herinnerde zich de sixpacks met bier in een van Cully's dozen en hij ging naar buiten om er een in de rivier te leggen.

'We hebben een koelkast', zei Willow, die achter hem aan liep.

'Precies, van alle gemakken voorzien.' Alex kwam overeind en strekte zich uit. Hij was stijf van het lange zitten. 'Heb je zin om een eind te wandelen?'

Ze trokken hun wandelschoenen aan en de rest van de middag verkenden ze via verschillende wildsporen de omgeving van de hut. Willow was aangenaam gezelschap: prettig om mee te praten als ze zin hadden om te praten, maar net zo makkelijk stil en in haar eigen gedachten verzonken onder het klimmen. Toen ze samen op een rotsblok van het uitzicht genoten en Alex naar haar profiel keek, besefte hij dat hij zich nog nooit zo op zijn gemak had gevoeld bij iemand. Het was alsof hij haar al zijn hele leven kende.

Nee. Het was alsof zij deel van hem uitmaakte.

Tijdens de terugweg was hij stil. Toen ze bij de rivier waren liep Willow voor hem uit en hurkte bij de biertjes neer. 'Het zal je verheugen dat de koelkast werkt', zei ze met een grijns over haar schouder. 'Wil je er een?'

'Ja, graag.' Ze reikte hem een koud blikje aan en legde de rest van het sixpack terug. 'Wil jij niet?' vroeg hij toen ze de hut in gingen en hun schoenen uitdeden.

Ze schudde haar hoofd. 'Ik drink niet echt; ik val er toch maar van in slaap. Maar misschien neem ik wel een slokje van je.'

Ze hervatten hun kaartspel en warmden weer twee blikken op toen ze honger kregen. Toen het donker werd stak Alex de kampeerlamp aan die hij had gekocht en zette hem in het midden van de tafel neer. Willow was ondertussen naar de 'wc' geglipt en kwam terug in een donkerblauwe joggingbroek.

'Iets comfortabeler', lichtte ze toe. Ze liet zich weer op haar stoel vallen, links van hem aan de kleine tafel. Onderhand waren ze gin rummy gaan spelen en toen de M&M's op waren hadden ze met lucifers ingezet. Willow pakte haar kaarten van tafel. Ze trok een knie op, zodat haar blote voet over de rand van de stoel krulde en inspecteerde haar hand. Alex keek toe hoe ze peinzend met een vinger over haar ondertanden ging. Ze had haar haar weer losjes in haar nek opgebonden. Een sliert die was losgekomen hing glanzend in het lamplicht op haar schouder. Plotseling leken al zijn tegenwerpingen zinloos. Niet doen, dacht hij nog. Je krijgt er spijt van.

Maar het maakte hem niet meer uit.

Langzaam, niet in staat om zich nog in te houden, strekte

hij zijn arm uit en legde zijn hand op haar voet.

Verbijsterd keek Willow op. Ze keken elkaar aan. Hij voelde haar kleine voet in zijn hand; terwijl hij zacht met zijn duim over de warme, zijdezachte huid streek ging zijn hart als een gek tekeer. Het was alsof alles om hem heen verdween. Zij was het enige wat hij nog zag.

Willow leek elk moment in tranen te kunnen uitbarsten.

'Alex –'

Hij leunde over de hoek van de tafel naar voren, nam haar gezicht in beide handen en zoende haar.

Haar mond was zacht en warm. Met een snik beantwoordde ze zijn zoen en ze gooide haar armen om zijn nek. Hij voelde haar haar over zijn handen vallen. Hij werd overspoeld door geluk – het was alsof zijn borstkas explodeerde. Willow. Mijn god, Willow.

Ze maakte zich uit de omhelzing los. 'Alex, wacht – weet je het zeker? Ik ben een halve engel, dat kan ik niet veranderen –'

Hij moest bijna lachen. 'Mond dicht', fluisterde hij.

Het was onhandig met de tafel tussen hen in. Alex ging met een arm onder Willows knieën en tilde haar voorzichtig op zijn schoot. Hij drukte haar tegen zich aan en zoende haar opnieuw. Haar kleine lichaam voelde volmaakt aan, alsof het voor zijn armen was bedoeld. Haar lange haar kietelde langs zijn gezicht en terwijl hij haar hart tegen zijn borst voelde kloppen streek hij het zachte haar naar achter.

Uiteindelijk lieten ze elkaar los en keken elkaar verwonderd aan. Alex wist dat hij glimlachte; hij kon er niet meer mee stoppen. 'Je bent zo mooi', zei hij zacht.

Willow schudde verdwaasd haar hoofd. Ze raakte zijn gezicht aan en huiverde toen ze met haar vingers langs zijn wenkbrauw streek. 'Ik had nooit gedacht dat dit zou gebeuren', zei ze. Ze slikte. 'Ik, eh... wilde het wel.'

Alex kon haar ogen niet van haar afhouden; het was alsof hij haar nooit eerder had gezien. Langzaam ging hij met zijn hand over haar arm. Alleen al het gevoel van haar arm deed zijn adem stokken. 'Ik ook', zei hij. 'Vrijwel vanaf het eerste moment dat ik je zag.'

Willow sperde haar ogen verbaasd open. 'Maar – je haatte me toen.'

Zijn lippen gingen als vanzelf naar haar nek, naar haar wang. 'Nee, dat is niet zo', mompelde hij tegen haar warme huid. 'Ik heb je nooit gehaat. Zelfs toen ik vond dat ik je moest haten voelde ik me onweerstaanbaar tot je aangetrokken. Ik ben de afgelopen dagen bijna gek geworden.'

Ze leunde iets naar achter. 'Echt? Ik heb er niets van gemerkt. Op die parkeerplaats – ik dacht dat ik het me had ingebeeld.'

Alex wilde haar alleen nog maar kussen, maar ze zag er zo verbijsterd uit dat hij moest lachen. 'Jij als helderziende had geen idee van wat ik voelde?'

'Nee!' Willow lachte kort en keek hem even sprakeloos aan. 'Ik was te – ik kon zelfs nauwelijks ademhalen toen je me aanraakte, laat staan dénken. Ik dacht dat je me wilde... geruststellen. Dat je gewoon vrienden wilde zijn.'

Hij verstrengelde zijn vingers met de hare en pakte haar hand stevig beet. 'Geloof me, op dat moment was dat het laatste waar ik aan dacht. Ik wilde je zo graag zoenen dat het pijn deed.'

Ze aarzelde. 'Maar waarom deed je het dan niet? Omdat ik een halve engel ben?'

Alex schudde zijn hoofd. 'Daar maak ik me al dagen niet

meer druk over. Het was omdat...' Hij kon het zich nauwelijks nog herinneren waarom het hem geen goed idee had geleken. 'Omdat ik een stomkop ben, denk ik.'

Willow zat roerloos op zijn schoot. Ze was zich bewust van de gloed van de kampeerlamp en de fluwelen stilte buiten de hut.

'Het maakt je dus echt niet uit? Wat ik ben?' vroeg ze uiteindelijk.

Geëmotioneerd nam Alex haar hoofd in zijn handen en hij zoende haar vurig. Zijn lippen maakten zich met moeite van de hare los. 'Willow, het enige wat ertoe doet is dat jij jij bent – en dat je bij me bent. De rest is niet belangrijk.'

'Echt?' fluisterde ze met betraande ogen.

Hij moest opeens lachen en hij streek het blonde haar uit haar gezicht. 'Hé, ík ben hier de bofkont, snap je dat niet? Jij bent zo... ongelooflijk. Alles aan jou.'

Willow slikte. 'Om eerlijk te zijn bof ik ook nogal.' Terwijl ze over zijn haar streek leunde ze aarzelend tegen hem aan. Hij sloeg zijn armen om haar heen en liet zich weer overspoelen door de sensaties: haar warme lippen op de zijne, haar geringe gewicht op zijn schoot, haar geur. Terwijl ze zoenden liet hij zijn handen langs haar rug omlaag glijden en hij voelde de zachte glooiing van haar ruggengraat onder haar sweater. Hij zou hier nooit genoeg van krijgen, nooit.

Na een tijdje ging Willow weer rechtop zitten. 'Wauw', zei ze trillerig. 'Dit is... nog heerlijker dan ik dacht.'

Alex had zijn armen nog om haar middel; het kostte hem al zijn zelfbeheersing om haar niet weer tegen zich aan te trekken en te zoenen. 'Bedoel je met mij of in het algemeen?' vroeg hij grinnikend.

'In het algemeen', antwoordde ze. 'Maar ik heb zo'n gevoel

dat het met jou bijzonder heerlijk is.' Terwijl ze met haar vingers de lijn van zijn jukbeen volgde keek ze hem met een verwonderde glimlach aan. 'Jij bent zo... helemaal geweldig, besef je dat wel?'

Wat hij besefte was dat hij nog nooit zo gelukkig was geweest. Hij liet zijn blik over haar gezicht dwalen en verwonderde zich over wat er was gebeurd – dat zij hier bij hem was en dat zij hetzelfde voor hem voelde.

'Kom hier', zei hij zacht. Hij trok haar voorzichtig naar zich toe en hield haar eenvoudig tegen zijn borst aan gedrukt.

Ik bleef een hele tijd in Alex' omhelzing zitten en luisterde naar het gestage ritme van zijn hart onder zijn shirt. De stilte die ons omhulde werd af en toe onderbroken door het gekras van een uil in de verte. Het drong nog steeds niet helemaal tot me door dat dit echt was – dat ik echt hier in Alex' armen zat. Mijn hart was zo vervuld dat het bijna pijn deed in mijn borst.

Uiteindelijk ging Alex iets verzitten en ik realiseerde me hoe lang we op die harde houten stoel hadden gezeten. Ik kwam overeind. 'Misschien moeten we maar naar bed', zei ik zacht. Toen besefte ik wat ik had gezegd en ik werd vuurrood.

Alex keek me zwijgend aan.

Ik slikte. 'Ik bedoel... het is al laat en we zijn alle twee moe...'

'Je hebt gelijk', zei hij. Hij pakte mijn hand beet en ging met zijn duim over mijn handpalm. Ik voelde me smelten onder zijn aanraking. 'Ik weet niet of ik veel slaap zal krijgen met jou in dezelfde ruimte, maar oké. Wil jij het bed? Ik slaap wel op de vloer.'

Aarzelend wierp ik een blik op het kampeerbed. 'Eh... oké, best.' Ik wilde niet dat hij me zou loslaten, zelfs niet voor een paar uur, maar ik wist niet hoe ik het moest zeggen. Ik lachte inwendig om hoe teleurgesteld ik was – ik was nu al verslaafd aan zijn aanraking. Met tegenzin wilde ik van zijn schoot glijden. Zijn armen verstrakten om mijn middel en hij trok me terug voor een laatste zoen.

'Hé, niet zo snel', fluisterde hij met een grijns. Ik glimlachte toen onze lippen elkaar raakten en er een stroom van gelukzaligheid door me heen voer. Ik hou van je, Alex, dacht ik terwijl we zoenden. Ik hou zielsveel van je.

'Niet te geloven dat ik dat nu gewoon kan doen als ik er zin in heb', mompelde hij terwijl we ons van elkaar losmaakten. De blik in zijn grijsblauwe ogen was precies zoals ik me voelde: zo warm en vol verwondering dat dit echt was gebeurd. 'Hou er maar rekening mee dat je niet veel tijd over zult hebben voor andere dingen de komende weken. Of maanden, of jaren.'

Jaren. Mijn hart maakte een sprongetje. 'Dat klinkt me als muziek in de oren', zei ik verlegen.

Terwijl Alex naar buiten ging om zich te verkleden haalde ik een van de slaapzakken uit de nylon hoes en spreidde hem op het bed uit. Stiekem hoopte ik dat hij naast me zou komen liggen; alleen al de gedachte dat ik Alex de hele nacht zo dichtbij zou voelen, in zijn armen zou liggen, deed het bloed naar mijn wangen stijgen. Ik blies mijn adem uit en schudde de gedachte van me af. Ik trok de rode sweater die hij me had gegeven uit. Het verband op mijn linkerarm stak scherp af tegen mijn huid. In mijn T-shirt en joggingbroek liet ik me op het bed neerzakken. Ik raakte het verband aan en herinnerde me hoe Alex' vingers erop waren blijven liggen toen hij het had aangebracht.

Ik schrok overeind toen de deur openging. Alex kwam in een

zwarte joggingbroek de hut in. Ik slikte toen ik zag dat zijn bovenlichaam bloot was.

'T-shirt vergeten', zei hij schaapachtig. Zijn tas stond vlak bij het bed op de grond en ik keek toe hoe het lamplicht over zijn huid speelde toen hij ernaartoe liep. Hij hurkte bij de tas neer en rommelde door de inhoud. Betoverd volgde ik de bewegingen van zijn in het gouden licht gehulde rug en schouders. Zijn donkere haar lag slordig tegen zijn gebruinde nek; de gebogen lijn van zijn ruggengraat ging deels schuil in de schaduw.

Als in een droom strekte ik langzaam een hand uit en ging met mijn vingers over de zwarte *ek* op zijn arm. Zijn huid was warm en bij de aanraking ging er een tinteling door me heen. De tijd en zelfs mijn ademhaling stond stil terwijl ik zacht over de letters van zijn tatoeage streek, over de krachtige welving van zijn biceps. Als vanzelf gleed mijn hand langs zijn schouder omhoog – over de zachte huid en de harde spieren. Alex zat nog steeds naast het bed gehurkt. Hij bleef roerloos zitten onder mijn aanraking, alsof ook zijn adem was gestokt. Toen ontmoetten zijn ogen de mijne en ik liet mijn hand vallen. Mijn hart bonkte en ik probeerde te glimlachen. 'Sorry. Dat wilde ik al doen sinds die eerste nacht in het motel.'

Zijn wenkbrauwen schoten omhoog en hij kwam naast me op het bed zitten. 'Meen je dat? Maar – toen haatte jij mij.' Ik schudde mijn hoofd. 'Nee. Ik wilde je dolgraag haten, maar ik denk dat ik toen al –' Blozend zweeg ik. Bijna had ik de woorden uitgesproken; bijna had ik hem verteld dat ik verliefd op hem was.

'Wat?' vroeg Alex. In het gedempte licht leken zijn ogen donkerder en zijn haar bijna zwart.

Ik weerstond zijn blik niet langer. Met mijn handen onder mijn armen staarde ik naar de tafel; naar de wirwar van speelkaarten, naar de lamp die zacht straalde. 'Toen je me je T-shirt gaf als nachthemd kon ik je voelen. Ik kon je... essentie voelen.'

Er daalde een diepe stilte neer. We zaten maar een paar centimeter bij elkaar vandaan, zonder elkaar aan te raken. Ik hoorde het zachte gemurmel van de wind in de bomen.

'Hoe voelde dat?' vroeg Alex zacht.

'Als... thuiskomen', bekende ik.

Gespannen keek ik naar hem op. Zijn ogen boorden zich in de mijne. 'Willow... weet je nog dat je zei dat je op die parkeerplaats niet wist wat ik voelde?'

Ik knikte en hij pakte mijn hand, bracht die naar zijn borst en legde zijn eigen hand eroverheen. 'En nu?'

Ik voelde zijn hart onder mijn hand en mijn eigen hart ging zo tekeer dat ik nauwelijks helder kon denken. Ik sloot mijn ogen en haalde diep adem – en nog een keer om mijn geest leeg te maken en te kunnen voelen wat hij voelde. Een moment lang voelde ik slechts onze zachte ademhalingen – en toen spoelde het als een vloedgolf over me heen.

Hij was ook verliefd op mij.

Ik opende mijn ogen. Alex hield nog steeds mijn hand tegen zijn borst. Ik had hem nog nooit zo ernstig gezien. Niet in staat om een woord uit te brengen liet ik langzaam mijn hand zakken en sloeg mijn armen om hem heen. Ik voelde dat hij zijn armen om mijn schouders legde en zijn hoofd op mijn haar liet rusten.

'Het is echt zo', zei hij met schorre stem.

'Ik weet het', fluisterde ik terug. 'Ik ook op jou.'

Terwijl onze harten tekeergingen hielden we elkaar vast. Met gesloten ogen drukte ik mijn gezicht in de warme holte tussen zijn schouders en zijn nek. Alex. De vreugde die ik voelde was zo groot – alsof er diep vanbinnen iets verstilde, alsof er iets waar ik mijn hele leven naar op zoek was geweest op zijn plek was geklikt en ik nu heel was.

Na een tijd deed ik mijn ogen open en ik realiseerde me dat we bijna in slaap waren gevallen. Alex zat met mij in zijn armen tegen de wand van de hut geleund. Toen ik bewoog opende ook hij zijn ogen. 'Ik geloof dat ik maar naar bed ga', zei hij terwijl hij me een zoen gaf.

'Nee, niet weggaan', mompelde ik en ik sloeg mijn armen steviger om hem heen. 'Blijf bij me.'

Ik voelde zijn glimlach op mijn lippen. 'Oké. Ik doe alleen even het licht uit', zei hij zacht.

Terwijl hij zich naar de tafel strekte om de lamp uit te doen hield ik mijn armen om zijn middel. Even later was de hut in duisternis gehuld. We kropen samen onder de slaapzak en bleven in elkaars armen luisteren naar het zachte geluid van de wind. Het bed was smal – het was alsof we op een duikplank balanceerden – maar ik had me nog nooit zo comfortabel en veilig gevoeld als nu in Alex' armen met mijn hoofd op zijn borst.

Terwijl we in de duisternis lagen ging hij met zijn vingers door het haar dat op zijn bovenlichaam lag. 'Heb je er last van?' vroeg ik.

'Nee, ik vind het heerlijk; het is zo zacht.' Ik voelde zijn vingers met de lange lokken spelen. 'Ik had gelijk, weet je', zei hij na een stilte. 'Die jongens in Pawntucket zijn echt een stel idioten.'

Ik glimlachte. 'Als jij op Pawntucket High had gezeten, zou je me wel hebben meegevraagd naar het eindbal?'

'Zeker weten', zei hij. 'Ik durf te wedden dat je er prachtig zou uitzien... nog mooier dan anders.'

Ik voelde me warm worden. Ik tilde mijn hoofd iets op en probeerde zijn gezicht in de duisternis te zien. 'Je meent het, hè?'

'Wat? Dat je mooi bent?' Alex klonk verrast. 'Natuurlijk. De eerste keer dat ik je zag had je een roze pyjama en een grijs T-shirt aan en was je koffie aan het zetten. Ik kon mijn ogen niet van je afhouden.'

De vurigheid in zijn stem deed me slikken. Niet te geloven dat hij nog wist wat ik had aangehad. 'En de eerste keer dat ik jou zag wilde ik alleen maar dit doen.' Ik ging met mijn vinger over zijn lippen. Hij pakte mijn hand in de zijne en drukte er een zoen op.

We bleven een hele tijd zwijgend liggen terwijl Alex zacht over mijn haar streek. Het voelde zo veilig en warm in zijn armen dat ik weer wegdommelde. Ik onderdrukte een gaap en kroop nog dichter tegen hem aan. Ik voelde dat hij mijn hoofd zoende.

'Te amo, Willow', zei hij zacht.

Ik glimlachte soezerig in de duisternis. 'Wat betekent dat?' vroeg ik fluisterend.

'Wat denk je?' Aan zijn stem hoorde ik dat hij ook glimlachte.

Ik drukte hem tegen me aan en terwijl ik zijn sleutelbeen zoende vroeg ik me af of je kon sterven van geluk. 'Te amo, Alex.'

Je zou denken dat je in een hut in de wildernis zonder televisie of elektriciteit binnen de kortste keren knettergek zou worden. Maar het was precies het tegenovergestelde. Om samen met Alex op een plek te zitten waar we gewoon konden ontspannen en vergeten dat het halve land achter ons aanzat was... toverachtig. Toen ik die eerste ochtend wakker werd lag hij op zijn zij met zijn hoofd op zijn hand glimlachend naar me te kijken.

Mijn hele lichaam tintelde: het was alsof ik wakker werd en me herinnerde dat het Kerstmis was. 'Goedemorgen', zei ik terwijl ik zijn aanwezigheid in me opzoog. In het ochtendlicht waren zijn ogen helblauw en op zijn wangen schemerde een stoppelbaardje.

'Goedemorgen.'

De spieren van zijn borst bewogen terwijl hij zich naar me toe boog en me een lome, innige zoen gaf. Hij rook naar slaap en een warme geur die gewoon Alex was. Ik bezweek bijna.

'Wat heerlijk om zo wakker te worden', zei ik ademloos toen de zoen voorbij was.

Alex streek met de achterkant van zijn vingers over mijn wang. 'Niet zo heerlijk als wakker worden en jou naast me zien liggen. Ik dacht even dat ik nog droomde.'

'Was het een leuke droom?' vroeg ik terwijl ik hem glimlachend aankeek.

Hij grinnikte. Zijn donkere haar piekte alle kanten uit. 'Jazeker. Het was een hele leuke droom.' We bleven elkaar glimlachend aankijken onder de zachte slaapzak. Buiten kwetterden de vogels en het zonlicht viel hier en daar door een kier de hut in.

'Wat wil je vandaag doen?' vroeg Alex na een tijdje.

'Bij jou zijn', antwoordde ik prompt.

Hij kietelde mijn gezicht met een sliert van mijn eigen haar. 'Ja, alsof je dat te kiezen hebt.'

'Maar áls ik kon kiezen, zou ik dat kiezen.' Verrukt dat ik mijn hand maar hoefde uit te steken om hem te kunnen aanraken, ging ik met mijn vingers over zijn borst. 'Altijd.' We besloten die dag te gaan wandelen en het gebied boven de hut te verkennen. Het uitzicht was spectaculair – de eindeloze bergketens strekten zich voor ons uit alsof we in een vliegtuig zaten. We gingen op een smalle richel zitten en keken naar het zonlicht op de toppen en de schaduwen van de wolken onder ons. 'Prachtig, hè?' zei Alex zacht. 'Ik hou erg van dit soort plekken.'

'Meer dan van de woestijn?' Ik leunde tegen hem aan en hij sloeg een arm om me heen.

'Dat is anders. De woestijn is zo leeg, maar ook mooi – je zou het moeten zien als het er onweert en bliksemt. Maar dit... ik zou er de hele dag naar kunnen kijken.'

De uitdrukking op zijn gezicht waarmee hij naar de bergen keek deed mijn hart een slag overslaan. Ik draaide me naar hem toe, zoende hem en voelde zijn andere arm om me heen toen hij mijn zoen beantwoordde. Verrast barstte ik in lachen uit toen hij me op zijn schoot trok. 'Naar jou kan ik natuurlijk ook de hele dag kijken', mompelde hij grinnikend in mijn oor.

Het was zo vredig in de hut, met als enige gezelschap de bergen en de hemel en af en toe een havik die in de lucht cirkelde. We wisten dat we er niet eeuwig konden blijven, maar terwijl de dagen verstreken wilden we waarschijnlijk alle twee graag geloven dat het wel kon – dat er geen engelen meer bestonden, geen fanatici van de Engelenkerk die ons wilden vermoorden. En soms, heel soms, vergat ik het ook echt. Dan was het alsof de hut zich in een andere wereld bevond.

Alex en ik waren bijna voortdurend samen. We wandelden, we kaartten. Een hele middag deden we wedstrijdjes met blaadjes in de rivier en we inspecteerden het goudzoekersapparaat achter de hut. Het was een grote trog waar je modder uit de rivier in moest gooien, waarna die werd gefilterd; je kon nog steeds zien waar de oorspronkelijke bewoner van de hut op zijn zoektocht naar goud grote stukken oever had weggeschept.

'Zou hij ooit iets hebben gevonden?' vroeg ik me mijmerend af terwijl ik een van de poten van de trog aanraakte. Het hout was grijs uitgeslagen en half verrot.

Alex bestudeerde gehurkt de verroeste zeef waar de modder doorheen moest. 'Het zou anders wel sneu zijn, na al die moeite die hij heeft gedaan.' Hij keek me met een opgetrokken wenkbrauw aan. 'Hé, waarom hebben we het allebei over een "hij"? Het had ook een goudzoekster kunnen zijn.'

Ik lachte. 'Je hebt gelijk. Wauw, nooit gedacht dat ík seksistisch zou zijn.'

Hij schudde zijn hoofd. 'Kijk maar uit. Zo meteen schoppen ze je uit de motormeidenclub.'

'Jij vertelt het ze toch niet?'

'Hm, eens even denken...' Alex stond op en terwijl hij zijn handen aan zijn spijkerbroek afveegde keek hij me nadenkend aan. 'Wat heb je ervoor over?'

Ik sloeg mijn armen rond zijn nek en trok hem iets omlaag zodat ik hem kon zoenen. Om ons heen hoorde ik het gemurmel van de rivier en in de verte klonk de kreet van een havik. 'Is dat genoeg?'

'Ha. Dat had je gedacht.' Alex trok me tegen zich aan en zoende me opnieuw. Ik voelde zijn lippen warm op de mijne.

Toen we elkaar weer loslieten keek hij naar de wastrog en lachte. 'Ik denk dat het een stinkende ouwe kerel met een baard was die tabak pruimde.'

Nog met mijn armen om zijn middel keek ik glimlachend naar hem op. Het samenzijn met Alex maakte me gelukkig; zo ongecompliceerd, vanzelfsprekend gelukkig als ik me sinds mijn vroege kindertijd niet meer had gevoeld. 'Ik hou van je', zei ik. In de vier dagen dat we hier nu waren was dit de eerste keer dat ik het hem rechtstreeks had gezegd; de woorden rolden er gewoon uit.

Alex keek me zwijgend diep in mijn ogen. Zijn donkere haar bewoog in de zachte bries. Ik ving plotseling een golf van zijn emoties op en de tranen prikten achter mijn ogen.

Voorzichtig nam hij mijn gezicht in zijn handen en zoende me.

'Ik hou ook van jou', zei hij tegen mijn lippen.

15

Terwijl de dagen verstreken praatten Alex en ik aan een stuk door met elkaar – het was alsof de dagen te kort waren om alles te zeggen wat we elkaar wilden zeggen, om alles te ontdekken wat er te ontdekken was. En soms zat ik gewoon naar hem te kijken en kon ik het nauwelijks geloven dat het echt was gebeurd. Op andere momenten keek ik op en zag dat hij op dezelfde manier naar mij keek. Het voelde oneindig warm en veilig om 's nachts in zijn armen te slapen en wanneer ik naast hem wakker werd was het elke ochtend weer alsof de zon in me opkwam.

Het was zo makkelijk om met hem te zijn. Het klikte gewoon, ook met kleine dingetjes, zoals hoe vaak we de hut wilden schoonmaken (dat was om de paar dagen wanneer we echt gek werden van de rommel) en wie wat deed. Niet dat er veel te doen was. Meestal kookte ik – wat neerkwam op het opwarmen van een blik – en ruimde Alex achteraf op.

En dan was er het zoenen, het aanraken, het aangeraakt worden. Alleen al zijn nabijheid deed mijn hart sneller kloppen. Ik wist dat het bij hem hetzelfde was, maar als hij me vastpakte voelde ik heel duidelijk dat hij me niet onder druk wilde zetten, dat hij begreep dat ik tijd nodig had om aan alles te wennen. Het maakte mijn liefde voor hem nog groter. Het was wel grappig dat Alex' armen die stevig om me heen lagen en de warmte van onze lippen die elkaar zoenden me helemaal, honderd procent mens deden voelen. Maar toen in de woestijn de waarheid eindelijk tot me was doorgedrongen, was ook mijn laatste beetje hoop dat dit engelengedoe een vergissing of een zinsbegoocheling was de grond in geboord. Het was de werkelijkheid – en van nu af aan zou het mijn enige werkelijkheid zijn. Ik was een halve engel en dat zou nooit meer veranderen; in mij zat dat *ding* dat nooit meer weg zou gaan. En ook al had de herinnering aan de woestijnhorizon die tijdens mijn vlucht zo moeiteloos om me heen wentelde iets... betoverends, de werkelijke betekenis ervan was allesbehalve betoverend. Hoezeer ik me met Alex ook mens voelde, het was niet zo. We waren geen gewoon stel; we waren een jongen en iets halfmenselijks. De gedachte maakte me soms zo treurig, alsof ik door een raam keek waarlangs de regen omlaag liep; alsof ik iets wat ik nooit echt naar waarde had geschat nu definitief kwijt was. Met als gevolg dat ik zelfs niet kon dagdromen over een toekomst met Alex, niet echt. Want dat ding in me, wat het ook was, betekende dat ik misschien wel degene was die de engelen zou vernietigen... en dat zij mij dood wilden hebben. Hoeveel tijd zouden Alex of ik überhaupt nog hebben? Ik vond het vreselijk om erover na te denken; ik wilde er vanaf, voor altijd. Alex leek door te hebben dat het niet mijn favoriete onderwerp was en we hadden het er niet vaak over. We genoten gewoon van ons samenzijn. En ondanks het grote gevaar waar we ons in bevonden – of misschien juist daardoor – leek het feit dat we van elkaar hielden het allerbelangrijkst. Wat de toekomst ook zou brengen, nu waren we samen hier boven in de bergen en vulden we de lange dagen uitsluitend met elkaar.

Ik wilde dat er nooit een eind aan zou komen.

Jona ging het café in de Lower Downtown van Denver in en keek zenuwachtig om zich heen. Hij bracht zijn tijd voornamelijk in de kathedraal door en kwam zelden in Denver. In LoDo, met zijn victoriaanse huizen en kunstgaleries was hij nog nooit geweest. Hij had eindeloos moeten zoeken naar het café, en vervolgens naar een parkeerplek. Meer dan eens was hij in de verleiding gekomen de hele onderneming af te blazen en terug te gaan naar zijn appartement bij de kathedraal.

Toch had hij doorgezet.

Hij bestelde net een cappuccino bij de toonbank, toen hij iemand zijn naam hoorde zeggen. 'Jona Fisk?'

Hij draaide zich abrupt om en zag een grote man met brede schouders en blond haar staan. De man had dezelfde intense blik als Raziël. Jona slikte. 'Ja, eh... dat ben ik.'

De engel stak een hand uit. 'Nate Anderson. Fijn dat je bent gekomen.'

Jona knikte en vroeg zich nog steeds af of hij er goed aan had gedaan. Toen hij zijn koffie had, ging hij achter de engel aan naar een tafeltje achter in het café dat half verscholen ging achter een grote ficusplant. Aan het tafeltje zat al een vrouw van rond de dertig met schouderlang bruin haar in een mantelpakje. Ze kwam half overeind om Jona te begroeten. 'Hallo. Sophie Kinney', zei ze met uitgestoken hand. Haar bruine ogen waren iets minder intens dan die van de engelen. Jona schudde haar de hand en nam aarzelend plaats. Plotseling voelde hij zich weer een schooljongetje.

'Zo, om te beginnen: bedankt voor de tip', zei de engel. Hij nam een slok van het nog halfvolle koffiekopje. 'Ik dacht dat Sophie en ik ons op tijd hadden teruggetrokken. Ik had geen idee dat ze achter me aan zaten.'

'Geen dank', zei Jona met onvaste stem. Het was niet echt zijn bedoeling geweest om de engel te tippen dat de anderen op de hoogte waren van zijn trouweloosheid; hij had gewoon met hem willen praten. Maar het effect was natuurlijk hetzelfde. Alleen al door aan de motieven van de engelen te twijfelen had hij hun misschien onherstelbare schade toegebracht. Bij de gedachte kromp zijn maag ineen.

Hij keek omlaag en roerde in zijn cappuccino. 'Ik, eh... weet niet of ik hier goed aan doe. Ik bedoel, misschien is het één groot misverstand. De engelen hebben me geholpen, echt.'

'Heb jij er een gezien?' vroeg Nate. 'In zijn hemelse vorm, bedoel ik?'

'Ja, en het heeft mijn leven veranderd.' Jona beschreef de ontmoeting.

Toen hij was uitgepraat leunde Nate naar achter. Op zijn knappe gezicht lag een uitdrukking van blije verrassing. 'Een van de marshallers', zei hij tegen Sophie. 'Dat is nog eens geluk hebben, met de Tweede Golf in aantocht – dat Jona Raziëls rechterhand is geworden.'

'Eh... wat?' vroeg Jona.

Sophie leunde naar voren. 'Luister, het is geen vergissing, ben ik bang', zei ze beslist. 'De engelen zijn hier omdat hun eigen wereld ten onder gaat. Ze voeden zich met mensen. Ze veroorzaken dood, ziekte, psychische aandoeningen. We hebben geprobeerd ze ondergronds te bestrijden, maar sinds de dienst is overgenomen...' Ze zuchtte.

'En de engel die ík heb gezien, dan?' vroeg Jona. 'Zij was...'

Zijn stem stierf weg. Het was een herinnering die hij koesterde; hij wilde niet dat iets dat veranderde.

'Zij stond aan onze kant', zei Nate. 'We geloven niet allemaal dat engelen het recht hebben om de mensheid te vernietigen. Een aantal van ons probeert het tegen te gaan. Zij heeft zich niet met jou gevoed. Ze deed iets met je wat marshallen heet: ze plaatste een kleine hoeveelheid psychische weerstand in je aura om je onaantrekkelijk te maken voor de andere engelen. Onder de juiste omstandigheden kan het ook via auracontact van mens op mens worden overgedragen. Als we het maar bij genoeg mensen deden hoopten we dat het zou aantikken.'

Onaantrekkelijk voor de andere engelen. Jona verstijfde op zijn stoel. Toen veranderde hij in een spraakwaterval. 'Daarna heb ik andere engelen in hun hemelse gedaante gezien, in de kathedraal, maar – mij hebben ze nooit meer aangeraakt. Ik vang wel eens een glimp van ze op, maar ze zijn altijd meteen weer verdwenen.' Duizelig herinnerde hij zich de vrouw in de gang, hoe lang ze omhoog had staan kijken. De engel die haar aanraakte had blijkbaar ruim de tijd genomen.

Nate knikte. 'Het werkt dus – mooi. Dat is niet altijd het geval.'

'Wat betekent dat jij geen engelbrand hebt', voegde Sophie eraan toe.

'Engelbrand?' Jona tilde zijn koffiekopje op en hield het bijna als een schild voor zich. Terwijl Sophie het zonder omhaal van woorden uitlegde, werd Jona bleek. 'Jij zegt dus dat het waar is, dat de engelen zich echt met mensen voeden? Letterlijk? En ze er schade mee toebrengen? En dat – dat de mensen ze alleen maar als goed en welwillend zien?'

'In een notendop, ja', zei Sophie. 'Nog afgezien van de

fysieke gevolgen, word je ook gehersenspoeld. Je raakt min of meer geobsedeerd door ze – alles is *lof zij de engelen*.'

Jona kromp ineen bij het bekende zinnetje.

Nate liet zijn onderarmen op het tafeltje rusten. De engel was gebouwd als een rugbyspeler maar bewoog zijn lichaam met een natuurlijke gratie. 'Waar het om gaat', zei hij, 'is dat het een heel stuk erger zal worden. En jij bevindt je in een unieke positie om ons te helpen, als je dat wilt.'

'Wat eh... willen jullie dat ik doe?' vroeg Jona gespannen. Zijn hart bonsde in zijn keel en het rumoer van het café leek opeens van heel ver te komen.

Tegen de tijd dat het tweetal het had uitgelegd was Jona's koffie allang koud en was het funky LoDo-café met zijn versleten tafeltjes en filmposters aan de muren het decor van een nachtmerrie geworden. 'Ik – ik weet niet of ik dat wel kan doen', stamelde hij. 'Ik bedoel, het klopt dat ik de viering organiseer, maar...'

'Het hangt er allemaal van af of we de halfengel kunnen vinden', zei Sophie. 'Zij is de enige die erin zou kunnen slagen.' Ze blies haar adem uit. 'We hadden ze bijna, maar ze ontsnapten. Ze kunnen nu overal zijn.'

'Maar zelfs als we haar vinden, hebben we jouw hulp nodig om het plan te laten slagen', zei Nate. 'Zonder jou lukt het niet, om eerlijk te zijn.'

Jona staarde naar zijn kopje op het schoteltje. Zijn eerdere onwankelbare vertrouwen in de engelen was veranderd in een giftige dolk – iets moois en kostbaars was voor eens en voor altijd besmet. Hij wilde het niet geloven; hij wilde dat hij kon opstaan en weglopen, en doen alsof er niets was gebeurd. Maar ook als hij het wel geloofde, hoe kon hij in hemelsnaam doen wat ze hem vroegen?

Ik kan het niet, dacht hij. Onmogelijk.

Ze keken hem beiden zwijgend aan en wachtten totdat hij zou reageren. Uiteindelijk schraapte Jona zijn keel. 'Ik, eh – ik moet erover nadenken', zei hij.

Hij was zich vaag bewust van Sophie, die haar mond in frustratie vertrok. Ze wilde iets zeggen, maar Nate legde een hand op haar arm. 'Doe dat', zei hij. 'Jona, ik denk dat je weet dat we de waarheid vertellen. Het staat er... niet best voor. En het wordt alleen maar erger. De mensheid zoals je die kent zal het waarschijnlijk niet overleven.'

'Niemand is zo goed op de hoogte van de gigantische omvang van het hele gebeuren als jij', zei Sophie gespannen. 'Dus, ja, denk erover – maar niet te lang. We hebben niet veel tijd meer.' Ze haalde een kaartje en een pen tevoorschijn. Ze streepte het telefoonnummer op het kaartje door en schreef er een ander op. 'Hier', zei ze terwijl ze hem het kaartje overhandigde. 'Bel me zodra je het weet.'

Jona knikte en keek verdwaasd naar het kaartje. *Sophie Kinney, CIA.* Hij zou het meteen weggooien als hij thuis was, dacht hij. Ook al was elk woord dat ze hadden gezegd waar, hij kon het onmogelijk doen.

'Bedankt dat je bent gekomen', zei Nate. Zijn stoel schraapte over de houten vloer toen hij opstond. 'We zullen je nu met rust laten. En Jona...'

Jona keek op. De engel glimlachte naar hem; een verdrietige, begripvolle glimlach, en zijn ogen brandden in die van Jona. 'Sophie heeft gelijk', zei hij. 'Denk niet te lang.'

De dagen regen zich langzaam aaneen tot een week, en toen twee weken. Het was alsof Alex en ik altijd al in die hut hadden gewoond; alsof we alle tijd van de wereld hadden.

Behalve dat er soms, onder het lome ritme van onze dagen samen, een golf van louter angst door me heen trok – als een voorbode van iets wat ons aan de horizon opwachtte. Ik wist niet of het mijn eigen zorgen waren, of dat ik echt iets voelde. Ik zei er niets over; zolang het zo vaag was, had het geen zin. Alex en ik wisten alle twee dat we gevaar liepen en dat onze dagen hierboven niet eeuwig konden duren. Alleen het weer al maakte dat duidelijk. De lucht droeg nu de dreiging van de winter met zich mee en als we naar buiten gingen, moest ik vaak twee sweaters aan. Het zou niet lang meer duren of we moesten onze volgende zet bepalen en ons voorbereiden op de gevolgen die dat zou hebben. Ik wist dat Alex zich er ook van bewust was; er waren momenten waarop hij stilviel en diep in gedachten verzonken leek. Ik vroeg er niet naar; ik wilde het er niet openlijk over hebben, nog niet. Hoewel ik wist dat het niet waar was, voelde het alsof onze tijd hierboven nooit zou eindigen, als we het maar lang genoeg konden vermijden om het erover te hebben.

Zelfs met deze zorgen was ons samenzijn zo zalig. Ik had het niet voor mogelijk gehouden, maar Alex en ik groeiden nog meer naar elkaar toe, totdat het leek alsof we twee zijden van dezelfde munt waren geworden.

'Hij was gewoon... ongelooflijk', zei Alex. We hadden gegeten en zaten nu aan tafel te praten in het gouden schijnsel van de kampeerlamp. 'Ik bedoel maar – niemand wist van de engelen, laat staan hoe je ze moest doden. In het begin moest mijn vader het helemaal in zijn eentje doen. Hij ging naar ze op jacht, probeerde verschillende manieren uit om ze te doden... Hij had al honderd keer dood moeten zijn, maar op de een of andere manier ontsprong hij steeds de dans.'

Ik luisterde met mijn kin op mijn hand. 'Waar waren jij en Jake toen?' vroeg ik.

'In het begin thuis. In Chicago. Hij huurde een oppas.'

Ik slikte. Nadat hun moeder was overleden? Het klonk afschuwelijk voor zulke jonge kinderen. 'Oké, ga verder', zei ik na een korte stilte.

'Ongeveer een half jaar later, toen hij zijn geld had gekregen en andere mensen kon gaan opleiden, verhuisden we samen naar het kamp. Ook toen was hij vaak weg – hij moest nieuwe EK's rekruteren, meldingen natrekken, dat soort dingen. Het duurde een paar jaar voordat het echt liep.' Alex speelde met een campingvork en glimlachte wrang. 'En daarna weer een paar jaar voordat hij de weg kwijtraakte.'

'De weg kwijt?' Ik keek hem verbaasd aan. 'Dat wist ik niet.'

Alex tikte met de vork op het tafelblad. 'Ja. Heb ik je dat niet verteld? Gedurende, wat zal het zijn geweest, vijf jaar was mijn vader de absolute top. Er bestond geen betere EK dan hij. En dat was niet het enige; het was ook de strategie en de training en de organisatie van de jachten. Maar toen... raakte hij geobsedeerd.'

'Hoe bedoel je?'

Alex sloeg zijn blik neer en de schaduw accentueerde zijn jukbeenderen en lippen. Hij haalde zijn schouders op. 'Hij kon alleen nog maar denken aan engelen doden. Na een tijdje mochten de EK's geen moment meer vrij nemen. Iedereen in het kamp werd knettergek en ze maakten elkaar bijna af. In die periode bleven de mensen stiekem langer weg na een jacht, om er een dag of twee tussenuit te zijn.'

Ik ging verzitten op mijn stoel. 'Zoals Jake en jij toen jullie deze hut opknapten?'

Hij knikte en liet zijn blik over de muren dwalen. 'Ja, dat

waren mooie dagen', zei hij zacht. 'Echt mooi. De mensen gingen ook vaak naar Mexico. Of naar Albuquerque. Overal waar plezier te beleven was.' Zijn mondhoeken gingen omhoog. 'Het woord plezier kwam niet meer in mijn vaders woordenboek voor.'

Ik keek naar de vork waarmee hij op de tafel tikte en aarzelde of ik het zou vragen. 'Hoe is je vader gestorven?' vroeg ik uiteindelijk.

De vork bleef in hetzelfde ritme neerkomen. 'Een engel heeft zijn levensenergie weggerukt. Hij is overleden aan een hartaanval.'

Plotseling voelde ik het. 'Jij was erbij.' Ik pakte zijn hand en kneep erin. 'O, Alex, wat erg voor je.'

Hij knikte met opeengeklemde kaken. 'Ja, het was... niet best. Maar ik weet niet, hij is in het harnas gestorven. Ik denk dat hij daar blij mee zou zijn geweest.'

'Je bent vast heel trots op hem', zei ik zacht. 'En hij was vast ook trots op jou.'

Alex lachte opeens. 'Hij zei altijd dat ik te ijdel was... Ja, maar je hebt wel gelijk. Hij was best trots op me.' Hij keek me glimlachend aan en kneep in mijn hand. 'Oké, genoeg over mij', zei hij terwijl hij achteruit leunde. 'Jouw beurt. Wat weet ik nog niet over jou?'

Plotseling wilde ik hem over mijn moeder vertellen. Ik trok een knie tegen mijn borst. 'Nou – je weet niet waarom mijn moeder en ik bij tante Jo zijn gaan wonen.'

Alex schudde zijn hoofd. 'Nee. Hoe kwam dat?'

'We woonden in Syracuse', begon ik en ik ging met mijn vingers over het verweerde hout van het tafelblad. 'Mijn moeder had een uitkering. Iedereen wist dat ze geestelijk niet in orde was – ze was gediagnosticeerd en zo – maar niemand wist hoe erg het was, behalve ik. Ze heeft heel lang de schijn kunnen ophouden als er anderen bij waren.'

Ik vertelde hem hoe het steeds slechter was gegaan met mijn moeder en dat ik rond mijn achtste voor ons beiden moest koken, schoonmaken, wassen. 'Ik zorgde er altijd voor dat het huis er keurig uitzag', zei ik. 'Als er dan iemand kwam, zouden ze niets in de gaten hebben. Ik ging elke dag gewoon naar school.'

Ik zweeg een moment en herinnerde me hoe ik door het raampje van de schoolbus naar ons armetierige huisje had gekeken, zo ongerust over mijn moeder, zo bang om haar de hele dag alleen te laten.

'Wat gebeurde er?' vroeg Alex op gedempte toon.

'Op een dag, ik was negen, kwam ik thuis van school en mijn moeder was er niet.' Ik keek Alex aan en probeerde te glimlachen. 'Ik wachtte uren; ik wist niet wat ik moest doen. Ik wilde niet dat iemand wist dat er iets aan de hand was, maar – ik was doodsbang. Dus uiteindelijk belde ik de politie. Ze bleken haar die middag te hebben opgepikt; ze had verdwaasd rondgelopen en was volkomen van de wereld op een drukke straat beland.'

Alex stak zijn hand uit en pakte zwijgend de mijne beet. Ik zuchtte. 'Ze brachten haar naar een inrichting en ze stopten mij in een pleeggezin. Het was... afschuwelijk. Ik heb er bijna een maand gezeten.'

'En je tante?' vroeg Alex. Zijn hand lag warm over de mijne. Ik haalde mijn schouders op. 'Ik weet het niet. Ik wist niet waar ze woonde, maar ik vermoed dat ze haar al snel gevonden hebben. Het duurde denk ik gewoon even voordat iedereen eruit was wat er moest gebeuren.'

'Ze heeft je dus gewoon een maand in een pleeggezin

laten zitten?' Zijn stem klonk hard.

Ik knikte langzaam. Ik zag de kleine slaapkamer weer voor me die ik had gedeeld met een meisje dat Tina heette, en dat steeds met me wilde kletsen terwijl ik met niemand wilde praten. Ik had uren op mijn bed naar de muur liggen staren en iedereen gehaat.

'Ja', beaamde ik ten slotte. 'Ik weet niet hoe haar leven eruitzag en ik denk dat het nogal... ingrijpend was om opeens een negenjarig kind toegewezen te krijgen.' Alex zei niets, en ik praatte door. 'Hoe dan ook, na een tijdje kwam ze me ophalen en ik ging met haar mee naar Pawntucket. Een paar weken later kwam mijn moeder er ook wonen. De artsen zeiden dat ze fulltime opgenomen moest worden, maar de verzekering dekte het niet. Ik neem aan dat zoiets nogal duur is.' Ik sloeg mijn ogen neer. 'Ik heb mijn vader er altijd om gehaat, dat hij haar dat heeft aangedaan. Maar dat hij eigenlijk gewoon een roofdier was en zich nooit om haar heeft bekommerd maakt het tien keer zo erg.' Om nog maar te zwijgen over het feit dat ik zijn nageslacht was; dat ik deel van hem was. Ik sprak de woorden niet uit.

'Ik snap het', zei Alex. Aan zijn stem kon ik horen dat hij het ook echt snapte. Hij begreep precies hoe ik me bij het hele gebeuren voelde, zelfs bij de dingen die ik niet uitsprak. Hij kneep in mijn hand en we bleven zwijgend zitten. 'Maar jij bent niet je vader. Je lijkt in de verste verte niet op hem. Jij wás er voor haar; jij hebt je wel om haar bekommerd.'

Ik werd overspoeld door herinneringen en slikte moeizaam. 'Ze was mijn moeder. Ik hou van haar. Ik wou... dat ik haar niet in de steek had gelaten, toen.'

'Willow.' Alex ging met zijn andere hand naar mijn wang. 'Je weet dat dat niet waar is. Er zijn maar weinig mensen die je het hadden kunnen nadoen, en je was nog maar negen. Je hebt gedaan wat je kon.'

Met een zucht legde ik mijn hand op de zijne en liet mijn hoofd ertegen rusten. 'Dank je.' Ik glimlachte met moeite. 'Ik heb dit nog nooit aan iemand verteld. Bedankt voor het luisteren.'

Hij glimlachte flauwtjes. 'Dat van mijn vader heb ik ook nooit eerder verteld', zei hij. Hij leunde naar voren en zoende me.

Ik legde mijn andere hand in zijn nek en ik voelde me diep dankbaar dat we elkaar hadden ontmoet. Dat we ondanks alles wat er gebeurd was, ondanks het gevaar dat we liepen... dit wonderbaarlijks konden delen.

'Blijf stilstaan', zei Alex.

'Dat gaat niet!' Happend naar adem stond ik over de rivier gebogen met mijn haar vol schuim. Ik slaakte een lacherige kreet toen Alex een kan water over mijn haar goot. 'Ah! Dat is koud!'

Alex moest ook lachen. 'Jij wilde het wassen.'

'Dat moest wel, het werd te vies... Is alle shampoo eruit?'

'Bij lange na nog niet.'

Ik gilde toen hij weer een kan water over mijn hoofd goot, en nog een. Ik kreeg kippenvel op mijn armen en mijn hoofdhuid leek in brand te staan van de ijzige kou. Net toen ik wilde zeggen dat het mooi was geweest, dat het me niet uitmaakte of er nog shampoo in zat, zei hij: 'Oké, dat was het.' Ik voelde dat hij het T-shirt om mijn haar wikkelde en het water eruit wrong.

Ik kwam voorzichtig overeind en huiverde toen er druppels ijswater langs mijn hals omlaag gleden. 'Ik was het nooit meer, hoe smerig het ook wordt.'

Alex wreef grinnikend over mijn armen. 'Dat zeg je elke keer.'

'Deze keer meen ik het. Ik zweer het je, dat water is twintig graden kouder dan eerst.'

Weer terug in de hut ging ik op bed zitten om mijn haar uit te borstelen, zonder de slaapzakken nat te maken. Het was een opluchting om weer schoon haar te hebben, ook al zat het nu vol klitten. Alex zat naast me tegen de muur geleund en hij keek glimlachend toe.

'Je neus is helemaal rood', zei hij.

'Ja, dat is een teken van onderkoeling.'

Alex boog zich naar me toe en zoende me zacht op het puntje van mijn neus. Hij stond op, liep naar zijn zwarte tas, hurkte ernaast neer en ritste een binnenvak open. Toen kwam hij weer naast me zitten. 'Hier', zei hij terwijl hij me een wit doosje overhandigde. 'Gefeliciteerd.'

Verbijsterd nam ik het doosje langzaam van hem aan. Ik had hier alle besef van tijd verloren. 'Ben ik vandaag jarig? Maar – hoe wist je dat?'

Alex grijnsde schaapachtig. 'Eh... ik heb op je rijbewijs gekeken toen jij ging douchen, die eerste nacht in het motel.'

Ik hield het doosje in beide handen vast. 'Wat? Dat is niet eerlijk – jij hebt niet eens een rijbewijs met je echte gegevens erop.' Ik keek naar het doosje en ging met een vinger over het licht gerimpelde oppervlak. 'Wat zit erin?'

'Maak maar open.'

Voorzichtig haalde ik het dekseltje eraf – en bleef een tijdlang sprakeloos naar de inhoud staren. Er lag een halsketting in, een sierlijk, glimmend zilveren kettinkje met een kristallen druppel als hanger. 'Wat mooi', zei ik ademloos terwijl ik hem uit het doosje haalde. De hanger draaide zacht rond aan het kettinkje en het geslepen oppervlak schitterde in het zonlicht. 'Alex, wat...' Ik zweeg sprakeloos.

Hij glimlachte om mijn reactie. 'Hij, eh, deed me aan jou denken', zei hij. 'Aan je engelenvleugels.'

Het was alsof mijn hart bleef stilstaan. We hadden het nauwelijks over mijn engel gehad; ik dacht er niet graag aan. En dat had ook niet gehoeven. Hierboven had ik elke gedachte eraan diep kunnen wegstoppen en ik was bijna vergeten dat ik niet honderd procent mens was.

'Mijn engelenvleugels?' herhaalde ik.

Alex knikte. 'Hoe ze schitterden in het zonlicht.'

'Maar...' Verward keek ik weer naar de hanger. 'Je moet hem al hebben gekocht voor onze eerste zoen.'

'Klopt; toen ik kleren voor je kocht.' Hij boog zijn hoofd iets en tuurde naar mijn gezicht. 'Hé, wat is er?'

Ik kon het nauwelijks onder woorden brengen. De hanger waar het licht in weerkaatste was zo helder, zo schitterend. 'Het is meer dan dat het je niet uitmaakt, hè?' zei ik langzaam. 'Dat ik een halfengel ben. Je accepteert het echt.'

Alex lachte zacht en tikte met zijn vuist tegen mijn voorhoofd. 'Hallo. Heb je het eindelijk door?'

Ik wist dat ik het niet goed verwoordde. 'Ik bedoel dat je alleen bij zoiets aan mijn engel kon denken als je echt...' Mijn stem stokte en ik voelde me heel stom.

Er viel een lange stilte. Uiteindelijk schraapte Alex zijn keel. 'In die motelkamer in Tennessee had ik een nachtmerrie. Een hele nare, eentje die ik vroeger vaak had. Toen ik wakker schrok zag ik jouw engel.' Hij bestudeerde mijn gezicht. 'Ze is prachtig, Willow – ze ziet er precies zo uit als jij, alleen stralender. En bij de aanblik van jouw gezicht kon ik weer slapen.'

Ik kreeg een prop in de keel. Had hij in Tennessee al zo over mij gedacht? 'Maar alle engelen zijn mooi', zei ik na een korte pauze. 'Maar ze zijn wel dodelijk.'

'Je snapt het echt niet, hè?' zei Alex. Hij raakte mijn gezicht aan. 'Ja, alle engelen zijn mooi, maar dat is alleen maar hoe ze eruitzien. Jouw engel ís jou; ze is deel van jou. Ze is mooi zoals jij mooi bent en dat betekent dat... ik van haar hou.'

Ik keek hem roerloos aan. 'Alex...'

Hij glimlachte zacht een schudde zijn hoofd. 'Willow, ik dacht dat je dat wel wist.'

Aangedaan keek ik weer naar het kettinkje. 'Ik vind hem prachtig, dank je wel.' Ik liet de hanger op mijn hand rusten, waar hij glinsterde in het licht. Voorzichtig maakte ik de sluiting open en deed hem om; hij hing nauwelijks voelbaar rond mijn hals. Ik keek omlaag, naar de hanger die fonkelend op mijn huid lag en ik wist dat ik hem nooit mee zou afdoen. Bijna verlegen richtte ik mijn blik weer op Alex. Ik schraapte mijn keel. 'En wanneer ben jij jarig?'

Hij grinnikte. 'Gister.'

Ik keek hem verschrikt aan. 'Wat – echt?'

'Ja. 23 oktober. Ik ben achttien geworden.'

'Waarom heb je niets gezegd?'

'Waarom zou ik? Ik heb alles al.' Hij ging met een vinger langs de hanger om mijn nek; ik voelde hem over mijn huid bewegen. 'Willow', begon hij langzaam. 'We hebben het niet vaak gehad over wat er kan gebeuren, maar je weet dat ik voor altijd bij je wil blijven, toch? Ik bedoel, wat er ook gebeurt.'

Ik wist het; ik voelde het elke keer dat hij me in zijn armen nam. Maar bij het horen van de woorden sloeg mijn hart over. Ik knikte verwoed. 'Dat wil ik ook, Alex', zei ik. 'Voor altijd.'

De blik in zijn ogen deed me smelten. Hij nam mijn gezicht in zijn handen en zoende me. Toen zijn warme lippen zich losmaakten van de mijne legde hij een hand tegen mijn wang en ik drukte mijn gezicht ertegenaan. 'Oké dan', zei hij zacht terwijl hij met zijn duim over mijn mondhoek streek.

'Oké', echode ik.

We bleven een tijdlang glimlachend naar elkaar kijken, totdat Alex mijn borstel pakte. 'Kom, ik doe de rest wel.'

'Weet je het zeker?'

'Ja, draai je om.'

Na een snelle zoen keerde ik hem mijn rug toe en even later voelde ik de borstel voorzichtig door mijn vochtige haar gaan en de klitten ontwarren. Ik pakte de hanger beet die fonkelend op mijn huid lag. En ik wist dat ik nooit zo veel van Alex had gehouden als op dat moment.

Die nacht lag ik lang wakker, opgekruld tegen de borst van de slapende Alex en met zijn armen losjes om me heen. Het was donker en stil om ons heen. Het enige licht waren de streepjes maanlicht die door de kieren van de deur een vierkant op de vloer vormden. Ik ging met mijn hand naar de hanger en streek over het zachte geslepen oppervlak.

Voor het eerst dacht ik aan mijn engel. En dan bedoel ik écht aan haar denken in plaats van de deur dichtsmijten zodra de gedachte aan haar bij me opkwam. Ik herinnerde me hoe het voelde om te vliegen, hoe het had geleken alsof de woestijn was gekanteld. Alex had me verteld dat echte engelen niet tegelijkertijd de gedaante van een mens en een engel konden aannemen. Ik kon het blijkbaar wel, want mijn lichaam was gebleven toen mijn engel was opgestegen, mét mijn bewustzijn. Wanneer ik sliep kwam zij tevoorschijn en zweefde ze boven me. Ooit had ze me zelfs gewaarschuwd terwijl ik dacht dat het een droom was. Tot dusver was ze ook verschenen als ik door andere engelen was bedreigd. Maar waar was ze op de andere momenten? Zat ze ergens in me?

Plotseling was ik nieuwsgierig en ik herinnerde me dat Alex had geopperd om te proberen met haar in contact te komen. Kon dat? Wilde ik dat?

Misschien, dacht ik aarzelend.

Het was nog steeds doodstil in de hut. Alex haalde langzaam en gestaag adem en zijn borst lag zacht en warm onder mijn arm. Ik sloot mijn ogen. Zonder precies te weten waar te beginnen haalde ik diep adem om me te ontspannen en ging toen langzaam op zoek.

Hallo, dacht ik. Ben je daar?

Ik werd me vaag bewust van een sprankje energie diep vanbinnen: een kleine kristallen vlam die een eigen hartslag leek te hebben. In gedachten zweefde ik er langzaam naartoe. Het licht fonkelde als een diamant op zwart fluweel. Zacht golvend kwam er een energie op me af die me nieuwsgierig bekeek, net als ik haar.

Een schok van herkenning; ik voelde mezelf verwonderd glimlachen. De energie leek op de mijne, maar was ook anders, krachtiger: een stralende energie die mij kende en blij was om me te zien. Opeens wilde ik alleen nog maar in het licht zijn. Ik bewoog me naar voren en het licht werd helderder, sterker; het verblindde mijn ogen, maar deed geen pijn. Ik liet me erdoor omhullen en ik was me bewust van een explosie van licht, als zonlicht in een kristallen grot. De energie stroomde door me heen en deed me bijna schateren van vreugde. Ik voelde haar hartslag de mijne worden.

En toen zag ik haar haarscherp voor me: de engel die ik was. Ze stond in haar glinsterende gewaad voor me en keek me aan. Verdwaasd dacht ik: Alex heeft gelijk, ik ben prachtig. Het serene gezicht straalde zo'n zuivere, diepe schoonheid uit dat mijn keel werd dichtgesnoerd. Ze had geen aureool, maar haar stralende vleugels die ze had gespreid bewogen zacht op en neer, en fonkelden als zonlicht op het water. Haar lange haar hing losjes over haar schouders, zoals ook het mijne vaak deed. Haar ogen straalden en terwijl we elkaar aankeken voelde ik dat ik werd omhuld door haar liefde voor mij.

Ik heb dit nooit geweten, dacht ik verwonderd. Mijn hele leven had dit andere deel van mij in me gezeten en ik had niets doorgehad. Plotseling wist ik dat ik eenvoudig mijn bewustzijn met het hare kon laten versmelten, als ik dat wilde – dat ik nog steeds ik zou zijn, maar ook haar. We waren twee; we waren één. Zij was de tweeling die ik nooit had ontmoet, zij was er als ik haar nodig had. De gedachte deed me gloeien, alsof er een vuurtje in me smeulde.

Nog niet. Voor nu was het genoeg om te weten dat ze er was en dat ik niet bang voor haar hoefde te zijn. Langzaam trok ik me terug. Mijn engel keek me glimlachend, begrijpend na. Ze vervaagde totdat alleen nog de kleine heldere vlam over was – en ook die verdween toen ik me weer bewust werd van de hut. Ik opende mijn ogen.

De duisternis van de kleine ruimte met de smalle streepjes maanlicht. Ik lag nog steeds in de slaapzak in Alex' armen met mijn hoofd in het holletje onder zijn schouder. Hij voelde zo warm en stevig, zo veilig. Ik werd overspoeld door mijn liefde voor hem. Ik zoende zijn borst en sloeg zacht mijn arm rond zijn middel. Hij had het geweten. Alex had veel eerder dan ik doorgehad dat de engel in mij heel anders was dan de engel die mijn moeders geest had verwoest, of de engelen die zijn dierbaren het leven hadden gekost. Zij was deel van me; ik kon haar vertrouwen zoals ik mezelf vertrouwde.

Voor het eerst sinds ik had ontdekt wat ik werkelijk was, ontspande de knoop in mijn maag zich. Het was zo'n opluchting – alsof ik me op een koude dag in een warm bad liet zakken. Ik hoefde mezelf niet meer te haten. Ik kon gewoon... weer mezelf zijn, ook al was dat 'zelf' veel meer dan ik ooit had gedacht.

Diep vanbinnen voelde ik nog de energie flakkeren, als een kleine, verwelkomende kaars. Met een glimlach op mijn lippen kroop ik dichter tegen Alex aan. Ik voelde hem even bewegen en hij drukte me nog iets dichter tegen zich aan. We lagen in elkaars armen en ademden in vrijwel hetzelfde tempo. Om ons heen was de nacht zo stil, zo vredig.

Ik was een halve engel – en voor het eerst leek het me best wel oké.

'We verwachten minstens zestigduizend mensen bij de plechtigheid', zei Jona. 'Ik heb de beveiliging om assistentie gevraagd en we hebben toestemming om het terrein ten zuiden van de kathedraal als extra parkeerplaats te gebruiken. Ik heb een team volgelingen dat gaat helpen om de mensen een plek te wijzen.' Hij legde het plan met de extra parkeerruimte op Raziëls bureau en wees op de locatie. 'De rest is ook bijna rond. We hebben vrijdagavond een generale repetitie en de bloemen worden zaterdagochtend vroeg gebracht, en –'

Raziël zat met zijn kin op een hand te luisteren. Hij droeg een zwarte broek en een smetteloos wit shirt waarvan de bovenste knoopjes openstonden. Gedachteloos nam hij het plan in zijn hand, wierp er een blik op en liet het weer op het bureau vallen. 'Mooi, zo te horen heb je het allemaal onder controle', zei hij. 'En hoe zit het met die halfengel? Nog nieuws?'

Jona slikte. 'Ze... is nog niet gevonden', antwoordde hij.

Er gleed irritatie over het gezicht van de engel. Hij tikte met de zilveren briefopener op het bureau. 'Dat is mij bekend, ja. We zijn nu al bijna een maand op zoek. Wil je zeggen dat er geen enkel bericht is?'

Langzaam pakte Jona het parkeerplan van het bureau en stopte het bij zijn andere papieren. Een kort moment wist hij niet wat hij moest doen – en toen besloot hij met bonzend hart de waarheid te vertellen. 'Nee, eh... er was vanochtend iets. Een van de waarnemers denkt dat hij ze bijna te pakken heeft: hij voelde de energie van de halfengel in de Sierra Nevada. Ze moeten alleen de exacte locatie nog bepalen. Het kost ze hooguit een dag of twee.'

Raziël keek hem aan. Zoals altijd voelde Jona zich licht duizelig worden als hij de engel in zijn ogen keek. Het had hem nooit dwarsgezeten, maar nu spanden zijn spieren zich en hij keek weg.

'Hebben we eindelijk nieuws en dan zit jij hier over parkeerplannen te bazelen?' merkte Raziël scherp op.

'Ik, eh...' Jona zweeg met vuurrode wangen.

'Een dag of twee', mompelde de engel terwijl hij met een vinger over de briefopener ging. 'Eindelijk komen we ergens. Goed, zodra hun locatie bekend is, stuur je er iemand op af om ze uit de weg te ruimen, begrepen? De Tweede Golf staat voor de deur. Als het zover is, wil ik dat ze alle twee vernietigd zijn. Begrepen?'

Jona knikte. Zijn vingers waren ijskoud. 'Ja, meneer. Ik – ik zal ervoor zorgen.'

Raziël wuifde met een hand en Jona ging naar zijn eigen bureau. Hij sloot de houten paneeldeur achter zich, liet zich langzaam in zijn stoel zakken en begroef zijn hoofd in zijn handen. Het was waar: de halfengel zou nu snel worden gevonden. En dan... Jona voelde zijn maag verkrampen van angst.

Hij wist nog steeds niet of zijn besluit het juiste was geweest.

16

'En die daar, is dat ook een sterrenbeeld?' vroeg ik terwijl ik
omhoog wees. We waren in de kleine vallei waar we de
terreinwagen hadden geparkeerd. Alex zat tegen een rots aan
geleund en ik zat tussen zijn benen met mijn rug tegen zijn
borst. Hij had zijn armen om me heen geslagen en we keken
samen naar de sterren.
'Welke?' vroeg hij.
'Dat kleine groepje daar. Zie je?' Mijn hand stak scherp af
tegen de glinsterende nachthemel.
'Ja, dat zijn de zeven zusters... de Plejaden.' Alex liet zijn
hoofd zakken en zijn warme mond streek langs mijn nek. Ik
hield mijn adem in. We waren hier nu al meer dan drie
weken en ik was er nog steeds niet aan gewend hoe heerlijk
het was om door hem gezoend te worden. Ik draaide me naar
hem om en onze monden vonden elkaar.
'Het is zo sexy dat jij al die dingen weet', mompelde ik.
Hij grinnikte met zijn mond op mijn lippen. 'O ja? Ik ken de
zomersterrenbeelden ook. Levert dat bonuszoenen op?'
'Ik denk van wel.' Ik zoende hem op zijn wang en ging met
mijn neus langs de stoppeltjes. Ik nestelde me weer tegen
zijn borst en hij sloeg zijn arm om me heen, waarna we weer

zwijgend naar de sterren keken. Er waren er hier nog meer dan in de staat New York; het was alsof je je erin kon laten vallen. Ik huiverde licht toen er een koele bries langs mijn gezicht streek.

'Heb je het koud?' vroeg Alex.

'Een beetje. Niet echt.'

Hij schikte zijn leren jasje zo dat het behaaglijk over me heen lag. Toen legde hij zijn onderarmen over mijn buik en trok me stevig tegen zich aan. Ik lag warm en veilig in zijn armen en voelde zijn kin licht op mijn haar rusten.

'Ik, eh... wilde je wat vertellen', zei ik na een tijdje. 'Ik heb gedaan wat jij me die keer voorstelde. Ik heb contact gezocht met mijn engel.'

Alex boog zijn hoofd opzij en keek me aan. Een verbaasde glimlach deed zijn gezicht oplichten. 'Echt?'

'Ja, de nacht na mijn verjaardag.' Bij de herinnering voelde ik vanbinnen de vreugde opgloeien. 'Ik wilde het eerst een tijdje voor mezelf houden.'

Hij knikte alsof hij het begreep. 'Wil je het me nu vertellen? Of nog niet?'

'Jawel.' Ik ging verzitten zodat ik hem kon aankijken en in kleermakerszit beschreef ik wat er was gebeurd. 'Het was zo onvoorstelbaar', besloot ik. 'Ik weet dat ik niet meer bang voor haar hoef te zijn. Dat ik... mezelf niet meer hoef te haten omdat ik zoiets in me heb.'

Alex nam mijn gezicht tussen zijn handen en zoende me zacht. 'Ga je vaker contact met haar maken?' vroeg hij.

'Ja. Ik denk van wel. Ik wil nog wel een keer proberen te vliegen.' Mijn wangen werden vuurrood.

Hij schudde zijn hoofd en glimlachte verwonderd. 'Dat zou ik ook willen als ik jou was.' Hij aarzelde even en zei toen:

'Waarom probeer je het nu niet?'

'Nu?'

'Ja, waarom niet? Ik zou het heel graag willen zien. Tenzij je het liever in je eentje doet, natuurlijk.'

Hoe langer ik erover nadacht, hoe meer het idee me aanstond. Mijn lichaam tintelde van opwinding. 'Eh - oké', zei ik. Ik pakte zijn handen beet en sloot mijn ogen. Ik voelde dat Alex zich ook concentreerde en zich klaarmaakte om door zijn chakra's omhoog te gaan. Ik haalde diep adem en ging vanbinnen op zoek naar het licht waarvan ik nu wist dat het er was.

Ik vond het meteen - een zuiver, kristalachtig vuur dat op me wachtte. Deze keer ging ik er snel op af en het omhulde me vrijwel direct. Een explosie van licht en warmte. Daar was mijn engel: stralend, schitterend wit als het zonlicht op de sneeuw, en haar glimlachende gezicht net zo lieflijk en sereen als de eerste keer. Ik bleef even naar haar kijken om het beeld in te drinken en verwonderde me erover dat ze werkelijk deel van me was. Toen, met een kleine mentale beweging, verlegde ik mijn bewustzijn naar het hare.

Ik steeg op: ik werd groter en liet mijn fysieke lichaam achter. Maar tegelijkertijd zat ik nog steeds op de grond met Alex' handen in de mijne. Verward opende ik mijn ogen en ik zag mijn engel vlak boven ons hangen met zacht bewegende vleugels. Maar op hetzelfde moment wás ik de engel - ik zweefde in de lucht, ik voelde mijn vleugels bewegen en ik zag Alex en mezelf naar me opkijken.

'Alex, ik zie haar', fluisterde ik naast hem. 'Ik bedoel - ik bén haar, maar ik zit ook hier.'

Verbijsterd keek hij eerst naar mij en toen naar de engel. 'Maar hoe -'

'Ik weet het niet', zei ik zonder mijn ogen van haar los te maken. 'Ik denk dat ze de vorige keer gewoon uit zichzelf tevoorschijn is gekomen omdat ik in gevaar was en zij me kon helpen. Maar deze keer heb ik me zelf met haar verbonden en is het blijkbaar anders.' Ik sloot mijn ogen en werd mijn engel, die zich omdraaide en over de vallei wegzweefde.

De sterren veranderden van positie en kwamen op me af toen ik steeds hoger opsteeg. Ik voelde de wind langs mijn vleugels en in mijn haar. In de diepte zag ik de energie van alles wat in de vallei leefde. De planten waren veranderd in magische wezens met glanzend witte contouren die zacht op de wind bewogen. Dieren waarvan ik niet had geweten dat ze er zaten kwamen plotseling tevoorschijn: een muis in het gras, een tweetal herten tussen de dennen. Op de grond zag ik Alex' energieveld: een warm en levendig blauw met een gouden flikkering. En naast hem zag ik mijn eigen energieveld: een helder, engelachtig zilver waar lavendelkleurig licht in schemerde. De twee energievelden lagen zo dicht tegen elkaar aan dat ze zich als rook vermengden; ze leken volkomen bij elkaar te passen. Ik wervelde door de nachtelijke hemel en liet de sterren om hun as draaien.

Op de grond opende ik mijn ogen weer en tuurde omhoog naar mijn vliegende engel. 'Wat is ze mooi', mompelde ik. 'Alex, ik voel alles wat zij voelt.'

Hij sloeg zijn arm om me heen en terwijl ik naar mijn engel bleef kijken die met haar hagelwitte gespreide vleugels door de sterrenhemel zweefde, liet ik me tegen zijn borst aan zakken.

En toen verstijfde ik in de lucht.

Het was alsof er een emmer ijswater over me werd uitgegoten. Er was iets, maar wat? Ik hield mijn vleugels stil en spitste wanhopig mijn oren om te luisteren naar iets waar ik net niet bij kon – een tasten, een denken. De angst sloeg me om het hart bij de kilte en de dreiging die ik voelde. Het voorgevoel dat ik eerder had gehad verdween hierbij in het niet.

Er kwam iets aan.

Ik bewoog mijn vleugels weer en dook door de sterren terug naar mijn aardse lichaam. Een korte flits en ik was er weer één mee geworden. Tegelijkertijd had ik Alex' handen beetgepakt. 'Alex, ik voelde iets', zei ik paniekerig.

Zijn greep verstrakte. 'Wat?' vroeg hij scherp.

'Ik – ik weet het niet. Er komt iets aan. Iets gevaarlijks.'

'Iemand?'

Ik schudde hulpeloos mijn hoofd en de tranen van paniek prikten achter mijn ogen. 'Ik weet het niet – iemand of een situatie. Ik weet het niet! Maar het komt eraan, en gauw.'

Alex' gezicht stond gespannen. 'Hoe gauw, kun je dat zeggen?'

Ik slikte. 'Ik... ik weet het niet. Niet meteen, denk ik. Ik bedoel, niet op dit moment. Maar... gauw.'

'Goed, we moeten hier weg', mompelde Alex. Hij liet een van mijn handen los en streek het haar uit zijn gezicht.

'Verdomme – het is nog lang niet licht. Als we in het donker naar beneden rijden breken we geheid een as.' Hij blies getergd zijn adem uit. Ik kon hem bijna horen denken.

'Goed – we pakken vannacht in en vertrekken zodra het licht wordt.'

'En waar gaan we naartoe?' vroeg ik angstig.

'Daar heb ik over zitten nadenken', bekende hij. Onze ogen

vonden elkaar. 'Wat dacht je van Mexico?'

'Mexico?'

Hij knikte en terwijl hij bezorgd fronste streek hij met zijn duim over mijn handpalm. 'Als ik Cully moet geloven, zou ik wel eens de enig overgebleven EK kunnen zijn. Ik moet meer mensen opleiden, anders maakt de mensheid geen schijn van kans. Maar ondertussen hebben we een basiskamp nodig waar jij echt veilig bent, en in Mexico is de Engelenkerk niet zo goed georganiseerd. We kunnen er op zoek gaan naar een veilige schuilplaats, terwijl ik mijn licht opsteek. Er waren een paar prima EK's in Mexico. Met een beetje geluk kan ik er iets opzetten en kunnen we weer in actie komen. Wat denk je?'

Ik voelde me enigszins verward; ik had niets van zijn plannenmakerij gemerkt. 'Het klinkt goed', zei ik langzaam, 'maar gaat het niet heel veel tijd kosten om weer iets op te zetten en mensen op te leiden?'

'Ja, maar we hebben weinig keus.'

Ik wilde er niet over beginnen, maar het moest. 'Alex, je hebt me ooit verteld dat de EK's aan de verliezende hand waren, dat jullie iets groots nodig hadden om de engelen te stoppen.'

Hij zweeg.

De nachtlucht lag als een koele, stille deken om ons heen en boven ons hoofd fonkelden de ontelbare sterren. Ik haalde diep adem.

'Ik ben dat grote, hè? Ik kan me niet eeuwig blijven verstoppen. Ik ben degene die ze moet verslaan.'

Alex stootte een droog lachje uit. Hij gooide een steentje in het struikgewas, waar het ritselend neerkwam. 'Ja. Weet je, het is grappig, maar opeens ben ik niet meer zo enthousiast over dat idee als eerst. Willow, als jou ook maar iets overkomt –' Hij zweeg abrupt.

Ik ging dichter tegen hem aan zitten en drukte me tegen zijn borst aan. Hij sloeg een arm om me heen en ik voelde de spanning in zijn spieren. Zoekend naar woorden zei ik: 'Alex, je weet dat ik hetzelfde voor jou voel – ik zou het niet overleven als jou iets overkwam. Maar als het echt zo is dat ik de engelen kan vernietigen, zodat ze niemand meer iets kunnen aandoen...' Mijn stem stierf weg.

Hij sloeg ook zijn andere arm om me heen en hield me stevig vast. Ik werd overspoeld door zijn emoties, zo duidelijk alsof het mijn eigen emoties waren: de angst om me kwijt te raken, de vastberadenheid om het niet te laten gebeuren. En zó diep verscholen dat hij het zelf nauwelijks doorhad: de gedachte aan zijn broer. Ik verstrakte bij de beelden die plotseling door mijn hoofd flitsten: een jongen als Alex, maar dan iets groter en steviger, lag op de rotsachtige bodem en staarde met lege ogen naar de hemel. Alex die met een rauwe, gekwelde stem zijn broers naam schreeuwde. Het was zijn schuld, helemaal zijn schuld.

Hij praatte zelden over Jake en ik wist nog steeds niet precies hoe hij was gestorven. En op deze manier wilde ik het niet te weten komen; het voelde als afluisteren. Ik sloot me onmiddellijk weer voor de beelden af.

'Ik hou van je', fluisterde ik in zijn hals terwijl ik wanhopig wenste dat ik hem ervan kon bevrijden – alle verliezen die hij had geleden, alle pijn die het hem had gedaan.

'Ik hou ook van jou', zei hij. Langzaam voelde ik hem ontspannen. Hij maakte zich iets los uit onze omhelzing, zoende me, streek mijn haar naar achter en liet toen zijn voorhoofd tegen het mijne rusten. 'Luister, dit is het beste plan dat ik nu kan bedenken. Ik moet jou in veiligheid brengen, Willow. Als jij echt degene bent die hen kan vernietigen, dan... dan regelen we dat wel als de tijd daar is, oké?' Hij leunde naar achter en keek me vragend aan.

'Oké', zei ik uiteindelijk. We wisten niet eens waarom ik zo'n bedreiging voor hen vormde en alleen al bij de gedachte met Alex in Mexico te zitten werd ik blij. Heel erg blij.

Ik hoopte alleen dat hetgeen dat eraan kwam ons niet daarheen zou volgen.

Met een huivering zette ik het van me af en sloeg mijn armen om Alex heen. Het was alsof ik niet dicht genoeg bij hem kon zijn. Hij wiegde me tegen zich aan en wreef over mijn rug, terwijl onze harten samen klopten. Uiteindelijk drukte hij een zoen op mijn hoofd en zei zacht. 'Oké, we gaan, halve engelchick, we moeten pakken.'

'Halve engelchick? Ik barstte in lachen uit en terwijl de spanning iets uit mijn lichaam verdween keek ik hem van een afstandje aan. 'Zei je dat echt?'

Hij glimlachte en streek het haar achter mijn oor. 'Ja, die halve engelchick met wie ik nou al een tijdje optrek. Het is best een knappe meid... Volgens mij is ze op me.'

Ik glimlachte ook. 'Goh, hoe wist je dat? Ben je helderziend?'

'Hé, je bent niet de enige met een speciale gave.' Er klonk geschraap van steentjes toen Alex opstond. Hij stak een hand uit om me overeind te helpen. 'Kom, we gaan de auto inladen zodat we meteen weg kunnen wanneer het licht wordt.'

Hand in hand liepen we door de vallei over de door de maan verlichte rotsbodem. Het was zo helder dat het hertenspoor, dat als een zilverader tussen de rotsen omhoog kronkelde, duidelijk zichtbaar was.

'Ik ben blij dat je je engel nu net zo kunt zien als ik', zei Alex.

Ik bleef staan en keek naar hem. Het maanlicht speelde op zijn jukbeenderen en zijn lippen. 'Om haar zo te zien vliegen, tegen de sterrenhemel... ze is zo mooi, Willow.'

'Jij ook', mompelde ik terwijl ik een hand op zijn wang legde. We zoenden elkaar. Zijn mond lag warm op de mijne en hij hield me een moment tegen zich aan gedrukt. 'Het komt goed', fluisterde hij in mijn oor. 'Het komt allemaal goed.'

Toen Alex een paar uur later wakker werd, wist hij al voordat hij zijn ogen had geopend dat Willow niet naast hem lag. Hij ging overeind zitten. Ze was ook niet in de hut; de kleine ruimte was bijna leeg nu ze de meeste spullen al hadden ingeladen. Hij herinnerde zich haar voorgevoel van de vorige avond en de angst sloeg hem om het hart. Hij kwam uit bed, trok snel zijn bergschoenen aan en ging naar buiten.

Willow stond voor de hut, ze had ook haar bergschoenen al aan en in haar joggingbroek en sweater stond ze naar het berglandschap te kijken. Toen ze hem zag glimlachte ze verdrietig. 'Is het niet prachtig? Ik wilde gewoon even afscheid nemen.'

Alex zuchtte opgelucht. Hij sloeg zijn armen om haar heen en Willow leunde tegen zijn blote borst aan terwijl ze haar armen over de zijne kruiste. Hij zoende haar nek en liet zijn blik over de bergen dwalen. De eerste zonnestralen kleurden de toppen paars en roze, en de mistflarden onder aan de hellingen kringelden als rook omhoog. Ze moesten op weg, zodra ze zich hadden aangekleed.

'We komen nog wel eens terug', zei hij.

'Graag', zei Willow zacht. Ze draaide zich om, ging op haar tenen staan en toen hun monden elkaar raakten trok Alex haar dicht tegen zich aan.

En toen verstarde hij. In de verte klonk een klappend geluid dat op de wind werd meegevoerd.

Willow hoorde het ook en ze draaide zich geschrokken om. 'Wat is dat?'

'O shit, een helikopter', zei Alex. Terwijl hij de adrenaline door zijn aderen voelde stromen dook hij de hut in en griste het geweer van tafel. Binnen enkele seconden stond hij weer buiten. 'Kom mee.' Hij greep Willows hand beet en ze renden over de open plek naar een van de wildsporen. Haastig klauterden ze langs de rotsen achter de hut omhoog. Het beukende geluid van de rotorbladen werd luider. Terwijl ze omhoogklommen vervloekte Alex zichzelf. Waarom waren ze niet uren eerder vertrokken, meteen toen Willow haar angst had uitgesproken? Als de auto stuk was gegaan, hadden ze verder kunnen lopen; dan waren ze hier in ieder geval weg geweest.

Willow gleed uit. Hij ving haar op en ze klommen verder. Ze was zwijgzaam geworden; haar gezicht was bleek, maar haar uitdrukking was vastberaden. Eindelijk kwamen ze bij een smalle rotsrichel vanwaar ze de hut goed konden zien, bijna als een speelgoedhuisje. En daar was de helikopter, slank en zwart. Licht schommelend landde hij naast de terreinwagen in de vallei.

'O nee', fluisterde Willow.

'Bukken', zei Alex snel. Zonder aandacht te besteden aan de scherpe stenen die in zijn borst prikten ging hij plat op de grond liggen en tuurde door de telescooplens. Willow ging naast hem liggen en keek angstig naar het tafereel onder hen.

Alex kreeg de helikopter scherp in beeld. Hij droeg geen tekens en had getinte ruiten. Toen de rotorbladen tot stilstand kwamen klommen een man en een vrouw naar buiten. De vrouw had schouderlang bruin haar en droeg een grijze broek met een bijpassend jasje; de man was blond en droeg een dikke visserstrui en een spijkerbroek. Alex sloot zijn ogen en ging snel langs zijn chakra's omhoog om het tweetal te scannen. Ze waren te ver verwijderd om ze te kunnen voelen, maar toen hij zijn ogen weer opende en door de telescoop keek, zag hij hun aura's duidelijk. De man was een engel, de vrouw niet. Terwijl Alex hen in zijn vizier volgde, liepen ze over het wildspoor naar de hut. De vrouw had een aktetas bij zich.

'Wat zie je?' vroeg Willow op gedempte toon.

In een paar woorden vertelde hij het haar. De man en de vrouw waren nu bij de hut aangekomen; ze klopten op de deur en keken naar binnen. Ze klopten nogmaals op de deur. Fronsend keek Alex door het vizier. Waarom deden ze zo beleefd? Ze wisten dat Alex en Willow hun helikopter hadden gehoord; hij had verwacht dat ze met grof geweld zouden binnenvallen. Als ze van de Engelenkerk waren, had hij zelfs een klein leger verwacht en niet dit tweetal. Wie waren die mensen?

Terwijl ze toekeken haalde de vrouw een kleine megafoon uit haar jaszak. Ze keek naar de bergen om haar heen en begon in de megafoon te praten. Haar stem echode tegen de rotsen. 'Alex Kylar en Willow Fields. Wij zijn CIA-agenten Kinney en Anderson.'

Alex' schouders verstrakten. 'Die moeten van Operatie Engel zijn', mompelde hij verbaasd. Had de vrouw engelbrand, of wist ze niet dat haar collega een vijand was?

Onder hen liet de vrouwelijke agent nog steeds haar blik over de rotsen dwalen. Haar volgende woorden schokten hem:

'We weten dat jullie aura's kunnen lezen. Agent Anderson is een engel: hij staat aan onze kant. We móéten jullie spreken.'

Naast hem slaakte Willow een gedempte kreet. 'Kan dat waar zijn, Alex,?' fluisterde ze.

Een engel, aan hun kant? Langzaam haalde Alex zijn oog van de lens en hij schudde zijn hoofd. 'Ik betwijfel het. Ze zeggen het alleen maar om ons naar beneden te krijgen.'

Willow aarzelde. 'Als ik dichterbij kan komen, kan ik ze via hun aura proberen uit te checken.'

Even dacht hij dat ze omlaag wilde klimmen, maar toen begreep hij het. 'Hij is een engel; hij zou je zien.'

'Ja, maar ik denk niet dat hij me iets kan aandoen. Ik ben niet zoals hij - mijn levenskracht zit in mijn fysieke vorm en niet in mijn engelengedaante. Het is denk ik de enige manier om erachter te komen.'

Het stond Alex niet aan, maar hij besefte dat ze gelijk had. 'Oké', zei hij uiteindelijk. 'Doe voorzichtig.' Hij keek weer door het vizier; als Willow ongelijk had en de agenten vormden ook maar de minste bedreiging voor haar engel, dan zouden ze ervan lusten.

Willow sloot haar ogen en werd heel stil. Langzaam maar zeker verhief haar engel zich boven haar, met vleugels die glinsterden in het roze ochtendlicht. Ze vloog omhoog en maakte een lange, trage zweefduik naar de hut. Alex zat over zijn geweer gebogen en keek ingespannen naar de man en de vrouw terwijl de engel over de rivier zweefde.

'Hij heeft me gezien', mompelde Willow.

'Ja, ik zie het', zei Alex. De blonde man had zijn ogen verbaasd opengesperd toen hij Willows engel zag. Nu zei hij met klem iets tegen de vrouw. Alex' spieren spanden zich

toen Willows engel met trage vleugelslagen vlak boven hen
bleef hangen. Maar in plaats van een dreigend gebaar te
maken draaide de man zich met licht gespreide armen om
naar Willows engel. De vrouw volgde zijn voorbeeld, hoewel
ze klaarblijkelijk niet wist waar ze moest kijken.

'Ze openen zich alle twee voor me', zei Willow zacht. Er viel
een lange stilte. De wind ruiste om hen heen. Alex keek naar
Willow naast hem en zag de frons op haar voorhoofd.
Uiteindelijk opende ze haar ogen. 'Alex', zei ze nadenkend,
'ik geloof dat ze de waarheid spreken. Ze zijn alle twee van
Operatie Engel; ze denken dat ze de enige niet-besmette
agenten zijn. Hij is een engel, maar... hij staat echt aan onze
kant. Hij vindt het vreselijk wat de anderen hebben gedaan.'

Alex legde zijn oog weer tegen de lens. 'O ja? Vraag hem dan
eens waar hij zich mee voedt', zei hij terwijl hij het aura van
de engel opnieuw bekeek. Het zag er verzadigd uit, alsof hij
zich onlangs nog had gevoed.

Willow sloot haar ogen weer. Er viel een stilte en toen zag
Alex de lippen van de man bewegen. Toen Willow haar ogen
opende zag ze er verdrietig uit. 'Ik – ik heb de vraag in
gedachten gesteld en hij hoorde me', zei ze. 'Hij voedt zich
met mensen die al engelbrand hebben. Hij haat het, maar
volgens hem is het de enige manier om te overleven zodat hij
de engelen kan proberen tegen te houden.'

'Geloof je hem?' vroeg Alex terwijl hij haar een zijdelingse
blik toewierp.

Willow knikte langzaam. 'Ja', zei ze, 'ik geloof ze alle twee.'

Alex keek weer naar het tafereel onder hen. Terwijl Willows
engel met vleugels zo wit als wolkenflarden boven hen in de
lucht hing, hadden de man en de vrouw zich niet verroerd.
Hij schudde vol ongeloof zijn hoofd. Hij had het grootste

vertrouwen in Willows helderziende vermogens, maar dan nog... een engel die het iets uitmaakte met wie hij zich voedde?

'Oké', zei hij uiteindelijk terwijl hij zijn geweer liet zakken. 'Zeg maar dat we naar beneden komen.'

Toen ze over de open plek naar de hut liepen zag Alex dat de agenten voor de hut op de grond zaten; ze waren zo netjes geweest om buiten te wachten, erkende Alex met tegenzin.

De vrouw rookte in gedachten verzonken een sigaret; toen ze hen zag drukte ze hem uit en sprong overeind. 'Alex Kylar', zei ze kordaat terwijl ze met uitgestoken hand op hem af liep. 'Sophie Kinney. Het is me een groot genoegen.'

In verlegenheid gebracht schudde hij haar de hand. Ze keek hem aan met een blik die aan bewondering grensde.

Ze leek zichzelf te vermannen. 'Sorry, maar je bent een soort legende op kantoor... meer dan tweehonderd engelen, op eigen houtje. En jij bent vast Willow Fields', zei ze terwijl ze Willow haar hand toestak.

'Hallo', zei Willow enigszins beduusd.

De man deed een stap naar voren. Hij was een stuk groter dan Alex en had brede schouders. In zijn blauwe ogen lag dezelfde intensiteit als bij alle engelen en ze boorden zich in die van Alex. 'Nate Anderson', zei hij terwijl hij zijn hand uitstak.

Alex aarzelde een fractie van een seconde en schudde hem toen de hand. 'Wat heeft je van kamp doen wisselen?' vroeg hij kortaf.

De engel vertrok geen spier. 'Ik heb nooit in het andere kamp gezeten', zei hij. 'We vinden niet allemaal dat we het heilige recht hebben om mensen als vee te gebruiken.'

'We hebben een heleboel met jullie te bespreken', onderbrak agent Kinney hen. 'Kunnen we alsjeblieft binnen verder praten?'

Alex keek Willow aan. 'Oké?'

Ze knikte en Alex opende de deur. Toen ze alle vier binnen stonden leek de hut nog kleiner dan eerst. Alex zag agent Kinney naar het smalle bed met de aaneengeritste slaapzakken kijken.

Willow wees naar de twee stoelen. 'Eh... neemt u de stoelen maar, dan gaan wij wel op het bed zitten', opperde ze. Ze streek haar haar naar achter en bond het vluchtig in een knotje.

'Zeg maar Nate en Sophie', zei agent Kinney terwijl ze aan de tafel plaatsnam.

Alex reageerde niet. Zolang hij niet wist wat er aan de hand was, had hij weinig behoefte om op vertrouwelijke voet te komen met dit tweetal. Hij zette zijn geweer tegen de muur, pakte het T-shirt dat hij voor die dag apart had gehouden en trok het aan. Hij ging naast Willow op bed zitten met zijn rug tegen de muur en tikte met zijn vingers op zijn knie.

'Hoe hebben jullie ons gevonden?' vroeg hij.

'Langeafstandswaarneming', zei Nate. 'Ik probeer jullie al weken langs paranormale weg op te sporen, maar dat valt niet mee zonder een persoonlijke link. Uiteindelijk voelde ik dat jullie ergens in de bergen zaten. Eerst dacht ik dat het de Rocky's waren. Ik heb er een paar dagen mee verspeeld, voordat ik naar het westen opschoof.'

'Maar als jij dat kan, kunnen de andere engelen het ook', merkte Willow zenuwachtig op.

Hij knikte. 'Het vereist enige oefening, maar ze zullen het ongetwijfeld proberen. Jullie boffen dat wij jullie als eerste hebben gevonden.'

'Wíj boffen', verbeterde Sophie hem. 'Hoewel het ons een hoop tijd had bespaard als we jullie niet waren kwijtgeraakt bij Phoenix.'

'Waren jullie dat op de Interstate?' vroeg Willow.

Nate knikte. 'Ik heb contacten bij de Engelenkerk en hoorde via via dat een stel volgelingen jullie bijna te pakken had in Texas. Daarna zaten we jullie een tijdlang op de hielen.'

'Mijn complimenten, trouwens, dat jullie het zo lang hebben overleefd', zei Sophie. 'Dat is een hele prestatie.'

Willow schudde haar hoofd. 'Dat is Alex' verdienste', zei ze. 'Zonder hem was ik de eerste dag al dood geweest.'

'Jij hebt mij ook gered', zei Alex zacht terwijl hij zich het gevecht met de engelen in New Mexico herinnerde. Hun blikken kruisten even en toen richtte hij zich weer tot de agenten. 'Hoelang is Operatie Engel al geïnfiltreerd?'

'Een maand of vier', antwoordde Nate. 'Een aantal agenten in het veld was al dood of getroffen door engelbrand. De overgebleven agenten werden door de engelen uitgerangeerd, of zijn nu vermist – en vermoedelijk dood.'

Alex had het altijd al geweten, maar toch kwam het bericht hard aan. Zijn spieren spanden zich. Willow wierp hem een bezorgde blik toe en hij zag het medeleven in haar ogen. 'Zo', zei hij uiteindelijk. 'En waarom hebben ze mij niet uitgerangeerd?'

Nate glimlachte verdrietig. 'Omdat jij de beste was. Dus besloten de engelen je voor hun eigen doeleinden te gebruiken – het uitschakelen van verraders zoals ik.'

Alex schoot overeind. 'Wat?'

Sophie knikte. 'De engelen die je de afgelopen vier maanden hebt vernietigd stonden allemaal aan onze kant, zetten zich allemaal in om de mensheid te redden.'

'Jullie zijn niet wijs', zei Alex bruusk. 'Ik observeer ze, zoals jullie weten. Ze stonden allemaal op het punt zich te voeden.'

Nate schudde zijn hoofd. 'Nee, ze stonden op het punt iets te doen wat wij marshallen noemen; ze gingen een psychische weerstand in het aura van een mens plaatsen. Die kan bescherming bieden tegen engelen die zich met mensen voeden. Onder de juiste omstandigheden kan die bescherming via auracontact op anderen worden overgedragen. Als een soort virus, maar dan met een positief effect.'

De gedachten tolden door Alex' hoofd. Hij dacht terug aan zijn laatste afrekening voor de opdracht om Willow te vernietigen: T. Goodman, die de dronken zakenman op de stoep had benaderd. *Vrees niet. Ik ben gekomen om je iets te geven.*

Hij vloekte. Hij voelde dat Willow zijn hand pakte en hij greep haar vingers beet.

Sophie sloeg haar benen over elkaar. 'Dat kon jij natuurlijk niet weten; jij deed gewoon je werk - voortreffelijk zoals altijd, mag ik wel zeggen.'

Alex had veel zin om iets naar haar hoofd te gooien. 'Oké, dus er bestaat zoiets als marshallen en niemand neemt de moeite om mij daarvan op de hoogte te brengen? Zodat ik misschien níét de engelen dood die aan onze kant staan? Geweldig, in één woord geweldig. Hoe hebben jullie de zaken zó uit de hand kunnen laten lopen? Nee, schrap die opmerking maar - hoe hebben jullie überhaupt deze baan gekregen?'

Sophie keek hem onverstoorbaar aan. 'De engelspotters waren sinds een jaar hiervan op de hoogte, sinds Nate voor ons werkt. Geen van onze opdrachten sindsdien betrof een sympathiserende engel. En daarvoor waarschijnlijk ook maar zelden; er waren er gewoon niet zo veel.'

Alex blies zijn adem uit. Willow hield nog steeds zijn hand beet en de stevige, warme aanraking kalmeerde hem iets. 'Oké', zei hij na een tijdje. Hij kneep in Willows hand, liet hem los en ging met zijn hand over zijn gezicht. 'Sorry.'

Sophie boog haar hoofd. 'Als dit bericht je niet had verontrust, zou je niet geschikt zijn geweest voor je werk.'

Nate legde zijn onderarmen op zijn knieën en leunde naar voren. 'Luister, we hebben nu te maken met de huidige situatie en niet die van vier maanden geleden. Als we niet snel in actie komen, loopt het nog veel meer uit de hand. Wat me bij het volgende punt brengt.' Hij zweeg en liet zijn blik op Willow rusten. 'Het is dus echt waar dat je voor de helft een engel bent', merkte hij op.

'Ja', antwoordde ze op kalme, vastberaden toon. Alex herinnerde zich haar angst in de woestijn een maand geleden, en hij voelde zijn liefde en bewondering voor haar oplaaien.

Nate knikte. 'Ik wist het al, maar om het met eigen ogen te zien...' Zijn stem stierf weg en hij schudde zijn hoofd. 'Het zou niet mogelijk moeten zijn, weet je.'

Willow glimlachte. 'Maar hier ben ik.'

'Weet jij waarom de engelen denken dat jij ze kunt vernietigen?'

'Nee. Ik heb geen idee. Voor deze hele toestand wist ik niet eens dat er engelen waren, laat staan dat ik er voor de helft eentje was.'

'Dan weet ik iets meer dan jij', zei Nate. 'In de engel-gemeenschap zijn ze het erover eens dat het visioen van

Paschar iets te maken had met de poort.'

'Begin bij het begin', onderbrak Sophie hem.

'Goed', zei Nate. 'Wat jullie als eerste moeten begrijpen is dat de meeste engelen hier zijn vanwege de Crisis, zoals zij het noemen. Onze wereld lijkt op die van jullie, maar het verschil is dat wij ons daar met de ether kunnen voeden. Roofdier-zijn is niet onze natuurlijke staat.'

'O nee? Jullie doen het anders niet slecht', flapte Alex eruit. Willow wierp hem een snelle blik toe.

Nate haalde zijn brede schouders op. 'Het klopt dat er altijd engelen zijn geweest die zich hier graag te goed deden aan mensen. Ze hielden van de opwinding, de kick. Maar al met al zijn het er nooit veel geweest. Je zult me op mijn woord moeten geloven dat de meeste engelen er niet in geïnteresseerd waren. Maar toen kwam de Crisis: niemand weet waardoor, maar onze ether begon plotseling op te lossen. Op dit moment is er niet genoeg energie meer om ons allemaal in leven te houden. Nog even en geen engel overleeft het meer in onze wereld.'

Alex luisterde aandachtig. Ze hadden het dus bij het juiste eind gehad; er was iets misgegaan in de engelenwereld waardoor ze hierheen waren gekomen.

'De Serafijnse Raad besloot dat de enige oplossing een evacuatie was.' Nate keek Alex dringend aan. 'Hiernaartoe.'

'De Invasie', zei Alex.

'De Invasie', beaamde Nate. Hij haalde diep adem en liet zijn vingertoppen tegen elkaar tikken. Toen hij verder ging, klonk het alsof hij zijn woorden nauwkeurig koos. 'De evacuatie is in golven gepland. Wat jullie de Invasie noemen was de eerste golf; er komen er nog meer aan.'

Een moment lang drong het niet tot Alex door, maar toen

kwamen de woorden van de engel als een tsunami binnen. Verstijfd van angst keek hij Nate aan. Willow zat doodstil en met een lijkbleek gezicht naast hem op het bed.

'De Eerste Golf was hoofdzakelijk bedoeld als verkenning', vervolgde Nate kalm. 'Konden engelen op deze manier overleven? Het antwoord lijkt "ja" te zijn. De meeste engelen hebben zich... enthousiast op het zich voeden met mensen gestort. Genotzuchtig, zelfs.' Zijn gezicht vertrok van afschuw. 'Het was dus een succes. Het nieuws bereikte ons een week of zes geleden: er is opdracht gegeven tot de Tweede Golf. Daarmee zal het aantal engelen ongeveer verdubbelen.'

'Wanneer?' vroeg Alex. Zijn keel was droog.

Nate richtte zijn blik op hem. 'Morgen.'

'Morgen?'

Nate knikte. 'De plannen lagen er al meer dan twee jaar; toen de beslissing eenmaal was genomen ging het snel.'

'Hier, kijk maar', zei Sophie terwijl ze iets uit haar tas haalde. Ze strekte haar arm en overhandigde hem een witte flyer met blauw met zilverkleurige letters. Er stond het logo van de Engelenkerk op en een engel met gespreide vleugels en armen, met eronder de tekst:

De engelen komen!
31 oktober was altijd Allerheiligenavond...
Maar dit jaar is het Engelenavond!
We hebben gebeden en de engelen hebben ons verhoord.
Dankzij hun liefdevolle genade zal onze wereld worden gezegend
met nog meer engelen. Onze smeekbeden zijn verhoord – ons
diepste verlangen, onze droom wordt vervuld: ze komen naar ons
toe!

*Kom en help ons een nieuwe, betere wereld met de engelen in
te luiden.*
Speciale dienst en viering
Hoofdkathedraal van de Engelenkerk
Zondag 31 oktober 16.00 uur in Denver, Colorado

Alex staarde sprakeloos naar de flyer. De Invasie was al erg
genoeg geweest. Hij probeerde zich een verdubbeling van het
aantal engelen op aarde voor te stellen, en daarna nog meer,
telkens meer. Het zou een massale slachting van mensen
betekenen. En als hij het goed begreep, was hij de enige
engelkiller die nog over was.

'Hoe kunnen ze dit zo... open en bloot doen?' fluisterde
Willow, terwijl ze de flyer aanraakte.

Sophie haalde haar schouders op. 'Je verbergen in het volle
zicht; het is een bekend principe. Mensen die niet geloven
besteden er gewoon geen aandacht aan, die denken dat de
Engelenkerk vol mafkezen zit.'

Willow sloeg haar armen om zich heen. 'Dus al die mensen
die daar naartoe gaan om de komst van de engelen te
vieren – met hen gaan de engelen zich voeden?' Haar stem
klonk schril van pijn en walging.

Nate schudde zijn hoofd. 'De engelen die arriveren zullen
zich niet meteen gaan voeden; deze wereld is volkomen
nieuw voor ze. Het zal een tijdje duren voordat ze gesetteld
zijn, geacclimatiseerd... Maar het blijft obsceen: het idee dat
al die mensen de engelen uitgelaten verwelkomen terwijl ze
geen idee hebben van wat hun te wachten staat.'

Alex fronste gespannen zijn voorhoofd en probeerde het zich
voor te stellen. 'Hoe kunnen ze de engelen zien, als die zich
nog niet voeden?'

Nate snoof. 'Omdat het een speciale gebeurtenis is zullen de engelen tijdens hun vlucht door de kathedraal hun etherische frequentie verlagen. Dat betekent dat de toeschouwers hen zullen kunnen zien. Ze verheugen zich nu al op het gejuich.'

Gejuich. Met een misselijk gevoel gooide Alex de flyer op tafel.

'Deze golf, en de golven die hierna staan gepland, mogen niet plaatsvinden', zei Sophie. 'We hádden al moeite om de engelen de baas te blijven. Als er op deze schaal engelen bijkomen, is het bekeken. Binnen tien jaar zal de wereld zoals we die nu kennen verdwenen zijn, gok ik.'

Willow slaakte een gedempte kreet. Alex gaf een kneepje in haar hand en wendde zich toen tot Nate. 'Brief me dan maar eens over dat masterplan van de engelen', zei hij met schorre stem. 'Als jullie iedereen infecteren met engelbrand, hoe denken jullie je dan te voeden wanneer iedereen dood is?'

De engel keek hem onwillig aan. 'Zolang mensen kinderen krijgen, hebben de engelen verse energietoevoer. Ik geloof dat er plannen zijn om de volgelingen aan te moedigen om grotere gezinnen te stichten.'

Alex trok een gezicht – hij had het kunnen weten. Naast hem was Willow bleek weggetrokken en in haar opengesperde groene ogen lag afschuw.

'Zoals ik al zei, dit mag niet gebeuren', merkte Sophie op. 'We moeten het koste wat kost tegenhouden. Het is onze enige kans.'

'Hoe?' vroeg Alex na een korte stilte. 'Is er een manier?'

Er was een verandering voelbaar in de kleine ruimte toen Nate en Sophie elkaar een snelle blik toewierpen, en Alex wist dat hij niet blij zou zijn met hun antwoord.

Langzaam nam Nate het woord. 'Er bevindt zich een dunne...

muur, zou je kunnen zeggen, van energie tussen onze twee werelden. Toen er nog maar weinig engelen overstaken was de muur relatief stabiel; de energie werd kortstondig verstoord door een oversteek, maar herstelde zich vervolgens weer. Een uittocht op deze schaal is echter heel iets anders. Er moet een speciale opening – een poort – worden gecreëerd, zodat honderdduizenden engelen in korte tijd door de muur heen kunnen zonder dat die het begeeft. Gedurende de ongeveer twintig minuten die het kost om er allemaal doorheen te vliegen zal de muur zeer onstabiel zijn. Het is een uiterst delicate onderneming.'

'Het plan is om de poort morgenavond om zes uur in de kathedraal van de Engelenkerk te openen, twee uur na aanvang van de dienst', vervolgde Sophie terwijl ze naar de flyer wees. 'We hebben iemand in de kerk die ons helpt en we kennen alle details, ook de precieze plek van de poort.'

'En waar we aan denken...' zei Nate, 'als we de poort tijdens het opengaan verstoren, zal er een kettingreactie ontstaan die hem zodanig beschadigt dat hij onbruikbaar wordt. Hij zal dichtslaan en de engelen zullen opgesloten zitten in hun eigen wereld, netjes opgeborgen.'

Alex trommelde tijdens het luisteren met zijn vuist op zijn knie. 'En hoe dachten jullie dat te doen?'

In plaats van te antwoorden stak Nate zijn hand uit naar Willow. 'Mag ik?' vroeg hij.

Ze aarzelde en legde toen haar hand in de zijne. Nate sloot kort zijn ogen; Alex zag kleine bewegingen achter zijn oogleden, alsof Nate naar onzichtbare beelden keek. Toen hij even later Willows hand losliet, bleef hij haar zwijgend aankijken.

'Paschar had gelijk', zei hij uiteindelijk.

'Paschar?' zei Willow. 'Was dat... Beths engel?'

Nate knikte. 'Hij zag dat jouw bestaan een bedreiging vormt voor de engelen; jij bezit het vermogen ons allemaal te vernietigen. Ik heb zojuist hetzelfde gezien. Sommige beelden zijn niet helder, maar...' Hij wendde zich tot Sophie. 'Het is onze enige kans.'

'Wat?' vroeg Alex scherp.

Deze keer haalde Sophie een kleine steen uit haar aktetas en ze legde hem op tafel neer. Hij deed denken aan gesmolten lood en glansde zilverachtig. Nate nam hem in zijn handen. 'Dit is een stukje angelica', zei hij terwijl hij hem in zijn handen ronddraaide. De steen was ovaal van vorm en klein genoeg om in zijn hand te verdwijnen als hij zijn vingers eromheen sloot. 'Hij komt van mijn wereld en heeft een aantal unieke eigenschappen. Een ervan is dat hij op etherisch niveau een soort... bewustzijn heeft. Als je ermee communiceert, zal de fysieke vorm korte, snelle energie-stootjes uitzenden met een heel hoge frequentie – meer dan genoeg om de poort in die kwetsbare toestand te verstoren.'

Hij richtte zijn ogen op Willow. 'Jij bent net zo uniek als de angelica', zei hij tegen haar. 'Jouw engelengedaante bestaat tegelijkertijd met je aardse gedaante. Dat betekent dat jij tegelijkertijd de angelica in de opengaande poort kunt plaatsen en ermee kunt communiceren om hem te activeren. Jij bent de enige van ons die dat kan.'

Toen de woorden tot Alex doordrongen verstijfde hij. 'Wacht eens even.' Zijn stem klonk hard. 'Willen jullie dat Willow dat doet?'

'Zij is de enige die het kan', antwoordde Nate somber.

De engel overhandigde Willow de steen. Verbijsterd nam ze

hem van hem aan en draaide hem traag in haar handen rond. Toen slikte ze moeizaam en wierp een zijdelingse blik op Alex. 'Als ik dit zou doen, wat... wat gebeurt er dan?'

Er lag een angstige, gespannen uitdrukking op Sophies gezicht. 'We hopen dat de poort wordt vernietigd en zich voorgoed sluit.'

'Dat hópen jullie?' zei Alex. Zijn woorden klonken als messen. 'Dus jullie weten het niet eens zeker?' Hun zwijgen sprak boekdelen. 'En wat gebeurt er met Willow? Wordt zij ook vernietigd?'

Sophie aarzelde. 'Dat weten we niet', antwoordde ze uiteindelijk. 'De muur zal heel instabiel worden; we weten niet precies welke vorm dat zal aannemen. Maar als jij er pal naast staat, Willow...' Haar stem stierf weg.

Er ging een golf van angst door Alex heen, en een razernij die zo groot was dat hij het liefst erop los had geslagen. 'En hoe zou ze trouwens de kathedraal in moeten komen? Het wordt er een gekkenhuis – tienduizenden fanatieke aanhangers van de Engelenkerk die haar toch al allemaal willen vermoorden! Om er vervolgens iets te gaan doen wat haar dood kan betekenen en waarvan jullie hópen dat het werkt?'

'Wij kunnen haar binnen krijgen', zei Nate. 'Onze man in de Kerk zal ons helpen. We hebben een plan bedacht om haar onopgemerkt vlak bij de poort te krijgen.'

'Geweldig', beet Alex hem toe. 'En stel dat het werkt, wat gebeurt er als ze níét wordt gedood doordat ze er vlakbij staat? Als de engelen níét komen en iedereen heeft gezien dat dat door haar komt? Dan zegt iedereen "jammer dan" en gaan ze allemaal weer naar huis?'

De agenten zeiden niets. Alex keek hen woedend aan. 'Ze zouden haar vermoorden, en dat weten jullie', zei hij met ingehouden stem. 'Om haar dan in veiligheid te brengen heb je een heel leger nodig.' Toen zag hij de uitdrukking op hun gezicht en zijn kaken spanden zich. 'Ah, maar volgens jullie zal dat niet gebeuren, nietwaar? Jullie denken dat de poort haar sowieso de lucht in laat vliegen.'

Er viel een lange stilte, die Sophie met een diepe zucht verbrak. 'Willow, hij heeft gelijk, het is heel riskant. De reactie van de poort op de aanraking van de angelica zal waarschijnlijk... heel krachtig zijn.'

'Schrijf het maar op je buik', zei Alex. 'Zij gaat het niet doen. Geen sprake van.'

'Er is nog iets', zei Sophie. Ze keek Nate van opzij aan en hij knikte.

'Wij engelen zijn energiewezens', zei hij. 'We zijn allemaal afkomstig van dezelfde bron. We zijn individuen, maar ook met elkaar verbonden. Wanneer een engel sterft, voelen we het allemaal. Als de poort zich sluit, zullen degenen die in onze eigen wereld achterblijven algauw sterven. Met zo veel slachtoffers is het slechts een kwestie van tijd voordat de engelen hier ook zullen sterven. We overleven het niet als we in zo groten getale verdwijnen.'

Willow keek Nate aan. 'Maar dan overleef jij het ook niet.'

'Nee, dat klopt.' Hij zweeg lange tijd en tikte met zijn vingertoppen tegen elkaar. 'Het... verraden van mijn eigen soort valt me niet licht', zei hij uiteindelijk. 'Maar wat er gebeurt is afschuwelijk. Zelfs als ons voortbestaan op het spel staat, kunnen wij engelen geen dood en verderf zaaien bij een ander ras; daartoe hebben we gewoon het recht niet.'

Op een ander moment zou Alex wellicht onder de indruk zijn geweest van Nates onbaatzuchtigheid, maar nu wilde hij hem alleen maar raken. 'Nou, dat is heel nobel van je, maar jij bent niet degene die het risico loopt, hè? Dat vraag je Willow te doen, zonder dat je ook maar iets van zekerheid hebt.'

Sophies stem klonk scherp. 'Wat we zeker weten is dat als we niets doen er nog meer engelen oversteken. Als we in actie komen, hebben we in ieder geval een kans om ze allemaal te vernietigen.'

Willow draaide nog steeds zwijgend de zilvergrijze steen in haar handen rond. Uiteindelijk vroeg ze: 'Jullie denken echt dat ik het moet doen, hè?'

Het koude zweet brak Alex uit en hij keek haar aan.

Nate knikte. 'Met jouw tweeledige natuur ben je de enige die tegelijkertijd de steen fysiek kan verplaatsen en er in zijn etherische vorm mee kan communiceren. Plus dat het in je hele psyche staat te lezen: jij bent degene die ons kan vernietigen.'

Willow keek naar de steen en slikte. 'En... hoe groot is de kans dat de poort zich sluit?'

'Ik kan je geen percentages geven', zei Nate vlak. 'We weten pas wat er gebeurt op het moment zelf.'

Sophie leunde naar voren en keek haar indringend aan. 'Willow, we zitten al in tijdnood', zei ze. 'Als – als je akkoord gaat, dan moeten we onmiddellijk vertrekken om je te kunnen briefen en de laatste voorbereidingen te treffen.'

'Willow, nee', zei Alex. Hij pakte haar armen beet. 'Nee. Je gaat dit niet doen. Geen denken aan.'

Ze sloeg haar ogen op en hij zag dat ze elk moment in tranen kon uitbarsten. Ze haalde diep adem. 'Eh... willen jullie ons even alleen laten?' zei ze tegen Sophie en Nate. Ze leunde naar voren en legde de angelica weer op tafel.

'Natuurlijk.' Sophie deed de steen in haar aktetas en klikte hem dicht. De stoelpoten schraapten over de vloer toen ze opstonden. 'We wachten buiten.'

Even later hadden ze de deur achter zich gesloten. Alex hoorde het nauwelijks. Hij had nog steeds Willows armen beet en hij keek haar aan. 'Je kunt dit niet doen', zei hij. 'Onmogelijk. Zeg dat je het niet meent.'

Ze was bleek. 'Alex, ik... ik heb geen keus.'

'Heb je wel geluisterd? Willow, ze denken dat de poort je aan stukken zal rijten; ze weten niet eens of je hem wel zult kunnen sluiten!'

Ze knikte heel langzaam. 'Ik weet het', zei ze.

Plotseling werd hij overweldigd door razernij. Zijn stem klonk luid in de kleine hut. 'Je kunt dit niet serieus overwegen! Ben je helemaal gek geworden? Wil je je leven weggooien, is dat wat je wil?'

Er biggelde een traan over haar wang, maar toen ze antwoordde trilde haar stem nauwelijks. 'Wat kan ik anders doen? Met jou naar Mexico gaan en doen alsof er niks aan de hand is? Hoe kan ik mezelf ooit nog onder ogen komen als ik weet dat ik de engelen had kunnen tegenhouden maar het niet eens heb geprobeerd?'

'Willow, dit is niet de manier. Het enige wat je hiermee bereikt is dat jij doodgaat! Luister, we vinden wel een manier om ons te verzetten, we –'

Hij hield haar armen zo stevig vast dat ze zich met een verschrikt gezicht van hem losmaakte. 'Natuurlijk is dit de manier! Snap je dat niet? Dit is wat het allemaal betekent: mijn voorgevoel gisternacht, Paschars visioen – ik ben de enige die hen kan tegenhouden en dit is de manier waarop ik het moet doen!'

Alex werd overspoeld door de angst dat ze gelijk had en het

was alsof de lucht in zijn borst in een ijswolk was veranderd.

'Nee. Je gaat dit niet doen; ik laat je niet gaan.'

Op haar gezicht lag verscheurdheid te lezen, zo groot was de pijn en de liefde voor hem. 'Alex, hoe klein de kans ook is om de engelen tegen te houden, ik moet het proberen. Jij hebt je hele leven tegen ze gevochten, jij moet begrijpen –'

'Niet op deze manier!' schreeuwde hij. 'Dit is zelfmoord, ze weten niet eens of het wel werkt! Wil je echt zo graag je leven weggooien?'

'Ik zeg niet dat ik het wíl doen!' riep ze uit. Haar ogen stonden vol tranen. 'Wat ik wil is bij jou zijn en dat alles weer gewoon is!'

'Dóé dat dan', zei hij. Hij pakte haar handen beet. 'Willow, alsjeblieft, je hoeft dit niet te doen...'

Met een van verdriet vertrokken mond boog ze haar hoofd. De ketting die hij haar had gegeven was uit de hals van haar sweater gegleden. Ze maakte een hand uit de zijne los en ging met haar vingers over het geslepen kristal. 'Het spijt me', fluisterde ze.

Zonder hem nog aan te kijken stond ze op van het bed en liep stram naar de tafel. Ze pakte de kleren die ze voor de reis achter had gehouden en stopte ze in haar tas.

'Nee!' Alex sprong overeind en griste ze uit haar handen. 'Nee, Willow, nee – je gaat het niet doen –'

'Ik móét het doen!' barstte ze uit terwijl ze zich naar hem omdraaide. 'Ik heb geen keus! Denk je echt dat ik mijn kop in het zand kan steken en doen alsof er niets is gebeurd? Dat kan ik niet!'

Ze ging het echt doen – dat wat haar dood zou betekenen. Terwijl het bloed in zijn oren suisde keek Alex haar aan. Zijn borst voelde strak; hij kon nauwelijks adem krijgen. O god, nee. Niet weer, niet weer iemand van wie hij hield. Waarom had hij zichzelf wijsgemaakt dat het deze keer anders zou zijn? Hoe had hij zo stóm kunnen zijn?

'Goed, je hebt blijkbaar je besluit genomen', zei hij uiteindelijk.

'Alex, ik... ik zou mezelf nooit meer onder ogen kunnen komen', zei ze met een klein stemmetje. 'Ik zou de rest van mijn leven elke dag mijn moeders gezicht voor me zien, en – en Beth, en jouw familie –' Ze zweeg abrupt en verborg haar gezicht in haar handen.

Hij wilde haar zo graag troosten. Maar in plaats daarvan bleef hij haar woedend aankijken, bijna trillend van razernij. 'Laat mijn familie erbuiten. Als jij jezelf wilt laten vermoorden, doe het dan om je eigen redenen.' Hij drukte haar de kleren in haar handen.

Willows wangen waren nat van de tranen. Langzaam en met bevende handen stopte ze ze in haar tas. 'Alex, begrijp het alsjeblieft. Wij zouden het samen toch nooit meer goed kunnen hebben als ik hiervan wegliep? Het zou alles... vergiftigen; we zouden altijd weten –'

Hij had nooit gedacht dat hij haar zou kunnen haten, maar op dat moment scheelde het niet veel. 'Waag het niet, wáág het niet te zeggen dat je dit voor ons doet', onderbrak hij haar met onvaste stem. 'En zo meteen is er toch geen "ons" meer.' Haar tas was nog open; met een ruw gebaar maakte hij hem dicht, waarna hij hem in haar handen duwde. 'Ga dan', zei hij. 'Ze wachten op je.'

Willow drukte de tas tegen haar borst en ze slikte moeizaam. 'Ga je... met me mee?' vroeg ze zwakjes.

Haar ogen. Haar gezicht.

De woorden brandden als gif in zijn keel. 'Nee, dank je. Ik

heb genoeg mensen om wie ik gaf zien sterven.'

Haar gezicht vertrok van pijn. Met trillende mond keek ze weg. 'Dan – dan kan ik maar beter gaan, denk ik.'

'Ja, dat denk ik ook.'

Langzaam liep Willow naar de deur. Plotseling bleef ze staan. Ze draaide zich om, vloog op hem af en omhelsde hem stevig. 'Ik hou van je', zei ze snikkend. 'Alex, alsjeblieft, laat het alsjeblieft niet zo eindigen. Ik hou van je.'

Hij hunkerde ernaar om haar vast te houden, maar hij kon het niet; als bevroren bleef hij staan. 'Ga', zei hij met opeengeklemde kaken.

Willow liet hem los en ze keek omhoog naar zijn gezicht. In haar groene ogen lag een verslagen blik. 'Ik weet dat je het niet meent', fluisterde ze. 'Ik hou van je, Alex. Ik zal altijd van je blijven houden.' Hij bleef roerloos staan toen ze hem zoende en hij haar zoute tranen proefde. Haastig draaide ze zich om en rende naar de deur.

Toen was ze verdwenen.

Als in een droom hoorde Alex buiten stemmen en toen voetstappen die zich verwijderden. Stilte. Alleen en met trillende spieren stond hij in het midden van de hut. Abrupt pakte hij een van de stoelen beet en smeet hem tegen de muur. Zwaar ademend liet hij zich op de rand van de tafel neerzakken en ging met zijn handen door zijn haar. Voor hem lagen in een hoopje de slaapzakken waar ze de vorige nacht in hadden gelegen en zijn zwarte nylontas met hun kleren. Willows paarse sneakers lagen nog in de hoek, een ervan op zijn zijkant. Wat was er gebeurd? Wat was er zojuist gebeurd? Alex bleef met zijn hoofd in zijn handen staan, terwijl zijn emoties met zo veel geweld door hem heen raasden dat het was alsof hij eronder zou bezwijken.

Hij hoorde de helikopter opstijgen.

Bij het geluid ging zijn hoofd met een ruk omhoog. Willow zat in die helikopter, besefte hij met plotselinge helderheid. Ze stond op het punt bij hem vandaan te vliegen en hij zou haar waarschijnlijk nooit meer zien. Paniek maakte zich van hem meester. Hij sprong zo abrupt overeind dat de tafelpoten over de vloer schraapten. Hij stormde de hut uit, rende de kleine open plek over en holde glijdend en schuivend langs het wildspoor omlaag.

'Willow!' schreeuwde hij. 'Willow!'

Het geluid van de rotorbladen dreunde in zijn oren toen hij het bos uit stormde. De helikopter was al opgestegen; hij zweefde weg over de vallei. Alex sprintte er met wapperende haren achteraan en kwam toen langzaam tot stilstand. De helikopter werd steeds kleiner; hij kon zelfs de mensen achter de getinte raampjes niet meer zien. Hoewel hij wist dat het hopeloos was, zette hij zijn handen aan zijn mond en schreeuwde: 'WILLOW!'

De helikopter vloog door. Alex zag hem tussen de bergen wegvliegen, totdat hij een klein, donker stipje aan de horizon was geworden en toen uit het zicht verdween, samen met zijn hart.

Alex keek hem trillend na. Wat had hij gedaan? Willow ging heel waarschijnlijk haar dood tegemoet, en hij had gezegd dat ze weg moest? Hij had haar niet vastgepakt? Hij had haar niet verteld hoeveel hij van haar hield?

Hij had haar zomaar laten gaan.

'Nee', zei hij hardop. Nee, dit kon niet. Dit kon echt niet; zo zou het niet eindigen. Als zij dat moest doen, best, maar dan niet alleen en in de overtuiging dat hij haar haatte. Hij zou er zijn – om haar te helpen of om met haar te sterven. Welke van de twee het zou worden maakte hem niet uit, zolang hij maar niet zonder haar verder hoefde.

Denver, morgenavond zes uur. Als hij aan één stuk doorreed, kon hij het halen.

Alex rende terug naar de hut, trok snel zijn spijkerbroek aan en schoot in zijn jasje. Hij pakte zijn portefeuille, de autosleutels, zijn pistool en patronen. Een paar minuten later was hij terug in de rotsachtige vallei. Hij sprong achter het stuur van de terreinwagen, startte de motor en met een ruk aan het stuur stoof hij de vallei uit en ging de heuvel af.

Dit zou niet zo gaan als met Jake. Hij zou niet weer iemand van wie hij hield in de steek laten.

17

Lange tijd zei niemand iets in de helikopter. Nate zat voorin naast de piloot – een man met een zonnebril wiens naam ik niet verstond – en Sophie zat achterin bij mij. Ik staarde naar mijn tas, die ik nog tegen mijn borst geklemd hield, en mijn keel zat zo dichtgesnoerd dat ik er geen woord uit had kunnen krijgen. De uitdrukking op Alex' gezicht toen hij tegen me zei dat ik moest gaan... Mijn spieren verkrampten en ik onderdrukte een snik. Toen we waren weggevlogen voelde ik mijn hart breken, in mijn borst verbrijzelen. Ik kon zelfs niet boos op hem zijn omdat hij het niet begreep – ik wist wat dit met hem deed en als ik eraan dacht, was het alsof er een mes door mijn ziel ging. Ik wilde niets liever dan tegen Sophie en Nate zeggen dat ze moesten omkeren zodat ik naar Alex terug kon hollen, mijn armen om hem heen kon slaan en zeggen dat ik me had bedacht – dat ik het toch niet ging doen.

Maar ik kon het niet.

Ik was me vaag bewust van de bergen onder ons die langzaam maar zeker lager werden en overgingen in de uitgestrekte woestijn. 'Het spijt me', zei Sophie uiteindelijk. Ze leunde naar voren om boven het geraas van de rotor-

bladen uit te komen. 'Jullie zijn... een stel, hè?' Ik knikte,
terwijl ik me afvroeg of het nog steeds zo was, en de tranen
rolden over mijn wangen. Sophie begon meteen in haar tas te
rommelen en ze overhandigde me een papieren zakdoekje.
'Je hebt de juiste keus gemaakt, Willow', zei ze. 'Dit is onze
enige kans om de engelen tegen te houden. We zijn je heel
erg dankbaar. Ik snap dat het vreselijk moet zijn voor je.'
Ik droogde mijn tranen met het zakdoekje. 'Ik kan niet
anders', kreeg ik er met moeite uit. 'Als ik kon kiezen...' Mijn
woorden stokten. Alex en ik zouden nu samen op weg zijn
naar Mexico. De hanger hing glinsterend op mijn sweater;
het deed al pijn om ernaar te kijken. Sophie zweeg, en ik was
haar dankbaar. Ik liet mijn hoofd tegen de hoofdsteun rusten
en staarde door een gordijn van tranen naar de vlakte onder
ons.

Een paar uur later landden we in Colorado op een klein
particulier vliegveld niet ver van Denver. Mijn benen waren
stijf toen ik de helikopter uit klom en mijn oren tuitten van
het motorgeraas. In de verte zag ik de besneeuwde toppen
van de Rocky Mountains. Ik wendde mijn blik af. Ik zou nooit
meer zonder pijn in mijn hart naar een berg kunnen kijken.
Nate en Sophie liepen samen met me naar een auto met
getinte ruiten die ons stond op te wachten. Het was alsof de
emoties elk moment de overhand konden krijgen, maar ik
wist dat ik op z'n minst moest proberen om normaal te doen,
want anders zou ik instorten. Ik schraapte mijn keel. 'Ik
dacht dat jullie als enigen over waren van Operatie Engel.'
Nate knikte. 'We zijn ondergebracht bij een ander
departement. Ze kennen de details niet; ze weten alleen dat
onze opdracht topgeheim is en politiek gevoelig ligt.'
We waren bij de auto en hij opende het portier voor me.

Ik schoof achterin op een van de zachte leren stoelen. Ze deden me aan Alex' Porsche denken. Alles om me heen deed me aan Alex denken. Nate nam voorin naast de bestuurder plaats. Tussen ons in bevond zich een glazen wand. Sophie kwam naast me zitten en gespannen en met mijn tas tegen mijn borst geklemd zag ik het vliegveld achter ons verdwijnen. Even later kwamen we op een highway met aan weerszijden groene velden en achter ons de bergen.

Plotseling bedacht ik iets en ik keek Sophie aan. 'Weet je toevallig hoe het in Pawntucket gaat? Hoe is het met mijn moeder?'

Ik voelde haar opluchting dat ze me iets opwekkends kon vertellen. 'Je moeder maakt het goed. En je tante ook.'

Mijn schouders ontspanden zich. 'Echt? Gaat het goed met ze?'

'Echt. Geloof me maar.'

Ik ademde diep uit en voelde de pijnlijke spanning in mijn borst iets wegebben. Mijn moeder maakte het goed. 'Wat is er gebeurd nadat ik ben weggegaan?' vroeg ik.

Sophie haalde een pakje sigaretten tevoorschijn. Ze zette het raampje op een kier en stak er een op. 'De Engelenkerk heeft zich bemoeid met het politieonderzoek naar jouw verdwijning', antwoordde ze terwijl ze de rook naar buiten blies. 'Het werd al na een dag of twee afgesloten. Ze hadden honderd getuigen die zeiden dat je er met een vriendje vandoor was – dat ze hadden gezien dat je met een koffer bij hem instapte en hem een zoen gaf.'

Ik staarde haar sprakeloos aan. Geen wonder dat ik irritatie van tante Jo had opgevangen toen ik contact met ze probeerde te maken. 'Maar... mijn vriendin Nina wist dat dat niet zo was. Heeft zij niets gezegd?'

Sophie glimlachte. Ze haalde een iPhone uit haar tas, toetste iets in en gaf hem aan mij. Ik keek naar het kleine schermpje. Ze had ingelogd op twitter en er stond een tweet van Nina op: *willow fields had geen vriend – punt uit! Kan het iemand iets schelen dat mijn vriendin is verdwenen?*

O, Nina. Ik raakte het scherm aan en er ging een golf van verdriet door me heen.

'Niemand luisterde naar haar', zei Sophie terwijl ze de iPhone terugnam. 'Voor zover ik weet geloofden je klasgenoten op Pawntucket High liever het verhaal over het vriendje – en in Schenectady zitten zo veel kerkleden bij de politie dat ze er makkelijk een stokje voor kunnen steken dat iemand verder gaat neuzen.' Ze stopte het telefoontje weer in haar tas. 'Het heeft waarschijnlijk haar leven gered, om eerlijk te zijn.'

'Alex had het ook al gezegd', zei ik. 'Ik bedoel van die politiemensen bij de Kerk.'

Met een bedachtzaam gezicht tikte Sophie de as uit het raampje. 'Het is een bijzondere jongen', zei ze. 'Zo jong en dan zulke dingen doen...'

'Hij is nooit echt jong geweest', zei ik zacht terwijl ik wegkeek. 'Daar heeft hij nooit de kans toe gekregen.' Nee, maar toen we met ons tweeën waren... Ik slikte toen ik zijn grijns voor me zag, zijn lachende ogen. En toen zijn gezicht op het moment dat hij begreep dat ik wegging.

Hij had niet eens afscheid van me genomen.

Ik sloeg mijn armen om me heen en voelde de pijn om ons beiden. Sophie keek me zwijgend van opzij aan en een tijdlang zeiden we geen van tweeën iets. Uiteindelijk nam de auto een afslag en een paar minuten later reden we over een naamloze straat. We kwamen bij een laag, kleurloos gebouw omringd door een keurig grasveld. Er waren nergens naamborden. Sophie ging rechtop zitten en maakte haar riem los.

'Een dependance van de CIA', zei ze, ook al had ik niets gevraagd. 'We kunnen je hier bijpraten en er zijn douches, bedden...'

Ik knikte versuft en keek naar het grimmige, grauwe gebouw. Ik was zo ver van Alex verwijderd, bijna duizend mijl. Het was alsof elke mijl als een steen op mijn borst lag.

We stapten uit, liepen naar de betonnen treden en gingen door de glanzende glazen deuren naar binnen. Sophie en Nate lieten bij de balie hun identiteitskaart zien en namen me toen mee een kale gang in. De vloer glom zo dat ik onszelf erin zag weerspiegeld. Onze voetstappen echoden tegen de muren.

'We zijn er', zei Nate terwijl hij een deur opendeed. We gingen een klein appartement in. Er stonden een bankstel en een paar stoelen, en in een hoek was een keukentje met een eetbar en krukken.

Sophie legde haar aktetas op de salontafel. 'Wil je je opfrissen?' vroeg ze me. 'Als je wilt douchen, de badkamer is daar.' Ze wees naar het gangetje achter de keuken.

Ik had nog steeds de joggingbroek en het T-shirt aan waarin ik had geslapen, en de rode sweater die Alex me had gegeven. Ik wilde hem nooit meer uitdoen, alsof ik dan op magische wijze de laatste schakel die ons verbond zou verbreken. Maar het maakte ook niet uit. Wat ik ook droeg, ik zou hem waarschijnlijk toch nooit meer zien. De gedachte trof me als een zweepslag. Toen drong het tot me door dat Sophie en Nate me vragend aankeken. 'Ja, dat is goed', zei ik met een stem die ook voor mezelf nauwelijks hoorbaar was.

'Ik heb alleen geen shampoo –' Ik werd overspoeld door de herinneringen aan de motelkamer in Tennessee en mijn stem stokte. Ik sloot mijn ogen vanwege de plotselinge pijn. 'Sorry', zei ik terwijl ik mezelf probeerde te vermannen. 'Ik heb geen shampoo bij me.'

Sophies bruine ogen stonden bezorgd, maar ze probeerde te glimlachen. 'Geeft niet, alles staat er.'

In de badkamer trok ik langzaam mijn kleren uit en vouwde ze zorgvuldig op. Ik keek in de spiegel en zag de hanger die glanzend op mijn huid lag. Terwijl ik mezelf aanstaarde probeerde ik te begrijpen hoe snel alles was gegaan. Nog maar een paar uur geleden had ik met Alex' armen om me heen voor de hut gestaan, zijn warme mond in mijn hals – op het punt om er samen vandoor te gaan.

Plotseling hield ik het niet meer. Ik draaide de kraan open zodat niemand me kon horen, ging in de douche staan en begon te snikken. Terwijl het warme water over me heen stroomde pakte ik mezelf stevig beet. O, Alex. Haat me alsjeblieft niet. Ik mis je nu al zo. Ik wilde alleen maar jou, alles met je delen – ik wil je nu hier bij me hebben, ik wil dat je me vastpakt, zegt dat alles goed komt, dat ik misschien niet doodga als ik dit ga doen...

Ik huilde totdat ik geen tranen meer had. Vervolgens, nog ellendiger dan ik me al had gevoeld, waste ik mijn haar en kwam stram onder de douche vandaan. Mijn gezicht in de spiegel zag er beurs en opgezwollen uit, alsof iemand het als een boksbal had gebruikt. Het kon me niet schelen. Als op de automatische piloot haalde ik schone kleren uit mijn tas en kleedde me aan. Ondergoed, spijkerbroek, vaalblauw T-shirt. Daaroverheen de rode sweater. De aanblik ervan deed me pijn, maar het had tien keer zo veel pijn gedaan om hem niet te dragen. Ik borstelde mijn natte haar uit en bond het in een knotje.

Toen ik de badkamer uit kwam zaten Sophie en Nate op een van de banken te praten. Ze keken op en er verscheen een bezorgde uitdrukking op hun gezicht. Nate ging naar het keukentje en pakte drie mokken. 'Koffie?'

Ik ging op de leuning van een stoel zitten. Mijn hoofd bonkte. 'Nee, dank je. Water graag.'

'En iets te eten?' vroeg Sophie. Ze leunde met haar armen om haar knieën geslagen naar voren en ze keek me aan. 'We hebben sandwiches, maar als je wil kunnen we ook iets anders bestellen.'

'Ik heb geen honger. Bedankt', voegde ik er zwakjes aan toe toen Nate me een glas water met ijsblokjes bracht. Het was een zeshoekig glas en het voelde koel en vochtig aan tegen mijn vingers. Ik hield het tegen mijn pijnlijke ogen en voorhoofd.

Nate ging weer op de bank zitten. 'Je moet iets eten. Je moet op krachten blijven.'

Ik staarde naar het glas in mijn handen en liet het water ronddraaien. 'Misschien straks.'

Sophie aarzelde en zei toen: 'Willow, we maken ons zorgen om je. Geloof me, ik snap hoe moeilijk je het hebt, maar... oké, ik zal er geen doekjes om winden: we willen dat je morgen in staat bent om het te doen.'

Ik voelde een pijnscheut. Ik zag de hut weer voor me, hoe ik in slaap was gevallen in Alex' armen. Ik voelde zijn lippen die me 's ochtends wakker kusten. Ik sloot mijn ogen en wilde zeggen: ik ga het niet doen, ik heb me bedacht. Maar ik moest het doen – ik was de enige die het kon. Hoe dan ook moest ik mezelf bijeen rapen, anders was het voor niets geweest dat ik Alex' had verlaten en ons beider hart had gebroken.

Met een diepe, trillerige zucht opende ik mijn ogen. Ik nam een slokje water en zette het glas zorgvuldig evenwijdig aan de rand op tafel.

'Ik weet het', zei ik met een klein stemmetje. 'Maak je geen zorgen.'

De rest van de dag namen we het plan door. 'Het wordt een massale viering', zei Sophie, die een plattegrond van de kathedraal op de tafel had uitgevouwen. 'Ze hebben een muzikaal programma, een speciale dienst – de hele mikmak. Maar daar heb jij niks mee te maken. Jij komt pas op vlak voordat de poort opengaat.'

Ik keek naar de plattegrond. Er stonden honderden rijen kerkbanken op en daarachter nog eens duizenden oplopende rijen stoelen. Helemaal voorin, ter hoogte van het spreekgestoelte, bevond zich een grote open ruimte met een podium. 'Komt daar de poort?' vroeg ik. Ik wees met een vinger.

'Klopt', antwoordde Nate. Zijn blauwe ogen vernauwden zich terwijl hij de plattegrond bestudeerde. 'En tussen de voorste kerkbanken en het podium komt een wand van plexiglas. Hier.' Hij trok met een vinger een lijn. 'Die is bedoeld om de menigte in bedwang te houden, maar het komt ons goed uit – als de mensen wantrouwen krijgen en in opstand komen, houdt die wand ze in ieder geval even tegen.'

Sophie speelde met de pen in haar handen. 'Jij komt samen met de afgezanten uit de verschillende staten – jij bent er zogenaamd ook een – en de priester op dat podium te staan. Het koor staat op het balkon, dus daar zul je geen last van hebben. Maar er zijn wel twee engelen.'

'Gelukkig zijn het er maar twee', zei Nate voordat ik kon reageren. Hij keek me zijdelings aan. 'Raziël is de engel die de kathedraal onder zijn beheer heeft. Hij heeft besloten dat de viering alleen voor mensen is en dat de engelen die hier al zijn de nieuwkomers later zullen begroeten. In werkelijkheid wil hij gewoon met zo min mogelijk engelen zijn wanneer de Tweede Golf arriveert, om te benadrukken hoe belangrijk hij is.'

'Hij is er en zijn sidekick Laila', vulde Sophie aan. 'We gaan ervan uit dat ze samen met jou en de anderen op het podium staan, maar hopelijk ben jij zo snel dat ze niet de tijd hebben om in te grijpen.'

Mijn keel werd kurkdroog en ik keek ze aan. 'Maar... zien ze dan mijn aura niet als ik naar binnen ga?' vroeg ik. Ik wist dat engelen in hun aardse gedaante net als Alex dingen konden scannen en met zijn zilveren en lavendelkleurige licht verraadde mijn aura precies wat ik was: half engel en half mens.

Sophie grimaste en streek een sliert bruin haar uit haar gezicht. 'Helaas is dat een variabele die we niet geheel onder controle hebben', zei ze. 'We hebben wel ons best gedaan: onze contactpersoon zal morgen aankondigen dat je gedood bent en hopelijk zullen ze niet meer naar je op zoek zijn.'

Ik slikte moeizaam en probeerde me voor te stellen hoe Alex hierop zou reageren. 'Oké', zei ik uiteindelijk. 'En dan?'

'De poort moet om klokslag zes uur opengaan', vervolgde Nate. 'De energie die daarvoor nodig is komt van de andere kant. Om plus minus twee voor zes komen de afgezanten uit de verschillende staten in een rij door deze deur binnen.' Hij wees de plek aan op de plattegrond.

'Jij bent Wisconsin', zei Sophie. Ze stond op, liep naar een kast en haalde er een zilverblauw gewaad met een kap uit. 'We wisten niet of we je zouden vinden, maar voor alle zekerheid hebben we er een in jouw maat laten maken. Wil je hem proberen?' Ze hield het kledingstuk voor me op.

Bij de gedachte dat het gewaad al was gemaakt en in een kast in Colorado klaar had gehangen kreeg ik kippenvel. Ik beet op mijn onderlip en ging naar Sophie om het van haar aan te nemen. Het wiegde zacht heen en weer op de stoffen hanger. Toen ik het aantrok viel de zijdeachtige gladde stof ritselend langs mijn lichaam omlaag.

Sophie deed een stap naar achter en bekeek het resultaat met toegeknepen ogen. 'Niet slecht, als je bedenkt dat ik de maten heb moeten gokken. Iets te lang, maar met hakken waarschijnlijk net goed.'

Ik keek langs het kledingstuk omlaag. Het had lange mouwen en een hoge hals; mijn lichaam was volledig bedekt. Ik streek met mijn handen over de voorkant; het voelde afschuwelijk, als een kostuum dat ik nooit meer zou kunnen uittrekken. Er ging een huivering langs mijn ruggengraat toen ik bedacht hoe waar dat was. Ik zou er waarschijnlijk in sterven.

'De kap hebben we er op het laatste moment aan toegevoegd', zei Nate, 'toen onze handlanger bij de Kerk met het plan akkoord ging. Daarmee zal niemand je herkennen.'

'We zullen wel je haar naar achter moeten binden', vulde Sophie aan. 'Ik heb haarspelden bij me.'

'Dat is goed', zei ik. Ik wilde me zo snel mogelijk van het gewaad bevrijden en begon het over mijn hoofd uit te trekken.

'Wacht even', zei Nate. 'Laten we eerst de angelica testen.'

Hij opende de aktetas en haalde de grijze steen eruit.

'Ja, kijk.' Sophie stak haar hand in mijn linkermouw en liet me een verborgen zakje met een elastiek zien. Nate overhandigde haar de angelica en ze stopte de steen in het zakje. Ik voelde het gewicht ervan tegen mijn arm drukken.

'Loop eens een eindje om te kijken hoe het eruitziet', zei Sophie.

Ik haatte het, hartgrondig. Maar ik was akkoord gegaan; ik was hier uit vrije wil en nu had ik een klus te klaren. Ik haalde diep adem en liep door de kamer heen en weer. Het gewaad zwierde om mijn enkels.

'Mooi', constateerde Sophie. 'De mouw is zo wijd dat je niets van de angelica ziet.'

'Oké. Het plan is dat jij samen met de andere afgezanten even voor zessen naar binnen gaat', zei Nate. Hij zat met één voet nog op de grond op de rugleuning van de bank. 'Er is vanavond een generale repetitie, maar daar ga jij niet naartoe; we kunnen het risico niet lopen dat je wordt herkend. Wat er gaat gebeuren is echter heel simpel: de afgezanten komen in een lange rij binnen, gaan met hun gezicht naar de wand staan en knielen.'

Sophie knikte. 'Op dat moment wordt het grote televisiescherm achter jullie uitgeschakeld', zei ze. 'Officieel omdat niemand het scherm kan zien als de engelen voorbij vliegen, maar de echte reden is dat we willen voorkomen dat het publiek je gezicht ziet.'

Verdwaasd schudde ik zacht mijn hoofd; ze leken overal aan te hebben gedacht. 'En... wat gebeurt er dan?' vroeg ik uiteindelijk.

Sophies stem klonk zakelijk, bijna afgemeten. 'Wanneer jij samen met de anderen knielt bevind je je in het midden;

recht voor de plek waar de poort opengaat. Alle afgezanten hebben hun handen gevouwen, dus tijdens het knielen haal je de angelica uit het zakje en neem je hem tussen je handen.' Ze deed het voor.

'Dan hou je de lucht voor je in de gaten', zei Nate. 'Zodra je een rimpeling ziet, kom je in actie. Dan laat je je engel tevoorschijn komen, maakt contact met de angelica en rent naar voren. De afstand tot de poort is zes meter en je hebt maar een paar seconden de tijd.'

Het duizelde me. Dit was echt; het ging echt gebeuren.

'Misschien – misschien moet ik eerst oefenen om contact te maken met de steen', opperde ik zwakjes terwijl ik met mijn hand naar het zakje in mijn mouw ging.

'Ja, dat wilden we je voorstellen', zei Sophie. 'Probeer ook of je hem uit het zakje krijgt en tussen je handen kunt verbergen.'

Het was lastiger dan ik had gedacht. Keer op keer ging het mis en mijn vingers frunnikten onhandig aan het elastiek, maar uiteindelijk lukte het me om mijn linkerhand in één soepele beweging in de mouw omhoog te steken en de angelica te pakken te krijgen. Toen het vijf keer achter elkaar goed was gegaan stopte ik.

'Oké, nu doe je alsof je de rimpeling ziet', zei Nate. Hij zat op de bank met zijn ellebogen op zijn knieën en keek me aan. 'Klaar om contact te maken met de steen?'

Ik knikte. Ik sloot mijn ogen en ging op zoek naar mijn engel. Deze keer was ze er meteen, alsof ze me opwachtte. Binnen enkele seconden was ik met haar versmolten en steeg ik met gespreide vleugels boven mezelf op. Ik werd me bewust van de steen in mijn mensenhanden: hij straalde een zilverachtig licht uit dat zinderde van het leven. Ik raakte hem met mijn engelenhand aan en in een woordloze groet beroerde ik zijn energie met de mijne.

Toen onze energieën contact maakten begon de angelica te kloppen. Ik voelde de beweging tussen mijn handen, als een levend hart.

'En op dat moment ren je naar voren', zei Nate knikkend. 'Mooi zo, Willow.'

In mijn engelengedaante zweefde ik omlaag, vouwde mijn vleugels en versmolt langzaam met mijn menselijke gedaante. Weer alleen keek ik naar de steen en draaide hem in mijn handen rond. Hij zag er zo gewoon uit, bijna als een stuk graniet.

Met dit verschil dat deze steen een muur tussen twee werelden kon vernietigen.

Huiverend stak ik hem terug in het zakje. 'Ik eh, ga maar eens in mijn eentje oefenen en dan naar bed', zei ik. Het was bijna zes uur. 'Is dat mijn slaapkamer?'

Nate knikte. 'Ik slaap vannacht op de slaapbank; Sophie heeft een appartement verderop in de gang.'

'Wil je echt niets eten?' vroeg Sophie. 'We kunnen iets laten komen.'

Ik schudde mijn hoofd. Plotseling verlangde ik er wanhopig naar om alleen te zijn. 'Nee, dank je.'

'Willow, je hebt de hele dag vrijwel niks gegeten.'

'Ik heb echt geen honger.'

'Neem dan in ieder geval een sandwich mee', drong ze aan. Ze liep naar het keukentje en haalde het bord met sandwiches uit de koelkast. Ze legde een sandwich met rosbief op een schoteltje en hield het me voor. 'Alsjeblieft?'

Ik nam het zuchtend van haar aan. Wat maakte het uit of ik iets at?

'Oké', zei ik, 'slaap lekker.'

De slaapkamer was klein en doelmatig ingericht. Ik oefende nog even totdat ik de steen binnen een paar tellen te pakken had. Opgelucht trok ik het gewaad uit en hing het over een stoel. Toen ik mijn joggingbroek en T-shirt had aangetrokken werd de zelfbeheersing die ik had weten op te brengen weer weggevaagd door de herinneringen. De vorige keer dat ik dit aantrok, kroop ik naast Alex in bed.

Met de sandwich onaangeroerd op het nachtkastje ging ik in bed liggen en sloeg mijn armen krampachtig om het kussen heen. Zou hij nog in de hut zijn, nu hij niet meer hoefde te vluchten? Of zou hij in zijn eentje naar Mexico zijn gegaan? Terwijl de tranen achter mijn ogen prikten staarde ik in de duisternis. Het voelde zo verkeerd, zo onnatuurlijk om niet te weten waar Alex was. Ik verlangde zo naar zijn aanwezigheid naast me dat het was alsof een deel van me was weggerukt. O god, de blik in zijn ogen toen hij zei dat ik weg moest...

Bewegingloos lag ik op mijn zij met de hanger in mijn hand terwijl de tranen over mijn wangen biggelden en het kussen onder mijn wang steeds natter werd. Ik wilde niet sterven. Ik wilde leven, bij Alex zijn, nog veel meer samen meemaken. Maar op dat moment huilde ik om Alex; om alles wat hij had doorgemaakt, al die dierbaren die hij was kwijtgeraakt – en nu overkwam het hem weer, met mij. Bij de gedachte was het alsof ik vanbinnen werd verscheurd; het was nog erger dan als ik dacht aan wat er morgen zou gebeuren. Heimelijk hoopte ik dat hij me echt zou haten – misschien hielp het, misschien deed het dan minder pijn.

Maar bovenal huilde ik om ons beiden... dat het uiteindelijk toch niet voor altijd zou zijn.

De volgende dag kroop voorbij. Ik oefende nog wat. We keken televisie zonder dat we veel zeiden. We lunchten. We hielden alle drie de klok in de gaten, denk ik. Het plan was dat we om kwart voor vijf naar het particuliere vliegveld zouden vertrekken om vandaar met de helikopter naar de kathedraal van de Engelenkerk te gaan. Onze contactpersoon zou me via de achterdeur binnenlaten en me vlak voordat de afgezanten het podium op gingen aan de rij toevoegen. Er was al aangekondigd dat de afgezant van Wisconsin verlaat was, dus hopelijk kreeg niemand argwaan.

Nu het tijdstip naderbij kwam wilde ik alleen nog maar dat het achter de rug was, wat 'het' ook was. Ik zat met opgetrokken knieën op de bank en staarde wezenloos naar de televisie. Sophie zat gespannen in de leunstoel te roken en zo te zien keek ze net zo min als ik naar de show. Nate was in het keukentje koffie aan het zetten. Plotseling verscheen de kathedraal van de Engelenkerk met het imposante koepeldak op het scherm. Met bonzend hart kwam ik langzaam overeind. Op de parkeerplaats voor de kathedraal stond een verslaggever met bruin haar dat stijf stond van de haarlak.

'De engelen komen naar Denver! Honderdduizenden volgelingen stromen momenteel samen in de hoofdstad van Colorado om aanwezig te zijn bij wat volgens hen de tweede keer is dat er engelen naar onze wereld komen...'

We keken alle drie doodstil toe. In het keukentje was Nate de koffie vergeten en zijn hand hing roerloos in de lucht. De camera zwenkte naar de massa mensen voor de kathedraal. Stomverbaasd staarde ik naar het beeld. Het waren er duizenden! Sommigen droegen engelenvleugels, anderen borden met *Lof zij de engelen!* en *Engelen, we houden van jullie!*

De verslaggever keek indringend in de lens en vervolgde: 'Hoewel niemand het kan verklaren heeft het engelenfenomeen zich in de afgelopen twee jaar over het hele land verspreid en is de Engelenkerk de snelst groeiende religie ooit. De volgelingen wijzen elke beschuldiging van de hand dat het om een sekte zou gaan... volgens hen is de verklaring eenvoudig. Om ware liefde te kennen, moet je de engelen leren kennen.'

Er kwam een vrouw met stralende ogen in beeld. 'Ik heb tweehonderd dollar betaald om er vandaag bij te kunnen zijn en dat vind ik een koopje... de engelen hebben mijn leven gered. Dat er meer engelen komen om de mensen te helpen, het is gewoon een droom.'

Weer een ander beeld: lange, stilstaande files op de snelwegen, als glinsterende metalen slangen. De stem van de verslaggever zei: *'Ordinaire zwendel of goddelijke interventie? Wat de waarheid ook is, met zo veel belangstelling zitten de wegen rond Denver momenteel potdicht – dus als u niet zelf over vleugels beschikt, is het misschien beter om dit jaar met Halloween thuis te blijven!'*

Het nieuws ging over op een ander onderwerp en Sophie wierp me een zijdelingse blik toe. 'Daarom nemen we de helikopter', zei ze. 'Het wordt een gekkenhuis.'

'Ja', mompelde ik terwijl ik nog steeds naar het scherm staarde. 'Zijn jullie erbij?' vroeg ik plotseling. 'Op... op het moment zelf, bedoel ik.'

Er viel een korte stilte. 'Ik wel', antwoordde Nate. 'Je zult me niet zien, maar ik verberg me tussen het publiek, vlak bij de poort. Als het niet volgens plan verloopt, kan ik misschien helpen.'

Het gaf me een iets beter gevoel. Ik keek naar Sophie. Zonder mijn blik te beantwoorden leunde ze naar voren om de as af te tippen. Ze schraapte haar keel. 'En ik eh… ga als we je hebben afgezet met de helikopter naar een veilige plek.'

'O', zei ik vlak.

Ze wierp me een verontschuldigende blik toe. 'Willow, ik weet zeker dat je het begrijpt. Nate en ik zijn de enige twee agenten die over zijn van Operatie Engel. We kunnen het niet riskeren dat ons allebei iets overkomt.'

Ik knikte. Ik voelde me eenzamer dan ooit. Ze had helemaal gelijk, natuurlijk. Het was volkomen logisch. Ik opende mijn mond om te vragen hoe Nate en ik dan zouden wegkomen, als zij de helikopter nam… en sloot hem weer toen het tot me doordrong. Alex had gelijk gehad. We zouden niet wegkomen en ze wisten het. Als de poort me niet zou doden, dan zouden de mensen van de Engelenkerk het wel doen. Als de poort eenmaal dicht was, zou Nate toch niet lang in leven blijven; daarom bleef hij om te helpen. Maar als de twee engelen van de kathedraal hem te pakken kregen, zou het ook met hem snel afgelopen zijn. Ze gingen ervan uit dat we geen van tweeën langer dan een paar uur in leven zouden blijven.

Ik had het al geweten; waarom maakte dit het zo veel werkelijker? Zwijgend sloeg ik mijn armen om me heen. Nate zette koffie voor Sophie en mij neer en ging weer zitten. Op de televisie ging de spelshow over in een soap, en toen in het middagnieuws. Mijn koffie stond nog onaangeroerd voor me. Uiteindelijk keek Nate op zijn horloge. 'We moeten ons klaarmaken.'

Sophie en ik gingen de badkamer in, waar ze mijn haar stevig opbond. 'Je hebt prachtig haar', zei ze terwijl ze er aan de zijkanten haarspelden in schoof.

Nee, ik vind het heerlijk; het is zo zacht. Terwijl ik in de spiegel naar mezelf keek hoorde ik Alex' stem en ik voelde zijn hand weer door mijn haar op zijn borst gaan. Ik kon geen woord uitbrengen.

Toen Sophie klaar was voelde mijn hoofd strak en raar aan. We gingen de zitkamer in, waar ze verschillende zwarte schoenen met een sleehak tevoorschijn haalde die ze die ochtend had gekocht. Eén paar paste precies.

'Passen ze?' vroeg ze terwijl ze naar de schoenen keek.

'Ja.'

'Wil je een panty?'

Ik schudde mijn hoofd. Ik begon me vervreemd te voelen, als in een droom, als een geest van mezelf. Tegelijkertijd ging mijn hart zo tekeer dat het me verbaasde dat het niet uit mijn borstkas sprong. De vreemdste details vielen me op: het schilderij aan de muur hing scheef, er zat lippenstift op het koffiekopje van Sophie, Nates dikke grijze trui had een gaatje bij de manchet.

'Oké, het is zover', zei Nate uiteindelijk.

Ik pakte mijn tas op. 'Oké.' Hoe was het mogelijk dat ik zo normaal klonk?

Sophie pakte het gewaad en hing het over haar arm. De plooien glansden zilverachtig blauw. 'We trekken je deze in de helikopter aan', zei ze. Met haar andere hand pakte ze de aktetas met de angelica.

Nate legde zijn hand op mijn rug toen we het appartement verlieten. We liepen de gang door. Het was alsof mijn benen van iemand anders waren en me zonder dat ik er iets over te zeggen had voortbewogen. Ik sloot mijn ogen en ging bij mezelf naar binnen, waar ik mijn engel vond. Ik voelde haar stralende, liefdevolle aanwezigheid en zag de schittering van haar helderwitte vleugels. Terwijl er een golf verdriet door me heen ging drukte ik mijn tas dichter tegen me aan. Ik had nauwelijks kennisgemaakt met dit deel van mezelf – en nu was het te laat.

Toen we instapten was het precies kwart voor vijf. Over iets meer dan een uur zou ik voor de poort neerknielen. Ik ging met mijn hand naar mijn sweater en streek over de kristallen hanger die eronder verscholen lag, tegen mijn huid. Ik hou van je, Alex, dacht ik. Het spijt me, het spijt me zo.

Ik huilde niet toen we wegreden.

Het was alsof ik nooit meer zou huilen.

18

Het duurde uren voordat Alex de Sierra Nevada met zijn kronkelige bergwegen en haarspeldbochten uit was. Elke minuut die voorbijging voelde als een uur te veel en het bloed klopte in zijn slapen. Toch onderdrukte hij met grimmige vastberadenheid de drang om het gaspedaal in te drukken en de bochten met honderd mijl per uur te nemen. Hij moest zorgen dat hij op zijn bestemming aankwam in plaats van op de bodem van een ravijn te eindigen. Hij hield het stuur in zijn handen geklemd en reed zo hard als hij durfde. Eindelijk was hij bij de snelweg en opgelucht dat hij nu vaart kon maken trapte hij het gaspedaal diep in.

Hij reed twintig uur lang aan één stuk door en stopte alleen twee keer om te tanken. Toen hij zijn gezicht in de spiegel van de mannen-wc zag herkende hij zichzelf nauwelijks. In zijn ogen lag een donkere, gekwelde blik. Voordat het goed en wel tot hem doordrong was hij alweer de wc uit, terug naar de terreinwagen. Terwijl hij Nevada doorkruiste en daarna Utah maakte de avond plaats voor de nacht, en vervolgens voor de dageraad. Uiteindelijk reed hij Colorado in en langzaam, heel langzaam voelde Alex de ziekmakende spanning uit zijn lichaam verdwijnen totdat er nog maar een klein knoopje in zijn maag van over was. Hij moest de Rocky's nog over, maar het zou moeten lukken; hij zou ruim op tijd zijn.

Een halfuur nadat hij de Rocky's in was gereden kreeg hij een lekke band.

Alex stopte op de vluchtstrook, stapte uit en keek vol ongeloof naar de voorband. Hij keek achterin, maar de ruimte waar een reserveband had moeten liggen was leeg. Nee! Gefrustreerd smeet hij de klep dicht. De verleiding om gewoon op de velg door te rijden was bijna onweerstaanbaar. Hij haalde diep adem en probeerde zichzelf te kalmeren. Oké. Geen paniek. Hij zou het alsnog halen, hij had tijd genoeg.

Even later kwam er een vrachtwagen aan. Alex ging snel langs de weg staan en zwaaide met zijn armen. Een moment lang dacht hij dat de chauffeur zou doorrijden, maar toen minderde de vrachtwagen vaart en een paar honderd meter verderop kwam hij langs de weg tot stilstand.

Alex holde ernaartoe. De chauffeur had zijn raampje opengedraaid en met zijn elleboog op de rand keek hij achterom.

'Hi, ik heb een lekke band en mijn telefoon doet het niet', hijgde Alex gejaagd. 'Kunt u misschien een garage voor me bellen?'

De chauffeur was een zwaargebouwde kerel met helblauwe ogen die Alex aan Cully deden denken. Hij keek naar de terreinwagen. 'Het zal niet meevallen om er hier een te vinden die op zondag open is', zei hij. 'Maar ik kan je wel een lift geven. Een mijl of tien verderop is een restaurant, daar kun je bellen.'

Zondag. Hij was vergeten dat het zondag was. Alex slikte en keek ook achterom naar de auto, die naar een kant overhelde

en duidelijk onbruikbaar was. 'Ja – ja graag', zei hij haastig.
Het restaurant was hel verlicht en de ingeblikte muziek deed
pijn aan zijn hoofd. Het kostte Alex bijna een uur aan de
muntjestelefoon om iemand te vinden die wilde komen, en
nog eens twee uur stijf van de spanning wachten totdat hij er
eindelijk was. Toen de band uiteindelijk was verwisseld en
Alex weer achter het stuur zat gaf het digitale klokje 2.46 uur
aan. Over iets meer dan een uur zou de dienst van de
Engelenkerk beginnen; en over iets meer dan drie uur zou
Willow proberen de poort te vernietigen. De gedachte deed
zijn maag krimpen; hij moest de Rocky's nog over. Ik zal het
halen, zei hij grimmig tegen zichzelf terwijl hij de weg weer
op reed en het gaspedaal diep intrapte. Ik zal het halen, ook
al kost het me mijn leven.

Niet veel later reed hij diep in de bergen over een kronkelende
snelweg. Hij kende de weg; hij was vaker naar Colorado
gereden. Alex blies zijn adem uit – hij zou rond halfvijf in
Denver zijn, hij was ruim op tijd.

Maar toen kwam het verkeer tot stilstand.

Het gebeurde zo'n twintig mijl voor Denver. In het afgelopen
uur was het langzaam maar zeker drukker geworden op de
snelweg en hij had vaart moeten minderen. Met zijn handen
gespannen op het stuur keek hij steeds op het klokje in een
poging zichzelf gerust te stellen – hij kon nog op tijd zijn,
ondanks het verkeer.

Het verkeer ging steeds langzamer, totdat hij aan alle kanten
was ingesloten door auto's, die allemaal met niet meer dan
vijf mijl per uur voortkropen. Toen kwam het verkeer volledig
tot stilstand. Terwijl de minuten verstreken staarde Alex met
bonzend hart naar de onbeweeglijke auto's. Tien minuten.
Een kwartier, zonder enige beweging. Wat was er aan de

hand? En toen viel het kwartje, alsof hij een plens ijswater in zijn gezicht kreeg.

Iedereen ging naar de Engelenkerk. Tienduizenden auto's, allemaal in precies dezelfde richting als hij.

Hij stapte uit en klom op het dak van de terreinwagen. Het bloed stolde in zijn aderen. Hij stond op een kleine heuvel en voor hem strekte zich een mijlenlange sliert stilstaande auto's uit die glinsterde in de zon. In de verte zag hij mensen naast de geopende portieren staan, alsof ze er al uren stonden. Hij was nog meer dan vijftien mijl van zijn doel verwijderd en het was kwart over vier.

Hij ging het niet redden. Willow zou in haar eentje sterven, in de veronderstelling dat hij haar haatte.

Nee. Nee.

Hij sprong van het dak af en rukte het portier aan de bijrijderskant open. Hij griste zijn pistool uit het handschoenenvak, stak het onder zijn T-shirt weg en begon te rennen.

Hij was zich vaag bewust van de auto's en de mensen die aan de rand van zijn gezichtsveld voorbijflitsten. Hij hield zijn blik op de weg gericht en zijn voeten daalden ritmisch op het wegdek neer. Op de sportschool haalde hij bijna acht mijl per uur. Hier was het een stuk lastiger; dit was een heuvelachtige weg en de berglucht was ijler. Het maakte niet uit. Alex klemde zijn kaken op elkaar en dwong zichzelf nog harder te rennen. Na een paar mijl trok hij zijn jasje uit en gooide het in de berm.

Hij verloor alle gevoel van tijd. Hij was zich alleen nog bewust van zijn voeten op het eindeloze beton en zijn wild kloppende hart. Toen hij bij een heuveltop kwam zag hij twee motoren op het gras langs de weg staan. Er stonden een man en een vrouw naast, die zo te zien even hadden gerust en nu hun helm weer opzetten. De rijen auto's op de weg stonden er nog net zo onbeweeglijk bij.

Het tweetal bleef met hun helm halverwege hun hoofd staan en keek verbaasd naar Alex, die op hen af kwam hollen.

Hijgend liet hij zijn handen op zijn dijen rusten, terwijl het zweet van zijn gezicht droop. 'Hoe – hoe laat is het?' vroeg hij.

De man droeg zijn lange bruine haar in een paardenstaart en in zijn baard zaten vlechtjes. Hij haalde een mobiele telefoon uit de zak van zijn spijkerbroek en wierp er vanachter zijn zonnebril een blik op. 'Zevenentwintig over vijf', zei hij.

Alex' hart kromp ineen. 'Hoe – hoe ver nog naar de Engelenkerk?'

De man trok een gezicht. 'Ben je d'r zo eentje? Geen idee. Een mijl of vijf, zes?'

Het bloed bonkte tegen zijn slapen. Een halfuur. Over een halfuur zou Willow misschien sterven en hij zou te laat zijn; hij zou er niet voor haar zijn.

'Hier', zei de vrouw en ze overhandigde hem een fles water. Ze was klein en had een rond gezicht en lang zwart haar. Ze keek hem bezorgd aan. 'Zo te zien kun je wel wat water gebruiken.'

Met trillende handen nam hij de fles aan en klokte de halve inhoud naar binnen. Hij ging met zijn handrug langs zijn mond en gaf haar de fles terug. 'Ik móét voor zes uur in de kathedraal zijn', zei hij. 'Kunnen jullie me een lift geven?'

De man schudde grijnzend zijn hoofd. 'Sorry, we gaan naar Colorado Springs; we gaan er de volgende afrit af. Ik kan je wel een tip geven: die engelen komen niet echt, dus je hoeft je ook niet te haasten.'

'Nee!' Alex deed – tevergeefs – zijn uiterste best om kalm te blijven. 'Het gaat om mijn vriendin, ik moet naar haar toe; ze is in gevaar. Alstublieft, ik móét erheen. Het is op leven en dood, ik meen het.'

De grijns verdween van het gezicht van de man. 'Ik wou dat we je konden helpen, maat, maar –'

'Hoe bedoel je, op leven en dood?' onderbrak de vrouw hem met opengesperde ogen.

O, Jezus. Willow kon elk moment sterven en hij stond hier met die mensen te práten? 'Ik kan het niet uitleggen', antwoordde hij gespannen. 'Ik moet er gewoon naartoe.' Hij wierp een blik op hun motoren; de een was een vintage Harley, de ander een oude Honda Shadow. 'Kan ik uw motor kopen?' gooide hij eruit.

De wenkbrauwen van de man schoten boven zijn zonnebril uit. 'Je maakt een geintje.'

Alex had veel zin om hem een klap te verkopen. 'Nee, ik meen het. Ik geef je een rug voor de Honda, cash. Alsjeblieft, verkoop hem aan me.' Hij zou dan nog maar een paar honderd dollar overhebben, maar het maakte hem niet uit. Als Willow stierf, wilde hij toch niet meer leven.

De vrouw keek hem met open mond aan. Langzaam sloot ze haar mond en keek naar haar vriend, die zijn schouders ophaalde. 'Je wilde toch een nieuwe kopen', zei hij tegen haar.

Ze schudde haar hoofd. 'Ja, maar ik heb er maar achthonderd voor betaald en dat was twee jaar geleden –'

'Geweldig, dan maak je nu winst.' Alex trok zijn portefeuille, haalde er het bedrag uit en stak haar de biljetten toe.

Ze staarde naar het geld. Uiteindelijk nam ze het aan en stopte het in het leren zakje dat om haar nek hing. 'Nou, oké dan.' Ze lachte verbaasd en haalde haar schouders op. 'Hier, die kun je er maar beter bij nemen.' Ze overhandigde hem de blauwe helm die ze even eerder had willen opzetten.

'Ik neem aan dat je kunt motorrijden?' zei de man terwijl de vrouw haar spullen uit de zijtassen haalde.

Alex gespte de helm vast en knikte terwijl hij op de motor ging zitten. Het was al weer een paar jaar geleden, maar Juan had in het kamp een motor gehad en Jake en hij hadden er om beurten op mogen rijden. De vrouw overhandigde hem de sleuteltjes. 'Hier', zei ze. 'En succes. Ik hoop dat je op tijd bij je vriendin bent.'

'Ja, ik ook', mompelde Alex. Hij startte de motor, gaf een paar dotten gas en manoeuvreerde de motor tussen de auto's door naar het midden van de snelweg, waar ruimte tussen de rijen was. Toen zette hij hem in zijn versnelling en gaf gas. Zelfs met de auto's en de uitgestapte passagiers waar hij voor moest uitwijken ging het veel sneller dan hardlopen en opgelucht haalde hij adem – ondanks de angst dat hij nog steeds te laat zou komen. De laatste paar mijl zigzagde hij snel tussen het stilstaande verkeer door. Het was niet moeilijk om de kathedraal te vinden, want er stonden enorme borden langs de weg. Hij nam de afslag en hing schuin in de bocht. De auto's die hij nu passeerde waren leeg, zag hij vanuit een ooghoek; de aanhangers hadden het blijkbaar opgegeven en besloten te gaan lopen.

Uiteindelijk kwam hij op een heuveltop vanwaar hij de kathedraal onder hem zag liggen. Het immense koepeldak glinsterde goud in de middagzon. Een enkele blik was voldoende om te beseffen dat hij niet door de voordeuren binnen zou komen. Er stonden tienduizenden, misschien wel honderdduizenden mensen voor het gebouw; de trappen, het grasveld en de parkeerplaats van de kathedraal waren volledig bedekt met een donker, ondoordringbaar tapijt van mensen. Ze zaten zelfs op de daken van de auto's te kijken en te wachten. Toen Alex even stilhield om het tafereel in zich op te nemen hoorde hij een koor zingen; hun stemmen klonken door de luidsprekers die buiten waren opgehangen. Er móést een manier zijn om binnen te komen. Alex dwong zichzelf kalm te blijven. Hij liet zijn blik over de kathedraal dwalen, die als op een ansichtkaart onder hem lag. Plotseling veerde hij op toen hij een zwarte helikopter zag die achter het gebouw opsteeg en in oostelijke richting verdween. Hij leek als twee druppels water op de helikopter waar Willow gister mee was afgevoerd. Natuurlijk – er was een achteringang. Daar moest Willow naar binnen zijn gegaan. Toen hij goed keek zag hij een weg naar de achterkant van de kathedraal lopen; de ingang moest daar in de buurt zijn.

Links van hem was een groot grasveld dat aan het kerkterrein grensde en volstond met geparkeerde auto's. In het midden was een doorgang vrijgelaten. Als hij geluk had, kwam hij zo op de weg uit. Enkele seconden later scheurde Alex tussen de auto's door, terwijl kluiten aarde achter de motor de lucht in vlogen en in zijn hoofd steeds dezelfde woorden weerklonken: *Als ik zo maar bij haar kom, alsjeblieft, als ik maar op tijd kom.*

Om precies twintig voor zes landde de helikopter achter de kathedraal. Nate en Sophie liepen samen met me naar een dienstingang, een grijze deur aan de achterkant van het gebouw. De zijdeachtige stof van het gewaad knisperde rond mijn enkels en de angelica hing zwaar in mijn mouw. De kap lag over mijn hoofd alsof ik een monnik was, zodat alleen mijn gezicht te zien was. Alles leek zo stil. Toen we aan waren komen vliegen had ik de enorme menigte voor de kathedraal gezien, om nog maar te zwijgen over de ellenlange files op de snelweg. Maar hier was het alsof er een soort stilte over alles heen lag, ondanks het versterkte geluid van de dienst die binnen aan de gang was.

Misschien bestond de stilte alleen in mij. Onder het lopen staarde ik naar mijn voeten, naar het glimmende zwart van mijn nieuwe schoenen, en dacht aan de spijkerbroek met opgerolde pijpen onder het gewaad. In mijn zak voelde ik de foto van mezelf bij de wilg. Ik had hem niet in mijn tas willen laten zitten, die in de helikopter lag – Sophie had gezegd dat ze hem voor me zou bewaren. Ik wist dat ik hem nooit meer zou zien. Ik voelde me afstandelijk, maar ik wist dat als ik te veel ging nadenken, alles als een kaartenhuis zou instorten. Het was alsof ik heel voorzichtig met mezelf moest zijn, alsof ik een lege eierschaal was die elk moment kon breken.

Naast de deur stond een bewaker in een bruin uniform.

'Hallo, hier is de afgezant van Wisconsin', zei Sophie glimlachend. 'Kunnen we Jona Fisk spreken? Hij verwacht ons.'

De man zei kort iets in zijn walkietalkie en even later verscheen er een jongeman met krullend donker haar bij de deur. Ik keek hem enigszins verbaasd aan; ik weet niet wat ik had verwacht, maar dit niet. Jona was begin twintig en zijn bruine ogen stonden bezorgd. Hij droeg een grijs pak en zijn das was van dezelfde zilverachtig blauwe stof als mijn gewaad.

'Eh – mooi, Wisconsin, dat je het hebt gehaald.' Hij likte zenuwachtig langs zijn lippen. Vanaf een plek buiten mezelf moest ik bijna lachen om hoe slecht hij loog. De beveiligingsman leek niets te merken; hij stond met een verveelde uitdrukking op zijn gezicht tegen de muur geleund.

Jona gebaarde dat we binnen moesten komen en even later liepen we met ons vieren door een lange, stille gang waarvan zowel de vloer, de muren als het plafond glimmend wit waren. Hij liet ons halverwege de gang een lege kamer in gaan en sloot de deur achter zich. 'Dus jij bent Willow', zei hij terwijl hij me aankeek.

Ik knikte. Mijn keel was te droog om te antwoorden.

'Is alles klaar?' vroeg Nate.

Jona keek me nog steeds aan alsof hij zijn ogen niet kon geloven. Hij schudde zijn hoofd licht en wendde zich tot Nate. 'Ik hoop het. Ik heb in ieder geval mijn best gedaan.'

'Zijn ze nog naar haar op zoek?' vroeg Sophie angstig.

'Nee, ik denk het niet. Raziël geloofde het bericht over haar dood. Eh – jouw dood', voegde hij er ongemakkelijk aan toe terwijl hij me aankeek.

Ik wist een glimlachje tevoorschijn te toveren. Nog even en het is waar, dacht ik in stilte.

Sophie zuchtte. 'Godzijdank. Dat is tenminste iets.' Ze keek op haar horloge. 'Goed, dan ga ik maar.' Ze draaide zich naar me om en legde een hand op mijn arm. Ze zag eruit alsof ze in gewetensnood verkeerde. 'Veel succes, Willow. En wat er ook gebeurt, dank je wel. Dat klinkt nogal zwak, maar...' Haar stem stierf weg.

Ik probeerde het haar niet kwalijk te nemen dat ze vertrok.

'Ik – ik zal mijn best doen', zei ik. 'Heus.'

'Dat weten we.' Plotseling omhelsde ze me. Ze rook naar parfum en sigarettenrook. Ze draaide zich om naar Nate. 'Jij ook veel succes', zei ze terwijl ze hem een hand gaf. 'Het was een eer om met je te werken.'

'Insgelijks', zei Nate met een flauwe glimlach. Hij boog zich naar haar over en gaf haar een zoen op haar wang. Ik wendde mijn gezicht af vanwege de onherroepelijkheid die in hun afscheid doorklonk.

Toen Sophie weg was keek Nate ook op zijn horloge. 'Ik ga naar mijn plek – we hebben niet veel tijd meer.' Hij keek me even aan en ik zag hoe verschrikkelijk graag hij wilde dat ik zou slagen. 'Ik doe alles om je te helpen', zei hij uiteindelijk. 'Succes, Willow. En bedankt dat je het wilt proberen, ongeacht het resultaat.'

'Dank je', zei ik. Het was niet echt de juiste reactie, maar op dat moment wist ik niks beters te zeggen. Nate kneep me in mijn schouder en liep naar de deur, die hij achter zich sloot.

'Ik eh... zal je dan maar naar de andere afgezanten brengen', zei Jona met een bleek gezicht terwijl hij zenuwachtig met een hand door zijn krullen ging. 'Hij heeft gelijk, we hebben niet veel tijd meer. En voordat ik het vergeet, je naam is straks Carrie Singer, oké? Over een paar minuten als jullie in de rij staan controleer ik of iedereen er is. Onthoud goed dat jij dat bent.'

'Dat zal ik doen', zei ik. Tot mijn verrassing klonk mijn stem bijna normaal. Achter een stel dubbele deuren hoorde ik het geluid aanzwellen; een gedempt gedreun dat door de kathedraal echode. Het duurde even voordat het tot me doordrong dat het het koor was. Ik slikte en ging met een hand naar de angelica, om me ervan te vergewissen dat hij er nog was.

'Eh – deze kant uit', zei Jona en hij legde een hand op mijn arm. Bij zijn aanraking ging er een koude golf van angst door me heen; ik kon niet zeggen of het mijn angst of die van hem was. Hij leidde me een andere, kortere gang in. 'Ze zijn allemaal hier', zei hij zacht toen we voor een deur bleven staan. 'Hou je hoofd maar een beetje omlaag; ik weet zeker dat ze allemaal je foto hebben gezien.'

Ik knikte en boog mijn hoofd. De kap viel gehoorzaam naar voren. We gingen de kamer in, waar het opgewonden gekwetter van meisjes ons tegemoet kwam. Het enige wat ik vanonder mijn kap kon zien was het wervelende zilverachtige blauw van de gewaden. Jona schraapte zijn keel en zei luid: 'Het is bijna tijd, meisjes – willen jullie weer net als gister-avond in de rij gaan staan?'

Onmiddellijk verstomde het gekwetter en de kamer vulde zich met gespannen verwachting. Er klonk geritsel van gewaden toen de meisjes een lange rij vormden. Ik bleef in mijn eentje staan; ik was te bang om op te kijken en ik wist toch niet waar ik heen moest. Gelukkig nam Jona me weer bij mijn arm. 'Oké, Wisconsin, jij gaat in het midden... zo.' Hij begeleidde me naar de rij en twee meisjes gingen iets opzij om plaats voor me te maken. Toen ik eenmaal op mijn plaats stond voelde het opeens alsof de minuten voorbij raasden, me in sneltreinvaart naar het moment voerden waarop het ging gebeuren – wat het ook was. Mijn handen waren ijskoud.

Jona liep langs de rij en vinkte de namen op zijn klembord af. Hij was bijna halverwege.

'Jessie King?'

'Ja.'

'Latitia Ellis?'

'Ja.'

'Carrie Singer?'

Het duurde een paar tellen voordat ik het me herinnerde. 'Ja', zei ik.

Jona vinkte mijn naam af en liep zonder me aan te kijken door. 'Kate Gefter?'

'Ja.'

Het gedreun van namen en antwoorden ging voort. Verstijfd stond ik in de rij. Vanbinnen voelde ik de eierschaal trillen en zijn best doen om niet te breken. We stonden met ons gezicht naar een muur waar een poster op hing met *De Engelen redden u!* Ik keek er gespannen naar en probeerde elk detail van de engel op de poster in mijn geheugen te prenten.

'Susan Bousso?'

'Ja. Tenminste – ik ben Beth Hartley, maar ik neem Susans plaats in.'

De angst golfde door me heen. Was Beth hier? Ondanks mezelf wierp ik een blik langs de rij; ze stond maar vier meisjes bij me vandaan. Haar gezicht onder de kap zag er moe uit, maar was nog even knap als altijd. Met een bonkend hart keek ik snel weer voor me, voor het geval ze mijn kant op zou kijken.

Jona bleef als aan de grond genageld staan. Ik voelde zijn verwarring en zijn angst. 'Beth', herhaalde hij.

Ze knikte. 'Susan was ziek, dus hebben ze mij gevraagd om te gaan. Ze zouden het u laten weten. Is het oké? Ik had het gister al willen vragen, maar toen kwam het er niet van.'

Zo helder alsof ík het dacht voelde ik Jona zich paniekerig afvragen hoe hij de opstelling kon veranderen zodat Beth verder bij me vandaan stond. 'Nee, eh... het is in orde. Fijn dat je er bent', zei hij uiteindelijk.

Hij ging de rij verder langs. Een paar minuten later zei hij: 'Oké, meisjes, dat was het.' Zelfs vanuit mijn ooghoek zag ik dat hij wit was weggetrokken. Hij liep naar de deur. 'We gaan.'

Hij ging ons voor door een korte gang. Als verdoofd zag ik de dubbele deuren dichterbij komen. Dit was het. Dit was het echt. Jona liet het voorste meisje vlak voor de deuren stilhouden. Achter haar strekte onze lange rij van zilverblauwe gewaden zich uit. Jona keek op zijn horloge. 'Het is tijd', zei hij. 'Dat de engelen jullie mogen zegenen – allemaal.'

Met een zwaai opende hij een van de deuren en de meisjes stroomden de kathedraal in. Mijn knieën knikten, maar ik negeerde het en ging samen met de rest naar binnen. Ik voelde de indrukwekkende stilte van het publiek, de torenhoge verwachting en hunkering die van hen uitging. Bij de deur kruisten onze blikken elkaar. Hij keek me gespannen aan. Angst. Hij hoopte dat het zou werken, anders was het ook voor hem afgelopen.

De gedachte flitste door me heen en toen was Jona achter me en ging ik met de rest van de afgezanten de kathedraal in, via de schemerige zijkant naar het deel dat dienstdeed als podium en waar het licht zo schel was dat het publiek niet meer was te zien; alleen een diepe, verwachtingsvolle duisternis aan mijn rechterkant. Onze voetstappen werden versterkt door de microfoons en echoden als een hartslag om ons heen. Ik was me scherp bewust van mijn omgeving: het gevleugelde spreekgestoelte voor me met de witharige priester, naast hem een donkerharige man en een wulpse vrouw met kastanjebruin haar. De twee engelen, besefte ik. Raziël en Laila. Op het levensgrote scherm dat zich tot aan het plafond uitstrekte verschenen de grote gebrandschilderde ramen met de engelen waar het licht van de ondergaande zon doorheen viel. En helemaal vooraan bevond zich over de hele breedte een lege ruimte met aan weerszijden een gigantisch bloemstuk.

De poort.

Mijn hart ging tekeer en mijn hoofd werd leeg. Zwijgend hielden de andere meisjes en ik stil voor de poort. Ik stak mijn hand in mijn mouw en raakte de angelica aan. De meisjes bewogen zich en ik volgde hun bewegingen. Draaien. De steen pakken en knielen. Handen vouwen.

Met de angelica tussen mijn handen knielde ik samen met de anderen neer en wachtte gespannen op de rimpeling die in de lucht zou verschijnen – het signaal dat de poort zich opende. Diep vanbinnen was de eierschaal gebarsten. Een intens, schrijnend verdriet en een flits van allesverblindende angst. Ik wilde niet dood. Nog niet, niet op deze manier; ik was te jong. Het was alsof er zich een ijskoude afgrond in me opende. Ik zat nog steeds geknield, licht trillend, en probeerde er geen aandacht aan te besteden en me op de poort te concentreren. Niet denken. Je bent hier niet om te denken. Je bent hier om te doen.

Terwijl ik samen met de anderen geknield wachtte, liep Raziël met zijn handen op zijn rug voor de poort heen en weer. Ik ving een glimp op van zijn gezicht en ondanks mijn angst werd ik afgeleid door de vage herinnering die het bij me opriep. Waar had ik dat gezicht eerder gezien? Toen draaide hij zich om en liep weer de andere kant uit – en zag ik hem recht van voren.

Er ging een schokgolf door me heen. Het knappe gezicht van de donkerharige engel was hetzelfde als dat ik in een ver verleden in mijn moeders herinnering had gezien.

Het was mijn vader.

Ik kon het niet tegenhouden: mijn hoofd schoot omhoog en ik gaapte hem aan. Nee. Concentreer je. Het bloed klopte in mijn slapen. Met uiterste krachtinspanning scheurde ik mijn blik van hem los en richtte mijn aandacht weer op de muur.

Op hetzelfde moment werd ik me bewust van een beweging van een paar meisjes verderop; een zijdelingse, gefronste blik. Toen een snelle inademing en ogen die zich opensperden.

'O, gezegende engelen', hoorde ik Beth fluisteren. 'Dat is... dat is Willow.'

Er klonk geschuifel in de rij toen de meisjes naast haar eerst naar haar keken en toen naar mij. Ik bleef stijf geknield zitten en keek strak voor me uit.

'Dat is Willow', herhaalde Beth, nu met luide stem. Haar stem ging over in een paniekerig geschreeuw en werd toen opgepikt door de geluidsinstallatie. 'Doe iets! Dat is Willow Fields! Ze is hier, ze is hier, hou haar tegen!'

O mijn god, o mijn god. Ik bleef trillend zitten, niet in staat me te bewegen. Ik was me er vaag van bewust dat Raziël met een verschrikte frons naar ons toe kwam lopen en dat de meisjes om me heen me met open mond aanstaarden. Plotseling zag ik een lichte werveling in de lucht, alsof iemand met een hand door het water roerde. Niet denken, maar doen, nu!

Ik maakte contact met mijn engel, kwam struikelend overeind en stortte me naar voren. Ik steeg op uit mezelf. Ik vloog, ik rende. Op mijn vleugels zweefde ik omlaag en streek met mijn energie langs die van de angelica. Ik voelde de steen in mijn handen beginnen te kloppen.

Ongeveer halverwege het grasveld hadden de mensen hun auto ook op de toegangsweg geparkeerd, waardoor Alex vaart moest minderen. Gefrustreerd laveerde hij tussen de auto's door. Eindelijk was hij het veld over en zoals hij had gehoopt kwam hij uit bij de weg, die aan de andere kant van de brede greppel liep. Binnen enkele seconden was hij de greppel over en scheurde hij de weg op. Zijn achterwiel slipte licht toen hij overhellend de bocht nam. De Engelenkerk lag recht voor hem. Van hieruit leek het immense bouwwerk nog steeds op het sportcomplex dat het ooit was geweest: een eenvoudig gebouw waarvan de gebogen gevel als een massieve witte muur uit het landschap oprees. Toen hij dichterbij kwam zag hij aan het eind van de weg een kleine parkeerplaats naast de dienstingang.

Alex liet de motor slippend tot stilstand komen en zette hem snel op de standaard. Hij rukte zijn helm af, smeet hem op het zadel en rende naar de deur. Er stond een bewaker in een bruin uniform, maar Alex zag hem nauwelijks. Hij greep de deurklink beet, tilde hem op en wierp zich met zijn volle gewicht tegen de deur.

'Hé!' riep de man, terwijl hij Alex bij zijn arm greep toen de deur openging. 'Je mag daar niet naar binnen!'

Alex rukte zich los en dook naar binnen. Hij stond in een lange, glanzend witte gang. Hij had nog maar een paar passen gezet toen de bewaker hem weer bij zijn arm pakte. 'Naar buiten, meneer', hijgde de man. 'Dit is verboden toegang.'

Het enige waar Alex oog voor had waren de dubbele deuren aan het eind van de lange gang. Daar was Willow, hij wist het zeker. Hij kreeg een waas voor zijn ogen; hij duwde de man van zich af en hoorde hem verschrikt naar adem happen toen hij tegen de muur aan viel. Toen rende hij de gang weer in, zijn voetstappen echoënd op de glimmende vloer.

Op het moment dat hij bij de deuren kwam hoorde hij paniekerige kreten, die door de geluidsinstallatie van de kathedraal werden versterkt:

'*Doe iets! Dat is Willow Fields! Ze is hier, ze is hier, hou haar tegen!*'

Ik was bijna bij de poort, waar de lucht voor me als een draaikolk bewoog, toen ik mijn engel boven me voelde terugdeinzen. Er was een andere engel onder haar opgedoken, die de verbinding met de angelica ruw verbrak. Het kloppen van de steen in mijn hand stopte, als een stervend hart. Nee! Wanhopig bleef ik staan en keek omhoog.

Het was Raziël. Mijn vader.

Ik was me vaag bewust dat iemand schreeuwde: 'Laat me los!' en van Jona's stem die riep: 'Geen paniek! Iedereen naar achter, niet bij de wand komen, de engelen hebben alles onder controle!' In mijn engelengedaante dook ik met wild fladderende vleugels alle kanten uit om Raziël te ontwijken, om langs hem heen te komen en de steen weer te kunnen aanraken. Telkens versperde hij me de weg met zijn krachtige, oogverblindend witte vleugels. Ik zag de rimpelingen van de poort groter worden. Hij kon nu elk moment opengaan.

'Dit zal je niet lukken', siste Raziël. Onze ogen ontmoetten elkaar kortstondig. De zijne sperden zich verrast open en ik begreep dat hij het gezicht van mijn moeder in het mijne had herkend. Hij aarzelde een fractie van een seconde – en toen verscheen er nog een engel, die op hem afdook en hem van opzij aanviel. Nate. Met een woedende kreet draaide Raziël zich naar hem om.

De twee engelen vochten met woest slaande vleugels. Op hetzelfde moment barstte er boven me een helderwit licht los. Er was geen tijd om erover na te denken wat het was; in mijn engelengedaante dook ik omlaag en raakte de steen in mijn mensenhanden aan. Hij kwam weer tot leven en ik overbrugde de laatste paar meters.

Achter me hoorde ik Jona nog steeds paniekerig roepen. Er klonk gebonk en mensen schreeuwden: 'Hou haar tegen! Hou ze alle twee tegen, hij staat aan haar kant!' Voor me begon de poort zich in een spiraalbeweging te openen, als de sluiter van een ouderwetse camera. Ik ving een glimp op van de duizenden engelen die klaarstonden om over te steken – glanzend, wit, prachtig.

Ik viel op mijn knieën neer en stak de pulserende steen in de opening. De muur van energie verhief zich als een golf en begon kolkend en kronkelend met zichzelf te vechten. Ik slaakte een kreet van pijn toen hij beukend op me neerkwam. In het geweld kon ik nog nauwelijks mijn eigen hand zien. Terwijl de poort met veel moeite probeerde open te gaan schudde en schokte de muur, waardoor de engelen steeds even uit het zicht verdwenen. Er klonk een diep rommelend geluid, een vibratie. Luid krakend kwam plotseling de vloer onder me omhoog. Ik gilde en dook opzij. De vloer kwam opnieuw omhoog en de angelica in mijn hand begon te verbrokkelen. Achter me kwam iets met donderend geraas neer. Mijn hemel, de muur rukte me aan flarden; ik voelde het. Ik klemde mijn kaken op elkaar en probeerde vol te houden. In de verte leek iemand mijn naam te roepen – en toen, met een oorverdovende knal, explodeerde de hele boel. Ik tuimelde door de lucht en viel neer. Pijn, hevige pijn. Ik probeerde het uit te schreeuwen, maar kon het niet.

Toen alles langzaam vervaagde dacht ik: Alex.

19

Toen Alex de kathedraal in was gerend had hij een meisje in een blauw gewaad dat Willow moest zijn naar voren zien hollen terwijl een ander meisje iets schreeuwde. Hij stormde het podium op; zijn enige gedachte was dat hij naast haar moest staan wanneer ze de poort bereikte, om zijn armen om haar heen te slaan en haar vast te houden zodat ze niet alleen zou sterven. Hij was zich vaag bewust van de commotie om hem heen – twee vechtende mannen, van wie de een de ander tegenhield, en een groepje gillende meisjes in gewaden.

Voordat hij bij het verlichte deel was, bleef Willow opeens staan en ze keek omhoog. Engelen. Alex bleef ook abrupt staan. Hij trok zijn pistool met de geluiddemper en ging razendsnel door zijn chakra's omhoog. Er kwamen drie engelen in beeld: die van Willow, die een mannelijke engel probeerde te ontwijken, en boven hen een vrouwelijke engel met een hard, prachtig gezicht, die recht op Willows fysieke lichaam afdook. Alex liet zich op een knie vallen, richtte en schoot. Ze loste in een regen van lichtspetters op.

De menigte riep Willows naam en de mensen bonkten op de kunststof muur in hun poging om hem neer te halen. Toen

Alex het verlichte deel bereikte verscheen Nate in zijn engelengedaante en met krachtige vleugelslagen viel hij de eerste engel aan. Op dat moment dook Willows engel op haar fysieke lichaam af en holde Willow de laatste paar meter naar voren. Toen ze bij de poort was stak ze haar hand erin. De energie kolkte en schokte wild – Alex ving een glimp op van de engelen die klaarstonden om over te steken. De vloer bij de poort kwam omhoog en Willow werd weg-geslingerd. Hij rende op haar af en verloor bijna zijn evenwicht toen de vloer opnieuw omhoog kwam. Hij herstelde zich en rende door.

'Willow!' schreeuwde hij.

Met een oorverdovende klap ging de poort open; een verblindende lichtflits en toen kwam er een golf energie vrij. Alex slaakte een kreet en sloeg zijn arm voor zijn ogen. Een verward beeld: de twee engelen die omlaag tuimelden en Willow, die opzij werd geblazen. Er klonk een knarsend, kreunend geluid, gevolgd door een regen van stof en steen toen een deel van het dak instortte en op slechts een paar meter afstand van de bij elkaar weggekropen in gewaden gehulde meisjes neerkwam. Gegil. De lampen sputterden en gingen uit. Het voorste deel van de kathedraal was opeens in schaduwen gehuld; alleen het licht van de ondergaande zon dat door de gebrandschilderde ramen viel verlichtte de banken. Op dat moment zweefden er horden engelen met glanzende aureolen en vleugels de kerk in. Achter hen was door de geopende poort nog net een glimp te zien van de ondergaande zon in hun eigen wereld. Er rees een muur van geluid op in de kathedraal toen de menigte begon te juichen. De mensen op de eerste rijen dansten op en neer, en zonder nog enige aandacht aan Willow te besteden staarden ze met opgeheven hoofd naar de engelenstroom boven hen.

Het was allemaal binnen enkele tellen gebeurd. Willow.

Waar was Willow? Alex' bewustzijn bevond zich nog steeds boven zijn kruinchakra en in de plotselinge schemering kon hij de aura's van de mensen duidelijk zien. Terwijl iedereen opgewonden omhoog keek pulseerden de gekleurde energievelden krachtig. Gehaast liet hij zijn blik over het voorste deel van de kathedraal dwalen, met groeiende angst toen hij Willows aura nergens zag.

En toen zag hij het – een zwakke zilver- en lavendelkleurige beweging in de hoek, een heel eind bij de anderen vandaan. Alex holde struikelend in de schemering over de oneffen vloer. Eindelijk had hij haar gevonden. Ze lag op haar rug, met haar hoofd opzij. Geëmotioneerd liet hij zich op zijn knieën vallen en nam haar in zijn armen. 'Willow! Willow, ga niet dood – alsjeblieft, alsjeblieft, alsjeblieft –'

Haar hoofd viel naar achter. Ze lag bewegingloos in zijn armen en haar zwakke aura werd steeds zwakker. Alex keek naar haar zo vertrouwde gezicht en zijn hart begaf het bijna. Nee. O god, nee.

Met een krachteloze rimpeling verscheen Willows engel boven haar; zo bleek en spookachtig dat Alex haar ternauwernood kon onderscheiden. Met een smekende blik gebaarde ze naar Willow en toen naar Alex... en verdween weer. Wat had ze hem willen zeggen? Alex slikte moeizaam en keek naar het meisje dat in zijn armen lag. Willows aura was bijna uitgedoofd, een nauwelijks zichtbare lichtflikkering. Alex aarzelde... en zonder precies te weten waarom, legde hij zijn hand over haar hart en sloot zijn ogen. Neem alsjeblieft mijn kracht, dacht hij. Neem alles maar... als je maar blijft leven. Als jij maar blijft leven...

Wanhopig probeerde Alex zich voor te stellen hoe zijn kracht en zijn liefde voor Willow in haar vloeiden, haar hielpen, haar vonden op de plek waar ze nu naartoe ging en haar terughaalden. Hij wist niet hoeveel tijd er verstreek – nog steeds hoorde hij de engelen overvliegen en de menigte juichen. Willows lichaam in zijn armen bewoog nog altijd niet. Uiteindelijk, verstijfd van angst voor wat hij zou zien, opende Alex zijn ogen.

Willows aura was verdwenen.

Het was alsof er een dolk in zijn hart werd gestoken. Hij hapte naar adem. 'Nee! Alsjeblieft niet...' Hij klemde haar tegen zich aan en drukte zijn gezicht tegen haar schouder, haar zachte huid, haar geurige haar. Alex begon te trillen. Hij was te laat gekomen. Ze was moederziel alleen gestorven zonder zelfs maar te weten dat hij er was. Hij zoende haar roerloze lippen en drong zijn tranen terug. 'Het spijt me', fluisterde hij terwijl hij haar nog warme gezicht streelde. 'O, Willow, het spijt me zo...'

Alex was zich vaag bewust van een dof, doods gevoel dat zich van zijn spieren meester maakte en hem zo uitputte dat hij Willow nog slechts met moeite in zijn armen kon houden. Hij voelde een korte, felle pijn, alsof er iets uit hem werd losgescheurd. Duizelig vroeg hij zich af of een engel zijn levensenergie had weggerukt, want hij voelde zijn energie wegstromen, als water door een afvoer. Met Willows roerloze lichaam in zijn armen ervoer hij bij die gedachte een flauwe opluchting.

Een lichtflikkering boven hem: een zwak zilver- met lavendelpaars licht vermengde zich met een levendig blauw met gouden licht.

Verward keek Alex omhoog naar de lichten die zich boven

hem en Willow als twee rookpluimen naar elkaar toe bewogen. Het zilveren licht was nauwelijks zichtbaar. Terwijl hij toekeek wikkelde het blauwe licht zich eromheen en streelde het zacht. Langzaam nam de helderheid van het blauw met gouden licht af en gloeide het zilver met lavendelblauwe licht op. Alex had de indruk dat de energie van het ene naar het andere aura stroomde.

Na een tijdje glansde het zilveren licht standvastig en lichtten de lavendelblauwe accenten op. Alex' aura maakt zich weer los; het zag er verzwakt uit, maar het herstelde zich alweer. Hij voelde zijn levenskracht in golven terugkeren. Het zilverpaarse aura wikkelde zich weer zacht rond Willow, waar het met de seconde helderder ging stralen.

Terwijl Alex naar haar lichaam in zijn armen keek laaide zijn hoop fel op. Voorzichtig ging hij weer met een hand naar haar wang. Hij durfde nauwelijks adem te halen. 'Willow?'

Eerst gebeurde er niets... en toen gingen haar groene ogen langzaam open. Ze keek hem verdwaasd aan.

'Alex?' fluisterde ze. 'Ben jij dat echt?'

De vreugde die hij voelde was zo intens dat het bijna pijn deed. Gek van opluchting wiegde hij haar in zijn armen. 'Ik ben het, lieverd', zei hij schor met zijn lippen tegen de hare gedrukt. 'Ik ben het.'

Ze sloeg zwakjes haar armen om zijn nek en drukte haar gezicht snikkend tegen zijn schouder. 'Alex... je bent er, je bent er echt...'

Hij kwam iets overeind en streek haar haar naar achter. In het schemerige licht keek hij haar onderzoekend aan. 'Gaat het?'

Ze slikte en knikte toen. 'Ik geloof van wel. Ik ben alleen heel moe...'

Alex werd overspoeld door dankbaarheid. Hij pakte haar weer stevig beet en zoende haar haar, haar wang. 'Het spijt me', fluisterde hij. 'Ik hou van je. Ik meende het niet – ik meende er geen woord van –'

Haar armen spanden zich rond zijn nek en hij voelde haar lippen tegen zijn huid bewegen toen ze sprak. 'Ik weet het, Alex... ik weet het, ik hou ook van jou...'

Hij koesterde zich in de warmte van haar levende lichaam in zijn armen, toen hij met een schok besefte dat ze hier zo snel mogelijk weg moesten. Hij keek over zijn schouder. Er kwamen nog steeds engelen de poort uit zweven; ze vormden een gevleugelde rivier die over de kerkbanken heen door de massieve deuren aan de andere kant van de kathedraal naar buiten stroomde.

Het gejuich van de menigte klonk iets onregelmatiger, maar hield nog steeds aan. Nate had gezegd dat het ongeveer twintig minuten zou duren voordat alle engelen er waren. Hoeveel tijd zou er zijn verstreken?

Hij zoende Willow snel op haar lippen. 'Ik hou van je', zei hij weer. 'Kom, we moeten opschieten.' Hij nam haar in zijn armen en kwam overeind. Gelukkig lag het podium nog in de schaduw, bedacht hij koortsig. Zo snel als de oneffen vloer maar toeliet liep hij naar de dubbele deuren waardoor hij binnen was gekomen.

Toen ze vlak bij de deuren waren voelde hij Willow tegen zijn schouder verstrakken. 'Alex, een engel!'

Hij draaide zich abrupt om. Een van de engelen die hij eerder had zien vechten kwam met gespreide vleugels en een boosaardige uitdrukking op zijn prachtige gezicht op hen af. In één beweging pakte Alex zijn pistool en zette Willow op de grond neer, waar hij haar met een arm ondersteunde. De engel landde en er ging een donkere rimpeling door hem heen toen hij zijn menselijke gedaante aannam: een knappe, slanke man met een bleke huid en ravenzwart haar. Hij stond ongeveer drie meter bij hen vandaan en keek naar Willow. 'De halfengel en haar moordenaar', zei hij met een diepe, kille stem die probleemloos boven de herrie uit kwam. 'En blijkbaar was ik de dader. Miranda, was het niet?' Alex verstijfde toen hij het Britse accent hoorde. Dit was de engel die opdracht had gegeven om Willow te doden. Hij voelde Willow naar adem happen en plotseling herinnerde hij zich dat haar moeder Miranda heette.

Hij was het. Willows vader.

'Spreek haar naam niet uit', zei Willow zwakjes terwijl ze de engel aanstaarde. 'Je hebt het recht niet...'

'Dat moet ik helaas met je oneens zijn', zei de engel. 'Maar is dit geen historisch moment? De eerste halfengel in de geschiedenis... hoe heb ik dat voor elkaar gekregen, vraag je je af.' Hij keek Willow indringend aan. Achter hem, nu ongeveer een halve lengte van de kathedraal van hen verwijderd, hield de schitterende stroom nieuwe engelen nog steeds aan.

Alex drukte Willow dicht tegen zich aan en hield zijn pistool op de engel gericht. 'Ik dacht dat je de klap niet had over- leefd', zei hij ruw.

'Dat zou jou wel goed zijn uitgekomen, hè?' zei de engel spottend. 'Maar nee, dat was de verrader. Ik was alleen een beetje verdoofd.' Hij kneep zijn ogen samen en deed een stap naar voren.

'Achteruit, of je krijgt spijt', zei Alex.

De engel trok zijn bovenlip op. 'Dat denk ik niet. Het is tijd dat jullie beiden sterven, zoals van het begin af aan de bedoeling was.' Hij nam zijn engelengedaante weer aan en kwam met gespreide vleugels op hen af.

Alex schoot. De engel dook op het laatste moment weg. Zijn vleugels sneden door de lucht en de kogel raakte de buitenste rand van zijn aura. Zijn blauwwitte energie rimpelde, aarzelde. De engel kronkelde toen de sidderingen door hem heen gingen en hij sloeg wild met zijn vleugels als een reuzenvogel die verstrikt zat in een net. Voordat Alex een tweede keer kon schieten stortte hij in zijn menselijke gedaante op de grond neer, waar hij roerloos bleef liggen.

Willow keek naar het lichaam; ze leek elk moment te kunnen instorten. 'Alex, hij... dat was...'

'Stil maar, ik weet het', zei hij terwijl hij haar weer in zijn armen nam. Ze liet haar hoofd tegen zijn schouder rusten en sloeg haar armen om zijn nek.

Alex wenste vluchtig dat het schepsel echt een mens was; hij zou er waarschijnlijk weinig moeite mee hebben om het lichaam met kogels te doorzeven. Maar het had geen zin; de enige manier om een engel te doden was om hem door zijn aura te schieten. Maar deze zou voorlopig even uitgeschakeld zijn. Hij keek nog een keer achterom naar de engelenstroom en liep toen snel met Willow in zijn armen naar de deuren. Nog een paar minuten en ze zouden hier weg zijn.

Een paar minuten, meer hadden ze niet nodig.

Toen de Tweede Golf engelen door de poort de kathedraal in stroomde, had Jona als aan de grond genageld naar boven staan kijken. Het was mislukt. Na al hun plannen, na alle risico's die hij had genomen... Hij had alles op het spel gezet en de engelen waren toch gekomen. Het ene na het andere schitterende gezicht flitste voorbij en binnen afzienbare tijd zouden ze allemaal honger hebben, en zich gaan voeden.

Jona huiverde en voelde zich duizelig van angst. Zijn wang gloeide waar de priester hem had geraakt.

Achter in de kathedraal brandde nog licht; het voorste deel, waar hij stond, was in schaduw gehuld. Jona kon nog net de priester onderscheiden, die een paar meter bij hem vandaan luid klappend en met een gelukzalige glimlach naar de engelenstroom keek. De afgezanten sprongen juichend op en neer. Beth en een ander meisje hadden hun armen om elkaars schouder geslagen en hun gezichten straalden. De menigte achter hen had de pogingen om de wand neer te halen gestaakt; de mensen gooiden hoeden in de lucht, smeekten de engelen luidkeels om hun zegen, lachten en juichten...

Jona wist niet hoe lang hij verdwaasd naar boven had staan staren, zich afvragend wat hij moest doen. Toen zag hij vanuit zijn ooghoek een lichtflits. Hij draaide zich om en zag een donkerharige jongen met in zijn armen een meisje door de dubbele deuren verdwijnen.

Verbluft herkende hij het meisje. Willow. Leefde ze nog? Met een schok drong het tot hem door dat hij zich ook uit de voeten moest maken. Raziël zou nu wel weten dat Jona hem had verraden – niet alleen had hij gelogen over Willows dood, maar de engel had ook vast gezien dat hij tegen de menigte had staan roepen en dat hij de priester die Willow wilde tegenhouden had vastgepakt. Jona had Raziël tijdens alle commotie zien verdwijnen; waarschijnlijk had hij zijn engelengedaante aangenomen.

Wat zou hij met Jona doen als hij terugkeerde? En wat zouden de leden van de Kerk doen als alles voorbij was? Paniekerig begon hij door de duisternis te rennen,

struikelend over de oneffen vloer. Vlak bij de wand zag hij
een beveiligingsman die omhoog staarde en hij veranderde
snel van richting. Toen hij eindelijk bij de dubbele deuren
kwam bleef hij met een ruk staan en hapte naar adem. Met
grote ogen keek hij naar de donkere gestalte in de schaduw:
het was Raziël, die bewegingloos in zijn menselijke gedaante
op de grond lag. Er ging een golf van angst door hem heen,
gevolgd door een wee gevoel van opluchting. Was Raziël echt
dood? Hij kon het niet zeggen, maar hij ging hem ook niet
aanraken om het zeker te weten. Behoedzaam liep hij om het
lichaam heen en rende het laatste stukje naar de uitgang.
Hij duwde de deuren open; de lampen in de gang maakten
een brommend geluid en flakkerden. Degene die Willow
droeg was al halverwege de lange gang en zou weldra
verdwenen zijn. Jona rende hem achterna; opeens wilde hij
wanhopig graag weten hoe het met het meisje ging. Vlak
voordat ze bij de buitendeur waren had hij hen ingehaald.
'Hé –' begon hij, maar hij zweeg geschrokken toen de
donkerharige jongen zich omdraaide en een pistool op Jona
richtte, terwijl hij met één arm Willow tegen zijn borst aan
drukte.
'Ik raad je af om ons tegen te houden', zei hij met dreigende
stem.
Jona voelde het bloed uit zijn gezicht wegtrekken. 'Nee,
sorry, ik eh... wilde alleen –' Verdwaasd zag hij dat de jongen
een stuk jonger was dan hij – en tegelijkertijd besefte hij dat
leeftijd hier niet telde: de jongen was ouder dan Jona ooit zou
zijn.
Willow had haar armen om zijn nek geslagen en haar hoofd
rustte tegen zijn schouder. Toen ze hun stemmen hoorde,
opende ze vermoeid haar ogen. Haar blik kruiste die van

Jona. 'Alex, hij heeft geholpen', zei ze zacht.

Alex? Jona gaapte hem aan. Natuurlijk, het was de moordenaar. Hij was hier.

Bij Willows woorden leek Alex zich iets te ontspannen. Hij liet zijn wapen zakken en Jona blies zijn adem uit. 'Jij bent de contactpersoon', constateerde Alex.

Jona knikte. 'En jij, eh... de moordenaar.'

Alex reageerde niet. Zijn ogen schoten naar de lange gang achter Jona. 'Maak je ook maar uit de voeten; als dit voorbij is, zullen ze je doden.' Hij nam Willow weer in beide armen, glipte door de deur naar buiten en was verdwenen.

Jona keek zenuwachtig achterom. In de verte hoorde hij de menigte nog steeds juichen, maar hoelang nog? Hij duwde de buitendeur open en stapte het wegstervende zonlicht in.

Willow en Alex stonden aan de rand van de parkeerplaats bij een motor. Alex had zojuist Willow geholpen haar zilverblauwe gewaad uit te trekken. Jona zag dat hij het op de grond liet vallen. Hij leek haar iets te vragen; Willow knikte terwijl ze naar de motor keek. Plotseling boog Alex zich naar voren, nam Willows gezicht tussen zijn handen en zoende haar.

Jona wendde zijn hoofd af om hun dit intieme moment te gunnen. Toen hij weer keek hielp Alex Willow een helm op te zetten, waarna de jongen snel op de motor ging zitten.

Willow ging achter hem zitten en sloeg haar armen om zijn borst. Met een schok herinnerde Jona zich iets.

'Wacht!' riep hij terwijl hij naar hen toe holde. Alex, die de motor al liet razen, keek achterom.

'Raziël', zei Jona hijgend toen hij bij hen was. 'Is hij dood?'

'De engel?' Alex schudde zijn hoofd. 'Nee, alleen buiten westen. Hij zal een paar dagen zijn uitgeschakeld, maar hij overleeft het wel. Jammer genoeg.'

Willow keek hem bleek en uitgeput aan. 'Bedankt voor je hulp, Jona', zei ze zacht. 'Ik... ik hoop...' Haar stem stierf weg.

'Ja', mompelde Jona. Het had hem verward om Willow te zien – in zijn fantasieën was ze een soort supermens geweest. In het echt was ze zo klein, en zo doodsbenauwd en toch beheerst, dat hij zich schaamde voor zijn eigen angst. Hij slikte en keek naar de deur achter zich. 'Eh... wat gaan jullie nu doen?' Hij bedoelde: 'Wat moet ik nu doen?' maar hij kreeg de woorden niet uit zijn mond.

Alex haalde een gespierde schouder op. Jona voelde zijn ongeduld om te vertrekken. 'Hier wegwezen lijkt me geen slecht idee. En jij, heb je een auto?'

Jona knikte. 'Op de personeelsparkeerplaats, om de hoek.' Er gleed een vreugdeloze glimlach over Alex' vermoeide gezicht. 'Dan zou ik hem maar gebruiken', zei hij. 'Ik denk niet dat je nog voor de engelen werkt.'

'Wees voorzichtig, Jona', zei Willow zwakjes. Toen zette Alex de motor in zijn versnelling en gingen ze er bulderend vandoor. Jona keek hen na totdat ze uit het zicht waren verdwenen en hij de motor zelfs niet meer kon horen. Hij hoorde helemaal niets meer; ook het gejuich was verstomd.

Jona ging met zijn tong langs zijn lippen en bleef verstijfd van angst staan. Hier had hij niet op gerekend; hij had gedacht dat hij samen met alle anderen die in de buurt van de poort hadden gestaan zou omkomen, en om eerlijk te zijn had hij dat liever gehad. Hij vroeg zich af hoe zijn leven er zou uitzien nu het beroofd was van het enige wat er glans en schoonheid aan had gegeven: het bestaan van engelen, die waren gekomen om de mensheid te helpen. Als hij een greintje moed in zijn donder had, zou hij weer naar binnen gaan en zich uitleveren aan de menigte, bedacht hij ongelukkig. Maar hij had geen moed; dat was altijd al zijn probleem geweest.

Toen kwam er langzaam een herinnering bij hem boven: zijn engel, de eerste die hij ooit had gezien, die in een luister van vleugels en licht op de campus op hem af was gekomen. *Vrees niet. Ik ben gekomen om je iets te geven.* Ze had hem geholpen, dat had hij zich niet verbeeld. Dankzij haar had hij de moed gehad om zijn hele leven om te gooien. Als hij zich daaraan kon vasthouden... dan zou hij nu misschien ook de moed hebben om door te leven.

Jona keek nog een keer angstig achterom en ging er toen als een haas vandoor naar de personeelsparkeerplaats.

De weg voerde hen weer terug naar de snelweg, waar nog steeds een lange file stond, die nu stapvoets voortkroop. In hun richting, weg van de kathedraal, was nauwelijks verkeer. Alex zette koers naar het zuiden. De avond viel en hij deed het licht aan. De wind rukte aan zijn haar en zijn T-shirt. Van tijd tot tijd legde hij een hand op Willows arm die rond zijn borst lag, gewoon om te voelen dat ze er echt was.

Het liefst had hij de kathedraal zo snel mogelijk duizend mijl achter zich gelaten, maar vannacht ging hen dat niet lukken. De vermoeidheid dreigde zich meester van hem te maken; als een donkere onderstroom klotste ze tegen zijn schedel. Hij reed zo lang door als hij aandurfde en stopte bij het stadje Trinidad in de Sangre de Cristobergen in het zuiden van Colorado. Hij reed de parkeerplaats op van het eerste het beste hotel en zette de motor in zijn vrij. Met stijve spieren van de koude berglucht hielp hij Willow afstappen. Toen ze haar helm had afgezet viel het licht van de straatlantaarns op haar bleke gezicht. Haar holle ogen verraadden dat ze minstens zo moe was als hij.

Maar wat was ze mooi.

Een moment lang bleven ze op de parkeerplaats naar elkaar kijken en dronken ze elkaars gezicht in. Nooit zou hij genoeg krijgen van gewoon naar Willow kijken, dacht Alex, ook al werden ze honderd jaar oud. Achter hen verhieven zich de donkere contouren van de bergen en op de stille, nachtelijke weg reed een auto voorbij. Hij raakte haar gezicht aan; ze legde haar hand op de zijne en wreef met haar wang langs zijn handpalm. Hij boog zijn hoofd en zoende haar langzaam. Hij voelde haar zachte lippen, de warmte van haar lichaam. Ze leefde. Hij was haar niet kwijt, wonder boven wonder. Willow sloeg met een zucht haar armen om zijn middel en drukte haar lichaam tegen het zijne. Alex liet zijn wang op haar hoofd rusten en streelde haar rug.

Met zijn arm om haar schouder gingen ze naar binnen. Willow, die uitgeput tegen zijn borst aan hing, viel bijna in slaap terwijl hij incheckte. Zelf moest hij ook moeite doen om wakker te blijven. Halverwege hun kamer zakte Willow in elkaar en hij droeg haar het laatste stukje. Met Willow in zijn armen stak hij de sleutel in het slot, ging de kamer in en duwde de deur met zijn rug dicht. Met zijn schouder deed hij het licht aan.

Alex legde Willow op bed neer en ging naast haar liggen. Ze kroop tegen hem aan; hij plooide zijn lichaam om het hare en drukte haar nog dichter tegen zich aan. Hij had niet in slaap willen vallen – het licht brandde nog en ze hadden al hun kleren nog aan – maar toen hij zijn ogen weer opende voelde het alsof er uren waren verstreken. Hij dwong zichzelf op te staan, waarna hij voorzichtig de haarspelden uit Willows haar haalde zodat het los over haar schouders viel. Ze knipperde slaapdronken met haar ogen. Hij hielp haar haar schoenen en haar sweater uittrekken, en haar spijkerbroek. Vervolgens trok hij zijn eigen spijkerbroek en zijn T-shirt uit, deed het licht uit en legde de dekens over hen heen.

Willow kroop weer tegen hem aan. Hij ging met zijn vingers door het zachte haar dat op haar rug lag. Binnen een paar tellen sliep ze weer; Alex voelde haar warme, regelmatige ademhaling tegen zijn borst. Hij zoende haar hoofd en sloeg zijn armen stevig om haar heen. Vlak voordat hij zelf weer in slaap viel zag hij in een flits de duizenden engelen die de kathedraal in waren gestroomd, maar op dat moment leek het heel ver weg, bijna onbelangrijk. Het enige wat ertoe deed was dat hij met Willow in zijn armen in bed lag, hun blote benen verstrengeld.

Het was het enige wat hij de rest van zijn leven nog wilde.

Ik werd wakker in een zacht bed en hoorde Alex' stem. Langzaam opende ik mijn ogen. We waren in een hotelkamer. Het was er schemerig vanwege de gesloten gordijnen. Alex zat op de rand van het bed te telefoneren. Ik keek naar de krachtige lijnen van zijn rug en de vreugde die ik voelde was zo groot dat ik er geen woorden voor had. Het was geen droom geweest; hij was echt gekomen. We waren echt weer samen.

Toen het gesprek was beëindigd gleed hij weer onder de dekens, sloeg zijn armen om me heen en trok me tegen zich aan. 'Je bent wakker', mompelde hij met zijn lippen tegen mijn slaap.

Ik knikte en nestelde me in zijn armen. 'Wie was dat?' fluisterde ik tegen zijn schouder.

'Ik heb de kamer voor nog een nacht geboekt', zei hij terwijl hij over mijn armen wreef. Hij lag met gesloten ogen op zijn kussen. 'Ik wil vandaag geen voet verzetten; ik wil alleen maar met jou in mijn armen blijven liggen.'

We dommelden samen in. Toen we weer wakker werden was het rond het middaguur en het zonlicht dat door de kieren naar binnen scheen was helder en krachtig.

We bleven een hele tijd in bed liggen praten en vertelden elkaar wat er was gebeurd nadat we uit elkaar waren gegaan. Ik beschreef als eerste wat er was gebeurd en Alex verstrakte toen ik vertelde dat Sophie was weggegaan. 'Zo, ze laat jou achter en zit nu zelf op een veilige plek.'

Ik zuchtte. 'Ik begrijp het geloof ik wel... Het werd me alleen wel duidelijk hoezeer ze ervan uitgingen dat ik het niet zou overleven.' En Nate hád het ook niet overleefd. Ik huiverde toen ik me Raziëls spottende woorden herinnerde over de dood van 'de verrader' en met een steek van pijn dacht ik terug aan de engel die er zo van overtuigd was dat zijn soort niet het recht had om de mensheid te vernietigen.

Alex streek over mijn haar alsof hij wist wat ik dacht. Met neergeslagen ogen speelde ik met een punt van het laken. 'Alex, ik kan het niet geloven dat Raziël mijn...' Ik slikte; ik kon het woord niet over mijn lippen krijgen.

'Alleen biologisch', zei hij. 'Willow, je hebt niets van hem. Dat heb je ook nooit gehad. Het maakt niet uit wie hij is.'

'Ik weet het', beaamde ik. 'Het is alleen zo... vreemd, om hem met mijn eigen ogen te hebben gezien. En om te weten dat hij het ook weet. Ik wou dat hij het niet wist.'

'Ja', zei Alex kortaf. 'En ik wilde dat ik zijn aureool niet had gemist.'

Ik slikte. Hoezeer ik Raziël ook haatte, ik kon hem niet dood wensen, maar ik wist dat ik het ook niet erg had gevonden als Alex raak had geschoten. Ik moest weer aan de duizenden engelen denken die ik achter Alex had gezien toen ik mijn ogen opende. Ik ging met mijn rug tegen het kussen zitten en sloeg mijn armen om mijn knieën.

'Wat zou er mis zijn gegaan?' vroeg ik rillerig. 'Werkte de angelica gewoon niet of was ik te laat toen Beth eenmaal begon te schreeuwen?'

'Ik weet het niet', zei Alex terwijl hij met een hand over mijn arm streek. Na een lange stilte zei hij: 'Ik weet dat ik het over niet al te lange tijd vreselijk ga vinden dat er nog meer engelen in de wereld zijn... maar nu ben ik alleen maar heel blij dat jij nog leeft.'

Ik knikte. 'Ik weet het. Ik wou dat ik ze had kunnen tegenhouden, maar ik heb er geen spijt van dat ik nog leef – en dit met jou heb.' Ik keek in zijn prachtige grijsblauwe ogen met de zwarte wimpers. 'Dit is het enige wat ik wil, Alex, bij jou zijn.'

'Maak je maar geen zorgen, dat zul je', zei hij zacht. Hij trok me naar zich toe en zoende me. Een paar minuten lang was er alleen nog de warmte van onze monden op elkaar. Er ging een huivering door me heen toen ik met mijn handen door zijn haar ging en de spieren in zijn nek onder het zoenen voelde bewegen. Ik was zo bang geweest dat ik dit voor altijd kwijt zou zijn.

Toen we weer begonnen te praten vertelde Alex hoe hij in Denver was gekomen en daarna wat er in de kathedraal was gebeurd.

Hij hield het kort en zijn toon was bijna zakelijk, maar het beeld dat hij schetste sprak boekdelen.

'O, Alex...' fluisterde ik terwijl ik zijn wang aanraakte. Het besef dat hij me in zijn armen had gehouden en had gedacht dat ik dood was, deed mijn hart krimpen. 'Wat... wat vreselijk dat je dat hebt moeten doormaken...'

Alex zuchtte en zonder zijn blik af te wenden pakte hij mijn hand beet. 'Het enige wat telt is dat jij leeft', zei hij. 'Als het moest, zou ik het nog honderd keer overdoen.'

Er kwam een vage, schimmige herinnering bij me op en verwonderd schudde ik mijn hoofd. 'Ik herinner het me. Ik voelde mezelf weggaan; alsof ik door een lange gang zweefde. En toen was jij er en haalde je me terug. Het was alsof je aan me trok...'

Zwijgend drukte Alex een zoen op mijn handpalm. Ik keek hem aan en herinnerde me de immense vreugde die ik had gevoeld toen ik mijn ogen weer opende en hem zag. Ik voelde het nog. 'Ik dacht dat ik je nooit meer zou zien', fluisterde ik. Hij ging met zijn vingers over mijn gezicht alsof hij het in zijn geheugen wilde prenten. 'Vijf minuten nadat jij was vertrokken, zat ik in de auto', zei hij ruw. 'Ik wist dat ik een ongelooflijke stommiteit had begaan. Willow, het spijt me. Het spijt me heel erg. Alles wat ik heb gezegd, hoe ik heb gedaan, dat ik je in je eentje heb laten weggaan...' Zijn kaken spanden zich. 'Kun je het me vergeven?'

Ik voelde tranen in mijn ogen opwellen. 'Dat hoef je niet eens te vragen.'

'Jawel', zei hij kortaf. 'Ik zou het je op mijn knieën moeten smeken.'

'Nee! Ik weet wat er door je heen ging...' Hij keek me strak aan en mijn keel snoerde zich dicht. Ik streelde zijn nek.

'Natuurlijk vergeef ik het je. Alex, vergeet het alsjeblieft. Toen ik mijn ogen opende en jou zag...' Niet in staat mijn gevoelens voor hem onder woorden te brengen staarde ik hem aan. 'Ik hou van je.'

Hij sloot zijn ogen en met een zucht nam hij me stevig in zijn armen. 'Ik hou ook van jou', zei hij met zijn lippen tegen mijn haar. 'Toen je weg was dacht ik alleen nog maar: hoe kom ik op tijd in Denver om bij je te zijn en je te kunnen vasthouden... Willow, als jij was gestorven, had ik ook niet meer willen leven.'

'Ik weet het', mompelde ik tegen zijn schouder. 'Ik voel hetzelfde. Bij jou vandaan vliegen was... zo afschuwelijk. Alex, het spijt mij ook, maar ik moest het doen, ik moest het proberen –'

Hij leunde achteruit. 'Je hoeft je niet te verontschuldigen! Je moest het proberen, dat wíst ik; ik kon het gewoon niet verdragen dat je iets zou overkomen. En toen ik bij de kathedraal kwam en dacht dat ik te laat was...' Met een gekwelde blik schudde hij zijn hoofd. 'Als jij dood was geweest, had ik mezelf nooit vergeven dat ik je in de steek had gelaten.'

Ik verstrengelde mijn vingers met de zijne. 'Maar je was er. Alex, je hebt me niet in de steek gelaten, je hebt me teruggehaald.'

'Godzijdank', zei hij, terwijl hij met een hand door mijn haar ging. 'Maar het was jouw engel die zei wat ik moest doen. Ik had het niet geweten.' Hij viel stil en ik voelde de spanning die in grote golven door zijn lichaam voer. Na een tijdje slikte hij en zei: 'Ik dacht... ik dacht dat je doodging en dat het net zo zou gaan als bij Jake.'

De spieren in zijn armen waren hard als staal. Ik aarzelde of

ik het zou vragen, maar het zat hem al zo lang dwars. 'Alex...
hoe is hij gestorven?'

Even dacht ik dat hij niet zou antwoorden, maar toen sloeg
hij zijn ogen neer en schraapte zijn keel. 'We, eh... waren op
jacht in Los Angeles', zei hij. 'Jake en ik deden soms een spel,
dat de één een engel lokte en de ander hem neerschoot.
Eigenlijk mochten we dat soort risico's niet nemen; als Cully
het had geweten, had hij ons vermoord. Maar we waren
zulke goede schutters dat het helemaal niet zo gevaarlijk
leek. Hoe dan ook, we waren in een van de canyons boven de
stad en Jake was degene die de engel lokte. De engel kwam
achter hem aan en ik schoot haar neer - en toen ging ik naar
Jake en we deden een high five en zo...'

Hij zweeg. Ik had nog steeds zijn hand beet en in een flits zag
ik weer de donkerharige jongen met Alex' ogen, die op een
muurtje bij een canyon zat. Hij grinnikte en hief zijn hand op
voor een high five. *Goed gedaan, bro, ze zag je niet eens
aankomen.* Ik voelde de pijn die alleen al de herinnering bij
hem opriep en ik had spijt dat ik hem ernaar had gevraagd. Ik
drukte hem tegen me aan en zoende zijn wang.

'Laat maar', fluisterde ik. 'Het spijt me, je hoeft het me niet
te vertellen.'

'Nee, het is oké.' Hij leunde iets naar achter en ging met een
beverige hand door zijn haar. 'Eh... er was dus nog een engel.
Ze waren samen op jacht geweest. Ik had geen tweede scan
gedaan voordat ik mijn geweer had weggestoken. Ik had hem
niet eens gezien. Hij kwam vanuit het niets op ons af en Jake
dook naar achter. Ik wist de engel te raken, maar Jake was in
de canyon gevallen...'

Zijn stem stierf weg. Ik voelde een steek in mijn hart; nog
nooit had ik hem zo jong, zo kwetsbaar gezien. Vechtend

tegen mijn tranen omhelsde ik hem zo stevig als ik maar
kon. Ik voelde zijn armen om me heen verstrakken. 'Het was
mijn schuld', snikte hij. 'Hij vertrouwde op me en ik heb het
laten afweten. We hebben hem naar het ziekenhuis gebracht,
maar het was te laat; hij was te -' Alex zweeg.
'Het was níét jouw schuld', zei ik met mijn lippen tegen zijn
hals. 'Alex, dit had ook kunnen gebeuren als Jake het geweer
had gehad. Het was een vergissing, het had iedereen kunnen
overkomen.'
Toen hij weer sprak klonk zijn stem mat. 'Tijdens een jacht
mag je geen vergissingen maken. Niet zulke.'
Ik leunde iets naar achter en keek hem in zijn ogen. 'Oké',
zei ik. 'Maar stel dat het andersom was gebeurd, stel dat
Jake die vergissing had gemaakt - zou je het hem hebben
vergeven?'
Hij keek me zwijgend aan. Ik zag zijn adamsappel op en neer
gaan.
'Alex, je weet dat je dat zou hebben gedaan', zei ik terwijl ik
met mijn hand over zijn tatoeage ging. 'Vergeef jezelf dus.
Alsjeblieft.' Ik zoende zijn wang, zijn voorhoofd, zijn mond.
Terwijl ik hem onder mijn zoenen bedolf bleef hij roerloos
zitten, alsof hij nauwelijks ademhaalde. Langzaam voelde ik
de spanning uit zijn lichaam wegebben. Hij nam mijn gezicht
in zijn handen en keek me diep in mijn ogen. Een moment
lang bewogen we geen van beiden. 'Ik hou van je', zei hij.
De woorden voelden ontoereikend, maar we hadden geen
betere. 'Ik hou ook van jou, Alex. Ik hou zielsveel van je.'
Hij zoende me, eerst zacht - een tedere zoen die me
volkomen deed smelten - en toen vuriger, terwijl hij me dicht
tegen zich aan trok. Ik sloeg mijn armen rond zijn nek en
zoende hem terug terwijl ik me liet wegzinken in zijn warme,

krachtige omhelzing. Ik voelde zijn liefde voor mij me
omhullen, mijn liefde zich naar hem uitstrekken.

Hij had me teruggebracht. Ik was gestorven en hij had me
teruggebracht.

Toen we elkaar weer loslieten bleven we met ons hoofd op
het kussen elkaar aankijken. En toen begonnen we langzaam
alle twee te glimlachen. Alex ging met een vinger van mijn
slaap naar mijn kin. Onder de dekens lag mijn voet tegen zijn
blote been aan en ik kietelde met mijn tenen langs zijn kuit.
Buiten klonk het vage gebrom van het verkeer en het fluiten
van een vogel.

'Het is het waard', zei Alex terwijl hij me glimlachend
aankeek.

'Wat?' vroeg ik.

Zijn duim bewoog traag over mijn wang. 'Dit. Met jou zijn.
Het is het allemaal waard.'

Minutenlang bleven we zo liggen, vervuld van elkaar.
Plotseling deed het gevoel van onze blote benen me ergens
aan denken en ik barstte bijna in lachen uit – ook al was het
niet echt grappig. 'We hebben geen kleren, behalve wat we
gister aanhadden. We hebben sowieso niks meer.'

Alex schudde zijn hoofd en kwam iets overeind. 'Nee, de
terreinwagen zal ondertussen wel zijn weggesleept. We
hadden hem toch niet kunnen ophalen; hij stond niet op
onze naam. De meeste spullen lagen erin, maar mijn tas met
onze kleren ligt nog in de hut. We zouden er met de motor
naartoe kunnen gaan, maar...'

'Het voelt er niet echt veilig meer', vulde ik aan, terwijl ik ook
ging zitten.

'Nee, voor mij ook niet.'

Met pijn in mijn hart dacht ik terug aan de hut – onze eerste zoen, het moment waarop duidelijk werd dat we hetzelfde voor elkaar voelden. Al die uren die we er samen hadden doorgebracht met praten, kaarten, in elkaars armen liggen. Maar het was maar een plek; het was niet belangrijk. Het enige wat telde was dat we samen waren.

'Dus... wat nu?' vroeg ik na een stilte. Ik schikte de kussens en ging met mijn gezicht naar hem toe zitten.

Hij streek het haar uit mijn gezicht. 'Ten eerste – en dat is het belangrijkste – ga ik je niet meer uit het oog verliezen. Wat er ook gaat gebeuren, we blijven samen.'

Ik ging met mijn hand naar mijn ketting en streek langs het gladde, geslepen oppervlak van de hanger. 'Voor altijd', zei ik. Ik werd overspoeld door blijdschap dat we nog een kans hadden gekregen.

Hij zoende me zacht. 'En wat dat plan betreft...' Hij leunde naar achter en liet zijn onderarmen op zijn knieën rusten. Op zijn voorhoofd verscheen een frons. 'We weten dat Operatie Engel nog steeds bestaat – nog net. Sophie zal de operatie nieuw leven willen inblazen, zodra ze is uitgekeken op haar veilige schuilplaats.'

Ik trok mijn knieën tegen mijn borst. 'Zou jij weer willen meedoen?' vroeg ik

Hij snoof. 'Nee. Ik vertrouw ze niet. Hun werkwijze staat me niet aan. Jij?'

Ik schudde mijn hoofd. Het lag vast niet aan haar, maar ik hoefde Sophie nooit meer te zien. Met een huivering bedacht ik dat ze ook geen contactgegevens had achtergelaten. Ze was ervan overtuigd geweest dat ik het niet zou overleven.

Alex tikte met zijn vingers op zijn knie. 'Om eerlijk te zijn vind ik Mexico nog steeds een goed idee', zei hij na een tijdje. 'We hebben een veilige basis nodig en ik denk niet dat we die hier nog zullen vinden. Plus dat het er een stuk goedkoper is; ik heb nog maar zeshonderd dollar. Ik zal zo snel mogelijk een nieuw trainingskamp moeten opzetten, maar voorlopig kunnen we op zoek gaan naar een veilig onderkomen. Van daaruit kan ik proberen nieuwe EK's te rekruteren en de zaak weer opstarten.' Hij keek me aan en verstrengelde zijn vingers met de mijne. 'Hoe klinkt dat voor jou?'

Ik had er niet over willen nadenken, maar ik wist dat ik het moest zeggen. Terwijl ik naar zijn hand in de mijne staarde zei ik langzaam: 'Alex, denk je dat ik... nog steeds degene ben die de engelen kan vernietigen? Ik bedoel, deze keer is het fout gegaan, maar het zou nog steeds kunnen.' Ik probeerde te glimlachen. 'Niet dat ik sta te popelen om het weer te proberen, maar...' Ik zweeg. Hoe onbeschrijfelijk afschuwelijk de afgelopen dagen ook waren geweest, als het echt betekende dat alle engelen zouden worden vernietigd dan zou ik het zo weer doen. Hoezeer ik er ook tegenop zag, hoe vreselijk ik het ook vond – ik zou het weer doen.

Alex ging met zijn duim over mijn vingers. 'Ik weet het niet', zei hij na een korte stilte. 'Maar als het zover komt, Willow, dan zal ik naast je staan.'

'Dat wil ik niet!' riep ik geschrokken uit. 'Alex, ik wil dat jij veilig –'

Hij legde zijn hand tegen mijn wang. 'Vergeet het maar', onderbrak hij me. 'Ik laat je nooit, maar dan ook nooit meer zoiets in je eentje doen.'

Ik kon geen woord meer uitbrengen. Ik leunde naar voren en sloeg mijn armen om zijn middel. Hij omhelsde me en ik nestelde me tegen zijn warme, stevige lichaam. Ik was zo onvoorstelbaar blij dat ik hem had en dat we als een wonder weer bij elkaar waren. Ik schraapte mijn keel en ging met een vinger over zijn onderarm. 'Ik vind Mexico ook wel een goed idee', zei ik.

Hij leunde naar achter en keek me in mijn ogen. 'Weet je het zeker? We zullen het er niet breed hebben, maar we hebben genoeg om het er een paar maanden uit te houden. Lang genoeg om er iets op te zetten, hopelijk.'

'Ja, ik hoop het ook.' Ik knikte en begon te glimlachen. 'Ik weet het wel zeker.' Ook al wist ik wat ons te wachten stond – de nieuwe golf engelen en Alex als een van de weinigen die hen kon uitschakelen – na de afgelopen twee dagen was het vooruitzicht om weer samen te zijn, om van elkaar te houden en onze tijd samen door te brengen, alsof de zon vanachter de wolken was verschenen.

Ik ging overeind zitten. 'En wat ga ik doen terwijl jij op zoek gaat naar nieuwe EK's?'

Zijn wenkbrauwen schoten omhoog. 'Mij helpen, hoop ik. Willow, ik heb je echt nodig – jij voelt dingen; door iemand aan te raken weet je wat voor iemand het is.' Hij grinnikte plotseling. 'Plus dat jij de motor moet maken als hij stuk gaat.'

Ik lachte. 'Mediamiek consulent schuine streep monteur... oké, akkoord.' Mijn gezicht betrok en ik sloeg mijn ogen neer. 'Ik wou alleen dat ik naar huis kon om afscheid te nemen van mijn moeder. Niet dat ze het zich zou realiseren, maar...' Mijn stem stierf weg.

Alex kneep in mijn hand. 'Als het veilig was, zou ik je er meteen naartoe brengen', zei hij zacht.

'Ik weet het.' Ik zuchtte en schudde de gedachte van me af. Mijn moeder maakte het goed en daar ging het om. Plus dat ik de strijd aanging met de schepsels die haar zo veel hadden aangedaan. 'Hé, je kunt me Spaans leren', zei ik na een stilte.

Hij glimlachte en zoende me op mijn neus. 'Wat wil je kunnen zeggen?'

'Wat dacht je van...' Plotseling kon ik bijna geen woord meer uitbrengen. Ik staarde naar Alex, zijn donkere haar, de krachtige lijnen van zijn gezicht, en herinnerde me de keer dat ik hem voor het eerst had ontmoet – hoe zijn grijsblauwe ogen naar me hadden gekeken en ik mijn ogen nauwelijks van de zijne had kunnen losmaken.

Net als nu.

Ik slikte moeizaam en ging met een vinger naar zijn mond. Zacht volgde ik de omtrek van zijn lippen. 'Wat dacht je van: jij maakt me zo ongelooflijk gelukkig en... en ik wil de rest van mijn leven bij je blijven?'

De blik in zijn ogen was zo warm, dat ik er duizelig van werd. 'Dat heb ik je al geleerd, weet je nog?' zei hij. Hij boog zijn hoofd en zoende me op mijn lippen. 'Te amo, Willow.'

En ik wist dat diep vanbinnen mijn engel glimlachte.

Woord van dank

Elk verhaal is een reis - niet alleen voor de lezer, maar ook voor de schrijver. Dit verhaal is een relatief lange reis geweest: het is al weer vele jaren geleden dat ik Alex en Willow heb leren kennen en van hen ben gaan houden, en ik ben heel blij dat hun verhaal eindelijk is verteld. Onderweg ben ik door vele mensen geholpen en ze verdienen het dat ik de tijd neem om hen hier te bedanken.

Liz Kessler en Isobel Gahan, wier onwankelbare geloof in het verhaal het vuur al die jaren brandend heeft gehouden (ook al werd het een heel ander verhaal dan ik had gedacht!) Linda Chapman en Julie Sykes, dankzij wie ik elke dag weer mijn gezond verstand behoud en die de eerste versies van *Angel* hebben gelezen en me verzekerden dat het geen onzin was - heel veel dank; jullie enthousiasme als eerste lezers heeft ongelooflijk veel voor me betekend. Mijn agente Caroline Sheldon voor haar trouwe steun en begeleiding, en omdat ze het verhaal meteen zag zitten. Mijn uitgever Megan Larkin voor haar geweldig inzichtelijke input en perfecte afstemming op het verhaal en de personages (het was een genot om samen met je aan *Angel* te werken, en we zijn nog niet klaar!) Mijn redactrice Stephanie King voor al haar hulp en liefdevolle kalmte wanneer ik in paniek raakte. Het publiciteitsteam en het marketingteam van Usborne, die *Angel* op een fantastische manier in de wereld hebben neergezet – ik had het me niet beter kunnen wensen, ook al had ik een verlanglijstje bij hen ingediend. Katie Beat voor haar hulp bij het Spaans in de tekst. Neil Chowney voor zijn advies op het gebied van motoren en zijn zinvolle suggesties bij de motorpechscène. De vroege lezers van *Angel* die zulke enthousiaste recensies schreven – niets beurt een schrijver zo op als de wetenschap dat anderen net zo van je werk houden als jijzelf. De musici Sarah Class en Karl Jenkins naar wier muziek ik tijdens het schrijven van *Angel* voortdurend heb geluisterd. En ten slotte mijn echtgenoot Peter, die me van het begin af aan op deze reis heeft vergezeld en voor wiens praktische ondersteuning tijdens het schrijven van *Angel* ik eeuwig dankbaar ben. Dankzij hem kon ik me weken achtereen volledig concentreren op het schrijven – een luxe die maar heel weinig schrijvers zich kunnen permitteren! Dank je dat je er bent, Peter. Ik hou van je.

Angel – Fire is het tweede deel van de spannende 'Angel'-
trilogie. Er is veel gebeurd. Engelen zijn niet de goedaardige
wezens waarvoor ze zich voordoen, en Willow weet dat. Zelf
halfengel is ze zich ook bewust van de vreselijke plannen van
de Engelenkerk. Alleen zij kan hen tegenhouden, maar dat
zal de sekte niet zonder meer laten gebeuren. Integendeel, de
leden van de Engelenkerk hebben gezworen Willow uit te
zullen schakelen. Gelukkig staat ze er niet alleen voor: er is
Alex, vermaard engelkiller en Willows grote liefde. Samen
willen ze een nieuwe generatie engelkillers opleiden om
gewapend te zijn in de strijd. Maar al doet Alex nog zo zijn
best, Willow blijft zich als halfengel een buitenstaander
voelen. Wanneer op een dag een bijzonder aantrekkelijke
vreemdeling in het kamp aankomt, slaat bij Willow de twijfel
toe...

Verschijnt februari 2012
ISBN 978 90 223 2683 1